Anita Shreve
Gefesselt in Seide

Zu diesem Buch

Maureen, die junge Journalistin, lebt mit ihrem Mann Harrold und ihrem kleinen Töchterchen Caroline in einer trügerischen Idylle. Denn niemand ahnt, wieviel Gewalt und Mißhandlung Maureen von ihrem Mann ertragen muß. Und sie schweigt, vertraut sich niemandem an, entschuldigt seine Handlungen vor sich selbst. Erst nach Jahren flieht sie vor ihm. Für eine kurze Zeit findet sie in einem kleinen Fischerdorf Unterstützung, Zuneigung und Liebe. Aber Harrold spürt sie auf, und die Tragödie nimmt ihren Lauf. Noch nach zwanzig Jahren läßt dieser Fall Helen Scofield, eine ehemalige Kollegin, nicht los, und sie sucht Maureens Tochter auf, um endlich Ruhe zu finden.

Anita Shreve gehört zu den erfolgreichen Schriftstellerinnen der USA. Sie lebt mit ihrem Mann und ihrer Familie in Massachusetts und lehrt am Amherst College. Ihre vielfach preisgekrönten Erzählungen erschienen unter anderem in »New York Times«, »Cosmopolitan« und »Esquire«. Auf deutsch liegen außerdem die Romane »Eine gefangene Liebe«, »Verschlossenes Paradies«, »Das Gewicht des Wassers«, der große Erfolg »Die Frau des Piloten« und zuletzt 2000 »Olympia« vor.

Anita Shreve
Gefesselt in Seide

Roman

Aus dem Amerikanischen von
Mechtild Sandberg

Piper München Zürich

Von Anita Shreve liegen in der Serie Piper außerdem vor:
Das Gewicht des Wassers (2840)
Eine gefangene Liebe (2854)
Verschlossenes Paradies (2897)

Neu übersetzte Taschenbuchausgabe
1. Auflage September 1999
2. Auflage Mai 2000
© 1991 Anita Shreve
Titel der amerikanischen Originalausgabe:
»Strange Fits of Passion«, Penguin Books,
New York 1992
© der deutschsprachigen Ausgabe:
1999 Piper Verlag GmbH, München
Deutsche Erstausgabe:
Schweizer Verlagshaus, Zürich 1993
Umschlag: Büro Hamburg
Andreas Rüthemann, Julia Koretzki
Foto Umschlagvorderseite: Yu Amano / photonica
Foto Umschlagrückseite: Norman Jean Roy / Edge
Gesamtherstellung: Clausen & Bosse, Leck
Printed in Germany ISBN 3-492-22855-0

Seltsame Ausbrüche von Leidenschaft habe ich erlebt:
Und wage es, davon zu erzählen ...
William Wordsworth

Einmal mehr für John

Auf meinen Lesereisen werden mir häufig dieselben Fragen gestellt: Hat er es wirklich getan? Sind Sie der Meinung, daß er recht hatte? Haben sie aus Geldgier oder aus Liebe gehandelt?

Danach wenden sich die Fragen unweigerlich meiner Person zu. Warum ich solche Bücher schreibe, wollen die Leute wissen. Warum ich Journalistin geworden bin.

In meinen Büchern geht es um Verbrechen – kaltblütige Akte des Verrats oder gefühlsgeladene Verbrechen aus Leidenschaft –, und mancher findet es vielleicht eigenartig, daß ich als Frau mich so stark für Gewalt interessiere. Andere möchten wissen, warum ich einen Beruf gewählt habe, der mich zwingt, unangenehmen Tatsachen nachzuspüren und den Menschen Fragen zu stellen, auf die sie am liebsten keine Antwort gäben.

Manchmal sage ich dann, meine Arbeit habe Ähnlichkeit mit der eines Privatdetektivs, aber meistens gebe ich die Standarderklärung, die ich immer parat habe: daß ich wohl Journalistin geworden bin, weil schon mein Vater Journalist war.

Mein Vater hat in einer kleinen Stadt in West-Massachusetts eine Zeitung namens *East Whatley Eagle* herausgegeben. Was Großartiges war sie nie, nicht einmal in ihrer Glanzzeit Anfang der sechziger Jahre. Aber ich war, wie das bei Töchtern meistens der Fall ist, überzeugt davon, mein Vater verstünde eine Menge von seinem Beruf, oder Handwerk, wie er zu sagen pflegte.

»Die Story ist immer schon da, bevor du von ihr hörst«, sagte er oft, bevor er mich, sein einziges Kind und damals noch ein Teenager, losschickte, über einen Ladendiebstahl oder einen Brand in der Scheune eines Bauern zu berichten. »Die Aufgabe des Reporters ist lediglich, die Geschichte in Form zu bringen.«

Mein Vater hat mir fast alles beigebracht, was dazu gehört, eine Zeitung zu machen: Redigieren, Setzen, Anzeigenverkauf, Berichterstattung. Und ich weiß, er hoffte, ich würde in East Whatley bleiben und eines Tages seinen Verlag übernehmen. Aber ich enttäuschte ihn. Ich verließ West-Massachusetts und ging nach New York. Dort studierte ich Journalismus und begann, nachdem ich meinen Abschluß gemacht hatte, bei einem wöchentlich erscheinenden Nachrichtenmagazin zu arbeiten.

Aber meinen Vater und all das, was ich von ihm gelernt hatte, vergaß ich nicht. Und in den Jahren der Arbeit – während ich für das Nachrichtenmagazin schrieb, mein erstes, auf einem meiner Artikel beruhendes Buch veröffentlichte, das mir einen gewissen Ruhm und einiges an Geld einbrachte und mich schließlich als Autorin von Sachbüchern etablierte, in denen es fast ausschließlich um die detaillierte Untersuchung komplexer Verbrechen geht – habe ich mir immer wieder mal die Frage gestellt, warum ich eigentlich in die Fußstapfen meines Vaters getreten bin. Warum ich mich nicht beispielsweise für Architektur oder Medizin oder eine Laufbahn als Hochschuldozentin entschieden habe.

Weil ich die Erfahrung gemacht habe, daß es nicht einfach um den Journalisten und die Fakten geht, wie mein Vater glaubte und mich glauben machen wollte, sondern vielmehr um die Geschichte und darum, wie sie erzählt wird – ein uraltes Problem eigentlich.

Genauer gesagt – was macht die Person, die die Geschichte erzählen will, mit ihrem Material, wenn sie die Tatsachen beisammen hat, sei es, daß sie ihr berichtet wurden oder sie Ergebnis ihrer Nachforschungen sind?

Ich habe viel und gründlich über diese Frage nachgedacht. Manchmal bis zur Besessenheit. Deshalb ist es vermutlich kein Wunder, daß sie mir gerade auch in dem Moment durch den Kopf ging, als ich der jungen Frau gegenüber Platz nahm, die vor mir auf der Kante ihres schmalen Betts saß.

Ich war seit Jahren nicht mehr in einem Studentenwohnheim gewesen – seit 1965 nicht mehr, als ich mein Studium am Barnard College beendet hatte. Aber wenn auch an den Zimmerwänden Poster von Rockgruppen hingen, von denen ich nie gehört hatte, und auf dem Regal ein Telefon und ein Sony Walkman standen, unterschied sich die Einrichtung des Zimmers nicht wesentlich von dem, was ich aus meiner Studienzeit kannte: ein Schreibtisch, ein Stuhl, ein Bücherregal, ein Bett und auf dem Fensterbrett ein kühlgestellter Orangensaft.

Es war der Februar im ersten Jahr des neuen Jahrzehnts. Draußen fiel dünner grauer Schnee, kaum der Rede wert, doch die Bewohner dieser Universitätsstadt im Herzen von Maine hatten, wie ich an der örtlichen Tankstelle gehört hatte, seit Anfang November kein Grün mehr gesehen.

Die Füße in den Tennisschuhen fest auf den Boden gedrückt, die Arme verschränkt, saß die junge Frau mir gegenüber. Nicht abwehrend, eher vorsichtig, fand ich. Sie hatte Blue Jeans an (Levi's, keine Designer-Jeans) und dazu einen grauen Baumwollpulli, unter dem sie ein langärmeliges weißes T-Shirt trug.

Ihrer Mutter war ich nur zweimal begegnet, einmal bei einem wichtigen Anlaß, aber ich hatte mir das Gesicht der Frau aus beruflichen Gründen merken müssen. Die Tochter hatte die gleiche Haarfarbe – ein tiefes Rotgold. Aber die Augen hatte sie eindeutig vom Vater, tiefliegend und dunkel, vielleicht sogar schwarz, das konnte ich bei der ungünstigen Beleuchtung nicht erkennen.

Was immer die Eltern ihr sonst noch mitgegeben hatten

– äußere und innere Eigenschaften, die ich niemals kennenlernen würde –, sie hatten sie mit außergewöhnlicher Schönheit ausgestattet, die im Kontrast von weißer Haut und rotem Haar zu den dunklen Augen lag – eine zweifellos ungewöhnliche Kombination.

Sie war schöner, als ich je gewesen war. Ich hatte in meiner Jugend ein ganz hübsches Gesicht, jetzt, da ich in den Vierzigern bin, ist es gewöhnlicher geworden. Früher, als Studentin, habe ich mein Haar auch lang getragen, heute bevorzuge ich einen praktischen Kurzhaarschnitt.

Gerade weil sie von Natur aus so schön war, wunderte es mich, daß sie völlig ungeschminkt war und ihr Haar streng zurückgenommen in einem Pferdeschwanz trug, als wollte sie ihre Schönheit nur ja nicht zur Schau stellen. Wachsam saß sie auf dem Bett. Ich war mir ziemlich sicher, daß sie wußte, wer ich war, auch wenn wir einander nie begegnet waren.

Sie hatte mir den einzigen Stuhl im Zimmer angeboten. Das Paket, das ich mitgebracht hatte, lag unbequem und schwer auf meinem Schoß. Sein Gewicht drückte mich seit Jahren, und ich war einen weiten Weg gefahren, um es endlich loszuwerden.

»Ich danke Ihnen, daß Sie sich die Zeit genommen haben«, sagte ich und empfand plötzlich sehr stark den Altersunterschied zwischen uns. Sie war neunzehn, ich sechsundvierzig. Ich bedauerte, den goldenen Schmuck und den teuren Wollmantel angelegt zu haben, aber ich wußte auch, daß uns mehr trennte als Alter und Geld.

Um einen neuen Anfang zu versuchen, sagte ich: »Ich habe gelesen, daß Ihre Mutter ...«, aber sie schüttelte hastig den Kopf – ein Zeichen für mich, nicht weiterzusprechen.

»Ich weiß seit Jahren von Ihnen«, sagte sie zögernd und leise, »aber ich hätte nicht gedacht ...«

Ich wartete, aber sie vollendete den Satz nicht. Schließlich brach ich das Schweigen.

»Ich habe vor langer Zeit einen Artikel über Ihre Mutter geschrieben. Sie waren damals noch sehr klein.«
Sie nickte.
»Sie wissen von dem Artikel?«
»Ja, ich weiß davon«, antwortete sie unbeteiligt. »Arbeiten Sie noch bei der Zeitschrift?«
»Nein«, sagte ich. »Die gibt es nicht mehr.«
Ich hätte hinzufügen können, daß die Zeitschrift nicht mehr existierte, weil sie einen ungeheuren Aufwand betrieben hatte: Autoren, die in New York stationiert waren, reisten in alle Welt, um zu berichten und ihre weitschweifigen Artikel über die aktuellen Ereignisse der Woche zu liefern. Die Zeitschrift hatte keine Auslandskorrespondenten eingesetzt, wie das erfolgreiche Nachrichtenmagazine heute tun, sondern seine eigenen Autoren an die jeweiligen Schauplätze entsandt. An den phantastischen Spesenrechnungen war die Zeitschrift 1979 schließlich eingegangen. Aber da war ich schon weg gewesen.
Aus dem Korridor vor ihrer Tür hörte ich Gelächter, dann einen Ruf. Die junge Frau sah kurz auf, dann richtete sie ihren Blick wieder auf mich.
»Ich habe ein Seminar«, bemerkte sie.
Für mich stand inzwischen fest, daß ihre Augen, wenn auch dunkel, doch nicht ganz die ihres Vaters waren. Seine waren undurchdringlich gewesen, ihre hingegen waren, wenn auch von einem tiefen Ernst, den ich bei einer Neunzehnjährigen kaum für möglich gehalten hätte, klar und offen.
Es hätte mich interessiert, ob sie einen Freund hatte oder Freundinnen, ob sie Sport trieb, eine gute Studentin war, ob auch sie Tagebuch führte, die Begabung ihrer Mutter oder ihres Vaters geerbt hatte.
»Das gehört Ihnen«, sagte ich mit einer Geste zu dem Paket.
Sie warf einen Blick darauf.

»Was ist das?«

»Das ist das Material, das ich benutzt habe, um den Artikel zu schreiben. Aufzeichnungen, Protokolle und all das.«

»Ah«, sagte sie. Und dann: »Warum?«

Eine Pause trat ein.

»Warum jetzt? Warum ich?«

»Ihre Mutter hat Ihnen wahrscheinlich erzählt, was damals geschah«, sagte ich schnell, »aber da drinnen steckt mehr ... In diesen Aufzeichnungen bezieht sich Ihre Mutter auf die Geschichte, die sie eines Tages ihrer Tochter erzählen wollte, und ich habe mir gedacht, wenn sie nicht dazu gekommen sein sollte ... nun, hier ist sie.«

Die ganze Woche hatte ich mir diese Sätze vorgesagt, so oft, daß ich beinahe angefangen hätte, sie selbst zu glauben. Jetzt aber, als die Worte ausgesprochen waren, mußte ich an mich halten, um ihr nicht zu sagen, daß dies nicht der wahre Grund meines Kommens war. Absolut nicht.

»Ich weiß nicht.« Ihr Blick ruhte unverwandt auf dem Paket.

»Es gehört Ihnen«, sagte ich. »Ich brauche es nicht mehr.«

Ich stand auf und ging zu ihr. Die Absätze meiner Stiefel knallten auf dem Holzfußboden. Ich legte ihr das Paket auf den Schoß. Dann kehrte ich zu meinem Stuhl zurück und setzte mich wieder.

Gleich, dachte ich, würde ich mich verabschieden, zu meinem Wagen gehen und nach Manhattan zurückfahren. Ich hatte auf der Upper East Side eine angenehm große Eigentumswohnung mit schönem Blick auf den Hudson. Ich hatte meine Arbeit – ein neues Buch, das ich gerade in Angriff genommen hatte – und meine Freunde. Ich hatte nie geheiratet und hatte keine Kinder, aber ich hatte einen Freund, Redakteur bei der *Times*, der manchmal bei mir übernachtete.

Meine Freunde behaupten, ich wäre eine Frau, die ganz in ihrer Arbeit aufgeht. Aber das stimmt nicht ganz. Ich bin ein Sportfreak und ein Opernfan, und ich bin gern mit Männern zusammen. Aber da ich schon früh beschlossen hatte, keine Kinder in die Welt zu setzen, konnte ich nie einsehen, warum ich heiraten sollte.

Ich hatte das Paket in braunes Papier eingeschlagen und mit Tesafilm verklebt. Ich sah ihr zu, wie sie das Klebeband abzog und das Paket öffnete. Obenauf hatte ich das Memo gelegt. Ich hatte nichts unterschlagen.

»Die handschriftlichen Aufzeichnungen Ihrer Mutter habe ich nicht mehr«, bemerkte ich. »Das hier sind meine getippten Abschriften. Ich arbeite lieber mit Unterlagen, die mit Maschine geschrieben sind, selbst wenn es sich um meine eigenen Aufzeichnungen handelt. Im übrigen ist alles da, genauso, wie ich es gehört habe.«

Aber sie hörte mir gar nicht zu. Sie las die erste Seite, dann die zweite. Sie stützte sich jetzt mit einer Hand auf. Ich öffnete meinen Mantel. Ich hatte gehofft, sie würde ein, zwei Sätze überfliegen, oder vielleicht ein wenig blättern, dann aufsehen und mir danken und noch einmal sagen, sie hätte jetzt ein Seminar. Aber sie las immer weiter, blätterte leise eine Seite nach anderen um.

Ich dachte an ihr Seminar und überlegte, ob ich etwas sagen solle.

Wieder hörte ich Lärm im Korridor, dann war es still.

Zehn Minuten saß ich da und wartete. Dann ging mir auf, daß sie vorhatte, den ganzen Manuskriptstapel auf der Stelle durchzulesen.

Ich schaute mich im Zimmer um, sah zum Fenster hinaus. Es schneite immer noch.

Ich stand auf.

»Ich gehe inzwischen ein bißchen spazieren«, sagte ich. Sie hob nicht einmal den Kopf. »Vielleicht bekomme ich irgendwo einen Kaffee.«

Ich wartete.

»Soll ich ...?« Ich brach ab. Es war sinnlos, sie zu fragen, ob ich wiederkommen solle. Mir war bereits klar, daß es unverantwortlich gewesen wäre, einfach zu verschwinden. Nicht zur Stelle zu sein, wenn die Reaktion einsetzte und sie jemanden brauchte, um ihre Fragen zu beantworten.

Plötzliche Panik überfiel mich. Vielleicht, dachte ich, wäre es besser gewesen, ich wäre gar nicht hergekommen. Vielleicht hätte ich ihr die Papiere gar nicht bringen sollen.

Aber ich hatte schon vor langem gelernt, mit plötzlichen Ängsten und Zweifeln fertigzuwerden. Es war ganz einfach. Ich brauchte mich nur zu zwingen, an etwas anderes zu denken. Und genau das tat ich. Ich dachte einfach daran, daß ich mir jetzt erst mal ein Motelzimmer und dann ein anständiges Restaurant suchen sollte.

Sie hob den Kopf und sah mich an. Ihre Augen wirkten glasig vom intensiven Lesen. Ihre Hand, die zur nächsten Seite blätterte, zitterte.

Sie sah mich an, als wäre ich eine Fremde, die ihr Zimmer noch gar nicht betreten hatte. Ich konnte nur vermuten, was sie dachte, was sie hörte, was sie fürchtete.

Dabei kannte ich diese Geschichte und die Frau, die sie erzählte, besser als jeder andere.

Und auch die Frau, die die Geschichte dann nacherzählte ...

Die Aufzeichnungen und Protokolle

Von: Helen Scofield
An: Edward Hargreaves
Betreff: Die Maureen-English-Story
Datum: 2. August 1971

Ich denke, wir können die English-Story jetzt doch bringen und hätte gern grünes Licht von Ihnen. Sie werden sich erinnern, daß ich bei unserer letzten Besprechung vor ungefähr einem Monat fürchtete, wir würden sie streichen müssen, weil ich es nicht geschafft hatte, an Maureen English oder »Mary Amesbury«, wie sie sich jetzt nennt, heranzukommen. Ich war eigens nach Maine hinaufgefahren, um persönlich mit ihr zu sprechen. Zuerst war ich in St. Hilaire und habe dort mit verschiedenen Leuten aus dem Ort gesprochen, um Hintergrundmaterial zu sammeln. Dann bin ich nach South Windham weitergefahren, um Maureen aufzusuchen. Ich war ihr vorher nur einmal begegnet. Sie war schon nicht mehr bei der Zeitschrift, als ich dort anfing. Harrold kannte ich natürlich aus der Redaktion, aber nur rein beruflich.

Maureen war zwar bereit, sich mit mir zu treffen, aber reden wollte sie nicht. Ich habe wirklich alles versucht, um sie zum Reden zu bringen, aber sie war nicht bereit, sich zu öffnen. Am Ende konnte ich nur ziemlich enttäuscht wieder abfahren. Ich war sicher, den Stoff für eine tolle Story zu haben, aber ohne ihre Aussage war das Ganze einfach zu dünn.

Ich setzte mich an den Bericht über Juan Corona und versuchte, die English-Story zu vergessen. Bis ich letzte Woche ein Paket bekam. Es enthielt eine Folge von Aufzeichnungen, die von »Mary Amesbury« geschrieben sind, einige relativ kurz, andere relativ lang. Man könnte vielleicht sagen, es handelt sich um eine Art Tagebuch, das sie für sich selbst geschrieben hat, nur richtet sie in diesen Aufzeichnungen das Wort manchmal auch direkt an mich. Anscheinend haben sie damals der Kassettenrecorder oder meine Anwesenheit im Besucherraum abgeschreckt. Allein in ihrer Zelle jedoch war es ihr möglich, ihre Geschichte niederzuschreiben. Ich vermute, ich war für sie eine Erinnerung an ihr früheres Leben, und auch das hat sie wohl vor einem Gespräch zurückscheuen lassen.

Ich bin mir im Moment noch nicht im klaren darüber, was sie mir da eigentlich zugeschickt hat, ich glaube aber, daß das Material die wesentlichen Tatsachen enthält. Ich bin ziemlich sicher, daß ich damit und mit den Interviews, die ich bereits habe, die Story hinkriegen werde. Ich weiß, es entspricht nicht den Gepflogenheiten, aber ich würde es gern versuchen. Bisher habe ich nur ein Paket erhalten, aber sie schreibt, es würden weitere folgen.

Die Geschichte fasziniert mich. Ich weiß selbst nicht genau, warum, obwohl einige Gründe natürlich auf der Hand liegen. Sie hat etwas Starkes und Primitives, aber ich denke, wenn man mit Fingerspitzengefühl an sie herangeht, könnte ein großartiger Text daraus werden. Außerdem glaube ich nicht, daß die Medien sich mit den Fragen, um die es in dieser Geschichte geht, überhaupt schon einmal ernstlich befaßt haben. Das allein scheint mir Grund genug, sie anzugehen. Besonders interessant finde ich, daß ausgerechnet diese beiden in so etwas hineingeraten konnten. Wir waren doch alle wie vom Donner gerührt, als wir hörten, was sich da abgespielt hatte. Und hinzu kommt natürlich der »Insider«-Aspekt – die Tatsache, daß sie beide hier gearbeitet haben. Ich denke an ungefähr drei- bis vierhundert Zeilen, wenn Sie mir die geben können.

Ich muß noch hinzufügen, daß ich mit Jack Strout nicht reden konnte. Er hat jedes Gespräch mir mir abgelehnt. Aber ich denke, die Story läßt sich auch ohne ein Interview mit ihm machen.
 Lassen Sie mich wissen, was Sie von meinem Vorschlag halten. Ich würde gern sofort anfangen.

3./4. Dezember 1970

Mary Amesbury

Ich fuhr Richtung Nordosten. Weiter östlich ging gar nicht. Ich hatte ein Bild vor Augen, das mir Kraft gab – bis zum äußersten Rand fahren und dann springen. Aber es war nur ein Bild, kein Plan. Zum Ende der Straße hin standen vereinzelte Häuser, alt und verwittert, mit blätterndem Anstrich. Ihre spitzen Giebeldächer ragten mit stolzer Würde in die Höhe, manche der rechtwinklig angebauten Seitenflügel wirkten gedrückt und windschief. Vor diesen schönen Häusern befanden sich allerhand Dinge, die gebraucht wurden oder darauf warteten, wieder gebraucht zu werden: ein aufgebockter Zweitwagen, eine silbern glänzende Rolle Isoliermaterial, ein rostiger Pflug vom Vorderteil eines Pick-up, der wie eine Zufallsskulptur auf verschneitem Rasen lag. Die neuen Häuser waren nicht schön – rosarote und hellblaue Schandflecken am Hügelhang –, aber man sah schon im Vorüberfahren (an den Snowmobilen und Kombis), daß in ihnen eine jüngere, wohlhabendere Generation lebte. In diesen Häusern gab es gewiß auch modernere Heizungen und Küchen.

Das Dorf, das ich mir ausgesucht hatte, lag am Ende der Straße. Wie ein Wegweiser im Sturm tauchte es vor mir auf. Es hatte einen kleinen Gemeindepark, einen Hafen und eine weiße Holzkirche. Außerdem gab es einen Gemischtwarenladen, ein Postamt und eine Bibliothek, die in einem Steinhaus untergebracht war. Am Ostrand des Parks standen vier große weiße Häuser in unterschiedlichen Stadien des Verfalls. Im Hafen lagen die Kutter der Hummerfischer, und am Ende eines Kais sah ich ein niedriges, kommerziell wirkendes Betongebäude. Es war mir sympathisch, daß der Kern des Dorfs mit einem Blick zu erfassen war.

Ich parkte gegenüber dem Laden. Auf dem Schild stand über einem Pepsi-Logo »Shedd«. Im Fenster hing eine Liste: Gummistiefel, Heidelbeerrechen, Ahornsirup, Zeitschriften, Bootszubehör. Rechts davon hing ein Plakat – verblaßtes Relikt irgendeiner Kommunalwahl: »Wählen Sie Rowley«. Ein junger Bursche in einem blauen Pick-up, der vor der Mobil-Zapfsäule vor dem Laden stand, hob einen Pappbecher mit Kaffee zum Mund, blies hinein und sah mich an. Ich wandte mich ab und legte die Hand auf die Karte, die ordentlich gefaltet auf dem Mitfahrersitz lag. Ich drückte den Finger auf den kleinen Punkt. Wenn ich mich nicht täuschte, befand ich mich in einem Ort namens St. Hilaire.

Die kleine Grünanlage zu meiner Rechten war schneebedeckt. Das Licht der nachmittäglichen Dezembersonne warf einen rosigen Schimmer über die weiße Fläche. Hinter dem Kirchturm am Ende des Parks durchschnitt ein roter Streifen den Himmel zwischen dem Horizont und einer sich lichtenden Wolkendecke. Das feuerrote Licht traf die Fensterscheiben auf der Ostseite des Parks und verlieh den Häusern flüchtigen Glanz, fast eine winterliche Pracht. Seltsam häßlich nahm sich dagegen das elektrisch erleuchtete Kreuz mit den blauen Glühbirnen aus, das über dem Holzportal der Kirche hing.

Der Schneesturm war vorüber und zog jetzt weiter nach Osten, zum Meer hinaus. Die Straße vor dem Laden war geräumt, aber der Gehweg nicht. Ich hatte das Gefühl, die Kälte sehen zu können.

Ich breitete die Karte auf dem Sitz aus, der Staat Maine kroch an der Rückenlehne hoch. Mit dem Finger zog ich die Strecke nach, die ich gefahren war: von meinem Parkplatz an der Ecke 80. Straße und West End den Henry Hudson Drive hinauf aus New York hinaus, über die Parkways zu den Highways, auf den Highways quer durch die Staaten und schließlich nach Nordosten zur Küste von Maine. In zehn Stunden hatte ich fast achthundert Kilometer zwischen mich und die Stadt gelegt. Das wird reichen, dachte ich. Es *muß* reichen.

Ich drehte mich herum, um nach meiner Kleinen zu sehen. Sie schlief in der Tragetasche auf dem Rücksitz. Ich betrachtete ihr kleines Gesichtchen – die hellen Wimpern, das feine rötliche Haar, das sich um den Rand der Wollmütze ringelte, die runden Wangen. Nicht einmal in diesem Moment konnte ich dem Verlangen widerstehen, sie zu streicheln, und Caroline regte sich ein wenig in ihren Träumen.

Die stickige Wärme der Autoheizung ließ nach. Ich spürte die Kälte an meinen Beinen und zog den Wollmantel fester um mich. Der Horizont schien in Flammen zu stehen. Graue Wolkenwirbel über der untergehenden Sonne sahen aus wie Rauch, der von einem Feuer aufstieg. In den Häusern am Park gingen eines nach dem anderen die Lichter an, und drinnen, in Shedds Laden, schaltete jemand wie zu einer Einladung eine Lampe ein.

Ich lehnte mich zurück und sah zu den Häusern hinüber. Die vorderen Fenster waren hohe Rechtecke mit gewellt erscheinenden Scheiben. Sie erinnerten mich an die Fenster, in die ich als Kind so gern hineingespäht hatte, wenn ich abends bei Dunkelheit nach Hause gegangen war. Im dunkel umrahmten Schein warmen gelben Lichts hatte ich häusliche Rituale beobachten können, die bei Tag verborgen blieben: Menschen beim Essen oder bei den Vorbereitungen für das Abendessen, eine Familie bei Tisch, eine Frau in der Küche. Und ich stand draußen im Dunkeln und schaute hinein und konnte mich kaum sattsehen an diesen Szenen. Ich pflegte mir vorzustellen, ich wäre Teil dieser Bilder – ein Kind am Eßtisch, ein kleines Mädchen, das mit seinem Vater am offenen Kamin saß.

Und obwohl ich längst wußte, daß diese von Fenstern umrahmten Familienidylle so trügerisch waren wie retuschierte Fotografien (niemals sah ich auf diesen Wegen meiner Kindheit einen Mann, der seine Frau oder ein Kind schlug, niemals eine Frau, die in der Küche stand und weinte), dachte ich beim Anblick der Häuser am Park: Wenn ich jetzt in einem dieser Häuser wäre, würde ich bei einem Glas Wein in der Küche sitzen und mir mit halbem Ohr die Abendnachrichten anhören. Caroline säße in einem Hochstuhl mit am Tisch. Ich würde meinen Mann kommen hören, zusehen, wie er den Schnee von seinen Stiefeln stampft. Er wäre gerade zu Fuß von – (ja, von wo wäre er gekommen? Ich sah die Straße hinunter. Von dem Gebäude am Kai? Der Bibliothek? Dem Gemischtwarenladen?) Er würde kurz in die Hocke gehen, um eine honigfarbene Katze zu streicheln, sich über das Kind beugen, um es zu küssen, sich ein Glas Wein einschenken und mir den Arm um die Schultern legen, während er den ersten Schluck tränke ...

Ich hielt inne. Dieses Bild voll gefährlicher Lügen war nichts als eine Seifenblase. Im Rückspiegel warf ich einen Blick auf mein Gesicht und wandte mich hastig ab. Ich setzte eine Riesensonnenbrille auf, um meine Augen zu verstecken. Ich legte mir meinen Schal um den Kopf und zog ihn bis über das Kinn hoch.

Wieder sah ich zu den schlichten weißen Häusern am Park hinüber. Auf den Veranden lag Schnee. Ich bin das Gegenteil von einer Siedlerin, dachte ich.

Ich weiß, es wird Sie überraschen, von mir zu hören. Ich war sehr ungezogen zu Ihnen, als Sie hier waren. Vielleicht war der Kassettenrecorder schuld – dieser aufdringliche schwarze Apparat auf dem Tisch zwischen uns. Ich habe Kassettenrecorder nie gemocht. Sie sind abschreckend wie Lügendetektoren. Ich habe immer nur mit Block und

Bleistift gearbeitet, und manchmal hat sogar das die Leute nervös gemacht. Immer schauten sie nur auf das Geschriebene, nie sahen sie einem ins Gesicht oder in die Augen.

Vielleicht war es aber auch Ihre Anwesenheit in diesem sterilen, unpersönlichen Besucherraum. Sie haben mich an Harrold erinnert. Er saß auch manchmal so da wie Sie gestern, mit übereinandergeschlagenen Beinen und ausdruckslosem Gesicht, trommelte dabei mit dem Bleistift auf den Tisch, ganz gedämpft nur, wie mit einer Bürste auf eine Schnarrtrommel.

Aber Sie sind nicht wie Harrold, nicht wahr? Sie sind einfach eine Reporterin wie ich mal eine war, die sich bemüht, gute Arbeit zu machen.

Möglicherweise war es ja auch einfach die Situation an sich. Ich weiß nur zu gut, wie so ein Interview abläuft. Sie hätten mich während des Gesprächs scheinbar aufmerksam angesehen, aber ich hätte die ganze Zeit gewußt, daß Sie nur auf Ihren Aufmacher scharf sind und auf mögliche Zitate warten. Ich hätte es Ihnen am Gesicht angesehen. Sie wären überhaupt nicht fähig gewesen, locker zu lassen, solange Sie nicht Ihre Story gehabt, den Knackpunkt gesehen hätten. Sie hätten auf eine Titelgeschichte gehofft, über ihre Länge nachgedacht. Und ich hätte gewußt, daß Sie eine andere Geschichte schreiben würden als die, die ich Ihnen erzählt hatte. Genau wie die Geschichte, die ich Ihnen jetzt erzählen werde, eine andere sein wird als die, die ich meinem Anwalt und dem Gericht erzählt habe, oder die, die ich eines Tages meiner Tochter erzählen werde.

Meiner Kleinen, meiner Waise, meinem süßen Kind ...

Ich habe den Namen Mary angenommen, wie eine Nonne, aber nicht in Unschuld wie eine Nonne, doch das wissen Sie ja bereits. Genauso wie Sie wissen, daß ich jetzt sechsundzwanzig Jahre alt bin. Sie werden die Zeitungsausschnitte gesehen, die Akten gelesen haben.

Sie werden mich in Ihrem Bericht beschreiben. Ich wollte, Sie müßten das nicht tun, denn ich kann nicht umhin, mich so zu sehen, wie Sie mich am Tag Ihres Besuchs bei mir gesehen haben. Sie werden schreiben, daß ich älter aussehe als ich bin, daß meine Haut weiß ist, allzu fahl, wie die eines Menschen, der wochenlang die Sonne nicht gesehen hat. Und Sie werden meinen Körper beschreiben, formlos jetzt in diesem Anstaltsoverall, und nur zwei oder drei Menschen, die Ihren Text lesen, werden wissen, wie er einmal war. Ich glaube nicht, daß je wieder ein Mann meinen Körper sehen wird. Aber das ist jetzt ohne Bedeutung.

Ich weiß, Sie werden sich fragen, wieso ich mich entschlossen habe, Ihnen zu schreiben, meine Geschichte nun doch zu erzählen. Ich habe mir diese Frage auch schon gestellt. Ich könnte sagen, ich tue es, weil ich jeder Frau das ersparen möchte, was ich durchgemacht habe. Oder ich könnte behaupten, daß es mich als ehemalige Reporterin drängt, meine eigene Geschichte zu erzählen. Aber diese Erklärungen wären unzutreffend oder nur teilweise zutreffend. Die wahre Antwort ist einfacher und zugleich komplizierter.

Ich schreibe es für mich selbst nieder. Das ist alles.

Als ich mitten drin steckte, konnte ich nicht klar sehen. Ich verstand und verstand doch auch nicht. Ich konnte keinem diese Geschichte erzählen, so wenig wie ich Ihre Fragen beantworten konnte, als Sie hier waren. Aber als Sie gegangen waren, suchte ich Papier und Stift heraus. Vielleicht sind Sie ja doch eine gute Reporterin.

Wenn Sie in meinen Erinnerungen, diesen wirren Gedankensprüngen, die Tatsachen aufspüren können, soll es mir recht sein. Und wenn ich die Geschichte schlecht erzähle, die Dialoge falsch darstelle oder manches nicht in der richtigen Reihenfolge berichte, so werden Sie doch die ein oder zwei Nuancen heraushören, auf die es ankommt?

Eine Glocke bimmelte, als ich die Ladentür aufmachte. Die Leute drinnen – ein paar Männer, eine Frau, der Geschäftsinhaber hinter der Theke – hoben die Köpfe. Ich hatte Caroline auf dem Arm, aber im grellen Licht der Neonleuchten und in der plötzlichen Hitze im Laden wurde mir schwindlig. Die Lichter begannen zu flimmern, dann zu kreisen. Die Frau, die an der vorderen Theke stand, machte einen Schritt nach vorn, als wollte sie etwas sagen.

Ich wandte mich von ihr ab und ging zu den Regalen.

Sie hatten sich unterhalten, als ich hereingekommen war, und nahmen das Gespräch jetzt wieder auf. Ich hörte Männerstimmen und die Stimme der Frau. Es ging um einen unerwarteten Sturm und ein vermißtes Boot, um ein grippekrankes Kind, das nicht klagte. Zum erstenmal hörte ich den Dialekt und den besonderen Tonfall der Leute hier, wie sie die Vokale in die Länge ziehen und die »R's« verschlucken und kurze Wörter wie »da« zu zwei Silben dehnen. Die Sprache hatte eine Melodie, die mir gefiel. Mit der Zeit wird einem dieser Dialekt so lieb wie ein altes Lied.

Es war zum Ersticken eng in dem Laden – Sie wissen sicher, was ich meine. Waren Sie mal dort, als Sie in St. Hilaire waren? Neben die Kühltruhe mit den Frischwaren hatte man einen Ständer mit Chips und Salzstangen gequetscht. Auf zwei langen Borden reihten sich Konserven und Kartons mit Frühstücksflocken, aber mindestens die Hälfte des Raums war von Regalen eingenommen, die mit Fischereizubehör vollgestopft waren. Ich ging nach hinten und nahm mir eine Milch. Kind und Milch im einen Arm haltend, holte ich mit der freien Hand einen abgepackten Biskuitkuchen aus dem Brotregal. Auf dem Rückweg nach vorn kam ich an einer Kühltruhe mit Bier vorüber und hob im Vorbeigehen an einem Finger ein Sechserpack heraus.

Vorn an der Theke stand ein Mann, etwa in meinem Alter und ungefähr so groß wie ich. Er hatte einen Schnauzer und trug eine Jeansjacke und eine Red-Sox-Baseballmütze. Die Jacke spannte um die Schultern, sie ließ sich bestimmt nicht zuknöpfen. Ich hatte den Eindruck, daß er die Jacke seit Jahren trug. Sie sah abgenutzt und weichgewaschen aus. Aber jetzt, da er um die Mitte etwas zugelegt hatte, war sie ihm zu klein geworden. Er hatte einen dunkelblauen Pulli an und trat unaufhörlich von einem Fuß auf den anderen. Er wirkte aufgedreht, zappelig, als könnte er keinen Moment stillhalten. Ungeduldig trommelte er auf die Theke, wo er eine Packung Fischfrikadellen, eine Dose Baked Beans, ein Sechserpack Bier und einen Karton Zigaretten abgestellt hatte. Ich meinte, ihm müßte kalt sein in so einer dünnen Jacke.

Hinter der Theke war der Ladeninhaber, ein älterer Mann – Ende Fünfzig vielleicht? Er hatte von Zigaretten oder Kaffee stark verfärbte Zähne und auf der Brusttasche seines ockerbraunen Lederhemds einen Tintenfleck wie aus einem Rorschach-Test. Während er die Sachen eintippte, hielt er nur ein Auge auf die Kasse gerichtet. Das andere war aus Glas und schien mich anzustarren. Das Tuch drohte mir vom Kopf zu rutschen, aber ich hatte beide Hände voll und konnte es nicht hochziehen.

Die einzige Frau im Laden stand neben der Kaffeemaschine und las den *Boston Globe*. Unter dem braungrauen Parka hatte sie einen selbstgestrickten grünen Pullover an. Sie war eine imposante Person, nicht dick, aber groß und schwerknochig mit einem gutproportionierten Körper, und hätte den Ladeninhaber vermutlich auf den zweiten Platz verwiesen, wenn die beiden auf die Waage gestiegen wären. Sie hatte wäßrig blaue Augen, fast keine Brauen und ein Gesicht mit stark geröteter, rauher Haut. Ihre Zähne waren groß und sehr weiß, und zwischen den beiden vorderen klaffte eine kleine Lücke – eine Besonderheit, der ich bei den Leuten am Ort häufig begegnen würde. Vielleicht ist sie Ihnen auch aufgefallen. Das graumelierte Haar trug sie in einem praktischen kurzen Schnitt. Ich schätzte sie auf ungefähr fünfzig, hatte aber gleichzeitig den Eindruck, daß sie sich schon früh in einer Zeitlosigkeit der Erscheinung eingerichtet hatte, die ihr lange Jahre erhalten bleiben würde. Als sie umblätterte, hob sie den Kopf und sah mich an.

»Das macht fünfhundertzweiundachtzig Dollar«, sagte der Ladeninhaber.

Der Mann mit dem Schnauzer zog seine Brieftasche aus der Hosentasche und lächelte über den dünnen Witz. Er reichte dem Händler einen Zehn-Dollar-Schein, und ein Gespräch entspann sich zwischen den beiden. Kann sein, daß ich den Wortlaut nicht ganz richtig hinkriege, aber ich habe es folgendermaßen im Kopf.

»Everett Shedd, du machst mich noch arm.«

»Keine Beschwerden, Willis. Das schaffst du doch allein.«

»Stimmt. Dieser elende Winter. Um diese Zeit verdient doch keiner am Ort auch nur einen Penny.«

»Hast du dein Boot schon raus?«

»Nein. Das mach ich am fünfzehnten wie jedes Jahr. Zwei beschissene Wochen versuch ich's noch. Auch wenn der Fang erbärmlich ist.«

»Jetzt werd mir nur nicht verbittert, Willis. Dazu bist du noch zu jung.«

»Ich bin schon verbittert zur Welt gekommen.«

Der Ladeninhaber lachte. »Das kann man sagen.«

Der Mann mit dem Schnauzer nahm sein Wechselgeld von der Theke und ergriff die Tüte mit seinen Einkäufen. Ich rückte mit meinen Sachen nach und stellte Milch, Kuchen und Bier ab. Hastig zog ich mit der freien Hand das Tuch fester um meinen Kopf.

Der Mann mit dem Schnauzer zögerte einen Moment, dann sagte er: »Hallo, Rotfuchs.«

Ich nickte. Ich war das gewöhnt.

»Was kann ich für Sie tun?« fragte der Händler. Das Glasauge sah mich an. Es war blau. Das andere Auge war graugrün.

»Ich nehme die Sachen hier«, sagte ich. »Und wissen Sie vielleicht ein Motel, wo ich mit dem Kind übernachten könnte?« fügte ich schnell hinzu. Es klang wie einstudiert.

»Sie sind auf der Durchreise?« fragte der Ladeninhaber.

Ich tippte auf die Sachen auf dem Tresen und wollte meine Geldbörse aus der Tasche holen. Der Schulterriemen rutschte mir den Arm hinunter, und ich mußte die Kleine anders nehmen.

»Ich weiß noch nicht. Vielleicht bleibe ich auch«, antwortete ich und senkte den Blick zur Theke – einem zerkratzten Stück Resopal, das auf der einen Seite von einer Blechdose Dörrfleischstreifen begrenzt war und auf der anderen von einer Auslage bunter Zuckerstangen. Mir war klar, daß der Ladenbesitzer sich wunderte, wieso eine Frau mit einem kleinen Kind in der ersten Dezemberwoche an der Nordküste von Maine ein Motelzimmer suchte, vielleicht sogar für mehr als eine Nacht.

»Tja, in St. Hilaire gibt's leider nichts«, sagte er, als täte es ihm wirklich leid, mich enttäuschen zu müssen. »Da müssen Sie schon nach Machias rüberfahren.«

»Außer Sie gehen ins *Gateway*, das ist ungefähr auf halbem Weg nach Machias«, bemerkte der Mann mit dem Schnauzer, der beim Zeitschriftenständer stehengeblieben war. Ich warf einen Blick auf die Hefte – *Yankee*, *Der Angler*, *Unsere Familie* und andere. Ich sah den vertrauten Titel, und mein Blick blieb an ihm hängen, als hätte ich in einem Spiegel mein eigenes Gesicht wahrgenommen oder das Gesicht eines Menschen, an den ich nicht erinnert werden wollte.

»Muriel hat so an die zehn Zimmer. Sie würde sich über das Geschäft freuen.«

»Stimmt«, bestätigte der Ladeninhaber. »Dann brauchen Sie nicht bis nach Machias rein. Eine Augenweide ist es nicht gerade, aber es ist sauber.«

Caroline begann leise zu weinen. Ich schaukelte sie, um sie zu beruhigen.

»Das macht drei dreizehn«, sagte der Ladenbesitzer.

Ich bezahlte und öffnete meinen Mantel. Ich schwitzte in dem heißen Laden.

»Woher kommen Sie?« fragte der Mann.

Ich zögerte vielleicht eine Sekunde zu lang. »New York«, antwortete ich kurz.

Die beiden Männer tauschten einen Blick.

»Wie komme ich von hier aus zu dem Motel?« fragte ich.

Der Ladeninhaber verstaute meine Einkäufe in einer Papiertüte und zählte das Wechselgeld auf den Tresen. »Sie fahren hier auf der Küstenstraße in nördlicher Richtung, bis Sie zur Route Eins kommen. Da biegen Sie rechts ab, Richtung Machias. Das *Gateway* ist ungefähr zwölf Kilometer weiter auf der linken Seite. Sie können es gar nicht übersehen – es hat ein großes grünes Neonschild.«

Ich nahm die Tüte links in den Arm und das Kind rechts. Der Mann mit dem Schnauzer machte mir die Tür auf. Die Glocke bimmelte wieder. Das Geräusch erschreckte mich.

Die Sonne war untergegangen. Die trockene, bitterkalte Luft schlug mir ins Gesicht. Der Schnee knirschte unter meinen Stiefeln, als ich zum Wagen lief. Hinter mir, von der Höhe der Vortreppe, hörte ich durch die eisige Stille der Nacht Stimmen, bekannt jetzt, gleichgültig, mit einem gewissen Wohlwollen.

»Sie ist ganz allein mit dem Kind.«
»Hat wahrscheinlich den Vater verlassen.«
»Ja, vielleicht.«
»Kann sein.«

Everett Shedd

Gleich als sie da zur Tür reinkam, hat man gesehen, daß mit ihr was nicht stimmt. Sie hatte einen grauen Schal um, der ihr halbes Gesicht verdeckte, und dazu noch eine Sonnenbrille auf. Mir war sofort klar, daß sie sich verstecken wollte, aber sie hat nur das Gegenteil erreicht. Mit der schwarzen Brille am Abend, wo's draußen schon dunkel wurde, mußte sie einfach auffallen. Verstehen Sie, was ich sagen will? Sie wollte nicht bemerkt werden und hat sich gerade dadurch auffällig gemacht. Ganz besonders, als sie nicht mal drinnen die Brille abgenommen hat. Da hab ich gewußt, daß was nicht in Ordnung ist. Und wie sie das Kind gehalten hat! Ganz fest an sich gedrückt, als hätte sie Angst, sie könnte es verlieren oder man würde es ihr wegnehmen wollen. Später ist ihr das Tuch ein Stück runtergerutscht, und da hat man's gesehen. Ich dachte, sie hätte einen Autounfall gehabt. Die Straßen waren ja spiegelglatt – den ganzen Nachmittag schon. Viele waren noch nicht geräumt, auch die Küstenstraße nicht, drum dachte ich, sie würde uns erzählen, daß sie einen Unfall gehabt hatte. Nur haben die Blutergüsse eigentlich nicht *frisch* ausgesehen, verstehen Sie. Nicht so, als wär's gerade erst passiert. Und es war ja auch komisch, daß sie sie unbedingt verstecken wollte. Normalerweise versteckt man doch Verletzungen von einem Autounfall nicht. Jedenfalls nicht meiner Erfahrung nach. Und ich hab einiges an Erfahrung. Sie wissen wahrscheinlich, daß ich der einzige Polizist hier am Ort bin, außer ich werde beauftragt, noch jemanden abzustellen. Ich und meine Frau, wir betreiben hier den Laden, aber wenn's Ärger gibt, muß ich mich drum kümmern.

Und wenn ich allein nicht zurechtkomme, ruf ich nach Machias rüber und die schicken einen Wagen. Und eines kann ich Ihnen sagen: Ich hab selten ein Gesicht gesehen, das so schlimm ausgeschaut hat. Was nicht heißen soll, daß wir hier nicht auch unsere Schlägereien haben. Es kommt schon mal vor, daß der eine oder andere hier zuviel trinkt und dann durchdreht, da gibt's dann blaugeschlagene Augen, und ab und zu setzt's sogar einen gebrochenen Arm. Aber das war was ganz andres. Ihre Unterlippe war auf der rechten Seite dick geschwollen und ganz dunkel, und oben an der Backe hatte sie eine knallrote Beule, so groß wie eine Zitrone. Wenn sie die Brille abgenommen hätte, hätten wir wahrscheinlich zwei Riesenveilchen zu sehen gekriegt. Muriel, die sie am nächsten Morgen gesehen hat, und Julia – die haben beide erzählt, es wär echt schlimm gewesen. Das war wichtig, wissen Sie, ich meine, was wir an dem Tag gesehen hatten, das mußten wir dann bei der Verhandlung aussagen. Ich glaub, Julia hat gleich, als sie reinkam, gefragt, ob's ihr nicht gut ginge, aber sie hat doch, doch gesagt, dabei hat man genau gesehen, daß es nicht stimmte. Ich glaub, ihr war schwindlig. Und gehinkt ist sie auch, wenn ich mich nicht täusche. Ich dachte, sie hätte was am rechten Bein. Na ja, ich hab mir natürlich meine Gedanken gemacht. Sie will keine Hilfe. Sie sagt, sie wäre aus New York. Leute aus New York lassen sich bei uns fast nie blicken.

Ich und Willis und Julia haben uns nur angeschaut, heimlich natürlich, und schwups, war sie auch schon wieder weg. Einfach verschwunden.

Glauben Sie mir, ich hab oft drüber nachgedacht, ob ich an dem Abend richtig gehandelt hab. Ich hätt sie ja ausfragen können, wenigstens versuchen können, sie zum Reden zu bringen. Ich bezweifle allerdings, daß sie mir was erzählt hätte. Oder sonst jemandem. Die war auf der Flucht, wenn man's so sehen will. Und wir wußten, daß sie im *Gateway* wahrscheinlich in Sicherheit sein würde, obwohl ich sie und das Kleine wirklich nicht gern in die Kälte rausgeschickt hab. Es sollte brutal kalt werden in der Nacht, minus fünfzig mit dem Windabkühlungsfaktor hatten sie angesagt, drum hab ich auch gleich Muriel angerufen, um ihr zu sagen, daß jemand vorbeikäme. Und am nächsten Tag hat Muriel sie an Julia verwiesen, und wir haben wahrscheinlich alle geglaubt, Julia würde ein Auge auf sie haben und hätte die Situation im Griff. Als könnte man so eine Situation im Griff haben. Aber wir haben später drüber geredet, als sie wieder fort war. Es war nicht so, daß uns die Geschichte nicht interessiert hätte.

Sie war nur Haut und Knochen wie diese unterernährten New Yorker Models. Und ich sage Ihnen noch was: Sie werden das jetzt vielleicht komisch finden, aber ich hatte gleich den Eindruck, daß sie eine hübsche Frau war. Das hätten Sie nicht erwartet, daß so was von mir kommt, hm? Aber sie war wirklich hübsch. Das konnte man trotz der dunklen Brille und der dicken Lippe sehen – eine kleine Schönheit. Schöne Haare hatte sie, rot, lebendig, nicht dieses Karottenrot, wie man's manchmal sieht, sondern so ein Rotgold – wie poliertes Kirschholz. Ja, genau, wie Kirschholz. Schönes, dickes Haar, das ihr rund ums Gesicht gefallen ist. Ich muß zugeben, daß ich eine Schwäche für Rothaarige hab. Meine Frau hatte früher auch rote Haare, schöne Haare. Sie hat sie immer hochgesteckt getragen. Aber das ist jetzt vorbei. Wissen Sie, es war so, wie wenn – ich will versuchen, es Ihnen zu erklären. Man sieht in einem Bildband eine antike Statue, die nicht mehr heil ist. Es fehlt vielleicht ein Arm, oder ein Teil vom Gesicht ist abgebröckelt. Aber trotzdem weiß man, daß die Statue früher einmal vollkommen war und was ganz Besonderes. Verstehen Sie, was ich sagen will? So ein Gefühl kriegte man, wenn man sie anschaute, daß da was Besonderes kaputt gemacht worden war. Das Kind hatte das gleiche

Haar. Das hat man an den Löckchen gesehen, die unter der Mütze rausgeschaut haben, und später sowieso. Haben Sie sie schon gesehen?

Haben Sie Mary schon kennengelernt? Also, ich hab sie ein paarmal gesehen seit – na ja, Sie wissen schon. Und ich kann Ihnen sagen, sie schaut nicht mehr so aus wie im letzten Winter, als sie zu uns gekommen ist. Aber glauben Sie mir, und schreiben Sie's, wenn Sie Ihren Artikel bringen: Mary Amesbury war eine Schönheit.

Nur gebracht hat's ihr nichts. Außer bei Jack. Aber das ist eine andere Geschichte.

Sie müssen mit Jack reden. Wenn Sie's richtig anfangen, wird er Ihnen vielleicht was erzählen. Er ist verschlossen, wissen Sie.

Aber Willis, der redet bestimmt mit Ihnen. Der redet mit jedem. Damit will ich nur sagen, daß Willis sich gern reden hört, und er war ja dabei. Er haust in einem rosaroten Wohnwagen, den Sie vielleicht schon gesehen haben. Drüben, am südlichen Ortsrand, mit seiner Frau Jeannine und seinen Kindern. Ach, und weil wir gerade von Jeannine sprechen, da kann ich Ihnen was erzählen. Aber nur im Vertrauen. Sagen Sie's ja nicht weiter und schreiben Sie's bloß nicht in Ihren Bericht, aber da es Ihnen wahrscheinlich sowieso zu Ohren kommen wird, kann ich's Ihnen auch gleich erzählen. Also von Willis heißt es – ich mein, genau wie die Leute hier, wenn sie von Julia reden, immer sagen, daß Billy erfroren ist, bevor er ertrunken ist, so sagen sie von Willis immer, daß seine Frau, Jeannine, drei – na ja, also, daß sie drei Brüste hat. Es heißt, daß die dritte, nur so ein kleines Ding, oben auf der rechten Seite sitzt, in der Mulde, wo Schulter und Schlüsselbein zusammenstoßen. Ich hab's natürlich nie selbst gesehen und ich kenn auch niemanden, der es gesehen hat, aber ich glaub schon, daß es wahr ist, auch wenn ich Willis niemals drauf ansprechen würde. Und Jeannine ist eine Primamutter.

Das sagen alle, drum würd ich auch nie wollen, daß schlecht über sie geredet wird. Wenn Sie mich fragen, kommt das von der Inzucht, aber daß Sie mir das nicht in Ihrem Artikel schreiben. Das geht nur das Dorf was an und sonst niemanden. Hab ich Ihnen nur so nebenbei erzählt.

Also, Sie wollten was über das Dorf wissen. Da sind Sie bei mir an der richtigen Adresse. Ich bin hier so was wie der Dorfhistoriker, könnte man vielleicht sagen, aber das wissen Sie sicher schon. Deswegen sind Sie wohl hier.

Ich bin hier geboren und hab mein ganzes Leben hier verbracht, genau wie Julia und Jack und Willis. Muriel ist aus Bangor hergekommen, als sie geheiratet hat. Ihr Mann hat sie verlassen – aber das ist eine andere Geschichte –, und sie ist geblieben. Wir sind ein Fischerdorf, das haben Sie ja schon gesehen, unser Hauptgeschäft sind Hummer, Muscheln und Krebse. Das Handelszentrum im Dorf ist die Genossenschaft drüben auf dem Kai. Die Ware geht dann nach Boston runter. Ein Stück weiter landeinwärts gibt's ein paar Heidelbeerplantagen. Die liefern im August überallhin. Aber unsere Existenz ist der Hummerfang. Ich bin da eine Ausnahme, ich hab den Laden von meinem Vater übernommen, da hat's nie eine Frage gegeben, was ich mal anfangen würde. Aber Willis und Jack, die sind Hummerfischer. Und Julias Billy war auch einer von ihnen, bevor er umgekommen ist. Das sind Leute von besonderem Schlag, wissen Sie, mit dem Normalbürger nicht zu vergleichen. Wenn man's nett ausdrücken will, könnte man sagen, sie haben ihren eigenen Kopf. Aber sie können schon eine verflucht sture Bande sein. Die Hummerfischerei, wissen Sie, die liegt den Leuten hier im Blut, das ist eine Sache, die vom Vater an den Sohn weitergegeben wird, so ähnlich wie's im Bergbau ist, weil es ja die einzige Möglichkeit ist, sich hier sein Leben zu verdienen. Aber verstehen Sie mich nicht falsch. Es läßt sich gut leben hier, wenn's einem paßt. Ich kann mir nicht vorstellen, da zu leben, wo Sie herkommen. Aber das Leben hier macht einen hart. Man muß hart werden, sonst geht man unter.

Die Hummerfischer, oder jedenfalls die meisten von ihnen, holen ihre Boote kurz vor Weihnachten aus dem Wasser und setzen ihre Körbe erst wieder gegen Ende März oder so. Willis zum Beispiel fährt im Januar und Februar für eine Transportfirma. Im März fängt er dann an, sein Boot und seine Ausrüstung auf Vordermann zu bringen. Ein paar von den Männern holen ihre Boote allerdings erst im Januar raus. Jack zum Beispiel. Na ja, der hat's zu Hause auch ziemlich schwer. Seine Frau, Rebecca, die war richtig trübsinnig, ganz schlimm. Das geht im Winter hier manchen Frauen so. Es ist ja auch zum trübsinnig werden, wenn das Wasser tagein, tagaus nur grau ist, da fangen sie dann an, ein bißchen schwermütig zu werden, heulen immer nur oder schneiden sich die Haare ab – bis der Frühling kommt, dann geht's ihnen wieder gut. Aber Rebecca war Sommers wie Winters schwermütig, das war schon hart für Jack, obwohl – vielleicht war er einfach nicht der richtige Mann für sie. Jack ist ein verschlossener Mensch, sehr still. Vielleicht auch ein bißchen enttäuscht vom Leben, wenn Sie mich fragen. Er hat zwei Jahre lang an der Universität von Maine studiert, vor mehr als zwanzig Jahren war das, er hatte ein Stipendium bekommen, aber dann hat sich sein Vater auf einem Schrimpkutter beide Arme gebrochen, und der Familie ist das Geld ausgegangen, da ist Jack nach Hause gekommen, um sich um seinen Vater zu kümmern. Er hat das Boot von seinem Vater übernommen und Rebecca geheiratet. Mit den Kindern hat er sein Bestes getan. Er hat zwei, neunzehn und fünfzehn, glaub ich, anständige Kinder. Der Junge studiert jetzt in Boston. An der Northeastern Universität, glaub ich. Jack bezahlt ihm das Studium.

Kurz und gut, Jack fährt immer raus, wenn's mal taut oder nicht zu stark bläst. Die restliche Zeit pflegt er drüben im Fischhaus auf dem Kap seine Körbe und so. Da hat er auch sein Boot liegen – die *Rebecca Strout*. Sie nennen sie nach ihren Frauen. Na ja, jedenfalls an diesem Teil der Küste. Woanders nennen sie sie nach ihren Söhnen. Da hat sie übrigens gelebt, drüben am Kap. Mary Amesbury, meine ich. Haben Sie das Cottage gesehen?

Wissen Sie, wenn die Leute rausfahren, ob im Sommer oder im Winter, ist das Wasser so kalt, daß ein Mensch darin keine zehn Minuten überleben kann. So ist Billy Strout umgekommen – Julias Mann, Jacks Vetter. Hat sich mit dem Fuß in einem Gewirr von Leinen verfangen und ist über Bord gestürzt. So was kommt leider vor. Es war im November, wenn ich mich recht erinnere. Er ist erfroren, ehe er überhaupt ertrinken konnte. Die Ärzte drüben in Machias, die können das feststellen, wenn sie den Leichnam bekommen. Manchmal wird die Leiche ja nie gefunden, aber Billy ist drüben bei Swale's Island angespült worden. Wir wußten natürlich schon an dem Tag Bescheid, an dem es passiert ist. Ich kann Ihnen sagen, das nimmt einen ganz schön mit, wenn dann das unbemannte Boot gefunden wird, das mit laufendem Motor dauernd im Kreis herumfährt. Da weiß man gleich, was es geschlagen hat. Na ja, Billy hat getrunken, er hatte indianisches Blut von seiner Mutter, kann gut sein, daß das das Problem war.

Ich hatte, ehrlich gesagt, nicht den Eindruck, daß Julia allzu bekümmert war über den Verlust. Aber das schreiben Sie besser auch nicht.

Wie dem auch sei, lassen Sie mich Ihnen vom Dorf erzählen.

So um die vierhundert Einwohner. Die jungen Leute, die gehen hier weg, wenn sie so Anfang Zwanzig sind, manche kommen wieder, bleiben dann ein paar Monate hier, versuchen's noch mal woanders, bis sie schließlich aufgeben und sich für immer hier niederlassen, oder aber nicht mehr zurückkommen. Vier von unseren Jungs hier mußten nach Vietnam, zwei sind gefallen. Ihre Namen stehen auf dem Gemeindedenkmal da drüben. Die meisten jungen Leute hier sind schon in der Hummerfischerei und haben Familie, wenn sie die Einberufung kriegen – und viele von ihnen gehen nicht. Wir haben zwar ein paar Patrioten im Dorf, aber die meisten Leute hier sind der Meinung, daß der Krieg mit uns nicht viel zu tun hat.

Das Dorf wurde irgendwann im 18. Jahrhundert von Franzosen gegründet, die aus Nova Scotia rübergekommen waren, deshalb haben wir auch einen französischen Namen, genau wie Calais und Petit Manan weiter unten im Süden. Im Unabhängigkeitskrieg waren hier mehr Briten als Franzosen, und die wollten dann nach dem Krieg alles Fremde ausmerzen und das Dorf in »Hilary« umbenennen, aber der Name hat sich nie durchgesetzt. Wir haben ein paar Familien im Dorf, die können ihre Wurzeln hier bis zum Krieg zurückverfolgen, andere sind später aus Bangor oder Calais hergekommen. Indianer hat's hier auch gegeben, aber die leben jetzt in den Reservaten unten bei Eastport. Reservat hört sich gut an, aber in Wirklichkeit sind das triste Wohnsiedlungen aus Schlackenstein, die man nicht anschauen kann, ohne daß einem schlecht wird. Arbeitslosigkeit und Alkohol – es ist eine Schande. Was wir den Leuten angetan haben, mein ich. Aber na ja, ich kann das Problem nicht lösen.

Wir haben eine Bibliothek, die zwei Tage die Woche geöffnet ist. Eine Grundschule. Zur High-School fahren die Kinder nach Machias rüber. Dann die Kirche, das Postamt, mein Laden. Tom Bonney, der vom Hummerfang die Nase voll hatte, hat einen Laden für Boots- und Fischereizubehör aufgemacht, aber der ist gleich wieder eingegangen – die meisten Männer hier machen ihre Körbe selbst, und die Ausrüstung wird vom Vater an den Sohn weitergegeben. Und Elna Coffin wollte eine Muschelbude aufmachen, sie hat gehofft, die Genossenschaft würde sich dran beteiligen, aber wie ich schon sagte, wir sind hier am Ende der Welt, in einer Straße, die nirgendwohin führt, und die Genossenschaft hat nicht mitgemacht.

Die Häuser da drüben, die stammen aus der Zeit, als hier noch Schiffsbau betrieben wurde. Vor ungefähr hundertfünfzig Jahren hat der Bootsbau hier geblüht. Wir hatten auch ein Hotel, aber das ist abgebrannt. Es hat auf der anderen Seite vom Gemeindepark gestanden. Es gab mal eine Zeit, da haben hier im Ort zweitausendfünfhundert Menschen gelebt, auch wenn Sie das nicht für möglich halten möchten. An der Küstenstraße können Sie noch einige der Häuser sehen, viele von ihnen stehen leer. Alte Fischerhäuser und ein paar Bauernhäuser. Zwei von diesen Häusern hier im Dorf sind noch im Familienbesitz, aber die Leute, die drin wohnen, sind bettelarm, im Winter bewohnen die nur ein oder zwei Zimmer, die übrigen Räume machen sie dicht. Eines der anderen Häuser gehört dem Lehrer, und das vierte Julia. Julia gibt sich alle Mühe, das Haus instand zu halten, aber es müßte dringend renoviert werden, das sieht man. Ihre Familie hatte früher etwas Geld, und sie war auch auf dem College. Ihre Mutter hat sie hingeschickt. Die war völlig fertig, sag ich Ihnen, als Julia Billy Strout geheiratet hat. Na, wie gesagt, Julia hatte etwas Geld, bevor Billy es alles durchgebracht hat, aber das Haus ist ihr geblieben und dazu die drei Ferienhäuser. Wir haben im Sommer meistens so um die zwanzig, dreißig Gäste. Das Wasser ist zu kalt, und den meisten Leuten sind wir zu weit oben im Norden. Außerdem sind die Fliegen im Juni eine echte Plage. Trotzdem – Sie würden nicht glauben, was die Leute aus der Stadt zu zahlen bereit sind, nur damit sie mal von allem wegkommen. Julia verdient ganz schön damit, daß sie von Juni bis September vermietet. Von dem Geld lebt sie dann den Rest des Jahres.

Wenn Sie die Reiseprospekte lesen, werden Sie sehen, daß die Abschnitte über St. Hilaire die kürzesten sind. Und besonders hervorgehoben wird überhaupt nichts. Hier gibt's nichts, was der Rede wert wäre.

Tja, da haben Sie unsere ganze Geschichte. Ich wüßte nicht, was ich Ihnen sonst noch erzählen sollte. Außer daß es hier, soweit ich mich zurückerinnern kann, nie einen Mord gegeben hat. Gewalt gibt's natürlich immer mal, Schlägereien und so, und ich mußte auch schon mal zwei Hummerfischer festnehmen, die sich ein paar Wilderer vorgeknöpft hatten. Dennis Kidder haben sie beide Hände gebrochen. Und Phil Gideon hat letztes Jahr eine Kugel ins Knie gekriegt. Tja, wenn man sich an fremden Körben vergreift, riskiert man sein Leben.

Ach, und noch was. Ich hab eben von »Mord« gesprochen, aber Sie werden hier im Dorf nicht viele Leute finden, die dieses Wort gebrauchen, wenn sie von den Ereignissen im letzten Winter sprechen. Sie sagen alles mögliche, »diese schlimme Geschichte oben in Julias Ferienhaus« oder »diese schreckliche Sache mit der Amesbury« oder auch »die Schießerei drüben auf dem Kap«, aber das Wort »Mord« will kaum einer aussprechen. Und mir geht's, ehrlich gesagt, nicht anders.

Mary Amesbury

Ich fuhr auf der Küstenstraße aus dem Dorf hinaus. Ich fuhr nur vierzig, aber kein Kilometer vom Laden entfernt geriet der Wagen plötzlich ins Schlingern und stellte sich einen Moment quer. Mit einem Gefühl, als sackte die Erde unter mir weg, griff ich blitzschnell nach hinten, um die Tragetasche festzuhalten. Ich zog den Wagen wieder gerade, schaltete in den ersten Gang hinunter und kroch noch langsamer als zuvor durch eine beinahe totenstille Landschaft. Scheinwerferlichter, die durch die Dunkelheit auf mich zukamen, erschienen mir wie große Schiffe auf hoher See, und im Vorüberfahren scherte ich so weit aus, daß ich den Wagen beinahe in die hohen Schneewehen am Straßenrand lenkte. Seit meiner Kindheit hatte ich nicht mehr so viel Schnee gesehen. Schon vor dem Sturm des heutigen Tages mußte er gut einen Meter hoch gelegen haben. Es überraschte mich, daß so nahe der Küste so viel Schnee fallen konnte. Die schwerbeladenen Zweige von Kiefern hingen bis zum Boden hinunter.

Ich hielt Ausschau nach der Abzweigung zur Route One. Hin und wieder konnte ich hinter oder zwischen den Kiefern ein Lichtpünktchen oder einen Schimmer Helligkeit erkennen, einziger Hinweis darauf, daß das Land bewohnt war. Ich sehnte mich in diesem Moment beinahe nach der Wärme des Ladens, den hellen Lichtern, dem Gefühl von Sicherheit, das alltägliche Gegenstände vermittelten – eine Zeitung, eine Tasse Kaffee, eine Dose Suppe –, und verstand, warum der Mann mit dem Schnauzer beim Zeitschriftenständer verweilt hatte, warum die Frau im braungrauen Parka ihre Zeitung am

Tresen gelesen hatte. Ich fixierte die schwachen Lichtpünktchen mit dem gleichen angestrengten Blick, mit dem ein im Nebel orientierungsloser Seemann vielleicht die Küste sucht.

An einer Kurve stand das Stoppschild, und eine etwas breitere Straße bog nach Machias ab. Ich bog weisungsgemäß rechts ab und fuhr weiter, viel zu lange, wie mir schien – etwa zwanzig Minuten. Überzeugt, einen Fehler gemacht zu haben, vielleicht eine Abzweigung oder gar das Motel selbst übersehen zu haben, wendete ich schließlich den Wagen und fuhr den Weg, den ich gekommen war, wieder zurück. Ich war nervös. Caroline hatte zu weinen begonnen. Ich steigerte das Tempo wieder auf vierzig, dann auf fünfzig und fünfundfünfzig. Ich hing über dem Steuer, als könnte ich durch meine gebückte Haltung bewirken, daß der Wagen fest auf der Fahrbahn blieb. Aber als ich das Dorf wieder erreichte – zu bald, wie mir schien, von den Lichtern überrascht wurde –, erkannte ich, daß ich nirgends einen Fehler gemacht hatte.

Ich hielt den Wagen an und blieb einen Moment sitzen, nahm meine verkrampften Hände vom Lenkrad und überlegte, ob ich noch einmal in den Laden hineingehen und mir genauere Anweisungen holen sollte. Ich stellte mir vor, wie die Leute im Laden mich ansehen würden, wenn ich hereinkäme, und beschloß, einfach zu wenden und mein Glück noch einmal zu versuchen. Wieder kroch ich auf der Küstenstraße bis zur Abzweigung, bog nach rechts ab und musterte auf der Fahrt jedes Haus, an dem ich vorüberkam, mit scharfem Blick. Es konnte ja sein, daß das Motelschild noch nicht erleuchtet war. Es zeigte sich, daß ich einfach zu früh aufgegeben hatte. Das Motel war etwa anderthalb Kilometer hinter der Stelle, an der ich zuvor gewendet hatte. Das Wort *Gateway* leuchtete mir in grünem Neonglanz entgegen. Als ich den Wagen endlich auf den Parkplatz bugsiert hatte – er war nicht geräumt, und der Wagen schlingerte in der Kurve –, schrie Caroline wie am Spieß. Ich hielt vor dem einzigen erleuchteten Fenster an.

Die Eigentümerin des Motels war eine übergewichtige Frau, in eine Frauenzeitschrift vertieft, als ich hereinkam. Sie drückte ihre Zigarette aus und hob den Kopf. Auf ihrem pinkfarbenen Pulli klebte ein Tropfen Ketchup oder Tomatensoße. Das braune, von Grau durchsetzte Haar krauste sich in festgedrehten kleinen Löckchen, an den Schläfen hatte sie sich zwei »Sechser« gelegt, die mit gekreuzten Haarklemmen befestigt waren. Auf dem Tresen vor ihr standen die Reste eines Fertiggerichts. Aus der Ferne glaubte ich die Geräusche eines Fernsehers und Kinderstimmen zu hören.

Die Frau atmete durch den geöffneten Mund, als hätte sie eine von einer Erkältung verstopfte Nase. Sie schien außer Atem.

»Ich hab schon auf Sie gewartet«, sagte sie. »Everett hat mich angerufen und mir gesagt, daß Sie kommen. Das war vor fast einer Stunde.«

Das überraschte mich. Ich wollte erklären, warum ich nicht früher angekommen war, aber sie unterbrach mich.

»Ich hab nur Zimmer mit jeweils zwei Einzelbetten«, sagte sie. Dann wandte sie sich wieder ihrer Illustrierten zu und beugte sich über einen Artikel, als wollte sie ihn nach der Störung durch mich um so aufmerksamer lesen.

»In Ordnung«, sagte ich. »Wieviel kostet das Zimmer?«

»Zwölf Dollar. Im voraus.«

Sie knallte einen Schlüssel auf den Tresen, schob mir Register und Stift zu, murmelte wie aus weiter Ferne die Wörter »Name und Adresse«.

Caroline begann zornig weinend in meinen Armen zu strampeln. Während ich sie an meiner Schulter wiegte, nahm ich den Stift. Ich wußte, daß ich jetzt nicht zögern durfte, wenn ich mich nicht verraten wollte. Ich mußte mir jetzt einen Namen geben. Ich drückte den Stift auf das

Papier und begann langsam zu schreiben, im Schreiben erfindend: »Mary Amesbury, 425 Willard Street, Syracuse, New York«. Ich wählte den Namen Mary. Meine Tante hieß so. Doch während ich das »M« bildete, dachte ich an andere Namen: Hätte ich mir nicht einen Namen gewünscht, der interessanter war als mein eigener? Alexandra vielleicht oder Noel? Aber die Vernunft, die praktische Notwendigkeit der Anonymität, hielt mich davon ab, ein »A« oder ein »N« niederzuschreiben.

Das Amesbury kam mir ohne bewußte Überlegung. Es war der Name eines Orts, an dem ich auf meiner Fahrt an diesem Tag vorübergekommen war. Ich wußte nicht, ob es eine Willard Street 425 gab. Ich war nie in Syracuse gewesen.

Ich legte den Kugelschreiber nieder und blickte auf die schwarze Schrift im Register. Das wär's, dachte ich. Das ist die, die ich von jetzt ab bin.

»Wie heißt das Kleine?« fragte die Dicke, während sie das Register herumdrehte und meine Eintragung musterte.

Die Frage brachte mich einen Moment aus der Fassung. Ich öffnete den Mund. Ich war nicht fähig zu lügen, ich konnte meinem Kind nicht einen Namen geben, der nicht zu ihm gehörte. »Caroline«, antwortete ich, das Gesicht in den Nacken meines Kindes gedrückt.

»Ein schöner Name«, sagte die Dicke. »Eine Nichte von mir heißt auch Caroline. Sie wird immer nur Caro genannt.«

Ich bemühte mich zu lächeln, nahm mein Kind auf den anderen Arm und legte zwölf Dollar auf den Tresen.

»Nummer zwei«, sagte die Dicke. »Die Heizung ist seit einer Stunde an. Ich hab auch ein paar zusätzliche Decken reingelegt. Wenn Sie trotzdem frieren, sagen Sie mir Bescheid. Heute nacht soll es eiskalt werden.«

Im Zimmer schloß ich die Tür ab. Ich setzte mich auf

eines der Betten, machte Mantel und Bluse auf und stillte meine Kleine. Sie trank gierig mit kleinen Schmatzgeräuschen. Ich schloß die Augen und neigte meinen Kopf nach hinten. Hier findet mich keiner, dachte ich und atmete tief auf.

Nach einer Weile machte ich die Augen wieder auf und betrachtete Caroline. Sie hatte immer noch ihren Schneeanzug und die Wollmütze an. Es war bitterkalt.

Das Motelzimmer wirkte trotz der eingeschalteten Deckenbeleuchtung dunkel und bedrückend auf mich. Bettüberwürfe und Vorhänge hatten ein Karomuster in Giftgrün und Schwarz. Die Wände waren mit dünnen Kunststoffplatten mit Holzmaserung verkleidet. Ich hatte den Verdacht, daß der Gemischtwarenhändler vielleicht etwas übertrieben hatte, als er gesagt hatte, das Zimmer wäre sauber.

Nachdem ich Caroline gestillt hatte, wickelte ich sie, wusch mir die Hände, aß ein Stück von dem abgepackten Kuchen und trank die Milch beinahe so gierig wie Caroline zuvor getrunken hatte. Ans Kopfbrett des Bettes gelehnt, machte ich mir dann ein Bier auf und spülte es hastig hinunter. Flüchtig ging mir der Gedanke durch den Kopf, daß ich eigentlich keinen Alkohol trinken sollte, solange ich stillte, aber es blieb bei dem Gedanken. Caroline lag, mit Armen und Beinen in der Luft rudernd, satt und zufrieden neben mir. Ich nahm ihr die Mütze ab, streichelte ihren Kopf, den warmen Flaum, der sich so wohlig anfühlte. Meine Hände zitterten immer noch. Ich öffnete noch ein Bier, trank es langsamer als das erste.

Ich liebte es, mein Kind zu betrachten. Manchmal war ich es zufrieden, nur das zu tun und sonst nichts. Aber an diesem Abend war die Freude an ihrem Anblick durch dunkle Bilder getrübt, die ich nicht ignorieren konnte. Und diese unerwünschten Bilder zogen andere nach sich, die mich bedrängten. Ich schüttelte den Kopf, als könnte ich sie so vertreiben. Ich stellte die Bierdose nieder, nahm Caroline hoch, zog ihr den Schneeanzug aus und legte sie neben mich in meine Armbeuge. Wenn ich das Kind so halten würde, dachte ich, würden die Bilder vergehen. Das Kind würde mich beschützen, mein Talisman und Glücksbringer sein.

Und ist es möglich, daß ich irgendwann in dieser Nacht das Kind wohlbehalten auf dem Bett zurückließ, ins Badezimmer ging, mich aller meiner Kleider entledigte und in dem Spiegel hinter der Tür meinen Körper und mein Gesicht betrachtete? Ich will Sie nicht mit einer Beschreibung dessen langweilen, was ich sah, auch nicht mit den Gefühlen, die mich bei diesem Anblick in dem nackten, kalten Badezimmer überkamen. Es wird reichen, wenn ich sage, daß mein Körper mit Malen übersät war – Malen in allen Regenbogenfarben, die aussahen wie frisch erblühte Blumen.

Als ich erwachte, sah ich, daß wir beide, Caroline und ich, bei brennendem Licht eingeschlafen waren. Ich drehte die Kleine auf den Bauch und baute ihr mit Kissen und meiner Reisetasche ein sicheres kleines Nest. Selbst wenn sie aufwachen sollte, konnte da nichts passieren – sie war noch keine sechs Monate alt und krabbelte noch nicht.

Ich band mir meinen Schal um, schlüpfte in Mantel und Handschuhe, vergewisserte mich, daß ich die Schlüssel hatte, und ging in die Nacht hinaus. Die Luft war in Kälte erstarrt – jeder Atemzug schmerzte. Die Leuchtschrift des *Gateway*, die bei meiner Ankunft geleuchtet hatte, war jetzt dunkel. Ich hatte keine Ahnung, wie spät es war. Ich hatte keine Uhr bei mir. Ich ging bis zum Rand des Parkplatzes, überquerte die Straße und ging in den Wald hinein. Ich konnte mich nur auf den Sternenschein und das Licht einer mageren Mondsichel verlassen, um die Tür zu meinem Motelzimmer im Auge zu behalten.

Ich berührte die spitzen Nadeln einer beinahe unsichtbaren Kiefer. Schon begann mir die Kälte in die Stiefel zu kriechen. Ich glaubte, in der dünnen Luft das Meer riechen zu können oder den würzigen Geruch von Salzwiesen bei Ebbe. Aus weiter Ferne hörte ich den Schrei einer Möwe oder irgendeines anderen Tieres, eines nicht menschlichen Geschöpfs.

Ich fühlte mich innerlich wie ausgehöhlt. Ich war immer noch hungrig, trotz des Kuchens, den ich gegessen hatte. Als ich zum Motel zurückblickte, schien mir mein Kind weit weg zu sein. Die Wahrnehmung der Entfernung traf mich überraschend, geradeso als hätte ich soeben entdeckt, daß das Schiff, auf dem ich mich befand, sich vom Dock wegbewegte. Ich sah ein zorniges, starres Gesicht, eine Frau, die mit abwehrend erhobenen Armen rücklings gegen die Wand prallte. Ich hörte einen Säugling schreien und war im Moment verwirrt: Kam das Schreien aus dem Motelzimmer oder aus dem Wachtraum?

Ich mußte plötzlich an eine Frau denken, die, als Caroline geboren worden war, im Kreißsaal in der Kabine neben mir gelegen hatte. Ich hatte ihr Gesicht nicht gesehen, aber ich hatte niemals die Schreie aus ihrem Zimmer vergessen, unheimlich, markerschütternd wie die eines Tieres in Todesangst, und wenn ich nicht gewußt hätte, daß diese Schreie, dieses Heulen nur aus dem Mund einer Frau kommen konnten, hätte ich nicht sagen können, ob sie von Mann oder Frau hervorgebracht wurden. Immer tiefer und immer lauter wurden die Schreie, schienen die Frau hin und her zu werfen. Die Schwestern im Kreißsaal waren still. Selbst die Frauen in den anderen Kabinen, die ihren eigenen Schmerz herausgestöhnt hatten, verstummten aus Furcht und Scheu vor diesen Lauten. Der Arzt, der selbst geängstigt schien, versuchte, seine Patientin zur Besinnung zu bringen, indem er mehrmals in scharfem, zornigem Ton ihren Namen rief, aber es war klar, daß seine

Anwesenheit ihr nichts bedeutete. Mir wurde eiskalt bei diesem Heulen. Ich wollte mit jemandem über die Frau sprechen, aber niemand war bereit, mit mir über sie zu reden, als wäre diese heulende Klage zu persönlich, um mit einer Fremden besprochen zu werden.

Dabei entsprang sie dem Schmerz, reinem Schmerz, nur Schmerz allein. Und sie war, dachte ich damals, ein nützliches Maß für allen zukünftigen Schmerz, eine Norm, an der ich stets meinen eigenen Schmerz würde messen können, auch wenn ich wußte, daß ich niemals fähig wäre, meinem Schmerz mit der Ungehemmtheit jener Frau Ausdruck zu geben. Ich bekam die Frau nie zu sehen, aber ich wußte, daß ich ihr Gesicht, so wie ich es mir vorgestellt hatte, niemals vergessen würde.

Ich stampfte im Schnee kräftig mit den Füßen auf und zog meinen Mantel fest um mich. Es ist möglich, daß ich am Rand der Stille das unaufhörliche Branden des Ozeans an einer felsigen Küste hörte. Ich sah zum Motel hinüber und stellte mir mein Kind vor, das hinter der getäfelten Wand schlief.

Es würde mich interessieren – es stört Sie doch nicht, daß ich das frage? –, ob Sie zu den Journalisten gehören, die Zitate ändern. In den ersten Zeiten haben Harrold und ich endlos über diese Frage diskutiert. Ich hing mehr am Wort als er. Ich war der Meinung, man müsse das, was jemand gesagt hatte, im genauen Wortlaut wiedergeben, selbst wenn die Worte unbeholfen oder unpassend gesetzt waren, keinen Rhythmus hatten oder nicht genau das ausdrückten, was, wie man wußte, der Betreffende tatsächlich sagen wollte. Harrold hingegen glaubte an die schriftstellerische Freiheit. Er pflegte die Herzstücke aus einem Protokoll oder einer Akte herauszusuchen, diese dann beizubehalten, und nach eigenem Gutdünken auszuschmücken, so daß seine Zitate, und somit seine Berichte, sich durch Verständnisreichtum, Witz, Schwung, ja sogar Brillanz auszeichneten. Ja, vor allem durch eine bestechende Brillanz. Und nur er – und vielleicht ich – und ganz gewiß sein Gesprächspartner wußten, daß das, was da Schwarz auf Weiß stand, so nie gesagt worden war.

Ich habe mich oft gewundert, daß er nie ertappt wurde. Im Gegenteil, je mehr Freiheit er sich herausnahm, desto mehr Erfolg hatte er. Der großzügige Umgang mit dem Material erlaubte ihm, in einem Stil und mit einer Pointiertheit zu schreiben, um die andere Autoren ihn beneideten. Ich vermute, seine Gesprächspartner waren im ersten Moment vielleicht verblüfft, sich so falsch zitiert zu sehen, fanden aber nach dem ersten Schrecken Gefallen an den reizvollen, weit interessanteren Tönen, die Harrold ihnen in den Mund gelegt hatte.

Bei mir, der akribischen Protokollführerin, beschwerten sich ironischerweise weit mehr Leute als bei Harrold, weil ihre Ausführungen trocken zu lesen waren, selten witzig und, wenn auch vielleicht von Bedeutung, kaum je fesselnd waren. Sie hätten die Richtigkeit der Zitate am liebsten bestritten. Aber ich hatte meine Notizen. Ich konnte ihnen sagen, daß dies oder jenes genau so und nicht anders formuliert worden war, daß dies oder jenes Wort in der Tat gefallen war. Aber ich wußte genau, wogegen ihre Einwände sich richteten. Das, was da geschrieben stand, entsprach überhaupt nicht dem, was sie hatten sagen wollen.

Dies also war die Frage, über die Harrold und ich uns die Köpfe heiß redeten: ging bei seiner Art zu schreiben die Wahrheit verloren? Oder bewahrte er sie gerade durch die schriftstellerische Freiheit, die er sich erlaubte, besser als ich?

Als Sie hier waren, fragten Sie nach meinem Werdegang. Ich weiß nicht recht, was ich Ihnen dazu sagen soll, was hier von Belang ist.

Meine Mutter war die erste ihrer Familie, die den Sprung ins Vorortleben und in den Mittelstand schaffte. Rückblickend habe ich allerdings den Eindruck, daß das mehr mit geographischer als mit wirtschaftlicher Lage zu tun hatte. Meine Mutter war alleinerziehend und berufstätig, während alle anderen Mütter zu Hause waren. Einen Ehemann hatte sie nie gehabt. Mein Vater, gerade zwanzig, hatte sie an dem Tag verlassen, an dem sie ihm eröffnet hatte, daß sie schwanger war, und hatte sich innerhalb einer Woche zum Militär gemeldet. Ich glaube nicht, daß sie je wieder von ihm gehört hat, und er fiel noch vor meiner Geburt in Frankreich. Den Eltern meines Vaters gehörte eine Kneipe auf der Südseite von Chicago, nicht weit von der Mietskaserne entfernt, in der meine Mutter aufgewachsen war, und nach dem Tod meines Vaters gaben sie ihr Geld, um es ihr zu ermöglichen, sich zunächst einmal ausschließlich um mich zu kümmern. Sie verwendete jedoch das Geld als Anzahlung für einen kleinen weißen Bungalow in einer Vorstadt südlich von Chicago und nahm postwendend ihre Arbeit als Direktionssekretärin eines Büromaterialvertriebs wieder auf. Bis ich zur Schule kam, sorgte tagsüber eine Nachbarin für mich. Meine Mutter war eisern entschlossen, ihre Tochter um keinen Preis im Großstadtdschungel aufwachsen zu lassen.

Jeden Abend punkt zehn nach fünf pflegte ich durch die schmale Straße, in der wir wohnten, zum schmucklosen Holzbau des Bahnhofs an ihrem Ende hinunterzugehen, um meine Mutter abzuholen. In Hut und langem Wollmantel stieg sie vom hohen Trittbrett des zweiten Wagens herunter, im Arm ihre Handtasche und eine Mappe, in der sie stets ihr Mittagbrot ins Büro mitnahm. Mit dem Zug brauchte sie von ihrer Firma in Chicago bis nach Hause genau siebenundvierzig Minuten.

Die Vorstadt, in der wir lebten, kaum als solche zu bezeichnen, bestand aus einer Ansammlung von Vorkriegsbungalows, von denen einer aussah wie der andere, so daß die Straßen ein Bild der Ordnung und Adrettheit boten, wie es das in der Großstadt, der meine Mutter vor so kurzer Zeit erst den Rücken gekehrt hatte, natürlich nicht gab. Wenn wir unseren gemeinsamen Weg durch die von pastellfarbenen Häusern gesäumte Straße antraten, begann für mich die schönste Zeit des Tages, ein Moment jenseits der Zeit, wo ich meine Mutter ganz für mich hatte, und es keine Ablenkung gab. Immer war meine Mutter lebhaft und heiter, hatte mir vielleicht sogar eine Überraschung mitgebracht – ein in Zellophan verpackten Gummiball, einen Streifen Zündplättchen –, und wenn sie müde war oder einen schlechten Tag gehabt hatte, so zeigte sie mir das nicht. Allen Ärger, den sie vielleicht in der Stadt gehabt hatte, behielt sie für sich. Vielleicht aber hatte auch die Bahnfahrt nach Hause zu ihrem Kind alle Nachwehen eventueller Unannehmlichkeiten im Büro vertrieben.

Auf diesem Weg durch unsere Straße – sie pflegte langsam zu gehen, um die Momente unseres Zusammenseins zu verlängern, ich hopste rückwärts vor ihr her oder tanzte um sie herum oder marschierte, wenn sie ernsthaft mit mir sprach, brav an ihrer Seite, die Hände in den Taschen und bemüht, mit ihr Schritt zu halten – fragte sie mich nach der Schule und meinen Freunden oder erzählte mir Geschichten, die von ihren »Abenteuern«, wie sie es nannte, handelten, in denen ich dann die versteckte Moral finden sollte. Sie hatte eine Vorliebe dafür, mir leidenschaftliche Vorträge über diverse grundlegende Lektionen des Lebens zu halten, denen ich zuhörte, als spräche Gott persönlich zu mir. Im Universum, erklärte sie, gäbe es eine Hierarchie, und ich würde erst glücklich werden, wenn ich meinen Platz darin gefunden hätte. Alle möglichen Dinge könnten einem Menschen zustoßen. Man müsse lernen, diese Dinge zu akzeptieren. Man dürfe nicht zu sehr gegen die natürliche Ordnung rebellieren. Der

Preis, den man dafür zahlen müsse, sei zu hoch – ein Leben in Schuld oder Einsamkeit. Ich genoß jede Sekunde der zwölf bis vierzehn Minuten unseres allabendlichen gemeinsamen Wegs vom Bahnhof zu unserem Haus, denn ich wußte, wenn meine Mutter erst einmal über die Schwelle getreten war, würden die häuslichen Pflichten sie ganz in Anspruch nehmen. Sie klagte nie, sie wurde nur mit dem Fortschreiten des Abends immer stiller, wie ein altes Grammophon, das allmählich an Schwung verliert. Wenn es Zeit für mich war, zu Bett zu gehen, kam sie in mein Zimmer – eine kleine Kammer, die durch das Bad mit ihrem Schlafzimmer verbunden war – und bürstete mir das Haar, dessen Farbe und Beschaffenheit ich von ihr mitbekommen hatte. Diese Gewohnheit, die getreulichen hundert Bürstenstriche, aus denen manchmal, wenn sie beim Erzählen einer Geschichte oder einer Anekdote die Zeit vergaß, noch einmal hundert wurden, war uns zu einem Ritual geworden, an dem wir auch noch festhielten, als ich längst alt genug war, mir das Haar selbst zu bürsten.

Nachdem sie mich ins Bett gepackt hatte, setzte sie sich ins Wohnzimmer aufs Sofa, um zu nähen oder fernzusehen oder Radio zu hören. Manchmal las sie auch, aber häufig, wenn ich aufstand, um mir ein Glas Wasser zu holen oder ihr zu sagen, daß ich nicht schlafen konnte, sah ich sie mit Buch oder Nähzeug im Schoß dasitzen und ins Leere starren. Ich weiß nicht, wovon sie träumte.

Wenn meine Mutter ihren langen Mantel und ihren Hut abgelegt und ihr Kostüm mit einem bequemeren Kleidungsstück getauscht hatte, fand ich sie schön – auf das Traurige daran werde ich hier nicht eingehen, denn in meiner Kindheit fand ich das nicht traurig, das geht mir erst jetzt so. Vielleicht finden alle Töchter ihre Mütter schön. Ich weiß es nicht. Das Besondere an ihr war ihr Haar, die Farbe ihrer Augen, ein lichtes Grün, das ich nicht geerbt habe, und ein Teint, der ihr auch, als sie älter wurde, erhalten blieb. Am schönsten fand ich sie immer, wenn sie an einem schwülen Abend draußen auf der kleinen, von einem Fliegengitter geschützten Hinterveranda auf einem Aluminiumstuhl mit Plastiksitz von der Hausarbeit rastete. Meist hatte sie ein leichtes Strandkleid an, und ihre Haut war ein wenig feucht von der Hitze. Das Haar, das sich aus den Nadeln gelöst hatte, fiel ihr unordentlich, aber voll und üppig auf die Schultern, und sie lächelte vielleicht über eine pikante kleine Klatschgeschichte über unsere Nachbarin, die ich ihr erzählte, während wir eine Zitronenlimonade tranken. Ich wußte, daß meine Mutter es gern hörte, wenn ich über unsere Nachbarin klatschte. Das stillte ihre Eifersucht, die Angst, eine andere könnte ihrem Kind zur Mutter geworden sein.

Für unsere Nachbarin war ich eine Plage, mit voller Absicht, denke ich heute, und die Frau, die Hazel hieß und selbst drei aufmüpfige Kinder hatte, mochte mich nicht besonders. Die Abneigung beruhte auf Gegenseitigkeit, aber vielleicht war es auch einfach so, daß ich etwas dagegen hatte, meine Kindheit in einem fremden Haus zu verleben. Sobald ich alt genug war, bat ich meine Mutter, nach der Schule bei uns zu Hause bleiben zu dürfen, und sie erlaubte es mir im Vertrauen darauf, daß ich nicht trinken oder rauchen oder die gleichen Dummheiten machen würde wie die anderen Mädchen in meinem Alter. Natürlich begann ich mit der Zeit genauso über die Stränge zu schlagen wie meine Freunde – ich rauchte, ich trank ab und zu Bier –, aber sie irrte in ihrer Befürchtung, daß diese im Grunde harmlosen Vergnügungen mir zum Verhängnis werden würden.

Manchmal lud meine Mutter Männer nach Hause ein. Ich sah sie nicht als ihre Liebhaber, tue das auch heute noch nicht. Es waren Männer, die meiner Mutter in irgendeiner Weise behilflich gewesen waren – alleinstehende oder ungebundene Männer, die den Schnee aus einer Einfahrt räumten, für die wir keinen Wagen hatten, oder zerbrochene Fenster reparierten; oder Männer, die sie in der Stadt kennengelernt hatte und die Sonntag nachmittag einmal zu uns zum Essen kamen. Aber einmal gab es einen Mann, den meine Mutter, glaube ich, liebte. Er war in ihrer Firma als Abteilungsleiter tätig, und sie war ihm offensichtlich bei der Arbeit nähergekommen, manchmal nämlich pflegte sie ihn mitten in einer Geschichte, die sie mir gerade erzählte, wie beiläufig zu erwähnen, und mir fiel auf, welche Freude es ihr bereitete, von ihm zu sprechen. Er hieß Philip und hatte dunkles Haar und einen Schnurrbart und fuhr einen glänzenden schwarzen Lincoln. Eine Zeitlang kam er regelmäßig jedes Wochenende zum Essen, und danach machten wir alle gemeinsam eine Spazierfahrt in seinem Wagen. Ich saß hinten, meine Mutter saß neben ihm. Von Zeit zu Zeit langte er zu ihr hinüber und drückte ihre Hand, eine Geste, die mir nie entging. Wir gingen immer zum Eisessen, selbst im tiefsten Winter. Wenn wir wieder zurück waren, ging ich entweder in mein Zimmer, um zu spielen, oder nach draußen, um mich mit meinen Freunden zu treffen. Ich war damals acht oder neun. Philip und meine Mutter blieben allein im Wohnzimmer zurück. Einmal, als ich um die Ecke kam, sah ich, wie Philip meine Mutter küßte. Ich hatte den Eindruck, daß seine Hand auf ihrer Brust lag, aber sie rückte so hastig von ihm ab, als sie mich hörte, daß das Bild verwischt ist, und ich mir heute nicht sicher bin, was ich gesehen habe. Sie sprang mit rotem Kopf auf, als wäre ich die Mutter. Ich tat so, als hätte ich nichts gesehen, stellte die Frage, die mich ins Zimmer geführt hatte. Aber es war ein fürchterlicher Moment, und selbst heute noch winde ich mich innerlich vor Verlegenheit, wenn ich daran denke. Ich fand es nicht fürchterlich, daß Philip sie geküßt hatte – ich war froh, daß sie nach all den Jahren jemanden gefunden hatte, der sie liebte. Ich fand mich selbst fürchterlich, meine hemmende Anwesenheit.

Doch auch Philip verließ meine Mutter nach einiger Zeit. Monatelang glaubte ich, Philip hätte meine Mutter meinetwegen im Stich gelassen, weil er keine Lust hatte, eine Frau zu lieben, die ein Kind »am Hals« hatte, wie man damals sagte. Wenn später andere Männer zu uns kamen – und allzu viele waren es nach Philip nicht –, ging ich stets in mein Zimmer und kam nicht mehr heraus.

Meine Mutter kam aus einer streng katholischen irischen Familie und war als eines von sieben Kindern in einer ständig überfüllten Wohnung groß geworden. Sie war fromm und besuchte jeden Sonntag ihres Lebens die Messe, und ich bin überzeugt, meine außereheliche Geburt war in ihren Augen der schlimmste moralische Fehltritt ihres Lebens. Ich war von klein auf nicht dazu zu bewegen, die Kirche mit der gleichen Vorbehaltlosigkeit anzuerkennen wie sie, und ich weiß, daß Widerstand von mir ihr eine Quelle des Zorns war. Wenn es zwischen uns Auseinandersetzungen gab – und ich erinnere mich nur an wenige –, dann darüber, weil ich nicht regelmäßig zur Kirche ging. Später, als ich in New York arbeitete und schon tiefunglücklich war, kam ich jeden Morgen auf dem Weg in die Redaktion an einer katholischen Kirche aus altersdunklem Backstein namens St. Augustin vorbei, und manchmal fühlte ich mich fast überwältigt von dem Verlangen, hineinzugehen und niederzuknien. Ich habe es jedoch nie getan. Die Überzeugung, daß ich von einer Kirche, die ich zurückgewiesen hatte, keinen Trost verdiente, hielt mich davon ab, und im übrigen war ich meist ohnehin zu spät dran.

Wir bekamen oft Besuch. Meine Mutter hatte viele Verwandte, die fast alle noch in der Stadt lebten. Für sie war die Fahrt zu unserem kleinen, weit außerhalb gelegenen Vorstadthaus willkommenes Ziel für einen Sonntagsausflug. Meine Großeltern, Tanten und Onkel, Vettern und Cousinen pflegten unten an der Straße mit dem Zug anzukommen, und dann zog die ganze Gesellschaft lärmend den Hügel hinauf zu unserem Bungalow, wo meine Mutter mit einem Essen wartete. Sie wußte, daß die gesamte Verwandtschaft nichts davon hielt, daß sie ihre Tochter allein großzog, und noch weniger von ihrem Entschluß, außerhalb der Stadt zu leben und sich und ihr Kind mit ihrer Arbeit als Sekretärin durchzubringen – als Privatsekretärin, wie sie stolz zu sagen pflegte –, aber sie lud sie dennoch jede zweite Woche getreulich ein und redete ihnen noch gut zu, wenn sie Umstände machten. Ich hatte ja keine Geschwister, und sie wußte, daß ich auch nie welche haben würde. Deshalb wollte sie mir das Gefühl vermitteln, daß ich in eine größere Gemeinschaft eingebunden war. Je lauter und geselliger es in unserem Haus zuging, desto glücklicher schien sie zu sein.

Sie drängte mich auch immer, meine Freunde mit nach Hause zu bringen, und stets warteten dann im Kühlschrank oder auf dem Küchentisch irgendwelche Leckerbissen auf uns, die sie vorbereitet hatte, oder sie lud meine Freunde ein, mit uns zu essen und bei uns zu übernachten. Sie sprühte vor Lebendigkeit, wenn meine Freunde kamen, beinahe als versuchte sie, den Eindruck zu erwecken, es lebten mehr Menschen im Haus als es tatsächlich der Fall war und wir wären genau wie alle anderen Familien in der Straße. Ich hatte Freundinnen, später Freunde, und meine Teenagerjahre sind mir als eine ständige atemlose Jagd in Erinnerung, bei der alle meine Energien auf die Schule konzentriert waren und auf mein Bemühen, ein Höchstmaß an Beliebtheit zu erringen. Aber meine geheimen Phantasien, so verschwommen sie auch sein mochten, richteten sich auf eine ferne Zeit, irgendwann nach der High-School, wo ich nicht mehr zu Hause leben würde. Ich liebte meine Mutter, und der Gedanke, sie allein zurückzulassen, machte mir zu schaffen, aber ich begriff auch, daß weder sie noch ich glücklich werden konnten, wenn ich nicht das tat, was ich tun mußte, wenn ich mir nicht die Dinge nahm, die ihr versagt geblieben waren.

Wenn meine Mutter in ihrer Firma in Chicago war und ich nicht in der Schule saß, wanderte ich oft allein oder mit meinen Freunden das Bahngleis entlang. Wir folgten den Gleisen zu Nachbarorten (die über den Bahndamm leichter zu erreichen waren als über die Straße) und sprangen flugs von den Schienen, sobald wir einen Zug kommen hörten. Wir fanden das »abenteuerlich«. Es war friedlich auf den Gleisen, und man bekam ein Gefühl der Orientiertheit, aber das wahrhaft Verführerische an diesem Zeitvertreib war die Illusion von Freiheit. Vor uns dehnten sich die endlosen Gleise, nirgends ein Hindernis in Sicht, so daß man das Gefühl hatte, man könnte bis in alle Ewigkeit immer geradeaus weitergehen. Selbst heute noch denke ich, wenn ich das rhythmische Rattern eines vorüberfahrenden Zugs höre, an meine Mutter und an die Verheißung einer Reise und an jenen fernen ersehnten Punkt, wo die Schienen zusammenzulaufen scheinen.

Muriel Noyes

Jetzt sagen Sie mir erst mal, worum es in Ihrem Bericht überhaupt geht.

Für einen Artikel, in dem nur an Mary Amesbury rumgekrittelt werden soll, geb ich mich nicht her. Sie können das Ding also gleich wieder wegstecken, wenn Sie vorhaben, sie fertigzumachen. Mary Amesbury ist unschuldig. Verlassen Sie sich drauf, ich weiß es. Woher ich es weiß? Weil das haargenau meine eigene Geschichte ist. Und jede Frau, die so was durchgemacht hat, weiß, wie das läuft.

Ich hatte einen Ehemann, der mich geschlagen hat. Dieser Mistkerl hat mein Leben ruiniert. Verdammt noch mal, ja, er hat mir alles kaputtgemacht. Er hat mir die besten Jahre meines Lebens genommen. Und die kriegt man nie zurück. Verstehen Sie, was ich sagen will? Ich hatte kleine Kinder und konnte sie nicht einmal lieben. Ich meine, natürlich habe ich sie geliebt, aber nichts, nichts konnte ich je genießen, weil ich dauernd Angst haben mußte. Ich hatte Todesangst, wenn er nur zur Tür hereinkam, Angst um die Kinder und Angst um mich. Einmal hat er meinen kleinen Sohn geschlagen, als der noch im Hochstuhl saß, er war noch nicht mal sieben Monate alt. Können Sie sich das vorstellen? Sieben Monate! Ich mußte den Kleinen zum Arzt bringen. Ich mußte lügen. Jeden gottverdammten Tag meines Lebens hab ich lügen müssen, weil ich mich so geschämt habe und solche Angst hatte.

Aber eines kann ich Ihnen sagen: Heute habe ich vor nichts und niemandem mehr Angst.

Sie sehen also, ich kenn mich da aus. Da gibt's nichts, was ich nicht weiß.

Eines muß ich allerdings sagen, bei Mary Amesbury habe ich's erst am nächsten Morgen gemerkt. Wenn Sie mich mit meiner Illustrierten erwischen, vergessen Sie's! Wissen Sie, als sie reinkam, hab ich eigentlich nicht sie angeschaut, sondern mehr das Kind, drum ist mir nichts aufgefallen.

Aber als sie am nächsten Morgen mit dem Schal und der dunklen Brille ins Büro kam, da hab ich sofort Bescheid gewußt, und sie hat's gemerkt. Sie hätten sehen sollen, wie sie mich angeschaut hat, ich schwör's, ich hab gedacht, sie würde auf der Stelle ohnmächtig werden. Als sie sich dann wieder im Griff hatte, hat sie mich gefragt, ob ich was wüßte, wo sie eine Weile bleiben kann, ein Ferienhaus oder so was. Ich hab eine Weile nachgedacht und ihr dann gesagt, daß Julia Strout da vielleicht was hätte. Julia hat ein paar Cottages, die sie im Sommer vermietet.

Ich hab Julia gleich selbst angerufen, wahrscheinlich weil ich mir vorstellen konnte, was sie durchgemacht hatte, und dann mit dem Kind und so. Hier oben kümmern wir uns im allgemeinen nicht weiter um Fremde, aber das war was anderes, verstehen Sie.

Ich hab sie dauernd anschauen müssen. Sie hat sich die größte Mühe gegeben, es zu verstecken, aber man hat's trotzdem gesehen. Sie hätten Ihren Augen nicht getraut, wenn sie's gesehen hätten. So was ist ein Alptraum, ein echter Alptraum. Fremden Leuten gegenüberzutreten, wenn einem die ganze Lebensgeschichte im Gesicht geschrieben steht.

Sie sind doch Reporterin, richtig? Na, Ihnen sagt über so eine Geschichte bestimmt keiner die Wahrheit, drum werd ich Ihnen jetzt mal was erzählen. Er hat mir die beiden oberen Schneidezähne ausgeschlagen. Er hat mich bewußtlos geprügelt. Er hat mir den Arm und das Schienbein gebrochen. Er hat seine Zigaretten auf meinem Körper ausgedrückt. Fünf Jahre lang hatte ich nicht ein einziges

Mal intime Beziehungen, wie man so sagt, und es war mir gerade recht. Nicht einmal jetzt kann ich an Sex denken, ohne daran zu denken, was er mir angetan hat. Einmal hat er gedacht, die Polizei käme, da hat er die Kinder gepackt und ist mit ihnen nach Kanada geflohen. Sechs Monate lang habe ich meine Kinder nicht gesehen. Als er zurückkam, hatte ich solche Angst, daß er sie mir wieder nehmen würde, daß ich mir alles von ihm gefallen ließ. Bis er dann auf die Kinder losgegangen ist. Das hab ich nicht ausgehalten. Ich hab die Polizei in Machias angerufen, und er ist wieder abgehauen. Ich hab drum gebetet, daß er nie wiederkommen würde. Das ist jetzt acht Jahre her. Ich hoffe, er ist tot.

Wir hatten eine Beteiligung an einer Heidelbeerplantage. Die hab ich verkauft und mit dem Geld das Motel gekauft. Es hatte seit Anfang der fünfziger Jahre leergestanden – ein unglaublicher Saustall. Ein paar Leute aus dem Ort haben mir geholfen, es herzurichten. Ich hab drei Kinder. Wir kommen einigermaßen zurecht. Die Kinder sind wirklich brav, aber es ist schwer, ganz allein drei Kinder großzuziehen, das können Sie mir glauben.

Ich liebe meine Kinder, aber als ich vorhin gesagt hab, daß er mein Leben verpfuscht hat, war's mir ernst. Ich bin heute noch wütend. Man merkt's mir an, stimmt's? Ja, ich bin heute noch wütend. Immer, wenn ich andere Familien sehe – sie kommen im Sommer ins Motel, und sie sehen glücklich und zufrieden aus –, krieg ich zuerst ein Riesenmitleid mit mir selbst, aber dann schaue ich noch mal genauer hin – und ich trau diesem Glück nicht mehr.

Julia Strout

Ja, ich habe Mary Amesbury gekannt. Sie hat vom 4. Dezember bis zum 15. Januar draußen in Flat Point Bar ein Ferienhaus von mir gemietet.

Die Miete war minimal. Ist das von Bedeutung?

Ich hab sie das erste Mal am 3. Dezember gesehen, nachmittags, als sie in Everett Shedds Laden kam.

Ich würde sagen, ja, ich hatte schon in dem Moment den Eindruck, daß irgend etwas nicht stimmte. Sie schien mir in Not zu sein. Sie wirkte krank, unterernährt. Es war an dem Tag außerordentlich kalt. Ja, außerordentlich kalt. Die Leute haben an dem Nachmittag kaum über etwas anderes geredet. Im Wetterbericht hatte es geheißen, daß die Temperatur unter Berücksichtigung des Windabkühlungsfaktors bis auf minus fünfzig runtergehen könnte. Tatsächlich ist das Thermometer bis auf minus dreißig gefallen. Wir sind hier solche niedrigen Temperaturen nicht gewöhnt, wir sind zwar hoch im Norden, aber doch direkt an der Küste.

Ja, kann sein, daß ich sie gefragt habe, ob es ihr nicht gut geht. Ich kann mich jetzt nicht erinnern.

Ja, Everett und ich haben über sie gesprochen, nachdem sie gegangen war. Wir vermuteten, sie könnte vor irgend etwas auf der Flucht sein. Ich weiß, daß ich darüber nachdachte, und es ist möglich, daß Everett und ich auch darüber gesprochen haben. Kann sein, daß Everett mich auf den Gedanken gebracht hat, sie könnte Verletzungen haben, aber da bin ich jetzt nicht mehr sicher.

Mein Mann ist vor Jahren bei einem Unglücksfall auf seinem Boot ums Leben gekommen. Ich möchte darüber eigentlich nicht reden. Wenn ich Sie recht verstanden habe, wollen Sie doch einen Bericht über Mary Amesbury schreiben und nicht über die Leute aus dem Ort.

Wenn Sie über den Ort schreiben, möchte ich mich lieber nicht an diesem Artikel beteiligen. Ich bin nur hier, um mit Ihnen über Mary zu sprechen, um dafür zu sorgen, daß die Wahrheit ans Licht kommt. Das heißt, die Wahrheit, wie ich sie begreife. Ich kann natürlich nicht behaupten, die ganze Wahrheit zu kennen. Wahrscheinlich kennt sie niemand außer Mary.

Ja, ich weiß natürlich, daß sie in Wirklichkeit nicht Mary Amesbury hieß. Aber unter diesem Namen haben wir sie hier gekannt, und ich denke, so wird man sie hier in Erinnerung behalten.

Auch wenn Mary Amesbury jetzt ja wohl nicht mehr lebt.

Ich hab sie am nächsten Morgen wiedergesehen. Muriel Noyes hat mich angerufen und gefragt, ob eines meiner Ferienhäuser winterfest sei. Eines hab ich, das winterfest ist, drüben in Flat Point Bar.

Es ging mir nicht darum, etwas zu verdienen. Ich vermiete im Winter normalerweise nicht. Das Haus drüben in Flat Point Bar war von einem Ehepaar für den Winter eingerichtet worden, das vorhatte, sich in St. Hilaire zur Ruhe zu setzen, aber dann ist der Mann gestorben, und die Witwe ist im letzten Sommer nach Boston zurückgegangen. Ich hatte das Häuschen an einen Ingenieur vermietet, der vorübergehend an einem Projekt in Machias mitarbeitete, aber er ist kurz vor Thanksgiving wieder abgereist. Für Mary Amesbury war das ein glücklicher Zufall, denn ich hatte deshalb Wasser und Heizung noch nicht abgestellt.

Sie kam zu mir. Direkt an meine Tür.

Sie hatte einen grauen Tweedmantel an und trug einen grauen Schal dazu. Später, als wir draußen beim Cottage waren und sie den Mantel ausgezogen hat, hab ich gesehen, daß sie darunter Blue Jeans und einen Pulli anhatte. An den Füßen hatte sie, glaube ich, schwarze Stiefel. Sie war sehr dünn.

Ich nehme an, Sie haben sie kennengelernt.

Sie hat mich an ein Rassepferd erinnert. Sie hatte, wie meine Mutter sagen würde, ein aristokratisches Kinn.

Ich habe nicht mehr getan, als jeder anständige Mensch getan hätte. Es gibt hier im Ort Leute, um die man sich kümmern muß, denen man helfen muß, wenn man kann. Ich würde sagen, es war schon etwas ungewöhnlich für mich und Everett, uns wegen einer Fremden Gedanken zu machen, aber man brauchte sie nur zu sehen, und es war klar, daß man ihr helfen mußte. Außerdem war ja das Kind auch noch da.

Was danach passiert ist? Wir haben uns in ihren Wagen gesetzt und sind zusammen zum Cottage rausgefahren.

Eines möchte ich aber jetzt gern noch sagen. Es ist wichtig, und ich finde, Sie sollten es wissen.

Diese ganze Geschichte ist entsetzlich und für alle Beteiligten tragisch. Aber das eine möchte ich Ihnen doch sagen: Ich bin fest überzeugt, daß die sechs Wochen, die Mary Amesbury in St. Hilaire verbrachte, die wichtigste Zeit ihres Lebens war.

Und vielleicht die glücklichste.

Mary Amesbury

Am Morgen zog ich die Vorhänge auf. Der Tag war blendend hell – gleißendes Licht und sonnenfunkelnder Schnee. Caroline lag auf dem Bett und schaute zu mir herauf. In ihrem lächelnd geöffneten Mündchen blitzten zwei kleine Zähne. Ich nahm sie hoch und begann, mit ihr auf dem Arm hin und her zu gehen. Sie liebte das – vielleicht mochte sie den Ausblick von der Höhe meiner Schulter oder einfach die rhythmische Bewegung –, und ich fühlte mich heil und in Frieden, wenn ich sie im Arm hielt, als wäre mir ein verlorengegangenes Stück von mir vorübergehend wiedergegeben.

Während ich umherging, versuchte ich, mir über die nächste Zukunft klar zu werden. Das Zimmer gefiel mir nicht, aber ich wußte, daß ich es nicht aufgeben konnte, solange ich nicht etwas Passenderes gefunden hatte. Ich dachte daran, mein Glück in Machias zu versuchen. Der Ort war größer, da gab es wahrscheinlich mehr Möglichkeiten, eine Unterkunft für länger zu finden, ein möbliertes Zimmer vielleicht oder sogar eine kleine Wohnung. Ich brauchte eine Zeitung und Lebensmittel, es hieß also einkaufen, wieder einen Laden betreten – mir graute davor.

Ich beschloß, das Zimmer für eine weitere Nacht zu mieten. Da hätte Caroline wenigstens einen festen Platz, wo sie tagsüber schlafen konnte, wenn ich nicht gleich eine Unterkunft fand.

Ich zog erst das Kind an, dann mich und ging, mein Gesicht hinter Schal und Brille versteckt, ins Büro hinüber. Es war niemand da, aber als ich läutete, kam die Dicke vom vergangenen Abend. Sie sah mich an, als hätte sie mich nie zuvor gesehen. Ich fragte, ob ich das Zimmer eine weitere Nacht haben könnte, und im selben Moment sah ich, daß sie alles wußte.

Es hat einmal eine Zeit gegeben, da wollte ich es in die Welt hinausschreien und war nicht fähig gewesen, darüber zu sprechen. Jetzt aber, da die Wahrheit mir aus dem Gesicht sprach, wollte ich mich nur verstecken.

Ich hob den Kopf, sah der Wirtin direkt ins Gesicht und fragte, ob sie eine Wohnung oder ein Häuschen wisse, das ich für einige Zeit mieten könne.

Ein Geruch von kaltem Zigarettenrauch, der die Frau umgab, breitete sich im Zimmer aus. Sie musterte scharf mein Gesicht, das wenige, was davon sichtbar war, als suchte sie Bestätigung für ihren Verdacht. Dann zog sie tief an ihrer Zigarette und machte mit der Hand, die die Zigarette hielt, eine Bewegung in Richtung zum Dorf.

»In St. Hilaire ist eine Frau, die im Sommer Ferienhäuser vermietet«, sagte sie. »Ich glaube, eins oder zwei davon sind winterfest.«

»Wie kann ich sie erreichen?« fragte ich.

Die Dicke zögerte, dann griff sie zum Telefon. Sie hielt den Blick auf mich gerichtet und sprach mit mir, während sie wählte. »Sie heißt Julia Strout. Sie vermietet selten im Winter. Hier kommt ja nie ein Mensch her. Aber sie hat ein Haus draußen auf dem Kap und ein zweites am südlichen Ortsrand, da bin ich ziemlich sicher. Das draußen am Kap ist auch im Winter bewohnbar, es hat ursprünglich einem Ehepaar aus Boston gehört, das sich hier zur Ruhe setzen wollte, und die haben natürlich dafür gesorgt, daß es winterfest gemacht wurde. Aber dann ist der Mann gestorben, und sie ist nach Boston zurückgegangen und hat das Haus an Julia Strout verkauft. Die vermietet – Julia? Muriel hier... Ja, mir geht's gut. Ich weiß allerdings nicht, ob mein Wagen heut morgen anspringen wird. Hast du die Kälte letzte Nacht gut überstanden? ... Gut. Gut. Hör mal, Julia, hier bei mir ist eine Frau mit einem kleinen Kind, die eine Unterkunft für länger sucht, und ich hab ihr von dem winterfesten Cottage drüben in Flat Point Bar erzählt ... Ach, tatsächlich? Was meinst du, kannst du da drüben die Heizung ein bißchen aufdrehen? Ist doch bestimmt kalt da draußen am Kap bei dem Wind, der vom Meer reinkommt ... Man muß ja an das Baby denken ...«

Sie sprachen noch ein Weilchen miteinander, dann legte die Dicke auf und sah mich an. »Sie hat gesagt, daß sie Sie gestern im Laden gesehen hat«, bemerkte sie.

Ich sah die große, kräftige Frau in dem braungrauen Parka vor mir, fragte mich, ob die Motelwirtin sie zurückrufen würde, sobald ich abgefahren war, um ihr zu erzählen, was sie gesehen oder zu sehen geglaubt hatte, und dachte daran, gleich weiterzufahren, in den nächsten Ort oder den übernächsten.

»Kommen Sie, ich nehm Ihnen das Kind ab, dann können Sie in Ruhe Ihren Wagen starten und ein bißchen warm werden lassen«, sagte die Wirtin. »So ein Kleines kann man bei der Kälte heute nicht einfach ins kalte Auto setzen. Die würde sich ja die kleinen Zehen abfrieren.«

Ich bedankte mich und ging auf den Parkplatz hinaus, um den Wagen in Gang zu bringen. Die ersten drei Versuche waren erfolglos, aber beim vierten gab der Motor immerhin ein schwindsüchtiges Hüsteln von sich. Ich trat mit aller Kraft aufs Gaspedal und versuchte, den Wagen auf Touren zu bringen. Durch die Windschutzscheibe konnte ich nichts sehen, das Glas war völlig vereist. Ich ließ den Motor laufen, um ihn warm werden zu lassen, während ich draußen das Eis von allen Fenstern kratzte. Die Sonne strahlte, hatte aber bei dieser klirrenden Kälte keine Wirkung.

Als es im Wagen etwas warm geworden war, packte ich meine Reisetasche und warf sie in den Kofferraum. Dann ging ich ins Büro zurück. Die Wirtin hielt Caroline mit einem Spiel bei Laune, bei dem sie die Arme meines Kindes hoch in die Luft schwang. Jedesmal, wenn sie das tat, krähte Caroline vor Vergnügen. Es gab mir einen Stich. Ich hatte mein Kind seit Tagen nicht mehr zum Lachen gebracht, ich hatte seit Tagen nicht mehr mit ihm gespielt.

Die Wirtin drehte sich herum und legte mir Caroline widerstrebend in die Arme. »Ich hab selbst drei, sie sind inzwischen in der Schule. Aber sie fehlen mir, meine Kleinen. Wie alt ist sie?«

»Sechs Monate«, antwortete ich.

»Sie wissen, wie Sie ins Dorf zurückkommen?«

Ich nickte.

»Gut. Wenn Sie ins Dorf kommen, sehen Sie gegenüber vom Laden vier alte Kolonialhäuser. Das mit den grünen Läden und der grünen Tür gehört Julia Strout. Sie wartet schon auf Sie.«

»Danke vielmals, daß Sie das für mich angeleiert haben«, sagte ich.

Die Wirtin zündete sich eine neue Zigarette an.

»Vergessen Sie nicht den Schlüssel«, sagte sie.

Ich nahm den Zimmerschlüssel aus meiner Manteltasche und legte ihn auf den Tresen.

Ich umrundete das Oval des Gemeindeparks und hielt vor dem einzigen der vier Häuser, das grüne Läden hatte. Es war das ansehnlichste in der Gruppe mit einer großzügigen Veranda, die um das ganze Haus herumging. Ich ließ Caroline im Auto, stieg die Treppe zur Veranda hinauf und klopfte an die Tür. Die Frau, die mir öffnete, war bereits für den Ausflug in die Kälte angezogen, sie trug ihren Parka, dazu Mütze und Handschuhe und eine dicke blaue Kordhose, die sie in ihre Stiefel gestopft hatte. Sie gab mir die Hand und sagte: »Julia Strout. Ich habe Sie gestern im Laden gesehen.«

Ich nickte und nannte ihr meinen neuen Namen. Er

blieb mir beinahe im Hals stecken. Ich hatte den Namen vorher noch nie laut ausgesprochen.

»Sie haben Glück gehabt, daß Ihr Wagen angesprungen ist«, bemerkte sie, während sie die Tür hinter sich absperrte. »Die Schule mußte heute ausfallen, weil die Busse gestreikt haben. Ich schlage vor, wir fahren mit Ihrem Auto, wenn Ihnen das recht ist. Ich hab mein's noch nicht aus der Garage geholt.«

Sie setzte sich neben mich nach vorn, groß und kräftig, imposanter noch, als sie mir am Vortag im Laden erschienen war. Sie nahm den ganzen Raum im Wagen neben mir ein. Ich warf ihr einen hastigen Blick zu, aber sie erwiderte ihn nicht. Sie hatte wohl schon gesehen, was es zu sehen gab, und war zu diskret, um mich anzustarren.

»Das Haus liegt gleich an der Küstenstraße, ein Stück nördlich vom Dorf«, bemerkte sie. »Tut mir leid, daß Sie jetzt noch mal zurückfahren müssen, aber allein hätten Sie das Haus wahrscheinlich nicht gefunden. Man erkennt die Zufahrt an zwei Kiefern, aber ich bezweifle, daß ich Ihnen die hätte beschreiben können.«

Auch Julia Strout sprach den einheimischen Dialekt, aber ihre Sprache war kultivierter als die der anderen Leute, denen ich bisher begegnet war.

Die Straße war praktisch unbesiedelt und führte dicht an der gezackten Küste entlang. Hier hatte man freien Blick auf das Wasser – eine weite, kalte, mit Inseln gesprenkelte blaue Fläche, die sich zum Atlantik hinausdehnte. Es blies ein starker Wind, und die Wellen schäumten.

»Hier sind wir schon«, sagte sie. »Jetzt rechts.«

Wir bogen in eine steinige Straße ein, bedeckt von Eis und Schnee und zu beiden Seiten von hohen Hecken begrenzt, Himbeersträuchern, wie sie sagte. Rutschend und ruckelnd schlingerten wir die schmale Straße hinunter, bis sie sich vor uns zu unerwarteter Weite öffnete.

Eine nimmermüde Brandung klatschte gegen die von

dunklem Seetang begrenzte Uferlinie. Vor uns lag eine Landzunge mit glattem Sandstrand auf der einen Seite und Kiesel auf der anderen, dazwischen ein breiter Streifen dürren Grases, auf dem eine dünne Schneeschicht lag. Auf dem Gras lag, zweifellos von einem Sturm an Land geschleudert, ein ramponiertes Hummerboot, dessen verwitterter blau-weißer Anstrich sich vor der Trostlosigkeit des Strandes beinahe zu malerisch ausnahm. Ein Stück weiter die Landzunge hinunter stand ein Holzschindelschuppen, nicht größer als ein Zimmer. Und vor dem Kap lagen in einem Kanal vier Hummerboote vertäut – eines von ihnen grün-weiß gestrichen.

»Ein paar Männer haben ihre Boote immer hier liegen und nicht vor dem Dorf«, sagte sie, »aber die werden Sie nicht stören. Die holen sowieso in zwei Wochen ihre Boote rein, außer vielleicht Jack Strout, mein Vetter, der holt sein's immer erst Mitte Januar aus dem Wasser. Und wenn sie wirklich rausfahren, dann immer vor Tagesanbruch. Sie werden sie den ganzen Tag nicht zu sehen bekommen.«

Der Schuppen, ein »Fischhaus«, wie sie sagte, diente den Hummerfischern als Arbeitsplatz, wenn sie nicht hinausfuhren. Sie brachten dort in den Wintermonaten ihre Ausrüstung in Ordnung.

Eine waldbestandene Insel, auf der es keine Häuser gab, hob sich dunkel hinter den Booten ab. Jenseits von ihr dehnte sich eine ganze Kette ähnlicher Inseln, die mit zunehmender Entfernung in einem immer helleren Grün schimmerten, bis zum Horizont.

»Das Haus ist hinter Ihnen rechts«, sagte sie.

Ich wendete auf einem kleinen Flecken feuchten Sands und bekam auf der Kieseinfahrt, die zum Haus führte, griffigeren Boden unter die Räder. Das Haus stand auf einer Anhöhe und hatte von drei Seiten den Blick aufs Meer, und als ich es sah, dachte ich: ja.

Es war ein bescheidenes Haus aus weißen Holzschindeln, den Fischerhäusern von Cape Cod nicht unähnlich, auch wenn ihm deren klare Konturen fehlten. Auf einer Seite hatte es eine durch Fliegengitter geschützte Veranda und in der oberen Etage ein großes Dachfenster. Sonst war es schmucklos. Die Holzschindeln reichten bis zum Boden hinunter und waren nicht hinter Büschen oder Sträuchern versteckt. Adrett, dachte man unwillkürlich, wenn man das Haus betrachtete. Aus einer Wildnis von Strandrosen, die jetzt von der Last des Schnees niedergedrückt und hier und dort geknickt waren, hatte man ein quadratisches Stück Grün herausgeschnitten, das das Haus umgab. Es sah nackt aus, sonnendurchtränkt, frisch geschrubbt.

»Der Schlüssel hängt am Türrahmen«, sagte sie beim Aussteigen.

Ich nahm Caroline vom Rücksitz und folgte Julia Strout den kleinen Hang hinauf zum Haus. Sie schob den Schlüssel ins Schloß.

Das Haus hatte nur wenige Zimmer – ein Wohnzimmer, die Küche, ein Schlafzimmer unten, ein größeres oben, die Veranda. Es war ein schlichtes Haus, spärlich möbliert. Sicher sind mir damals die weißen Gazevorhänge an den Fenstern aufgefallen, ein solches Detail hätte mir gleich gefallen, aber meine Erinnerung an diese ersten Minuten ist verschwommen, eine undeutliche Aufeinanderfolge von Ecken, Fenstern, Schatten. Ich folgte wie eine Blinde Julia Strout. In klarer Sprache erläuterte sie mir Gegenstände und Räume.

Dann kehrten wir zur Küche zurück. In ihr stand ein Holztisch, über dem eine abgewetzte grün-weiß karierte Wachstuchdecke lag, und um ihn herum standen vier Stühle, die nicht zueinander paßten, einer davon dunkelrot gestrichen. Julia machte sich Sorgen wegen der Heizung – es war eiskalt gewesen im Haus, als wir eintraten – und drehte zuerst einmal den Thermostat hinauf, um dann in den Keller hinunterzusteigen und nach dem Ofen zu sehen. Sie zeigte mir, wo der Boiler für das heiße Wasser war, und schaltete ihn ein. Den Weg zum Haus hinunter, sagte sie, würde sie später am Tag von einem der Männer räumen lassen.

Ich setzte mich. Caroline, der ich Schneeanzug und Mütze nicht ausgezogen hatte, begann unruhig zu werden. Ich machte meinen Mantel auf und stillte sie. Ich saß seitlich auf einem Küchenstuhl, einen Arm auf den Tisch gestützt. Durch das Fenster vor mir sah ich, wie eine Möwe mit einer Muschel im Schnabel schnurgerade in die Luft stieg, die Muschel dann auf die Felsen hinunterfallen ließ, um die Schale zu sprengen.

Julia prüfte im Badezimmer die Wasserhähne und knipste alle Lichter an, um festzustellen, ob sie funktionierten. Sie war gerade dabei, eine Lampe über dem Herd zu untersuchen, als ich sie fragte, ob ihr Mann auch Fischer sei. Ich fragte nur aus Höflichkeit. Ich sah, daß sie einen Ehering trug, und warf einen Blick auf den hellen Streifen an meinem Finger, wo eigentlich mein Ehering hätte sitzen müssen.

»Er ist tot.« Sie drehte sich zu mir herum. Im Gegensatz zu den meisten großgewachsenen Frauen stand sie kerzengerade und besaß eine gewisse Anmut.

»Es war bei einer Sturmböe«, erklärte sie. »Er hat sich mit dem Fuß in dem Tau verfangen, an dem seine Körbe hingen, und als er die Körbe über Bord warf, ist er mitgezogen worden. Das Wasser war so kalt, daß er sofort einen Herzschlag bekam, bevor er noch ertrinken konnte. Das ist fast immer so, die Kälte erwischt einen bevor man ertrinken kann«, sagte sie ruhig.

Ich sagte, das täte mir leid.

»Ach, es ist Jahre her«, erwiderte sie mit einer kurzen Handbewegung.

Ich dachte, sie würde noch etwas sagen, aber sie ging

ohne ein weiteres Wort zur Arbeitsplatte und suchte in einer Schublade nach einer Glühbirne.

Ich wandte den Blick wieder nach draußen. Jetzt waren schon mehrere Möwen da. Leicht wie Federn in einem Aufwind schossen sie mit ihrer Beute zum Himmel hinauf. In der Stille der Küche hörte ich, was ich vorher, von der Hausbesichtigung abgelenkt, nicht wahrgenommen hatte – die natürlichen Alltagsgeräusche draußen vor dem Haus: das Kreischen der Möwen, das Plätschern der Wellen auf den Kieseln, das leise Klirren der Steine in der Bewegung, das Brummen eines Motors auf dem Wasser, das Klirren einer Fensterscheibe in einer Böe. Die Melodie dieser natürlichen Geräusche rief plötzliche Schläfrigkeit hervor.

Julia Strout beendete ihre Inspektion des Hauses und kam an den Tisch, an dem ich saß. Sie hatte die Hände in die Taschen ihres Parkas geschoben.

Ich trug immer noch den Schal und die Sonnenbrille. Wie in stillschweigendem Einverständnis hatte ich sie nicht abgenommen, und sie hatte keine Bemerkung darüber gemacht. Aber Schal und Brille waren jetzt lästig und unnötig. Mit der freien Hand öffnete ich den Schal und nahm die Brille ab.

»Ich hatte einen Autounfall«, sagte ich.

»Ja, das sieht man«, erwiderte sie. »Muß ein schlimmer Unfall gewesen sein.«

»Ja.«

»Müßte die Lippe nicht genäht werden?«

»Nein«, sagte ich. »Der Arzt meinte, das wird von selbst wieder.« Die Lüge kam mir leicht über die Lippen, aber ich konnte sie nicht ansehen, als ich sie aussprach.

Sie setzte sich auf den Stuhl mir gegenüber, schien mich zu mustern, sich ein Urteil über mich zu bilden.

»Woher kommen Sie?« fragte sie.

»Aus Syracuse.«

»Ich war mit einem Mädchen aus Syracuse auf dem College«, sagte sie bedächtig. »Aber Sie werden die Familie wahrscheinlich nicht kennen.«

»Nein, wahrscheinlich nicht«, antwortete ich, ihrem Blick ausweichend.

»Sie sind von weit hergekommen.«

»Ja, so kommt's mir auch vor.«

»In Machias gibt es eine Klinik...« begann sie.

Ich warf ihr einen scharfen Blick zu.

»Für das Kleine«, fügte sie hastig hinzu. »Und natürlich auch für Sie, wenn Sie's mal brauchen sollten. Es ist immer gut zu wissen, wohin man sich in einem Notfall wenden muß.«

»Danke«, sagte ich und griff nach meiner Handtasche, die auf dem Tisch lag. »Ich würde gern gleich bezahlen. Wie hoch ist die Miete?«

Sie zögerte, als überlegte sie, dann sagte sie: »Fünfundsiebzig Dollar im Monat.«

Ich dachte, sogar im Winter könnte sie das Doppelte bekommen. Ich hatte dreihundert Dollar bar in meiner Brieftasche. Wenn ich sehr vorsichtig mit dem Geld umging, würde ich vielleicht zwei Monate auskommen können, ohne mir Arbeit suchen oder Mittel und Wege finden zu müssen, um an mein Bankkonto heranzukommen, ohne meinen Aufenthaltsort preiszugeben.

Julia nahm das Geld und schob es in die Tasche ihres Parkas. »Sie haben hier kein Telefon«, sagte sie. »Die Vorstellung, daß Sie ganz allein mit dem Kind hier draußen sitzen und kein Telefon haben, gefällt mir nicht besonders. Wenn Sie irgendwelche Probleme haben, gehen Sie am besten zu den LeBlancs rauf – das ist das blaue Haus kurz vor der Stelle, wo wir abgebogen sind. Ich bin ziemlich sicher, daß die ein Telefon haben. Sonst können Sie auch zum Telefonieren immer zu mir kommen. Eine öffentliche Telefonzelle gibt es in St. Hilaire leider nicht. Da müssen

Sie schon in den Supermarkt in Machias fahren. Da ist gleich drin neben der Tür ein Münztelefon.«

Sie beugte sich ein wenig vor und betrachtete Caroline. »Sie werden bald merken, daß St. Hilaire ein ausgesprochen ruhiges Nest ist«, sagte sie.

Ich nickte.

»Sie brauchen ein Kinderbett«, meinte sie.

»Ich hab die Tragetasche.«

Wieder betrachtete sie das Kind. Sie überlegte. »Ich besorg Ihnen ein Kinderbett«, sagte sie.

Mir fiel auf, wie ihr Blick jedesmal von meinem Gesicht abrutschte und zu Caroline hinunterglitt.

Sie stand auf. »Ja, dann will ich mich jetzt mal auf den Weg machen«, sagte sie. »Wenn Sie nichts dagegen haben, mich ins Dorf zurückzufahren.«

»Nein, das ist völlig in Ordnung«, versicherte ich.

»Es ist schon wärmer geworden hier drinnen, finden Sie nicht auch?«

Ich stimmte ihr zu.

Sie ging zur Tür und schaute zum Meer hinaus. Ich stand mit dem Kind im Arm hinter ihr.

Ein scharfer Windstoß rüttelte an der Glasscheibe. Ich blickte an Julia vorbei zu der Meereslandschaft hinaus. Ich sah das schneebedeckte Gras, die grauschwarzen Felsen, das tiefe Blau des eisigen Wassers in der Bucht. Das Glitzern der Sonne auf dem Wasser tat den Augen weh. Herrlich, diese Landschaft, dachte ich, aber unwirtlich.

Ich hatte den Eindruck, daß auch ihre Gedanken dem Meer oder dem Panorama galten, vielleicht auch ihrem Mann, der in der Bucht umgekommen war, denn sie blieb länger als zu erwarten gewesen wäre an der Tür stehen.

Gerade wollte ich etwas sagen, sie fragen, ob sie etwas vergessen habe, da drehte sie sich herum und sah mir einen Moment voll ins Gesicht, ehe sie zu Caroline hinunterschaute.

»Es geht mich vielleicht nichts an«, sagte sie, und ich spürte, wie es mir das Herz zusammenkrampfte. »Aber ich hoffe von Herzen, derjenige, der Ihnen das angetan hat, sitzt hinter Gittern.«

Ich bin müde. Es ist spät, auch wenn man das nicht glauben würde. In den Korridoren brennen die Lichter, und es ist laut hier, sehr laut.
    Ich schreibe morgen weiter und übermorgen, und dann schicke ich Ihnen alles. Sie werden sich wundern.
    Ich habe einen so weiten Weg hinter mir – Sie haben keine Ahnung. Manchmal erinnere ich mich an mein Leben, wie es vor nur einem Jahr noch war, und dann denke ich, das kann doch nicht ich gewesen sein.

Wir fuhren schweigend ins Dorf zurück. Vom Brummen des Motors oder den Erschütterungen des Wagens eingelullt, war Caroline eingeschlafen, noch bevor wir auf die Küstenstraße abbogen. Als wir St. Hilaire erreichten, schlug Julia vor, ich solle gleich vor dem Laden halten. Sie würde im Wagen auf das Kind aufpassen, sagte sie, dann könne ich in Ruhe einkaufen. Der Vorschlag war vernünftig, und ich nahm ihn an. Ich schaltete in den Leerlauf und ließ Motor und Heizung an.
    Ich erledigte meine Einkäufe rasch, bemüht, nichts Wichtiges zu vergessen. Im Geist machte ich mir Listen, während ich den Einkaufswagen zwischen den Regalen hindurchschob. Everett Shedd stand hinter der Theke und schrieb irgend etwas in ein Heft. Er nickte, zwinkerte mir mit seinem gesunden Auge zu und fragte, ob ich im *Gateway* gut untergekommen wäre. Ich bejahte und erzählte, daß ich von Julia Strout ein Haus gemietet hatte.
    »Ach«, sagte er, »das drüben in Flat Point Bar?«
    »Ja, ich glaube, das ist es«, sagte ich. »Es steht auf einer kleinen Halbinsel nördlich vom Dorf.«

»Genau«, stellte er befriedigt fest. »Nettes kleines Haus. Da sind Sie gut aufgehoben. Tja, Glück für Julia.«

Die Einkäufe kosteten mich zwanzig Dollar. Mein innerer Motor raste, und ich wollte nur hinaus aus dem Laden. Aber Everett Shedd wollte mich nicht gehen lassen. Ich hatte den Eindruck, er würde mir zu gern ein paar Fragen stellen, meinte aber, höflichkeitshalber etwas Konversation machen zu müssen, ehe er sie stellte. Ich wollte ihn auf keinen Fall zu diesen Fragen kommen lassen und sah ungeduldig zu, wie er gemächlich meine Einkäufe in den Papiertüten verstaute. Ich vermutete, sein Laden sei so etwas wie die Nachrichtenbörse des Dorfs und man erwarte von ihm einen Bericht über die neue Frau am Ort, die abends eine dunkle Brille trug und ihr Gesicht mit einem Schal verhüllte. Aber möglicherweise wußte er auch schon einiges über mich. Hatte Muriel Julia angerufen und diese ihrerseits Everett Shedd? Ich glaubte es nicht. Ich wußte selbst nicht warum, aber ich vertraute Julia Strout, ich konnte mir nicht vorstellen, daß sie eine Klatschbase war. Vielmehr hielt ich sie für eine Frau, die nicht so leicht etwas von sich oder anderen preisgab.

Everett Shedd schien nicht zufrieden mit der Anordnung der Sachen in den Tüten. Er begann, einen Teil der Sachen wieder herauszunehmen und neu einzuschichten. Ich holte zweimal tief Luft, um mir einen lauten Seufzer der Ungeduld zu verkneifen. Mit betulicher Genauigkeit zählte er mir das Wechselgeld auf den Tresen. Ich dachte an Julia, die mit Caroline im Wagen saß. Ich wollte niemandem etwas schuldig sein. Ehe Shedd mit dem Umpacken fertig war, schnappte ich mir eine der Tüten und sagte schnell: »Ich bring die schon mal raus zum Wagen.«

Ich stellte die Tüte in den Kofferraum, fuhr hinüber auf die andere Seite des Parks und setzte Julia vor ihrem Haus ab. Im Dorf war jetzt Leben – eine Gruppe Schulkinder lieferte sich rund um ein Kriegerdenkmal eine Schneeballschlacht, eine alte Frau war in der Einfahrt von Julia Strouts Nachbarhaus beim Schneeschippen. Dick eingepackt in mehrere Schichten warme wollene Kleidung bewegte sie sich tief über ihre Schaufel gebeugt im Schneckentempo vorwärts. Unten bei der Genossenschaft auf dem Kai standen mehrere verdreckte, von Rost angefressene Lieferwagen.

Julia stieg aus dem Wagen und versprach mir noch einmal, daß später jemand vorbeikommen würde, um die Straße zum Cottage zu räumen. Ich wollte lieber nicht daran denken, daß Julia mein Gesicht gesehen und meine Lüge nicht geglaubt hatte, deshalb fuhr ich vielleicht ein wenig schneller vom Bordstein weg als nötig gewesen wäre. Erst gegen Ende der Rückfahrt zum Haus, allein im Wagen mit Caroline, die immer noch schlief, begannen sich die Verkrampfungen in meinem Nacken allmählich zu entspannen.

Zurück beim Haus hob ich die Tragetasche mit Caroline aus dem Wagen und trug das ganze Bündel ins Haus. Vorsichtig, um das Kind nicht zu wecken, stellte ich die Tasche auf den Teppich im Wohnzimmer. Solange die Kleine schlief, blieb mir Zeit, die Einkäufe hereinzuholen und einzuräumen.

Diese Arbeit tat mir gut, sie erschien mir in gleicher Weise sinnvoll wie die Sorge für Caroline. Die verderblichen Sachen stellte ich in den Kühlschrank, Kartons und Dosen in die Schränke. Ich sah mir das Geschirr und das Besteck an. Das Geschirr war aus weißem Kunststoff und hatte ein blaues Kornblumenmuster, wahrscheinlich war es im Sonderangebot eines Supermarkts gewesen, so sah es jedenfalls aus. In einem der Unterschränke fand ich Töpfe und Pfannen und mehrere große Schüsseln.

Als ich alles eingeräumt hatte, machte ich einen Inspektionsgang durch das Haus und besichtigte alles, als sähe ich es zum erstenmal. Das ist jetzt mein Haus, dachte ich, meines und Carolines, und niemand kann mir vorschreiben, wie ich mein Leben hier zu führen habe, was ich zu tun und zu lassen habe.

Ich ging um die Ecke ins Wohnzimmer. Die Einrichtung war karg, nicht gerade ansprechend: ein unförmiges Sofa mit einem zerschlissenen, verblaßten Chintzbezug, ein hölzerner Schaukelstuhl mit einer Sitzfläche aus Rohrgeflecht, das sich zu lösen begann, ein Beistelltisch aus Ahornholz, der mich an das Haus meiner Mutter erinnerte, ein Flechtteppich, der im Lauf der Jahre plattgetreten worden war. Die Wände waren mehrmals überstrichen, zuletzt in einem blassen Blau, die Fenster jedoch waren hübsch – große Sprossenfenster mit weißen Gazevorhängen an den Seiten. Ein paar Bilder hingen an den Wänden, kitschige Gebirgslandschaften, von Dilettanten für Touristen gemalt, vermutete ich. Ich nahm sie herunter und stapelte sie hinter dem Sofa. In einer Küchenschublade entdeckte ich einen Hammer, mit dem ich die Nägel entfernte. Die Wände müßten kahl sein, fand ich. Nichts konnte mit diesem Blick konkurrieren.

Als nächstes ging ich ins untere Schlafzimmer. Ein schmales Bett mit einem cremefarbenen Chenilleüberwurf stand darin und in der Ecke eine hohe Ahornkommode. Da könnte das Kinderbett hineinpassen, dachte ich, überlegte aber gleichzeitig, ob ich Caroline nicht bei mir im oberen Zimmer schlafen lassen sollte.

Ich ging die Treppe hinauf, um nachzusehen, ob in dem anderen Zimmer Platz für ein Kinderbett wäre. In der Mitte stand ein großes Doppelbett mit einem geschnitzten Kopfbrett aus Ahorn. Das Bett war ungewöhnlich hoch – ich brauchte kaum die Knie zu beugen, um mich darauf niederzusetzen. Auf ihm lag ein schwerer weißer Quilt mit einem raffinierten Muster in Rosé und Grün, das aus Hunderten kleiner Flicken zusammengesetzt war. Ich strich mit der Hand über den Stoff und betastete mit den Fingern bewundernd die kunstvolle Arbeit. Wer hatte wohl diesen Quilt gemacht und wann? Julia als junge Frau? Julias Mutter? Die Witwe, die nach Boston zurückgekehrt war? Rechts vom Bett stand ein Nachttisch mit einer Lampe. Und links durch das Fenster hatte man einen noch weiteren Blick aufs Meer hinaus als vom Rasen aus. Ich setzte mich auf das Bett und sah hinaus auf die Meereslandschaft. Im Sommer würden sich die Gazevorhänge über dem Bett bauschen.

Von hier aus konnte ich die Boote, die im Kanal lagen, aus einer anderen Perspektive sehen – die lackierten Bodendielen, die im Heck verstauten Fallen, das gelbe Ölzeug, das in den Ruderhäuschen hing. Ich konnte auch das Ende der Landzunge sehen, wo am Fuß der scharf ins Wasser schneidenden Spitze Kies- und Sandstrand zusammentrafen. Zu meiner Rechten, in südlicher Richtung, konnte ich den Verlauf der Küstenlinie ausmachen und einen großen Felsen, der steil aus dem Meer in die Höhe ragte. Weit draußen auf dem Wasser schien flüchtig ein Licht aufzuglimmen, der Scheinwerferstrahl eines Leuchtturms, aber vielleicht, dachte ich, war das Licht auch nur Einbildung gewesen.

Ich lockerte meinen angespannt auf den Horizont gerichteten Blick und ließ ihn von der Stelle fortwandern, wo ich das Licht gesehen hatte. Sollte das Signal, wenn es wirklich eines gab, von selbst in mein Blickfeld kommen.

Ein plötzliches feines Geräusch erschreckte mich. Ich krallte meine Hand in den Stoff des Bettüberwurfs und hielt den Atem an, um genauer horchen zu können. Ich hörte das Knirschen eines Schlüssels im Schloß, knallende Schritte im Flur. Er ist früher nach Hause gekommen als ich glaubte, dachte ich. Ich muß mich schlafend stellen. Ich muß das Licht ausmachen.

Aber es waren gar keine Schritte im Flur. Es war lediglich ein Auto, ein tuckernder Motor, unten auf der kleinen

Straße. Ich ließ den Bettüberwurf los und starrte auf meine Hände.

Ich horchte zu dem Auto auf der Straße hinunter, hörte das Pfeifen des Rückwärtsgangs, dann ein Geräusch, als schrammte etwas Hartes über Kies oder Eis. Das mußte der Mann mit dem Schneepflug sein. Ich stand auf, um aus dem Fenster zu schauen, konnte ihn aber von dort oben aus nicht sehen.

Unten im Wohnzimmer begann Caroline zu weinen. Ich bekam zu tun, mußte sie wickeln, stillen, ihre Kleider einräumen. Das Wummern und Schrammen des Schneepflugs war nur noch Hintergrundgeräusch.

Nach einer Weile hörte ich den Wagen draußen auf der gekiesten Einfahrt. Mit Caroline auf dem Arm ging ich zum Wohnzimmerfenster und schaute hinunter. Der Wagen war ein rostiger roter Pick-up mit Aufsatz, nicht viel anders als die Fahrzeuge, die ich am Morgen bei der Genossenschaft gesehen hatte. Unter dem Fenster auf der Fahrerseite prangte in Goldfarbe, die teilweise abgeblättert war, irgendein Emblem. Der Fahrer sprang aus dem Wagen. Er trug eine Red-Sox-Baseballmütze und eine Jeansjacke, die um den Bauch herum zu eng war.

Er klopfte an die Glasscheibe der Tür. Mit dem Kind im Arm ging ich hinaus und machte auf. Er stand mit einem Kinderbett auf der Treppe und starrte mich wie gebannt an.

Da fiel es mir wieder ein.

»Ich hatte einen Autounfall«, sagte ich.

»Mann o Mann! Alles wieder in Ordnung? Wo ist das denn passiert?«

»In New York«, antwortete ich. »Kommen Sie rein. Sonst erkältet sich die Kleine.«

Er bugsierte das Kinderbett durch die Tür und fragte, wo ich es haben wolle. Oben, im Schlafzimmer, antwortete ich, wenn das möglich sei.

»Kein Problem«, meinte er.

Ich legte Caroline in ihre Tragetasche, um ihm beim Tragen des Kinderbetts zu helfen, aber er war schon halb die Treppe hinauf, als ich um die Ecke kam. Ich hörte, wie er das Bett aufstellte, hörte das Geräusch der Laufrollen, als er es an seinen Platz schob. Dann stand er schon wieder auf der Treppe und zog eine Packung Marlboro aus seiner Jakkentasche. Er war klein und untersetzt, aber er wirkte kräftig. Beinahe hüpfend, als bewegte er sich zu einem nervösen inneren Rhythmus, kam er die Treppe herunter.

»Stört Sie's?« fragte er, als er unten angekommen war.

Ich schüttelte den Kopf und ging ihm voraus ins Wohnzimmer.

»Ich heiße übrigens Willis«, sagte er. »Willis Beale. Ich hab Sie gestern im Laden gesehen.«

Ich nickte, die Hand gaben wir einander nicht. »Ich bin Mary«, sagte ich. »Mary Amesbury.«

»Wann ist das denn passiert?«

Ich sah ihn an. Instinktiv hob ich die Hand zum Gesicht, senkte sie aber gleich wieder. »Vor zwei Tagen«, antwortete ich und bückte mich, um Caroline hochzunehmen.

»Ach so«, sagte er. »Ich dachte, es wär vielleicht bei dem Sturm passiert.«

Er hatte rauhe, aufgesprungene Hände, rissige Fingernägel, manche abgebrochen. Seine Jeans war abgetragen, an manchen Stellen durchgescheuert, und auf dem rechten Oberschenkel waren dunkle Ölflecken, wie Kleckse von Fingerfarben. Er ging zu dem großen Fenster mit Blick auf die Landzunge und sah hinaus. Er war unrasiert und schnippte die Asche seiner Zigarette in seine offene Hand. Obwohl er wie von Rastlosigkeit getrieben wirkte, schien er es nicht eilig zu haben zu gehen.

»Das da draußen ist mein Boot«, sagte er. »Das rote.«

Ich blickte zu dem Boot hinaus, das er mir zeigte. Am Heck konnte ich den Namen *Jeannine* erkennen.

»Ich und zwei andere, wir haben unsere Boote immer hier bei der Landspitze liegen. Der Kanal ist tief, und die Insel da drüben ist ein guter Schutz. Von hier aus ist man schneller im Fanggebiet. Da kann man einen guten Vorsprung rausholen. Mein Vater hat sein Boot auch immer hier liegen gehabt. Und ich hab's ihm nachgemacht, als ich an die Reihe gekommen bin.«

»Vielen Dank, daß Sie die Straße geräumt haben«, sagte ich. »Und daß Sie mir das Kinderbett gebracht haben.«

»Kein Problem.« Er drehte sich herum, und sein Blick war beinahe erschrocken, als er mein Gesicht wieder sah. Er fröstelte ein wenig. »Kalt da draußen«, sagte er.

»Sie sollten eine wärmere Jacke anziehen.«

»Stimmt, ich hab sogar eine. Die sollte ich anziehen. Aber ich weiß auch nicht, die Jacke hier trage ich tagaus, tagein. Ich bin eben ein Gewohnheitstier. Meine Frau, Jeannine, schimpft deswegen dauernd mit mir. ›Zieh doch deinen Parka an‹, sagt sie immer. Ich weiß, daß sie recht hat. Sie sagt, ich hol mir noch mal eine Lungenentzündung.«

»Das könnte leicht passieren.«

»Wie alt ist Ihre Kleine?« fragte er.

»Sechs Monate.«

»Niedlich.«

»Danke.«

»Ich hab auch zwei Kinder, vier und zwei. Jungs. Meine Frau, Jeannine, die hätte für ihr Leben gern ein Mädchen. Aber jetzt haben wir erst mal Sendepause. Die haben uns im letzten Sommer den Hummerpreis gesenkt. Knappe Zeiten. Sind Sie allein hier oder was? Kommt Ihr Mann nach?«

»Nein«, antwortete ich. »Ich bin jetzt allein.«

Das »jetzt« war mir unversehens herausgerutscht. Er hörte es und hakte sofort ein.

»Sie haben ihn also verlassen?«

»So könnte man sagen.«

»Herrje! Und das mitten im Winter. Den ganzen Winter wollen Sie allein bleiben?«

»Ach, ich weiß nicht«, antwortete ich unbestimmt.

Er beugte sich zu Caroline hinüber und kitzelte sie unter dem Kinn. Er sah sich nach einer Möglichkeit um, seine Zigarette auszudrücken, fand nichts, ging zum Spülbecken und drehte das Wasser auf. Er machte den Schrank unter der Spüle auf und warf den Stummel in den Ascheneimer. Dann lehnte er sich mit verschränkten Armen an die Arbeitsplatte. Wahrscheinlich, dachte ich, erwartet er jetzt eine Tasse Kaffee als Lohn für das Schneeräumen. Vielleicht war das hier so üblich.

»Möchten Sie eine Tasse Kaffee?« fragte ich.

»Oh, nein, danke, aber was Stärkeres nehm ich gern, wenn Sie was da haben.«

Mir fiel ein, daß er mich im Laden das Bier hatte kaufen sehen.

»Habe ich«, sagte ich. »Ich habe Bier da. Im Kühlschrank. Bedienen Sie sich.«

Er öffnete den Kühlschrank, nahm eine Dose Bier heraus und sah sich das Etikett an. Er machte die Dose auf und nahm einen kräftigen Schluck. Die eine Hand um die Bierdose, die andere in der Hosentasche lehnte er sich wieder an die Arbeitsplatte. Er schien jetzt etwas entspannter zu sein, körperlich ruhiger.

»So, so, Sie kommen also aus New York, hm?«

»Nein«, widersprach ich. »Aus Syracuse.«

»Syracuse«, wiederholte er sinnend. »Das ist im Norden?«

»Ja.«

Er sah zu seinen Füßen hinunter, zu den schweren, öl- und schmutzverschmierten Stiefeln.

»Und was hat Sie nach St. Hilaire geführt?« fragte er.

»Das weiß ich selbst nicht«, antwortete ich. »Ich bin einfach immer weitergefahren, und als es dann dunkel wurde, habe ich angehalten.«

Das entsprach nicht der Wahrheit. Ich hatte St. Hilaire ganz bewußt gewählt, weil es ein kleiner, abgelegener Punkt auf der Karte war.

Er öffnete den Mund, als wolle er die nächste Frage stellen, aber ich kam ihm zuvor und sagte, um ihn abzulenken: »Was sind eigentlich Reusen?«

Er lachte. »Man merkt, daß Sie nicht von hier sind. Das sind die – na ja, die Dinger, in denen man die Hummer fängt. Die Hummerkörbe, Sie wissen schon.«

»Ach so«, sagte ich.

»Ich nehm Sie mal auf meinem Boot mit raus, wenn's ein bißchen wärmer wird«, sagte er.

»Das ist nett, danke, mal sehen.«

»Am 15. hol ich das Boot allerdings aus dem Wasser, wenn Sie also mitkommen wollen, muß es vorher sein.«

Es wurde still.

»Tja, dann geh ich jetzt mal besser«, sagte er nach einer Weile.

An der Tür blieb er stehen, die Hand auf dem Knauf. »Also, okay, Rotfuchs, ich geh jetzt. Wenn Sie was brauchen, wenden Sie sich vertrauensvoll an den alten Willis. Und geben Sie auf die Honigpötte acht.«

»Die Honigpötte?«

Er lachte wieder. »Kommen Sie her, dann zeig ich's Ihnen.« Er winkte mir, und ich trat neben ihn an die Tür. Er legte mir die Hand auf die Schulter.

»Sehen Sie, da draußen – den Salzsumpf?« Er streckte richtungsweisend den Arm aus. »In zwei Stunden haben wir Ebbe. Das geht hier rasend schnell. Bis zum Abendessen ist praktisch kein Wasser mehr in der Bucht – außer im Kanal. Na, jedenfalls, wenn Sie genau hinschauen, können Sie da draußen im Braun graue Flecken sehen – ja?«

Ich schaute genau hin und glaubte in der weitausgedehnten braunen Fläche tatsächlich kleine graue kreisrunde Stellen von etwa einem Meter Durchmesser erkennen zu können.

Ich nickte.

»Diese grauen Flecken«, erklärte er, »nennen wir hier Honigpötte. Die ziehen einen runter wie Treibsand. Wenn man da drauftritt, steckt man im Nu bis zum Bauch im Schlamm. Da wieder rauszukommen, ist nicht einfach. Und wenn man bei Flut immer noch drin steckt – dann gute Nacht.«

Er ließ meine Schulter los, zog die Tür auf und drehte sich dann noch einmal nach mir um, wobei er die Tür mit der Schulter offenhielt.

Er stemmte sich gegen die steife Brise in seinem Rücken und nickte wie zu sich selbst.

»Sie sind hier sicher«, sagte er.

Willis Beale

Das schreibt man W-i-l-l-i-s B-e-a-l-e. Ich bin siebenundzwanzig. Ich fahr auf Hummerfang seit ich siebzehn war. Zehn Jahre. Mann, o Mann!
 Mein Boot ist echt Spitze. Ich will ja nicht angeben, aber es ist schon ganz schön schnell. Bei den Bootsrennen, die jedes Jahr am 4. Juli drüben in Jonesport stattfinden, bin ich immer unter den ersten drei. Dieses Jahr hab ich den Zweiten gemacht. Das Boot hat meinem Dad gehört, bevor der sich zur Ruhe gesetzt hat, aber ich hab's noch ein bißchen aufgemotzt. Mein Fanggebiet ist nordöstlich von Swale's Island. Da ist schon mein Dad immer auf Fang gefahren und vor ihm mein Großvater. Und jetzt ist es mein Gebiet. Keiner aus dem Dorf traut sich, mir da in die Quere zu kommen. So ist das hier – ein Gebiet wird vom Vater an den Sohn weitergegeben, und dann gehört's einem praktisch. Wenn ich da draußen einen Wilderer erwische, verknot ich ihm seine Bojenkette. Eine zweite Chance kriegt er nicht. Wenn ich den Mistkerl das nächste Mal erwisch, schneid ich seine Körbe ab. Mein Fanggebiet ist mein täglich Brot. Wenn da einer seine Körbe setzt, ist das ungefähr das gleiche, wie wenn er mir zu Hause das Essen vom Tisch klaut.
 Verstehen Sie, was ich meine?
 Wann kommt Ihr Artikel denn überhaupt raus? Kommt da mein Name rein?
 Na klar hab ich sie gekannt. Ich hab ja mein Boot unten am Kap liegen und hab ihr ab und zu mal ein bißchen unter die Arme greifen müssen. Ich hab zum Beispiel den Schnee in der Straße zum Haus geräumt. Solche Sachen.

Hübsch war sie, richtig hübsch. Und nett. Zu mir war sie immer nett. Die hätte mir gefallen können, Sie wissen schon, wenn's gepaßt hätte. Aber ich bin ja verheiratet und ich liebe meine Frau, da kam doch so was natürlich nicht in Frage.

Aber wissen Sie, dieses ganze Schlamassel – ich hab da meine eigene Meinung. Das ist eine komplizierte Geschichte.

Ich mein, wir hatten doch für alles immer nur ihr Wort. Damit will ich nicht sagen, daß sie gelogen hat oder so was, aber nehmen Sie mal Jeannine und mich. Ich liebe meine Frau, aber ich würde nicht behaupten, daß wir nicht auch unsere Krisen gehabt haben. Und ein-, zweimal vielleicht ist es schon auch ein bißchen härter zur Sache gegangen, wenn Sie verstehen, was ich mein. Schlimm war's nie, es waren immer nur Kleinigkeiten. Aber trotzdem – es gehören halt immer zwei dazu, stimmt's? Was ich damit sagen will, woher wollen wir wissen, wie's wirklich war? Und feststeht, daß sie das Kind mitgenommen hat. Also, ehrlich gesagt, wenn meine Frau so was machen würde, der würd ich eigenhändig den Hals umdrehen. Und seien wir doch mal ehrlich, jeder Mann würde so handeln, wenn man ihm einfach sein Kind entführt und spurlos verschwindet. Ich mein, das würde doch jeden stinkwütend machen, ganz gleich, wer an allem schuld ist. Es gibt doch Mittel und Wege, mit Schwierigkeiten in der Ehe fertigzuwerden. Da braucht man nicht gleich abzuhauen. Entweder man redet drüber oder man läßt sich scheiden, so seh ich das jedenfalls.

Und anderes muß man ja auch noch bedenken.

Ich hab mir so meine Gedanken gemacht. Bevor Mary Amesbury hier aufgekreuzt ist, war das hier ein friedliches kleines Nest. Nichts Aufregendes, aber die Leute hier sind anständig und halten sich an die Gesetze und so, Sie wissen schon, was ich mein. Da taucht die plötzlich hier auf, und alles geht in die Brüche. Als wär ein Wirbelsturm durchs Dorf gefegt. Verstehen Sie mich nicht falsch, ich hab sie gemocht, und ich behaupte nicht, daß sie's drauf angelegt hat, hier alles aufzumischen. Aber sie hat's getan, das kann keiner bestreiten.

Ich mein, sehen Sie's doch mal so: Als sie hier wieder verschwunden ist, hatten wir hier einen Mord, eine angebliche Vergewaltigung mit Körperverletzung und einen Selbstmord. Und drei Kinder haben keine Mütter mehr.

Die hat doch wohl einiges zu verantworten.

Mary Amesbury

Ich sah Willis Beale nach, als er den Hang hinunter zu seinem Pick-up ging. Er stieg ein und ließ den Motor an. Ich sah ihn noch um die Ecke biegen, dann war er weg. Immer noch mit dem Kind im Arm, trat ich vom Fenster weg. Das Wasser zog sich jetzt zurück. Schnell. Schon konnte ich an die fünfzehn Meter Salzwiese unterhalb der Uferlinie sehen. Vor zwei Stunden noch hatte das Hochwasser an den Seegräsern geleckt.

Ich wußte nicht, wie spät es war, vielleicht drei Uhr, schätzte ich. Ich nahm mir vor, eine Uhr zu kaufen, vielleicht ein Radio. Die Sonne hatte an Kraft verloren. Am Horizont verdunkelte sich der Himmel, als sammelte sich dort eine Staubwolke. Spätestens um halb fünf würde es dunkel sein, dachte ich. Die Sonne würde hinter mir untergehen.

Am Küchentisch stehend sah ich zu, wie das Dunkelblau des Wassers im schwindenden Licht einen stumpfen schwarzblauen Ton annahm. Die Boote, die im Kanal vor Anker lagen, fingen das letzte Licht ein. Nachmittag und Abend dehnten sich vor mir. Leere Zeit, leerer Raum. Ich war froh, daß der Tag bald zu Ende gehen, die Dunkelheit früh kommen würde. Der Abend hatte seinen eigenen Rhythmus, war ausgefüllt von gewohnten Tätigkeiten, kochen, essen, Caroline zu Bett bringen. Damit konnte ich umgehen. Dann fiel mir ein, daß ich kein Buch mithatte, ich hatte nichts zu lesen.

Ich hörte ein Auto auf der Straße unten und glaubte im ersten Moment, Willis wäre zurückgekommen, er hätte vielleicht etwas vergessen. Aber der Pick-up war nicht rot, sondern schwarz. Er fuhr auf dem kompakten, nassen Sand fast bis zur Spitze des Kaps hinaus. Ein Mann stieg aus, der Wind riß an seinem Haar und blähte seinen kurzen gelben Ölmantel wie ein Segel auf. Er hatte hohe schwarze Stiefel an, und sein Haar war sandfarben. Er stand mit dem Rücken zu mir und nahm ein Ruder und mehrere Taurollen aus dem Laderaum des Wagens. Er ging zu einem der Ruderboote, die jetzt, bei Ebbe, auf dem Trockenen lagen, und zog es, nachdem er es losgemacht hatte, zum Wasser hinunter. Er stieß es hinaus, sprang hinten hinein und begann im Stehen mit dem Ruder zu staken. Als er weit genug vom Ufer entfernt war, setzte er sich und trieb das Boot mit routinierten Ruderschlägen auf den grünweißen Hummerkutter zu. Ich sah zu, wie er das Ruderboot an der Boje festmachte und mit seinen Taurollen zum Bug des größeren Boots hinaufsprang. Er ging auf dem schmalen Deck bis zum Cockpit, sprang hinunter und verschwand vorn in der kleinen Kabine. Wenig später erschien er wieder, ohne die Taurollen, und machte sich auf den Rückweg, vom Kutter zum Ruderboot und zurück zum Strand, wo er das Boot hoch hinaufzog bis zu dem Eisenring an der Uferlinie. Das kleine Boot kippte und blieb auf der Seite liegen. Mit dem Ruder kehrte er zu seinem Wagen zurück. Er blickte auf, sah mein Auto in der Einfahrt, überflog mit einem Blick das Haus, aber ich war ziemlich sicher, daß er mich nicht sehen konnte. Dann stieg er in seinen Pick-up, wendete und fuhr die Landzunge hinauf zur Straße.

Auf einmal war es ganz still, die Landschaft schien völlig reglos. Das Wasser der Bucht war so glatt wie ein Teich. Der Wind hatte sich gelegt, es waren keine Möwen da. Drinnen war Grabesstille, nur einige Staubkörnchen tanzten in einem Lichtstrahl. Caroline war in meinen Armen eingeschlafen. Und noch während ich das Kind in den Armen hielt, erhob sich eine Welle von Furcht.

Ich beschloß, das Haus sauberzumachen. Das würde mich stundenlang in Anspruch nehmen und die Furcht in Schach halten.

In einem Besenschrank neben dem Heißwasserboiler fand ich alles, was ich brauchte – Besen, Schrubber, Staubtücher. Ich hatte am Morgen Scheuerpulver und Geschirrspülmittel gekauft. Das würde schon gehen.

Ich arbeitete wie ein Pferd. Ich fegte sämtliche Böden, wischte die Wände ab, staubte die Möbelstücke ab, schrubbte Badewanne und Toilette im Badezimmer. In der Küche reinigte ich das Spülbecken und sämtliche Schränke und scheuerte den Linoleumboden mit heißem Wasser. Ich machte den Kühlschrank sauber, wischte die Regale.

Solange Caroline schlief, ließ ich sie in ihrer Tragetasche, wenn sie erwachte, legte ich sie auf den Teppich, damit sie spielen konnte. Ab und zu machte ich Pause, um sie zu stillen. Einmal, als ich gerade dabei war, den Küchenboden zu putzen, sah ich, als ich den Kopf hob, daß sie auf allen vieren lag und versuchte, sich vorwärtszuschieben. Ich beobachtete ihre erste vorsichtige Kriechbewegung und wäre beinahe geplatzt vor Stolz. Ich sah mich um, als wäre jemand hier, dem ich von dieser Glanzleistung, diesem Meilenstein in ihrer Entwicklung erzählen könnte. Aber ich war allein. Es war niemand hier, der meine Tochter bewundern konnte. Ich ging zu ihr, nahm sie hoch und küßte sie. Lange Zeit hielt ich sie in den Armen.

Als die Sonne untergegangen war, und es meiner Schätzung nach gegen sieben sein mußte, zog ich Caroline ihren Schlafanzug an und packte sie oben in ihr Kinderbett.

Hungrig jetzt, machte ich mir meine erste richtige Mahlzeit in meinem neuen Haus – Suppe aus der Dose und einen Salat. Ich trank ein Bier, während ich das Essen machte, und ein zweites zum Essen am Tisch mit der grünweiß karierten Decke, die ich mit Schwamm und Spülmittel beinahe durchgescheuert hatte. Die Suppe schmeckte gut. Es erfüllte mich mit Genugtuung, vom Tisch aus meine blitzblanke Umgebung zu betrachten. Ich hatte das Gefühl, etwas geleistet zu haben.

Nachdem ich gegessen und das Geschirr gespült hatte, beschloß ich, mich mit einem Bad zu belohnen. Ich ging ins Badezimmer. Die Wanne blitzte einladend. Ich ließ das Wasser sehr heiß einlaufen, kleidete mich aus und stieg dann vorsichtig in die Wanne. Das dampfende Wasser brannte zuerst auf meiner Haut, dann aber wirkte es beruhigend. Ich ließ mich nach rückwärts an den abgeflachten Rand sinken, ließ das Wasser über mir zusammenschlagen. Ich nahm Waschlappen und Seife und rieb behutsam meinen ganzen Körper ab. Ich wollte nach dem Bad so sauber sein wie mein kleines Haus.

Mit rosiger Haut stieg ich schließlich aus der Wanne. Ich trocknete mich vorsichtig mit einem orangefarbenen Badetuch, das am Halter hing. Ich zog mein Nachthemd an und darüber eine große weiße Wolljacke, die als Bademantel herhalten mußte. Als ich mich an den Tisch setzte, um mit einem Handtuch mein Haar zu frottieren, konnte ich hören, daß draußen wieder Wind aufgekommen war. Ich hörte den Schlag der Wellen gegen die Felsen, das leise Klirren nicht ganz festsitzender Fensterscheiben. Ja, dachte ich, ein Radio wäre schön, ein bißchen Musik im Hintergrund. Soviel Stille hatte ich nie erlebt, und ich war mir nicht sicher, ob sie für das Kind gut war.

Die Hausarbeit oder das Bier oder, was wahrscheinlicher war, das lange heiße Bad hatte mich endlich schläfrig gemacht. Ich wußte nicht, ob es neun oder zehn Uhr war oder noch später, aber die Zeit war mir sowieso ziemlich unwichtig.

Als mein Haar fast trocken war, hängte ich die Handtücher im Badezimmer auf und machte unten alle Lichter aus. Im Dunkeln tastete ich mich zur Treppe und ging langsam in den ersten Stock hinauf. Im oberen Schlafzimmer konnte ich Carolines leise regelmäßige Atemzüge hören. Ich wartete, bis meine Augen sich an die Dunkelheit gewöhnt hatten, die nur von einem Schimmer Mondlicht erhellt war, und trat ans Kinderbett. Undeutlich konnte ich die dunkle Form von Carolines Kopf auf dem Laken erkennen, den kompakten kleinen Körper unter den Decken.

Ich schlug mein Bett auf und zog Socken und Wolljacke aus. Die Baumwolltücher waren kühl, und ich fröstelte ein wenig, als ich mich ausstreckte. Ich glaubte, ich würde sofort einschlafen. Ich war jetzt wirklich müde. Caroline würde mich früh wecken, das wußte ich, und gestillt werden wollen.

Aber ich schlief nicht ein. Ich schlief überhaupt nicht. Vielmehr sah ich, auf dem Rücken im Bett liegend, ein klares, scharf gezeichnetes Bild des Orts, an dem ich nun angekommen war – ein leuchtendes Bild meiner selbst auf einem hohen Bett, ganz oben in einem Haus auf einem Hügel über dem Atlantik. Ich war an den Rand des Kontinents gefahren. Von hier aus führte der Weg nicht weiter. Das leichte Frösteln von zuvor drang tiefer.

Es war töricht gewesen, mir einzubilden, ich wäre in Sicherheit. Es war lächerlich gewesen, Böden zu schrubben und Tische zu scheuern, als könnte ich damit die Vergangenheit wegwaschen. Er würde mir das nicht durchgehen lassen. Er würde nicht zulassen, daß ich ihm sein Kind wegnahm. Er würde sich von mir nicht überlisten lassen. Er würde mich finden. Dessen war ich sicher. Vielleicht saß er gerade in diesem Moment in seinem Wagen, schon auf dem Weg zu mir.

In der Dunkelheit drückte ich mir das Kopfkissen aufs Gesicht – denn ich wußte noch etwas: Diesmal würde er mich umbringen, wenn er mich fand.

8. Juni 1967 bis 3. Dezember 1970

Mary Amesbury

Wir lernten uns an meinem ersten Arbeitstag kennen. Ich bog um eine Ecke – er war in seinem Büro. Ich sah nur ihn, obwohl ich eigentlich gekommen war, um mit dem Chefredakteur zu sprechen. Harrold stand über einen Schreibtisch gebeugt und sah sich ein Layout an. Er richtete sich auf und sah mich an, als ich auf den Schreibtisch zuging. Ich hatte eine Bluse an. Sie war neu, cremefarben. Dazu eine Halskette – waren es Glasperlen? Unwillkürlich hob ich die Hand und berührte die Perlen. Ich hatte schon vergessen, warum ich hergekommen war, und suchte nach einer passenden Frage. Es war ja mein erster Arbeitstag, da hatte ich ein ganzes Arsenal von Fragen zur Auswahl. Der Chefredakteur machte uns miteinander bekannt. Wir schwiegen beide, und ich vermute, er fühlte sich verpflichtet, dieses Schweigen zu überbrücken. Sie kommt aus Chicago, direkt von der Uni. Er fliegt morgen nach Israel. Kann sein, daß ich dann doch endlich eine Frage stellte: Und was tun Sie morgen in Israel? Kann sein, daß er antwortete: Ich seh erst mal, wo ich eine anständige Tasse Kaffee bekomme.

Er war groß, breit, massig, würde ich sagen. Ich habe ihn immer so gesehen, obwohl er weiß Gott kein Gramm Fett zuviel am Körper hatte. Und auch sein Haar war »massig« – so seh ich es jedenfalls: massig, wild, dunkel, leicht gelockt im Nacken. Aber am lebhaftesten erinnere ich mich an seine Augen, schwarze, tiefliegende Augen unter einer hohen Stirn. Sie waren dunkel und undurchdringlich, und als er mich ansah, fühlte ich mich schon verloren. Ich glaube, er hat das sofort gesehen, und es befriedigte ihn, reizte ihn vielleicht sogar. Er schob sein Jackett zurück und stemmte die Hände in die Hüften. Seine Krawatte war rot, am Hals gelockert. Sein Hemd war hellblau. Das Jackett war ein marineblauer Blazer, dazu trug er eine Khakihose. Es war eine Art Uniform. Er lächelte mir zu. Das Lächeln begann an einem Mundwinkel und blieb dort hängen. Wenn Sie es sähen, würden Sie sagen, ein schiefes Lächeln, das Charme verrät, und Charme hatte er wirklich. Aber an diesem Tag verstand ich das Lächeln anders. Er hatte Pläne, die Zeit war knapp, er würde am Morgen nach Israel fliegen.

Ich bin absolut sicher, daß ich schon in dem Moment, als ich aus dem Büro ging, genau wußte, was es geschlagen hatte. So, wie man weiß, daß man nicht genesen wird, wenn man erfährt, daß man eine bestimmte Krankheit hat, oder so, wie man beim Anblick eines bestimmten Hauses in einer bestimmten Landschaft plötzlich denkt: Ja, das ist meins, dort werde ich leben.

Als Büro bekam ich ein Kabäuschen in einem Irrgarten ähnlicher Kabäuschen. Ich hatte ein Telefon, eine Schreibmaschine, einen kleinen Schreibtisch, ein paar Schubladen, ein Bücherregal. Mehr als alles andere ist mir der Lärm im Gedächtnis geblieben, eine ohrenbetäubende Kakophonie von Telefongeklingel und Schreibmaschinengeklapper, akzentuiert von den ratternden Salven der Fernschreiber. Und dennoch konnten meine Nachbarn jedes Wort hören, das ich in meinem kleinen Büro sprach, genauso, wie ich alles hören konnte, was sie sprachen. Obwohl vom Lärm isoliert, hatte man keinerlei Privatsphäre in diesem großen Raum.

Man steckte mich in die Abteilung ›Trauerfälle‹ und gab mir den Auftrag, einen kurzen Nachruf auf Dorothy Parker zu schreiben, die am Tag zuvor gestorben war. Es sollten nur sechs Sätze sein, ein kurzer Abschnitt, und obwohl ich mehr Sorgfalt und Überlegung in die Arbeit steckte, als ich mir später je wieder leisten konnte, war ich vor der Mittagspause schon fertig. Den Rest des Tages mußte ich irgendwie herumbringen. Ich las alte Ausgaben der Zeitschrift. Ich beobachtete die Gesichter um mich herum – die Schwingungen lockerer Kameradschaftlichkeit, von Feindseligkeit, von Eifersucht. An einem einzigen Nachmittag konnte man alles erkennen: Wer Macht hatte und wer nicht, wer sich selbst für wichtig hielt, wem anderes wichtig war. Ich fragte mich, wo ich da hineinpassen würde. Die neuen Kollegen unterhielten sich mit mir, scherzten, stellten Fragen. Ihre Münder lächelten, aber nicht ihre Augen. Selbst die Freundlichsten waren vorsichtig. Sie standen alle unter Druck, und für einige stand viel auf dem Spiel. So erschien es mir damals jedenfalls. Auffallend, die Atmosphäre von Wichtigkeit, die diesen Raum erfüllte – eigenartig, sich jetzt zu erinnern, welches Gewicht damals jede Kleinigkeit zu haben schien.

Und natürlich sah ich auch ihn, jedesmal, wenn er durch die Redaktion ging – zu seinem Büro, das neben dem des Chefredakteurs lag, zu einem Kaffeeautomaten auf der anderen Seite des Großraumbüros, auf dem Weg zum Mittagessen, bei der Rückkehr vom Mittagessen, zum Büro irgendeines Kollegen. Auf jedem dieser Wege war da der Blick *en passant*, ein kurzes Hinsehen aus dem Augenwinkel, ein schnelles sich Begegnen der Blicke schon in der Abkehr, und ich hatte das Gefühl – nein ich wußte es –, daß ich mit diesen flüchtigen Blicken in einen Pakt einschlug. Und darum nickte ich nur, als er um fünf zu mir an den Schreibtisch kam und etwas von einem gemeinsamen Drink um sechs sagte.

Wir gingen in eine Bar um die Ecke. Sie war voll von Männern in Blazern und locker geknoteten Krawatten. Er kannte die Kneipe gut, trat mit dem Gehabe eines Stammgasts auf, nahm einen Tisch in einer Ecke – ich hatte den Eindruck, daß man ihn eigens für ihn reserviert hatte. Er bestellte einen Gin Martini, ich sagte, ich hätte gern ein Bier. Darüber lachte er, meinte, ich sähe gar nicht aus wie der Typ der Biertrinkerin. Ich fragte leichtsinnig, was für ein Typ ich denn seiner Meinung nach sei, und lieferte ihm damit das perfekte Ziel für einen Schuß mitten ins Schwarze.

Ich sei eine Listenmacherin, sagte er, und niemals unpünktlich, zuverlässig, obwohl ich mich eigentlich lieber treiben lassen würde, würde brav meine Arbeit machen, auch wenn ich nicht mit dem Herzen dabei sei – die Routine sei mir wichtiger als die eigentliche Arbeit. Ich sei zwar schnell und gewandt, aber im Grunde mache mir die Arbeit des Reporters keine Freude: Ich sei eher Zuhörerin als unerbittliche Fragerin. Er vermute, ich würde lieber redigieren, das sei eine stille Arbeit, die man in Ruhe erledigen könne.

Eine Kellnerin brachte mir ein gekühltes Glas. Ich legte meine brennende Hand darum. War ich tatsächlich so leicht durchschaubar? Er liebte dieses Spiel, und er war immer der Gewinner. Es war ein Tanz, bei dem er führte. Ich frage mich jetzt, ob er nicht auch berauscht war von dem Wissen, daß wir einander gefunden hatten, das perfekte Paar, die perfekte Symbiose?

Ich wechselte das Thema und fragte etwas über den Nahen Osten. Ich wußte, daß auf dem Sinai schwere Kämpfe stattfanden. Er lehnte sich zurück, ließ sein Jackett über dem Gürtel auseinanderfallen. Seine Antworten waren von einer bewußten persönlichen Bescheidenheit geprägt, aber gerade aus diesem Understatement ließen sich seine Begabung und sein Können herauslesen. Ich hatte seinen Namen oft unter Artikeln des Magazins gesehen: Harrold English. Schon wenn man den Namen sah, machte man sich ein Bild von dem Mann. Ich starrte auf sein Handgelenk, den Knöchel, über den der Ärmel seines

Jacketts hochgerutscht war. Die Haut war sonnengebräunt, und während er sprach, dachte ich – welch ein fataler, tödlicher, selbstzerstörerischer Gedanke –, wie gern ich diese Stelle berühren würde.

Verstehen Sie, es war eine starke körperliche Geschichte. Ehe der Abend um war, befand ich mich allein mit ihm in einem Zimmer. Wir hatten nicht einmal zu Abend gegessen. Seidene Fesseln banden mich, aber vielleicht kam das auch erst später. Ich befand mich in einem Film, den ich noch nie gesehen hatte, vielleicht niemals gesehen hätte, wenn ich auf seine Fragen nicht ja gesagt hätte. Ich hatte Angst, aber ich war ausgehungert und spielte mit. Ich dachte, glaubte, dies wäre die Liebe, und noch ehe es Morgen wurde, hatte ich das Wort ausgesprochen. Oder er. Wir sprachen das Wort gemeinsam aus und gaben dem, was wir taten, einen Namen.

Am Morgen flog er nach Israel, und ich ging in die Redaktion. Ich glaube, die andern müssen es gesehen haben: Ich war wie ein Kreisel, den jemand in Schwung gebracht hatte, um dann einfach davonzuziehen. Ich wußte nicht, wie lange er wegbleiben würde. Er hatte es mir nicht gesagt, und den Chefredakteur konnte ich nicht fragen – das wäre zu auffällig gewesen. Ich machte meine Arbeit, übernahm immer mehr, blieb wie die anderen bis in die Nacht hinein in der Redaktion. Je länger ich mich hier aufhielt, desto größer war die Hoffnung, irgendeine kurze Bemerkung über Harrold aufzuschnappen, über andere von ihm zu hören. Nichts anderes interessierte mich. Abends ging ich nicht aus. Es reichte mir, in meinem Zimmer zu sitzen und an ihn zu denken, in Gedanken immer wieder dieselben Bilder ablaufen zu lassen.

Von der Trauerabteilung wurde ich zu »Trends« versetzt. Das galt als Beförderung.

Ich glaube, in dieser Zeit entwickelte sich das Muster – sein Kommen und Gehen, ohne mich je wissen zu lassen, wann ich ihn wiedersehen würde, so daß ich wie auf dem Sprung zu leben schien, immer in Spannung, immer in Warteposition.

Ich saß in meinem Kabäuschen und interviewte irgend jemanden am Telefon, als er hereinkam und mich ansah. Er war sieben Wochen weg gewesen. Ich hatte nichts von ihm gehört. Er war in Israel und Nigeria gewesen, Paris und Saigon. Ich wußte nicht einmal mit Sicherheit, ob er nicht eine andere Frau hatte. Manchmal hatte ich mir vorgestellt, er schriebe einer anderen. Damals wußte ich noch nicht, daß er niemals schrieb oder anrief, wenn er weg war. Ein Teil seines Plans war es, mich immer im Ungewissen zu lassen. Er trat an meinen Schreibtisch. Ich legte die Hand über die Sprechmuschel des Telefons. Er sagte, er habe zu arbeiten – aber höchstens zwei oder drei Tage. Er fragte, wie es mir gehe. Ich hatte das Gefühl, daß die anderen uns anstarrten, beobachteten. Gut, antwortete ich. Am dritten Abend, sagte er, würden wir zusammen zum Essen gehen. Es war keine Frage.

So hat es angefangen. Wollen Sie weitere Einzelheiten? Er hatte eine große Wohnung auf der Upper West Side, groß und fast leer. Ich hatte ein winziges Zimmer im Village. Also lebten wir bei ihm. Er hatte in Yale studiert, und sein Vater war ein wohlhabender Mann. Die Familie lebte in Rhode Island, direkt am Meer. Harrold war achtundzwanzig, als ich ihn kennenlernte, bei der Zeitschrift bereits etabliert. Man war sich einig, daß er das Zeug zum Starreporter hatte. Er hatte seine Mutter sehr früh verloren, und ich war ohne Vater aufgewachsen, das paßte doch irgendwie zusammen: Unsere Geschichten ergänzten sich.

Was soll ich Ihnen sonst noch von ihm erzählen?

Er hatte die Gewohnheit, sich mit den Fingern durch

die Haare zu fahren, kämmte sie selten. Er frühstückte nie, es war schwer, ihn wach zu bekommen, wenn er schlief, und er bestellte zum Mittagessen fast immer Eier. Er tippte mit zwei Fingern, rasend schnell – eine beeindruckende Demonstration von Kompensierung, wie ich fand.

Er war süchtig auf Nachrichten. Er las jeden Tag vier Zeitungen und verpaßte nie eine Nachrichtensendung im Fernsehen, wenn er zu Hause war. Wenn er las, lief immer das Radio, entweder hatte er Musik an oder Nachrichten. Er erklärte, das wäre eine Folge davon, daß er so lang allein gelebt hatte. Er könne Stille nicht ertragen.

Er mochte moderne Popmusik, Dylan und die Stones und einen Gitarristen namens John Fahey. Die spielte er laut und oft. Aber so sehr er diese Musik mochte, für Drogen hatte er nichts übrig. Sie führten bei ihm nur zu Kontrollverlust und Übelkeit, sagte er. Er saß lieber in Bars herum und trank – als käme er aus einer anderen Zeit. Am liebsten waren ihm die Bars ausländischer Städte. Die Frauen dort faszinierten ihn.

Er war viel unterwegs, und später reiste auch ich manchmal. Wenn er zu Hause war, pflegten wir erst in eine Bar zu gehen, dann ins Bett und danach kochte ich. Wir blieben fast immer bis zwei oder drei Uhr morgens auf. Wir hatten nie Besuch und wir gingen nie zu Partys. Dieses Alleinsein war wesentlich. Meine Abhängigkeit von ihm mußte allumfassend sein.

Wenn ich mir das heute vorstelle – es war wirklich die totale Isolation. Die Welt um uns herum war in schreiendem Aufruhr, das wissen Sie. Es gab Unruhen und es gab Krieg. Wir wußten natürlich davon, schrieben Berichte für die Zeitschrift darüber. Oft war Harrold Zeuge der Ereignisse, manchmal auch ich. Aber seltsamerweise isolierte uns das Schreiben und Berichten nur noch mehr. Wir schrieben ja nur Wörter wie die, die man in der Zeitung las. Was immer auch geschah, wir standen darüber oder daneben. Wenn man nur zur Stelle war, um die Tatsachen zu berichten, brauchte man nicht zu fühlen. Ja, wir hielten Distanziertheit vom Weltgeschehen für wesentlich. In der Redaktion konnten wir wohlinformiert über eine Protestaktion oder einen Mord sprechen, weil wir die Fakten hatten, aber das waren nicht die Themen, die am Abend in unseren leeren Zimmern zählten.

Wir waren nicht wie andere Paare. Wie soll ich Ihnen das begreiflich machen? In der Redaktion war immer die Spannung zwischen uns, und es ist möglich, daß die anderen sie spürten, aber nach außen ging jeder von uns seiner Wege. Man konnte beobachten, daß ich zu anderen herzlicher war als zu ihm. Wir gingen niemals zusammen Mittagessen, erlaubten uns keine Berührungen, zeigten nie diesen öffentlichen Besitzerstolz, in dem jungverliebte Paare manchmal schwelgen. Was zwischen uns war und was wir taten, war unser Geheimnis, und selbst nachdem wir geheiratet hatten, trennte uns dieses Bewußtsein, vor den anderen ein Geheimnis zu haben, von unserer Umwelt.

Die Folge davon war, daß ich später dachte: Es gibt niemanden, keinen Menschen auf der ganzen Welt, dem ich das erzählen kann.

Manchmal – nein, oft sogar – bewegte mich die Frage: Warum hat Harrold gerade mich gewählt? Ab und zu nämlich hatte ich in seinen Sachen blaßblaue Luftpostbriefe von Frauen aus Madrid und Berlin gefunden.

Mein Haar habe ihn verführt, pflegte er im Scherz zu sagen. Es sei wie eine Flamme, die ihn angezogen habe wie einen Falter. Nein, in Wirklichkeit, fügte er dann vielleicht später hinzu, während er mir mit ausgestreckten Armen entgegenkam und mich an die Wand drängte, in Wirklichkeit seien es meine Füße gewesen. Er möge kleine Füße, und meine seien weiß und hübsch geformt, ob mir das schon mal aufgefallen sei? Noch später, ernster, erklärte er, wie wir zusammenarbeiteten, das habe ihn bestochen: Wir seien geistig auf einer Wellenlänge, wenn es ums Schreiben gehe.

Aber einmal, als wir spätabends in einem Taxi saßen und auf einer regennassen Straße, in der sich die Lichter spiegelten, von der Redaktion nach Hause fuhren, antwortete er auf meine Frage, warum, in leichtem Ton, die Hand auf meinem Schenkel, den Beginn eines Lächelns um den Mund: »Du hast mir's erlaubt.«

Ich schrieb meiner Mutter. Ich schrieb, daß ich einen Mann kennengelernt hatte und ihn liebte. Ich schrieb, er sei klug und bei der Zeitschrift hochangesehen. Ich schrieb, er liebe mich auch. Er sei groß und dunkel und gutaussehend, erzählte ich, und wenn sie ihn kennenlernte, würde sie ihn bestimmt charmant finden.

Ich wußte, der Brief würde ihr gefallen.

Alles, was ich geschrieben hatte, war wahr, aber es sagte nichts über die Wahrheit.

Die Wahrheit war, daß wir tranken. Wir tranken in den Bars, von Menschen umgeben. Und wir tranken zu Hause, die geöffnete Flasche und die Gläser neben dem Bett. Wein. Oder Champagner, wir tranken oft Champagner. Damals tranken wir, um zu feiern: Jeder Abend war ein Fest. Die leeren Räume in seiner Wohnung waren von Kerzen erleuchtet, und morgens fand ich unsere Kleider im Flur, dünne Gläser neben der Badewanne. Ich kochte in einem Bademantel, den er mir schenkte. Er war aus dunkelblauem Frottee, zu groß, ich kam mir klein und verloren darin vor. In der Küche stand ein runder Tisch – ein schmiedeeiserner Tisch mit einer glatten Glasplatte. Um ihn herum standen dunkelgrüne Metallstühle, wie man sie in Frankreich sieht. Und auf dem Tisch der Rotwein zum Essen, und mir schien, wir tränken und tränken, bis alle Begierden in uns, die erotischen und die profanen, ausgebrannt waren und wir schlafen konnten.

Ich hatte auf dem College einen Freund gehabt, aber er war ein Kind gewesen im Vergleich zu Harrold. Er hatte keine dunklen Geheimnisse gehabt, in die er mich einweihte. Aber natürlich war auch ich damals noch ein Kind gewesen. Wir tranken zwar an den Wochenenden süße Cocktails, aber das war nichts weiter als ein harmloses Vergnügen gewesen, ohne Bedeutung.
Das Trinken mit Harrold war anders: Wir gingen darin unter.

Ich habe Erinnerungen. Ich erinnere mich zum Beispiel an folgendes: Wir waren im Schlafzimmer. Es war spät, ein heißer Abend, und ich war im Unterrock. Er zündete eine Zigarette an und neigte sich in der Dunkelheit zu mir, um sie mir zu geben. Ich rauchte nicht oft, aber mit ihm rauchte ich manchmal. Er hatte ausländische Zigaretten, und die mochte ich. Er kaufte sie auf seinen Reisen, sie hatten ein dunkles, fruchtiges Aroma wie Blumen in einem feuchten Wald.
Er trug noch die Sachen, die er zur Arbeit angehabt hatte. Vor allem erinnere ich mich an den Stoff seines Hemdes, ein steifes blaues Baumwollgewebe. Auch seine Krawatte trug er noch, aber sie hing lose herunter. Wir rauchten und sprachen nichts, aber ich hatte das Gefühl, daß gleich etwas geschehen würde.
Ich saß mit übereinandergeschlagenen Beinen auf der Bettkante. Meine Füße waren nackt. Er saß nicht weit entfernt von mir lässig in seinem Sessel, die Beine ebenfalls übereinandergeschlagen, den einen Fußknöchel auf dem anderen Knie. Er beobachtete mich, betrachtete aufmerk-

sam mein Gesicht, verfolgte meine Gesten, während ich rauchte, und ich wurde verlegen unter seinem prüfenden Blick und hätte gern gelacht, um ihn von mir abzulenken.

Aber da stand er plötzlich auf, nahm mir die Zigarette aus der Hand und drückte sie aus. Er schob mir die Hände unter die Arme, zog mich hoch und legte mich auf dem Bett nieder. Ich weiß noch, daß er über mich gebeugt war, ja, er hing eigentlich über mir, ich kannte das schon von ihm, und ich weiß, daß er sich nicht ausgezogen hatte. Er zog meine Hände zu den Messingstangen des Kopfbretts hoch. Er öffnete den Knoten seiner Krawatte. Ich spürte den Druck seiner Gürtelschließe an meinen Rippen, den Stoff seines Hemds an meinem Gesicht, die Seide seiner Krawatte an meinem Handgelenk. Durch den Stoff seines Hemds atmete ich seinen Geruch, den ich liebte. Und später, als er sagte, daß er mich liebe, und laut meinen Namen rief, dachte ich plötzlich: Hat er diese Szenen in meinem Gesicht gesehen, als er mich vorhin beobachtet hatte?

Es war Morgen. Ich stand neben einem Schrank vor dem Spiegel und war dabei, mich anzuziehen, um zur Arbeit zu gehen. Ich hatte ein Kleid an, das ich sehr mochte – es war aus Mousseline, ein langes indisches Gewand mit feiner Stickerei auf dem Oberteil. Er stand vor seiner Kommode und suchte nach einem Paar Socken. Er hatte seine Hose an, aber kein Hemd. Er drehte sich herum und musterte mich – mit einem langen, kalt prüfenden Blick – und sagte: »Du solltest kürzere Röcke tragen; du hast schöne Beine.« Und dann: »Steck deine Haare nicht hoch. Es sieht schöner aus, wenn du sie offen trägst.«

Ich nahm die Nadeln aus dem Mund und legte sie auf den Tisch. Ich löste mein Haar und ließ es herabfallen.

Er sagte: »Du könntest richtig sexy aussehen, wenn du willst. Das Zeug dazu hast du.«

Ich kannte ihn damals drei Monate, vielleicht auch vier.

An diesem Tag ging ich in meiner Mittagspause in ein

Kaufhaus und kaufte zwei Röcke, die kürzer waren als meine anderen. Und als ich der Frau an der Kasse das Geld gab, dachte ich auf einmal: Er verändert mich. Oder vielmehr: Er will mich anders haben als ich bin.

Ungefähr zu dieser Zeit begann er, mir Geschenke zu machen. Harrold hatte Geld und pflegte mir Überraschungen aus Europa oder Kalifornien mitzubringen. Aus Thailand oder Saigon. Anfangs war es Schmuck, manchmal ein Kleidungsstück. Dann vor allem Kleidungsstücke – aus wunderschönen, teuren Stoffen, die ich mir nie hätte leisten können und mir selbst auch nicht gekauft hätte. Sie waren ganz anders als alles, was ich zu tragen pflegte – sie wirkten sinnlich und exotisch. Ich zog sie an, um ihm eine Freude zu machen, und schien mich in ihnen zu verändern, schien die Frau zu werden, die er sich vorgestellt hatte.
 Und dann kamen die Dessous. Er brachte mir gewagte kleine Teile aus Paris oder dem Orient mit. Ich müsse sie ins Büro tragen, sagte er, und nur er werde davon wissen. Und um das leise Unbehagen zu beruhigen, sagte ich mir: Das ist doch ganz harmlos und lustig.

Er sagte, ich solle mich gerade halten, ich solle nicht dauernd die Hände falten, ich soll es mir abgewöhnen, ständig nervös an meinem Haar herumzuspielen.
 Er erklärte, ich sage dieses alles nur zu deinem eigenen Besten. Weil ich dich liebe. Weil du mir wichtig bist.

In der Redaktion war er mein Mentor. Ich besaß nur eine bescheidene Begabung, aber er nahm mich bei der Hand. Es war aufregend, bei ihm in die Lehre zu gehen. Er besaß Macht, und das fand ich manchmal unwiderstehlich. Wenn ich etwas geschrieben hatte, sah er es sich abends in der Bar an und machte Verbesserungsvorschläge. Wenn ich bei einer Recherche mit meinem Latein am Ende war, wußte er unweigerlich jemanden, den man anrufen konnte, eine zuverlässige Quelle. Er erklärte mir, wie ich mich Vorgesetzten gegenüber verhalten sollte – was ich offenlegen, was ich zurückhalten sollte. Einmal, als ich krank war, schrieb er einen Bericht für mich; sogar in meinem Stil.

Er sagte, ich solle es ablehnen, nur über Trends zu schreiben. Ich sagte nein, dann würde ich meine Stellung verlieren. Aber er trieb und drängte mich solange, bis ich eines Tages tat, wozu er mir geraten hatte, und ich verlor meine Stellung nicht. Ich stieg eine Stufe höher in die Landesnachrichtenredaktion auf und bekam sogar ein größeres Kabäuschen.

Ich nahm alles an, was er mir anbot und fügte mich dafür stillschweigend seinen Plänen. Genau wie es dem Pakt entsprach, in den ich eingeschlagen hatte.

Wir waren seit einem Jahr zusammen, vielleicht auch ein wenig länger. Ich war vor ihm nach Hause gekommen. Ich saß in der Küche am Tisch und las die Zeitung. Ich hatte keine Lust auf einen Drink. Ich war nicht in die Bar gegangen, um mich mit ihm zu treffen. Ich hatte Kopfschmerzen. Tatsächlich hatte ich die Grippe, aber das wußte ich noch nicht. Ich hörte ihn im Flur und hörte auf zu lesen. Ich hörte seinen Schlüssel im Schloß, seine Schritte in der Diele. Überrascht wurde ich mir bewußt, daß ich ihn gar nicht sehen wollte. Ich wollte allein sein. Brauch ich einen Grund? Ich war müde. Ich wollte nichts geben müssen – auch nichts nehmen müssen. Zum erstenmal seit wir uns kennengelernt hatten ging mir das so.

Er kam in die Küche, und er muß es gemerkt haben. Vielleicht daran, daß ich gar nicht aufsah, sondern meinen Blick auf die Zeitung gerichtet hielt. Irgend etwas in mir wehrte sich gegen sein Eindringen.

Er zog sein Jackett aus und hängte es über eine Stuhllehne. Er lockerte seine Krawatte und knöpfte seinen Kragen auf. Er stemmte die Hände in die Hüften und sah mich an. »Möchtest du was trinken?« fragte er, und ich sagte: »Nein, ich hab Kopfschmerzen.« »Na, dann trink doch einen Schluck«, sagte er, »das hilft gegen die Kopfschmerzen.« Und ich sagte wieder: »Nein. Danke.«

Er trat hinter mich und legte seine Hände auf meine Schultern. Er begann, die Muskeln in meinem Nacken zu massieren. Ich hätte mich ihm zum Gefallen entspannen sollen, aber ich konnte nicht. Ich verstand diese Geste genau. Er würde mich auch dann berühren, wenn ich es nicht wollte. Dann erst recht.

Ich bemühte mich, ruhig sitzenzubleiben, mich weich zu machen und mich damit zu trösten, daß es bald vorbei sein würde. Aber er bearbeitete die Verkrampfungen in meinen Schultern zu gewaltsam. Ich riß mich plötzlich los und sprang auf. Gerade wollte ich sagen, ich fühle mich nicht wohl, ich möchte lieber allein sein, als er mich beim Handgelenk packte und festhielt.

Ich kann mich nicht an alles erinnern, was dann geschah – das Zimmer schien sich sehr schnell um mich zu drehen. Er drückte mich an den Kühlschrank, der Griff bohrte sich in meinen Rücken. Er besaß eine ungeheure Kraft. Ich hatte bis zu diesem Moment nur eine Ahnung davon bekommen. Er schob meinen Rock bis zur Taille hoch. Ich wollte ihn wegstoßen, aber er riß meinen Arm hoch und schlug ihn krachend gegen das Metall. Ein stechender Schmerz durchzuckte mich, ich dachte, er hätte mir das Handgelenk gebrochen. Da bekam ich Angst. Ich wußte, daß er mir weh tun konnte, er tat mir schon jetzt weh. Er war ein großer, kräftiger Mann – hab ich das vorher schon einmal erwähnt? –, und all meine Gegenwehr half mir nichts.

Schließlich gab ich allen Widerstand auf und ergab mich, wurde zur passiven Mitspielerin. Und als es vorbei war, und er mich umschlungen hielt, und ich nicht bereit war, über die Bedeutung dieser wenigen Momente nachzudenken, wollte mir scheinen, als wären Liebe, Sex und Gewalt vielleicht lediglich eine Frage der Betrachtungsweise. Denn was war, in einem bestimmten Licht betrachtet, an dem Geschehen soviel anders als an allem, was vorangegangen war?

Er trug mich zum Bett und packte mich in eine Wolldecke. Er legte mir Eiswürfel auf das Handgelenk – es war ein Bluterguß, kein Bruch. Er drückte seinen Mund auf meine Hand und sagte, es täte ihm leid, aber sonderbarerweise hatte ich den Eindruck, daß sich das nur auf das verletzte Handgelenk bezog, nicht auf das, was er getan hatte.

Er kochte etwas für uns, und wir aßen es auf dem Bett. Er schien mir dankbar zu sein, und ich hatte das seltsame Gefühl, daß wir einander noch näher gekommen waren, eine noch stärkere Intimität uns verband, als verstrickten wir uns um so mehr miteinander, je höher das Risiko war, das wir eingingen, je mehr Geheimnisse wir miteinander teilten, je weiter wir die Grenzen des Erlaubten ausdehnten.

In der Nacht bekam ich Fieber, und es ist möglich, daß ich den Verlauf der Dinge durcheinanderbringe, aber ich weiß, daß er damals den Artikel für mich schrieb. Und ich weiß, daß er mich damals bat, ihn zu heiraten.

In den Monaten und Jahren, die folgten, ging das häufig so: Er nahm mir etwas weg oder verletzte mich, und bot mir dann dafür etwas von größerer Bedeutung an. Und wenn ich das Angebot annahm – ein Versprechen oder eine Verpflichtung oder auch einen Traum –, hieß das, daß ich ihm verziehen hatte.

Er sprach nie, weder damals noch später, von *Vergewaltigung*, und ich selbst brachte das Wort nicht über die Lippen.

Ich sagte, ja, ich würde ihn heiraten. Er reiste nach Prag,

um eine Reportage zu machen. Ich hatte seine Wohnung für mich allein. Ich hatte die Grippe. Manchmal hatte ich Fieber. Ich ging nicht zur Arbeit.

Da schon hatte ich das Gefühl, süchtig zu sein, oder besessen. Ich pflegte allein zu trinken, wie wir es sonst gemeinsam taten, weil das ein Band war, das uns miteinander verknüpfte. Ich ging von Fenster zu Fenster und starrte hinaus auf den Verkehr und fremde Gebäude, ich saß stundenlang da und dachte nur an ihn und an uns. Ich streifte durch die Räume und berührte die Dinge, die ihm gehörten, sah seine Taschen nach Zetteln durch, die mir mehr über ihn verraten würden. Ich las die Hefte mit seinen Aufzeichnungen, die auf seinem Schreibtisch lagen, versuchte zu denken wie er.

Aber während ich das alles tat, wußte ich, daß wir nicht wie andere waren. Oder wenn doch, so war dies eine Seite der Liebe, von der ich noch nie gehört hatte. Harrold hatte sich ein Bild von mir gemacht, hatte dieses Bild schon am ersten Tag unseres Kennenlernens gesehen, war gnadenlos in seiner Verfolgung dieses Bildes. Ich – die Person, die ich wirklich war oder hätte sein können – war nichts weiter als ein Klumpen Knetmasse zum Spielen. Er sah mich als Starjournalistin, ihm gleich, als seinen Schützling und seinen Besitz. Vielleicht vereinfache ich hier ein bißchen zu sehr, aber ich glaube es nicht. In Schwierigkeiten geriet ich nur, wenn ich dem Bild, das er hatte, nicht entsprach – wenn ich auf eine Art sprach oder handelte oder empfand, die nicht in sein Konzept paßte.

Lag darin also mein Versagen? Daß ich es nicht fertigbrachte, dieses neue Selbst, das mir angeboten wurde, vorbehaltlos zu übernehmen, auch wenn ich die teuren Dessous trug, meine Röcke kürzte, begierig auf jeden seiner Ratschläge hörte?

Immer nämlich war da etwas in mir, noch unerkannt und unerkennbar, das sich dagegen wehrte, geformt zu werden. Anfangs schien es, als wäre dieser Widerstand Laune, die mich bloß selbst verwirrte, beinahe gegen mein Wollen und Wünschen auftrat.

Und später, als ich mich endlich wirklich wehrte, antwortete er darauf mit einem schier unerschöpflichen Repertoire der Bestrafung: Mit feiner Verachtung, verschleiertem Spott, eisigem Schweigen, Abwesenheit, Anwesenheit, Abwesenheit. Er war ein Könner, ein Virtuose, der alle Register zu ziehen wußte.

Aber ich greife vor.

Es gab auch schöne Zeiten, hab ich davon schon erzählt? Am Küchentisch pflegte er mir von seinen Reisen zu erzählen, wunderbare Geschichten von Mißgeschicken und komischen Abenteuern, deren Protagonisten mit seiner Beschreibung lebendig wurden. Er war ein begabter Erzähler und sparte all die Kleinigkeiten, die er in seinen Berichten nicht unterbringen konnte, für mich auf, so daß ich, wenn er von einer langen Reise nach Hause kam, tagelang Unterhaltung hatte.

Manchmal lagen wir auch nebeneinander, Arm an Arm, im Wohnzimmer auf dem Boden, die Köpfe auf Sofakissen und hörten irgendeiner Musik zu, die er ausgewählt hatte. Dazu rauchten wir vielleicht oder tranken den Wein, den wir aus dem Schlafzimmer mitgenommen hatten, und in diesen Augenblicken schien uns ein trügerisches Gefühl vollkommenen Behagens zu verbinden.

Und manchmal, als die anderen noch nicht von unserer Beziehung wußten, kam es vor, daß wir an einem großen ovalen Konferenztisch in einem Besprechungsraum der Redaktion saßen und alle wie die Wilden über ein Titelblatt oder die Idee zu einem Artikel diskutierten, bis plötzlich jemand eine unfreiwillig komische Bemerkung machte, worauf ich den Kopf drehte, als wollte ich auf die Uhr sehen oder zum Fenster hinaus und dabei seinen Blick auffing, die kaum merklich erhobene Braue oder den hochgezogenen Mundwinkel sah. Und in diesem kurzen Moment teilten wir ein unsichtbares Lächeln miteinander, dessen Wärme den ganzen Vormittag vorhielt.

Nach seiner Rückkehr aus Prag sagte er, wir würden nach Rhode Island fahren, um seinem Vater mitzuteilen, daß wir die Absicht hatten zu heiraten. Er hatte nie viel von seinem Vater gesprochen, ich wußte allerdings, daß dieser den gleichen Namen trug, ebenfalls mit Doppel-R geschrieben. Der Name war seit Generationen in der Familie. Dieses Doppel-R war vielleicht einmal reine Affektiertheit gewesen oder hatte sich infolge eines Schreibfehlers eingeschlichen, jetzt aber war es so fester Bestandteil des Namens, daß Harrold, mein Harrold, sich nicht dazu entschließen konnte, das überzählige »R« wegzulassen – obwohl er selbst seinen Ursprung nicht kannte.

Das Haus stand direkt am Meer, ein hohl hallendes Haus mit lauter leeren Räumen, Prototyp der großen leeren Wohnung in Manhattan. Viktorianisch oder Jahrhundertwende, ich weiß es bis heute nicht mit Sicherheit. Es hatte graue Schindeln, eine Veranda und viele unterschiedlich große Fenster. Die wenigen Möbel drinnen waren wuchtig, dunkel, streng. Schon als wir die Auffahrt hinauffuhren, spürte ich die starke Veränderung, die in Harrold vorging. Er wurde ruhig, schweigsam. Er drehte das Radio aus. Seine Stirn war gerunzelt, sein Mund wirkte angespannt. Noch ehe wir angehalten hatten, sagte er, es sei keine gute Idee gewesen, hierher zu kommen. Unsinn, widersprach ich, ich könne es kaum erwarten, seinen Vater kennenzulernen.

Bei unserem Aufbruch in New York waren wir fast wie besessen gewesen von einer wilden Freude, als wären wir dabei, die Jalousien hochzuziehen, um Tageslicht in dunkle Räume strömen zu lassen. Vielleicht, dachten wir, sprachen es aber nicht aus, würden wir doch noch den Anschluß an die Welt um uns herum finden, indem wir heirateten. Nach jenem Abend in der Küche war so etwas wie ein Streben nach Normalität dagewesen. Am Vortag, gleich nach Harrolds Rückkehr aus Prag, hatten wir den Kollegen in der Redaktion mitgeteilt, daß wir heiraten würden. Und wir hatten beide mehr noch als die Ankündigung selbst die Überraschung auf den Gesichtern genossen.

Harrolds Vater war ein verschrumpelter alter Mann. Früher einmal war er massig gewesen wie Harrold, jetzt aber war er geschrumpft, in sich zusammengesunken. Sein Gesicht war so grau wie sein Haar, das straff aus der Stirn gekämmt war, altmodisch, wie die Männer früher einmal ihr Haar getragen hatten. Man sah auf den ersten Blick, daß er nicht mehr gesund war, schon eine ganze Weile nicht mehr. Er hatte die gleichen Augen wie Harrold, schwarz und undurchdringlich, die einen ganz plötzlich mit einem scheinbar gleichgültigen Blick einfangen konnten. In der stark zitternden Hand hielt er eine Zigarette, seine Finger waren von Nikotin gebräunt. Er saß in einem wuchtigen Lehnstuhl aus dunkel gebeiztem Holz, der sich beinahe um ihn zu schließen schien, und trug einen korrekten grauen Anzug, der ihm zweifellos einmal gepaßt hatte, jetzt aber lose um den ausgezehrten Körper schlotterte.

Ich erinnere mich an eine Haushälterin, die am Fenster stand. Harrold ging bis zur Mitte des Zimmers, doch seinem Vater näherte er sich nicht. Ich hatte den Eindruck, daß sie seit Jahren keine Berührung mehr getauscht hatten und es auch jetzt nicht tun konnten. Harrold drehte sich herum und sah mich an – ich stand hinter ihm –, als wünschte er, ich würde hinausgehen, als wäre sein Vater etwas, das ich nicht sehen durfte, oder umgekehrt. Er wirkte unsicher und verwirrt. So hatte ich ihn nie erlebt –

klein, wie geschrumpft. Jetzt war sein Vater der Imposantere. Ich trat neben Harrold. Er machte mich mit seinem Vater bekannt. Ich ging auf den alten Mann zu und gab ihm die Hand. Die seine war gelblich, trocken wie Staub.

»Hol uns doch was zu trinken, Harry, ja«, sagte Harrolds Vater. Es war keine Frage. Harry, nannte er seinen Sohn. Harrold wurde nie Harry gerufen, höchstens ab und zu mal »English«. Von einem Kollegen oder dem Chefredakteur: »Hey, English«, pflegten sie zu sagen.

Harrold ging zur Kredenz und nahm ein Glas. Er schenkte seinem Vater einen großen Scotch ein, dann auch mir einen. Ich war nicht aufgefordert worden, Platz zu nehmen, ich setzte mich trotzdem auf ein Ledersofa. Der Raum war nicht wohnlich, dennoch schien sein Vater hier drinnen zu leben. Es war ein Arbeitszimmer, Leder und Holz und maskuline Strenge. Aber am Fenster stand eine Chaiselongue mit einer Wolldecke darüber. Durch das Fenster konnte man das Meer sehen. Das Haus war still, reglos, Staubflöckchen schwebten in der Luft.

»So, so, Sie schreiben also auch für dieses Käseblatt«, sagte sein Vater zu mir. Ein metallisches Klirren schwang in seiner Stimme, das aus Fragen Feststellungen machte.

Harrold, der immer noch bei der Kredenz stand, hatte seinen Whisky bereits hinuntergekippt und sich einen zweiten eingeschenkt. Ich war sicher, daß sein Vater das beobachtet hatte. Man hatte das Gefühl, daß diesen Augen nichts entging, wenn auch der Körper unbeweglich war.

Ja, antwortete ich, das sei richtig, ich arbeite mit Harrold zusammen. Aus reiner Nervosität und weil Harrold bisher noch kein Wort gesagt hatte, bemerkte ich, nur um das Schweigen zu brechen, ich hätte schon viel von ihm gehört, was nicht stimmte, hätte auch von der Textilfabrik gehört, die er aus dem Nichts aufgebaut hatte, was stimmte, Harrold hatte es mir irgendwann *en passant* erzählt.

»Er hätte die Firma übernehmen können, wenn er gewollt hätte, aber jetzt ist sie in fremden Händen«, sagte der Vater, als wäre der Sohn nicht im Raum. Die Bitterkeit seines Tons war nicht zu überhören.

»Wir heiraten«, warf Harrold hastig ein, ein kleiner Schuljunge in Gegenwart seines Vaters, der nur das Thema wechseln wollte, und es gab mir innerlich einen Stich, daß er den eigentlichen Anlaß unseres Besuchs auf diese Weise benutzte.

Sein Vater schwieg. Ich hielt es für möglich, daß Harrold ihn mit seiner Nachricht so plötzlich überrascht hatte, ihn nie auf diese Möglichkeit vorbereitet hatte, und daß er nun verständlicherweise zunächst einmal sprachlos war.

Dann aber sprach sein Vater doch.

»Ihr könnt zum Abendessen bleiben, wenn ihr wollt«, sagte er, »aber ihr werdet ohne mich auskommen müssen. Ich nehme meine Mahlzeiten jetzt immer allein ein.«

Ich warf Harrold einen Blick zu, aber er wandte sich von mir ab und sah zum Wasser hinaus. Vielleicht ist sein Vater schwerhörig, dachte ich. Die Schwerhörigkeit wäre eine Erklärung für seine Ungezogenheit. Wenn er nicht gehört hatte, was sein Sohn gesagt hatte, würde ich es eben noch einmal sagen und ihn zu unserer Hochzeit einladen. Ich würde es laut sagen, und dann würde er es schon verstehen. Aber als ich den Mund öffnete, um zu sprechen, schnitt mir Harrolds Vater das Wort ab.

»Was machen Ihre Eltern?« sagte er mit krächzender Stimme und dann hustete er.

Da war mir klar, daß er genau gehört hatte, was sein Sohn gesagt hatte, aber nicht bereit war, ihm eine Bestätigung, geschweige denn seinen Segen zu geben.

Harrold lief aus dem Zimmer auf die Veranda hinaus. Ich hörte seine Schritte auf der Treppe, sah ihn durch das Fenster zum Strand hinuntergehen.

Ich beantwortete die Frage seines Vaters nach meinen

Eltern, genauer gesagt, nach meiner Mutter. Ich sah ihm an, daß er enttäuscht war. Trotz seiner zur Schau getragenen Gleichgültigkeit hatte er wohl gehofft, sein Sohn würde eine gute Partie machen, wenigstens in dieser Hinsicht seinen Wünschen entsprechen. Er bedeutete der Haushälterin mit einer Geste, sein Glas aufzufüllen. Ich fragte mich, ob er den ganzen Tag so dasaß und Scotch trank, ohne sich in diesem Haus, das wie eine Totengruft war, groß von der Stelle zu rühren.

Ich entschuldigte mich. Ich sagte, ich würde gleich zurück sein. Ich lief Harrold nach zum Strand, sah ihn in seinen Schuhen durch den Sand stapfen. Er hatte die Hände in den Hosentaschen, sein Jackett und seine Krawatte flatterten hinter ihm im Wind. Wir hatten uns feingemacht für diesen Besuch bei seinem Vater. Ich zog meine Schuhe aus und rannte den Strand hinunter, um mit ihm zu reden, aber er wollte meine Gesellschaft nicht, sagte, er wolle allein sein. Ich wollte ihm das nicht abnehmen und rannte im Sand neben ihm her. Der Wind riß an seinem Haar, seine Augen waren von der Sonne geblendet zusammengekniffen.

»Wir hätten nicht herkommen sollen«, sagte er. So sei es immer schon gewesen. Sein Vater sei Alkoholiker.

Als wäre das für alles eine Entschuldigung – die eisige Kälte, die Verachtung, den Spott.

»Was war mit deiner Mutter?« fragte ich.

Zuerst antwortete er mir nicht. Er wandte sich einfach ab, ging zu einer Düne und setzte sich nieder. Er sah beinahe komisch aus, wie er da in seinem guten Anzug im Sand hockte, und er tat mir leid. Sein Vater war ein häßlicher Mann, aber das konnte ich nicht sagen.

Ich setzte mich neben Harrold nieder.

Er sei damals zehn Jahre alt gewesen, sagte er plötzlich, nachdem eine Weile verstrichen war. Seine Mutter hatte Krebs gehabt. Brustkrebs. Er hatte nicht gewußt, daß sie bald sterben würde. Er hatte natürlich die Operationen und die Krankenhausaufenthalte mitbekommen, aber ihm hatte seine Mutter gesagt, es ginge ihr langsam wieder besser, und er hatte ihr geglaubt. Hatte ihr glauben müssen. Er war ja erst zehn Jahre alt gewesen.

Und an jenem Tag, den er so klar im Gedächtnis hatte, war er in die Küche gekommen, um sich ein Glas Wasser zu holen. Es war ein heißer Nachmittag gewesen, und die Küche hatte eine Schwingtür gehabt. Er hatte sie, ohne sich etwas dabei zu denken, mit Schwung aufgestoßen – »Wie Jungs das eben tun«, sagte er –, und sie hatte seinen Vater genau in den Rücken getroffen. Erst seinen Vater und dann auch noch die Schwester seiner Mutter, die ins Haus gekommen war, um bei der Pflege zu helfen. Die beiden hatten einander gerade umarmt – und bestimmt nicht, um beieinander Trost zu suchen, sagte Harrold. Es sei wahrscheinlich nur ein Grapschen gewesen, ein plumper Annäherungsversuch seines Vaters, letztlich ohne Bedeutung, aber der kleine Junge hatte es nicht so gesehen. Er war in einem schwierigen Alter gewesen, alt genug, um einiges zu verstehen, aber nicht alles. Er war aus der Küche gerannt und in die Dünen hinuntergelaufen, dahin, wo wir jetzt waren. Er habe geweint, sagte er. Er habe um seine Mutter und seinen Vater geweint und wegen der Schmach. Er hatte die heißen, tief empfundenen Tränen eines Zehnjährigen vergossen.

Und danach, sagte er, hatte er das einzig wirklich Schlimme in seiner Kindheit getan.

Er hatte, wohl in der Hoffnung, daß sie alles wiedergutmachen würde, seiner Mutter davon erzählt, genauer gesagt, begonnen, ihr davon zu erzählen, bis er plötzlich gemerkt hatte, daß er das nicht tun durfte. Aber da hatte sie schon alles erraten, sie hatte es ihm am Gesicht abgelesen, schon zuviel gehört, bevor er sich fassen und das Gesagte zurücknehmen konnte.

Nach diesem Tag hatte seine Mutter nie wieder mit seinem Vater gesprochen. Wochen später war sie gestorben, ohne ein Wort für ihren Mann, und der Vater hatte dem Sohn das nie verziehen.

»Was ich getan habe, war das Schlimmere«, sagte Harrold und sah mich an. »Ihr das zu sagen, sie so zu verletzen.«

Er hatte das beinahe augenblicklich begriffen und versucht, mit seinem Vater darüber zu sprechen. Aber sein Vater war ein harter Mann, war immer hart gewesen, sagte Harrold – hart zu Hause und hart im Geschäft.

»Ich hasse ihn«, sagte er. »Komm, laß uns hier verschwinden.«

Wir fuhren schweigend nach New York zurück. Die drei schnellen Drinks mitten am Tag hatten Harrold nicht betrunken gemacht, nur stumm, beinahe mürrisch. Ich war enttäuscht, auch um meinetwillen. So hatte ich mir das nicht vorgestellt. Ich hatte gehofft, es würde alles eitel Freude sein, wie das bei anderen Leuten immer zu sein schien. Ich konnte mir nicht vorstellen, jetzt noch kirchlich zu heiraten. Das hätte nicht gestimmt. Aber heiraten würden wir. Das schien unvermeidlich.

Ich sagte, ich würde nach Chicago fliegen, um meine Mutter von unserer bevorstehenden Heirat zu unterrichten. Ich fragte ihn gar nicht erst, ob er mitkommen wolle. Ich wußte, er würde es nicht tun.

War das nun der Grund? Der Grund dafür, daß der Mann, den ich liebte, so verbogen war, so zornig und brutal? Und wenn ja, verzeihen wir ihm dann seine Brutalität?

Aber was war dann der Grund für die Brutalität und eisige Kälte seines Vaters? Die Sünde des Vaters eines Vaters? Ein Erbe, das ich jetzt demontiert habe?

Ich bemühe mich, Ihnen die Wahrheit zu sagen. Sie sollen verstehen, wie es war – wie es kam, daß ich blieb, daß ich

Harrold für mich wollte und an uns glaubte. Später, ja, da hatte ich Angst zu gehen, das war einfach. Aber zu Beginn, als es mir noch möglich gewesen wäre zu gehen, ein Ende zu machen, da wollte ich nicht.

Ich habe Harrold geliebt. Ich habe ihn wirklich geliebt. Selbst an dem Tag noch, als ich ging, selbst dann noch, als meine Angst vor ihm am größten war.

Heute frage ich mich, war das etwas Krankes in mir? Oder war es das Beste in mir?

Heute morgen habe ich Ihren Brief bekommen. Ich wußte, daß es Sie überraschen würde, von mir zu hören und die Aufzeichnungen zu erhalten. Ich sehe Sie vor mir, wie Sie an Ihrem Schreibtisch das Päckchen in Empfang nehmen. Ich stelle mir Ihre Verwunderung beim Blick auf die erste Seite vor, Ihre stumme Frage, was das denn ist, Ihr Gesicht, wenn es anfängt zu dämmern und Sie begreifen, daß Sie nun doch Ihre Story haben, eine Story, die Hand und Fuß hat, und all die Vorarbeit, die Sie in Maine geleistet haben, nicht umsonst war.

Ich sehe Sie in Rock und weißer Bluse an Ihrem Schreibtisch sitzen. Die Schuhe haben Sie wegen der Hitze ausgezogen. Ihre Kostümjacke hängt hinter Ihnen über der Stuhllehne. Mit gesenktem Kopf sitzen Sie da und lesen, was ich geschrieben habe. Die Stirn haben Sie in eine Hand gestützt. Sie sind völlig konzentriert. Das blonde Haar, das Sie mit Libellen zurückgenommen haben, fällt hinter Ihren Ohren herab. Vielleicht ziehen Sie eine Libelle heraus und fahren sich beim Lesen mit der Hand aufgeregt durchs Haar.

Später dann, beim Mittagessen, genehmigen Sie sich vielleicht ein Glas Wein. Sie stecken voller Ideen, wie Sie die Geschichte schreiben werden. Sie sind sicher, jetzt die Titelgeschichte in der Tasche zu haben. Alles andere ist ausgeschlossen. Aber Ihr Timing muß stimmen. Der

Knackpunkt ist das Urteil. Die Story muß vor dem Urteil erscheinen, sonst ist sie schnell überholt. Und vielleicht, aber wirklich nur vielleicht, denken Sie, daß diese Story das Sprungbrett zu einer wirklich glanzvollen Karriere sein wird, daß Sie durch sie alle anderen überflügeln werden und der Welt zeigen können, wie gut Sie wirklich sind. Sie hat Saft und Kraft, und Sie sind überzeugt, daß Sie ihr gerecht werden können.

Und trotzdem glaube ich nicht, daß es Ihnen überhaupt möglich ist, die Wahrheit zu erfassen oder zu schreiben. Am Ende nämlich werden Sie einen Bericht haben, der auf Ihren eigenen Ideen basiert, den Sie notwendigkeitshalber beim Schreiben überarbeitet haben, und der schließlich noch einmal von Ihren Vorgesetzten bearbeitet werden wird. Und *diese* letzte gedruckte Fassung der Story wird von jedem Leser, ob Mann oder Frau, anders gelesen und wahrgenommen werden, je nach seinen eigenen Lebensverhältnissen, so daß am Ende, wenn all die Zeitschriften in den Müll wandern und Sie schon Ihrer nächsten Story nachjagen, niemand auch nur eine Ahnung von meiner Geschichte haben wird, wie sie wirklich war.

Wir heirateten in diesem Winter. Meine Mutter kam und strahlte, obwohl wir nicht kirchlich getraut wurden. Ich füllte die Wohnung mit Blumen, so daß es aussah, als wäre hier das Glück zu Hause. Wir wurden zu Hause getraut und gaben ein Fest: Wir luden die Leute aus der Redaktion ein.

Bei der Zeitschrift wunderte man sich über diese Trauung, geizte nicht mit Klatsch und Spekulationen: Warum hatte Harrold ausgerechnet Maureen gewählt? Ich trug ein cremefarbenes Kleid und einen Blumenkranz im Haar. Am Morgen bürstete mir meine Mutter das Haar und steckte es mit Kämmen hoch. Mein Glaube an das Ritual beschwingte mich, und die Illusion verlieh mir Flügel. Wir waren scheinbar glücklich, meine Mutter war da, die Zimmer waren voller Sonnenschein und voller Menschen, die uns das Beste wünschten – war das denn nicht genug?

Nicht lange nach der Hochzeit mußte ich wegen eines Berichts nach Los Angeles. Vor der kalifornischen Küste hatte ein Tanker viel Öl verloren. Wir waren ein Dreierteam – zwei Reporter und ein Fotograf.

Meine Kollegen waren Männer. Sie hatten ein gemeinsames Motelzimmer, und ich hatte das Nachbarzimmer für mich allein. Wir bewegten uns alle drei zwanglos zwischen den beiden Räumen hin und her, aßen gemeinsam, was wir uns irgendwo mitgenommen hatten, diskutierten über unsere Story, saßen zusammen vor dem Fernsehapparat, bis es Zeit war, zu Bett zu gehen.

Eines Abends rief Harrold mich an. Robert, der Fotograf, war bei mir im Zimmer, um aufzuschreiben, was ich aus dem chinesischen Restaurant um die Ecke haben wollte. Schon auf dem Weg hinaus, rief er mir zu, ich solle mein Geld in der Tasche lassen, diesmal sei er an der Reihe zu zahlen. Harrold hörte seine Stimme und sagte: »Ist das Robert?« Ich bejahte. Er sagte: »Was hat der in deinem Zimmer zu suchen?« Ich lachte. Vielleicht war das ein Fehler. Ich hätte vielleicht nicht lachen sollen. Ich hörte die Kälte in seinem Ton. Ich sagte: »Was ist denn los, Harrold?« »Nichts«, versetzte er. Dieses Nichts kannte ich. Das sagte er immer, wenn er wütend war und nicht reden wollte. Und dann machte ich es noch schlimmer, indem ich versuchte, eine Erklärung zu geben. »Robert und Mike sind immer hier«, sagte ich. »Wir essen hier immer zusammen. Das hat doch nichts zu bedeuten. Sei nicht albern.«

Sei nicht albern!

»Na, schön«, sagte er.

Ich kam spätabends am La Guardia Flughafen an und fuhr mit einem Taxi nach Hause. Er war noch auf, er saß in einem Sessel im Schlafzimmer und wartete auf mich. Auf dem Tisch stand eine Flasche. Seinem Zustand nach zu urteilen hatte er ziemlich viel getrunken. Er stand auf, zögerte, kam langsam auf mich zu.

»Harrold!« sagte ich.

»Mit welchem von den beiden hast du geschlafen?« fragte er mich im Näherkommen.

Ich hob die Hände. Daran erinnere ich mich. Ich hob die Hände. »Mach dich doch nicht lächerlich«, sagte ich. Ein leichtes Zittern in meiner Stimme erweckte wohl den Anschein, ich versuchte mich herauszuwinden. Er machte mir ein schlechtes Gewissen, obwohl ich keines zu haben brauchte. »Harrold«, sagte ich zur Wand zurückweichend. »Harrold, Herrgott noch mal!«

Er umfaßte mit seinen Händen meine Schultern und schüttelte mich einmal. »Ich weiß doch, was auf diesen Reisen los ist«, sagte er.

»Was soll das heißen?« fragte ich.

»Das soll heißen, daß ich genau weiß, was da läuft«, erwiderte er.

Ich hob die Arme und stieß seine Hände weg. »Du bist ja verrückt«, sagte ich. »Du hast getrunken.« Dann drehte ich mich um, als wollte ich gehen. Und ich wollte auch gehen, ich wollte hinaus aus diesem Zimmer und die Tür hinter mir zuschlagen.

Ich weiß nicht, was es war – meine Bemerkung, daß er verrückt sei, oder mein Vorwurf, daß er getrunken habe –, aber ich hatte das magische Wort gesprochen, den Funken gezündet. Er packte mich von hinten bei den Haaren und riß mir den Kopf nach rückwärts. Irgendwie konnte ich einfach nicht glauben, was da geschah. Wie im Zeitlupentempo drehte ich mich herum und sah seine Hand. Sie sauste durch die Luft und traf mich hart am Kopf. Ich flog gegen die Wand und hob schützend einen Arm vor mein Gesicht. Ich glitt auf den Boden.

Ich wagte keine Bewegung. Ich wagte kaum zu atmen.
Über mir hörte ich eine Stimme. »Herrgott!« sagte er und schlug mit solcher Wucht gegen die Wand, daß seine Faust die Fasergipsplatte durchstieß.

Ich hörte ihn Mantel und Schlüssel nehmen und dann die Wohnungstür zufallen.

Drei Tage lang ließ er sich weder in der Wohnung noch in der Redaktion blicken. Ich deckte ihn, behauptete, er wäre krank. Ich sagte, ein Taxifahrer am Flughafen hätte seine Autotür genau in dem Moment geöffnet, als ich mich gebückt hatte, und dabei meine Wange getroffen.

Hat man erst einmal für ihn gelogen, dann ist man zur Komplizin geworden und ist verloren.

Ich möchte Ihnen etwas erzählen, was ich in St. Hilaire beobachtet habe. Nein, es war in Machias, als ich im Supermarkt beim Einkaufen war. Caroline hatte ich in ihrer Tragetasche vorn im Einkaufswagen. Ich suchte mir gerade in der Obst- und Gemüseabteilung ein paar Orangen aus, als ich hinter mir gedämpften Tumult hörte. Ich drehte mich um und sah eine Frau, die schnell davonging. Ihr folgte ein kleiner Junge von vielleicht sechs oder sieben Jahren, der weinte, während er versuchte, sie einzuholen, und nach ihrer Hand grapschte. Sie war klein und dicklich. Sie hatte einen kurzen karierten Mantel an und trug dazu ein Tuch mit Blumenmuster. Im Gehen fuhr sie den Kleinen an: »Du hast doch das Geld verloren! Jammer mir jetzt nicht was vor. Diese Woche gibt's keine Süßigkeiten. Ich geb dir einen Dollar und sag dir noch, du sollst gut drauf aufpassen, und prompt verlierst du ihn.«

Sie war wütend und würdigte ihn keines Blickes. Er rannte schneller und schaffte es, ihre Hand zu fassen. Sie fuhr herum und schüttelte seine Hand ab, als hätte er sie gebissen. »Rühr mich nicht an!« schrie sie ihn an und lief weiter.

Und er lief ihr hinterher, denn er hatte ja keine andere Möglichkeit. Ich wußte genau, was er dachte. Er mußte sie zurückgewinnen. Er mußte ihre Zuneigung wiedergewinnen, sonst würde seine ganze kleine Welt in die Brüche gehen.

Er hatte eine alte wollene Winterjacke in einem verwaschenen Blau an. Von einem älteren Bruder geerbt? Sein Haar war sehr kurz geschnitten, und ihm lief die Nase. Er rannte hinter ihr her um die Ecke, und ich verlor ihn aus den Augen.

Ich erledigte meine Einkäufe, bezahlte und ging hinaus auf den Parkplatz, um die Sachen im Wagen zu verstauen. Neben meinem Auto stand ein verbeulter Kombi, hier und dort angerostet vom Salz. Der Mann, der drinnen saß, kaute auf einer Zigarette. Er hatte schütteres Haar, das fettig wirkte, und dunkle Koteletten, die fast bis zum Unterkiefer reichten. Er hatte im Wagen gewartet, während die Frau und der Junge im Supermarkt eingekauft hatten. Er saß am Lenkrad und hörte sich eine Geschichte an, die seine Frau ihm aufgebracht erzählte, mit vielen wütenden Gesten, von denen einige dem Jungen galten, der hinten saß. Der Junge hockte seitlich auf der Ladefläche, die Kapuze seiner Jacke tief ins Gesicht gezogen. Mit gesenktem Kopf weinte er schniefend vor sich hin.

Der Vater brüllte: »Verdammte Scheiße! Wie kommst du überhaupt dazu, dem Jungen Geld zu geben? Bist du blöd? Geschieht dir ganz recht, daß er's verloren hat.«

Dann schob er mit einem wütenden Schnauben den Zündschlüssel ins Schloß.

Die Frau wandte sich ab, drehte den Kopf zufällig in meine Richtung. Sie sah mich nicht an. Sie starrte die Backsteinmauer an. Aber ich konnte alles in ihrem Gesicht lesen: Diese Mischung aus Wut und Resignation, das Verlangen, um sich zu schlagen, und den Wunsch, in Frieden gelassen zu werden. Sie war erschöpft, völlig ausgepowert.

Sie haßte den Mann neben sich, aber sie würde es niemals schaffen, ihm das zu sagen. Statt dessen würde sie ihren Zorn an dem kleinen Jungen auslassen.

Auch ich glaubte, genau wie diese Frau, daß ich niemals frei sein würde – daß Freiheit der ferne Punkt am Ende der Gleise wäre, unerreichbar.

Am vierten Tag erschien Harrold wieder in der Redaktion und kam abends nach Hause. Ich wußte nicht, wo er gewesen war, und er sagte es mir nicht. Schon da lernte ich, vorsichtig zu sein, gewisse Fragen lieber nicht zu stellen. Er beteuerte, es würde nie wieder geschehen, und ich glaubte ihm. Er war zerknirscht, und er erklärte es – mir oder sich selbst. Allein die Vorstellung, ich könnte mit einem anderen zusammen sein, mache ihn wahnsinnig, sagte er. Und er habe getrunken gehabt. Er würde versuchen weniger zu trinken, aber er bestritt, Alkoholiker zu sein. Er sei doch nicht wie sein Vater, sagte er. Nicht wie sein Vater.

Und ich dürfe keinem was erzählen. Ich müsse ihm versprechen, keiner Menschenseele etwas zu sagen.

Ich machte keine Reisen mehr. Ich erfand Ausreden. Ich vertrüge Auto- und Flugreisen nicht, sagte ich. Natürlich konnte ich auch schreiben, wenn ich keine Reisen mehr machte, aber meiner Karriere würde das nicht förderlich sein: Ich würde mich damit begnügen müssen, fremde Berichte zu überarbeiten, anstatt selbst zu berichten. Nie würde mein Name unter den Artikeln stehen.

Ein paar Monate lang schlug er mich nicht mehr, aber es gibt verschiedene Arten der Mißhandlung, und sie braucht nicht immer körperlicher Art zu sein. Die Gewalt der anderen Art war manchmal schlimmer als Schläge. Sie war heimtückischer, und er war sehr geschickt. Ich verstand das alles nicht ganz, und ich glaube, er auch nicht. Es war etwas, das er einfach nicht lassen konnte.

Wenn man geschlagen wird, fühlt man sich hinterher beinahe wie befreit. Plötzlich hat man nämlich Macht, weil er nicht leugnen kann, was er getan hat. Er kann einen nur von neuem bedrohen, und das wird er auch tun, aber er hat etwas von seiner Macht eingebüßt. Denn es ist klar, daß man, auch wenn man es nie tun würde, jetzt zur Polizei gehen oder Dritten erzählen könnte, was er getan hat. Schaut her, könnte man sagen, was er mir angetan hat. Aber wenn die Gewalt unsichtbar bleibt, erfährt niemand etwas. Diese Gewalt ist intimer als Sex, über sie wird nie gesprochen. Sie ist das finsterste Geheimnis, das Band, das Täter und Opfer aneinanderfesselt.

Unser Eheleben hatte ein Muster. Ein, zwei Tage, vielleicht sogar eine Woche lang waren wir einander nahe, dann schöpfte ich Hoffnung, glaubte, das Schlimmste wäre vorüber, und wir würden doch noch glücklich werden und Kinder bekommen. Bis wir uns eines Tages – vielleicht weil er über einem schwierigen Text saß oder ich im Zorn die Stimme erhoben hatte oder weil die Ionen in der Luft verrückt spielten – ich weiß es auch nicht – schlagartig voneinander entfernten, und ich in dieser Atmosphäre der Distanz zaghaft und furchtsam wurde. Er spürte das, und es paßte ihm nicht. Alles an mir gab plötzlich Anlaß zu Kritik. Ich sei immer so gereizt, sagte er. Oder, andere fänden mich giftig. Oder, ich solle versuchen, ein bißchen mehr zu lachen, lockerer zu sein. Ganz gleich, was es war – ich hatte tausend Fehler. Unmengen. Und wenn ich fragte warum, antwortete er immer das gleiche: Er sage das, weil er mich liebe, weil ich ihm so wichtig sei.

In diesen Phasen kalter Distanz entwickelte sich bei mir heftige Wut, das, was er mir vorgeworfen hatte, wurde wahr. Ich war wirklich ständig gereizt, ich lachte selten. Die Wut fraß alle Freude auf, zersetzte ein Leben. Es ist ein Trugschluß zu behaupten, daß Wut stark macht. Sie ist wie eine auslaufende Flut, die einen entleert zurückläßt.

Und dieser Rhythmus eines ständigen Auf und Ab prägte unser Leben: Der trügerische Frieden, die Wut, sein spöttisches »Schau dich doch an«, die Tränen, mein Schweigen.

Ich sagte mir, ich würde ihn verlassen. Ich überlegte, wie ich es anstellen sollte, wohin ich mich wenden könnte.

Heute sage ich mir, daß ich ihn verlassen hätte, wenn ich nicht schwanger geworden wäre.

Ich machte den Test am Morgen, hob mir aber die Neuigkeit für den Abend auf. Ich hatte die Hoffnung, daß die Schwangerschaft die Zeiten der Distanz für immer beenden würde.

Ich hatte eine Flasche Champagner gekauft, wir hatten seit Ewigkeiten keinen Champagner mehr getrunken. Ich kochte zum Abendessen etwas, das er gern aß, stellte Kerzen auf den Tisch. Gleich als er den Tisch sah, wußte er, daß etwas Besonderes los war, und fragte. »Heraus mit der Sprache«, sagte er. »Was gibt's?« Und ich sagte: »Wir bekommen ein Kind.«

Er küßte mich und legte seine Hand auf meinen Bauch. Er schien glücklich zu sein. Ich war wie beschwipst: Alles würde gut werden. Nach dem Essen wollte ich meine Mutter anrufen. Er machte den Champagner auf, und wir tranken auf das Kind.

Ich wollte nicht viel trinken, er trank die Flasche fast allein. Einmal fragte er beim Essen: »Und was wird aus deiner Arbeit?« und ich sagte, ich würde aufhören, wenn es soweit wäre. »Und was wird aus uns?« fragte er, und ich antwortete: »Es wird besser werden – Kinder bringen einen zusammen.« Ich sah, wie sein Gesicht sich verdunkelte, aber ich hielt diese Reaktion für normal: Es war nur natürlich, daß ein Mann sich Sorgen machte, wenn ein Kind kam.

Ich trocknete in der Küche das Geschirr und überlegte, wie ich es meiner Mutter sagen würde, als ich ihn plötzlich in der Tür stehen sah. Er hatte sich umgezogen, trug ein T-Shirt. Er trank jetzt irgend etwas anderes, den Champagner hatte er beim Essen ausgetrunken. Er sagte: »Komm ins Bett.«

Ich wollte nicht ins Bett, ich hatte anderes zu tun. Ich war voller Neuigkeiten und Pläne und wollte alle möglichen Leute anrufen. Aber ich dachte: Er braucht jetzt ein bißchen Aufmerksamkeit. Ich kann meine Mutter ja später anrufen.

Ich setzte mich auf die Bettkante und begann meine Bluse aufzuknöpfen. Ich hatte das Gefühl, zart mit mir umgehen zu müssen. Sie werden lachen, aber ich empfand mich als ein zerbrechliches Gefäß. Es war ein köstliches Gefühl, etwas Besonderes zu sein, und ich genoß es, während ich langsam, träumerisch meine Bluse öffnete und dabei nicht an Harrold dachte, sondern an das Kind in mir.

Dann sah ich auf. Er stand über mich gebeugt. Er hatte noch alle seine Kleider an. Er war wütend. Seine Augen waren schwarz und glashart. Ich stemmte die Hände hinter mich aufs Bett, um von ihm wegzurutschen, aber er packte mich bei der Bluse und hielt mich fest.

Ich werde Ihnen nicht erzählen, was er mit mir getan hat. Sie brauchen nicht alle Einzelheiten. Es muß reichen, wenn ich Ihnen sage, daß er mir das Gesicht mit der Hand zur Seite stieß, als wollte er es ausradieren, und daß er alles, was er tat, mit einer so wilden Wut tat, als wollte er das Kind aus mir herausschütteln. Als es vorüber war, rollte ich mich auf meiner Seite des Betts zusammen und wartete die ganze Nacht darauf, daß ich das Kind verlieren würde. Aber es blieb bei mir – starkes Mädchen.

Am Morgen packte er mich in Decken, nahm mich in die Arme, brachte mir Tee und Toast und sagte, wir würden jetzt meine Mutter anrufen, und in der Redaktion würde die Neuigkeit bestimmt wie eine Bombe einschlagen.

Es geschah immer wieder während meiner Schwangerschaft, bestimmt vier- oder fünfmal. Ich wußte damals nicht und weiß heute nicht, warum die Schwangerschaft ihn so wütend machte – obwohl er es immer leugnete und behauptete, er wäre nie glücklicher gewesen. Vielleicht fühlte er sich verdrängt oder meinte, er verlöre nun für immer die Kontrolle über mich. Ich weiß es nicht.

Er wurde nur aggressiv, wenn er getrunken hatte. Dann kam er irgendwann spät aus der Bar nach Hause, und ich hatte Angst vor ihm. Ich achtete sorgfältig darauf, ihm fernzubleiben, aber manchmal half auch das nichts. Ich brauchte nur im Lauf des Abends ein falsches Wort oder einen falschen Satz zu sagen, und dann ging es los. Hinterher war er jedesmal voller Reue und tief besorgt um mein Wohl. Dann machte er mir Geschenke und Versprechungen.

Ich glaube, er konnte einfach nicht anders. Ich hatte ihm eine Tür geöffnet, die er nicht mehr schließen konnte. Ich glaube, manchmal wünschte er verzweifelt, sie zuzuschlagen, aber er konnte es einfach nicht. Indem er mich zu beherrschen suchte, verlor er die Beherrschung über sich selbst. Er leugnete es, oder versuchte jedenfalls, es zu leugnen. Er war wie ein Alkoholiker, der die Flaschen im Schrank versteckt: er verdrängte. Wenn man die blauen Flecken in meinem Gesicht, an meinen Armen und Beinen nicht sehen konnte, dann hatte er es auch nicht getan. So lebten wir. Einmal, als er mich morgens aus der Dusche kommen sah, fragte er, ob ich gestürzt sei.

Ich meldete mich krank, wenn ich nicht in die Redaktion gehen konnte. Dann nahm ich meine Schwangerschaft als Vorwand und ging überhaupt nicht mehr hin.

Im Februar war ich im fünften Monat schwanger. Als ich zum Arzt ging, sagte der: »Was ist denn das?« Es war ein Bluterguß, ein dicker schwarz-blauer Streifen auf meinem Oberschenkel. Am Gesäß hatte ich auch einen, aber den konnte er nicht sehen. Ich erklärte, ich wäre auf der vereisten Treppe vor meinem Haus ausgerutscht, und er sah mich an. Er sagte, wenn ich noch einmal stürzte, soll ich sofort anrufen. Dann müsse er mich untersuchen. Nach diesem Besuch ging ich eine ganze Weile nicht mehr zu ihm. Wie hätte ich ihm sagen können, daß ich schon wieder ausgerutscht war?

Gegen Ende der Schwangerschaft rührte Harrold mich nicht mehr an. Ich wurde sehr dick, nahm stark zu, und ich glaube, er fand mich beängstigend. Das war die einzige Zeit, in der ich je vor ihm sicher war, in diesen zwei Monaten. Ich arbeitete damals schon nicht mehr, ich blieb meistens zu Hause. Oder ich ging im Park spazieren und sprach mit meinem Kind. Meistens ging es darum, daß ich mir wünschte, die Schwangerschaft würde nicht enden. Bleib in mir, flüsterte ich. Bleib in mir.

Harrold war distanziert, vielbeschäftigt. Er war tagelang und dann wochenlang unterwegs. Manchmal sagte er, er sollte eigentlich nicht fahren, er sollte doch da sein, wenn das Kind kam. Ich wußte, daß ich ohne ihn sicherer war, und sagte deshalb: »Es wird schon gutgehen, ich habe ja Freunde, die mir helfen können.«

Ich ging zu einer Psychiaterin und erzählte ihr, was los war. Aber nur in vorsichtigen Andeutungen. Sie sagte: »Sie haben Sehnsüchte.«

Ich sah sie an.

Das war alles?

Sie sagte nichts. Sie wartete darauf, daß ich etwas sagen würde.

Ich stellte eine Frage: »Ist es unrecht, Sehnsüchte zu haben?«

Die Wehen setzten in der Nacht ein. Es war Juni, eine schwüle Nacht, mild und von Düften durchzogen, und ich hatte alle Fenster offen, um Luft hereinzulassen. Harrold war weit weg, in London auf einer Reportage. Ich holte meine Uhr, maß die Abstände zwischen den Wehen und wartete bis zum Morgen, bevor ich die Nachbarin anrief, die nebenan wohnte. Sie kam sofort, rief ein Taxi an und fuhr mit mir in die Klinik. Ich kannte sie nur flüchtig, eigentlich nur vom Sehen, aber ich hatte sie eigens für diesen Tag auserkoren. Im Taxi hielt sie mir die Hand, diese Frau, die ich kaum kannte, und rief dem Fahrer zu, er solle vorsichtig sein.

»Alles in Ordnung?« fragte sie mich, und ich dachte, sie meinte das Kind, und nickte.

Aber dann sagte sie: »Ich habe manchmal gedacht ...«
Ich sah sie an.

Sie brach ab und schüttelte den Kopf.

In der Klinik verabschiedete sie sich. Ich versprach ihr, sie anzurufen. Sie sagte: »Was ist mit Ihrem Mann?« »Er ist schon unterwegs«, antwortete ich.

Im Abteil neben mir lag eine Frau – aber das habe ich Ihnen schon erzählt.

Die Wehen dauerten nicht allzu lange. Zwölf oder dreizehn Stunden. Man sagte mir, das sei normal. Als meine Tochter kam, legten sie sie mir auf die Brust, und sie sah zu mir auf.

Nach meiner Rückkehr aus der Klinik wirkte Harrold zunächst völlig verändert, und ich schöpfte neue Hoffnung. Er war ruhiger, er trank nicht. Er kam früh aus der Redaktion nach Hause. Er trug das Kind herum und gab ihm die Flasche. Manchmal saß er auch nur da und betrachtete es. Wenn die Kleine nachts erwachte, ging er mit ihr auf und ab, bis sie wieder eingeschlafen war. Ich vermute, er sah sie als sein Eigentum. Manchmal sprach er das auch aus – sagte *meine* Tochter – aber damals verstand ich das anders, sah es als ein Zeichen seiner Liebe und seines Stolzes.

Meine Mutter besuchte uns und sagte, was für ein Glück es für mich sei, Caroline und Harrold zu haben, und ich dachte: Ja, so empfinde ich es auch, ich habe jetzt eine Familie, und es wird alles gut werden. Die Vergangenheit ist vorbei, daran brauche ich jetzt nicht mehr zu denken.

Caroline war sechs oder sieben Wochen alt. Es war August, sehr heiß und schwül. Harrold war seit drei Tagen zu Hause. Er hatte Urlaub, aber wir waren nicht weggefahren. Wir fanden, es wäre zu früh, mit dem Kind zu reisen. Im Fenster war ein Ventilator, der sich langsam drehte, das weiß ich noch, und er hatte sich mitten am Nachmittag einen Drink gemacht, in einem hohen Glas mit viel Eis, und dann noch einen. Na ja, er hat schließlich Urlaub, dachte ich. Wenn wir uns irgendwo auf dem Land ein Haus gemietet hätten, würden wir sicher auch einen Sommercocktail trinken.

Der Alkohol brachte ihn in Stimmung. Wir waren seit mehreren Monaten nicht mehr zusammen gewesen. »Dürfen wir jetzt wieder?« fragte er, und ich nickte. Ich hatte selbst Verlangen nach ihm. Er wies mit dem Kopf zum Schlafzimmer, und ich ging hinüber. Caroline schlief in einem Stubenwagen, der im Flur stand.

Wir begannen ganz langsam, und er achtete darauf, mir nicht weh zu tun. Ich war in einer träumerischen, hingebungsvollen Stimmung und dachte: Kinder sind ein neuer Anfang. Wir fangen jetzt noch einmal ganz neu an.

Und da begann Caroline zu weinen.

Ich seufzte. »Ich muß nach ihr sehen«, sagte ich und wollte mich aufsetzen. Aber er hielt mich am Arm fest und ließ mich nicht gehen.

»Laß sie weinen«, sagte er. »Achte nicht auf sie.«

»Das kann ich nicht«, entgegnete ich. »Das ist nicht in Ordnung.« Aber er hielt mich weiter fest.

Sie schrie jetzt laut, und ich sagte: »Harrold!«

Da wurde er plötzlich wütend. »Immer das Baby, Baby, Baby«, sagte er. »Das ist das einzige, was du im Kopf hast.« Und er ließ mich nicht gehen.

Es war noch schlimmer als sonst. Viel schlimmer. Denn bisher hatte es ja immer nur mich betroffen, und ich konnte es aushalten, wenn es sein mußte. Aber diesmal war das Kind da, das draußen im Flur lag und weinte, und ich konnte nicht zu ihm gehen. Ich kann Ihnen nicht erklären, was das für ein Gefühl war.

Danach ging alles in die Brüche. Meine Stimme wurde schrill, alles, was ich sagte, klang schrill. Ich erinnere mich, daß ich einmal an der Tür stand und ohne Rücksicht auf die Konsequenzen laut schrie: »Ich hasse dich!« Ich hatte das Kind im Arm und dachte: Sie hört das alles.

Er wurde krankhaft eifersüchtig. Er bildete sich ein, ich träfe mich mit anderen Männern, während er arbeitete. Er trank jeden Tag große Mengen, fing beim Mittagessen mit Martinis an und trank nach der Arbeit in Bars und Kneipen weiter. Er wurde wütend, wenn er nachts geweckt wurde, und wenn das Kind schrie, mußte ich es sofort zum Schweigen bringen – ich hatte Angst, er würde auch die Kleine schlagen. Ich begann zu hoffen, daß er mehr reisen würde, möglichst über Wochen fortbleiben würde, damit ich endlich einmal einen klaren Kopf bekäme und zum Nachdenken Zeit hätte, aber er reiste weit weniger als sonst. Er war überzeugt, ich würde mit einem anderen Mann durchbrennen, wenn er mich allein ließ. Dann begann ich zu wünschen, er würde bei einem Flugzeugabsturz umkommen. Schockiert Sie das? Ja, es ist wahr, ich wünschte ein Flugzeugunglück herbei. Ich konnte mir nicht vorstellen, wie ich sonst von ihm loskommen sollte.

Vielleicht wegen des ewigen Trinkens, vielleicht aber auch weil er tiefer in Schwierigkeiten steckte, als selbst ich es ahnte, begann seine Arbeit zu leiden. Eine Story, an der er arbeitete, wurde gestrichen. Wenig später wurde seine Titelgeschichte abgesetzt. In der Redaktion war ein neuer Mann, der jetzt der allgemeine Liebling zu sein schien. Er hieß Mark, vielleicht kennen Sie ihn. Harrold sprach manchmal mit spöttischer Herablassung über ihn, und ich wußte, daß er sich von diesem Mann bedroht fühlte.

Sein Leben lang waren ihm die Wörter mühelos aus der Feder geflossen, aber jetzt schien er seine Sicherheit verloren zu haben. Er gab mir die Schuld daran, und er behauptete, mein ständiges Nörgeln mache es ihm unmöglich, sich zu konzentrieren. Er sagte, die unruhigen Nächte machten in fertig und zerstörten seine Karriere.

So merkwürdig es ist, er tat mir damals leid. Der Zusammenbruch kam so schnell, und er konnte ihn nicht aufhalten.

Im Oktober gab es Unruhen in Quebec, und Harrold mußte nach Montreal reisen. Er hatte es geschafft, die Zeit seiner Abwesenheit auf zwei Nächte zu kürzen, aber er kam nicht um die Reise herum. Ich sah hier meine Chance. Die ganze Woche vor seiner Abreise war ich besonders nett zu ihm. Ich mußte dafür sorgen, daß er wirklich flog, ich mußte ihn davon überzeugen, daß ich ihm treu sein würde, ihn nicht verlassen würde. Ich spielte in dieser Woche das kleine Mädchen, war lieb und fügsam und so kokett, wie es mir überhaupt möglich war. Man sollte meinen, daß ihn das mißtrauisch gemacht hätte, aber er war überzeugt, daß ich eines Tages einlenken, über meinen eigenen Schatten springen würde, und er wartete immer nur auf diesen Moment. Vielleicht glaubte er jetzt, ich hätte endlich nachgegeben und eingesehen, daß ich mich falsch verhalten hatte. Ich küßte ihn, als er aus dem Haus ging, und sagte: »Komm schnell zurück.«

Sobald er weg war und ich sicher sein konnte, daß er im Flugzeug nach Montreal saß, packte ich einen Koffer und bestellte ein Taxi. Am Flughafen kaufte ich ein Ticket und flog mit meinem Kind nach Chicago. Dort nahm ich den Zug in das Städtchen, in dem ich aufgewachsen war. Ich trug Caroline und meinen Koffer die schmale Straße hinauf zum Bungalow meiner Mutter.

Als meine Mutter von der Arbeit nach Hause kam, rief ich strahlend: »Überraschung!« Ich sagte, ich hätte auf einmal Lust bekommen, sie zu besuchen, nur so zum Spaß. Harrold, sagte ich, sei auf einer Reportage, und ich hätte es satt, allein zu Hause herumzusitzen. Sie glaubte mir, sie hatte keinen Anlaß, an meinen Worten zu zweifeln. Und ich wollte meiner Mutter ihre Illusionen nicht rauben.

Was ich mir dabei gedacht habe?

Vielleicht glaubte ich, daß mir in ein, zwei Tagen etwas einfallen würde. Oder daß ich in ein, zwei Tagen in der Lage wäre, meiner Mutter zu gestehen, daß mein Mann und ich Schwierigkeiten miteinander hatten und ich Zeit zum Nachdenken brauchte. Ich weiß es heute nicht mehr. Rückblickend sehe ich, wie naiv es war, mich zu meiner Mutter zu flüchten. Das war logischerweise der erste Ort, an dem er nach mir suchen würde. Und er wußte natürlich auch sofort Bescheid, sobald er die Tür zu der leeren Wohnung öffnete.

Er rief an. Meine Mutter ging ans Telefon. Ich konnte meine Mutter nicht bitten, nicht hinzugehen. Ihre Stimme war hell und heiter, und sie sagte zu mir: »Es ist Harrold!«

Ich nahm den Hörer.

Ich vermute, ich hatte gehofft, wenn er die leere Wohnung sähe, würde er sich etwas Zeit nehmen, um gründlich nachzudenken. Würde vielleicht froh sein um diese Denkpause. Ich hatte gehandelt und ihn aus unserer schrecklichen Verstrickung freigelassen. Vielleicht würde er dankbar sein.

Sein Ton war eisig, klar in seiner Absicht. Er sagte: »Wenn du nicht sofort zurückkommst, komme ich und hole dich. Wenn du fliehst, werde ich dich finden. Wenn du noch einmal mein Kind entführst, bring ich dich um.«

Während er diese Worte sprach, war mein Blick auf meine Mutter gerichtet. Sie sah mich lächelnd an, und nahm Caroline beim Arm, um sie mir winken zu lassen. »Daddy«, sagte sie zu meiner Tochter. »Daddy! Das ist Daddy am Telefon.«

Ich kann förmlich sehen, wie Sie den Kopf schütteln. Sie können das nicht verstehen, Sie sind verwirrt. Sie halten mich für krank, für genauso verrückt wie er war. Warum bin ich zurückgegangen? Warum habe ich nicht die Polizei eingeschaltet?

Ja, warum!

Ich war überzeugt, daß er mich umbringen würde, wenn ich nicht zurückkehrte. Vielleicht konnte ich meiner Mutter nicht die Wahrheit sagen. Vielleicht glaubte ich, ich hätte kein Recht, ihm sein Kind wegzunehmen. Vielleicht auch liebte ich ihn auf meine eigene dunkle Weise immer noch.

All diese Gründe sind wahr.

Meine Rückkehr bedeutete die bedingungslose Kapitulation. Ich wurde dafür bestraft, daß ich geflohen war, daß ich ihn in der Woche vor seiner Abreise mit allem mir zur Verfügung stehenden Charme eingewickelt hatte, daß ich ihm sein Kind geraubt hatte. Er strafte mich mit Schlägen, mit Kälte, mit Spott.

»Schau dich doch mal an«, pflegte er zu sagen.

Ich ging nur noch selten außer Haus. Ich telefonierte mit meiner Mutter, und alles, was ich sagte, war gelogen.

Ich habe Ihnen noch gar nichts über die Anstalt erzählt, in der ich bin. Ich denke, das sollte ich nachholen, obwohl es eigentlich nicht viel zu erzählen gibt.

Als ich hierherkam, wurde ich einer Leibesvisitation unterzogen. Man nahm meine Fingerabdrücke und fotografierte mich.

Ich habe eine Zellengenossin, aber sie ist sehr ruhig. Sie ist hier, weil sie ihren Onkel erstochen hat, der ihr Zuhälter war. Sie verkauft sich jetzt gegen große Mengen Beruhigungsmittel an interessierte Frauen hier und verschläft den Rest ihrer Strafe. Die Wärterinnen wissen es, aber es stört sie nicht. Eine schlafende Häftlingin ist pflegeleicht.

Ich genieße also in meiner Zelle eine gewisse Ungestörtheit, aber der Geräuschpegel in diesem Trakt ist ohrenbetäubend. Ich glaube, dieser ewige Krach ist für mich das Schlimmste hier. Sogar nachts wird geredet, gerufen, gelacht, geschrien. Sie lassen hier nachts die Lichter an. Ich habe noch keine Möglichkeit gefunden, mich von dem Lärm und dem Licht abzuschirmen, aber ich merke, daß das Schreiben hilft. Mit dem Schreiben errichte ich eine Wand, die wie ein Puffer wirkt.

Ich bin hier mit Diebinnen und Drogenabhängigen zusammen, aber vor ihnen habe ich keine Angst. Ich habe Angst vor den Wärterinnen. Sie haben Macht über mich, denn sie bestimmen alles, was ich tue.

Die Frauen, die auf ihren Prozeß oder das Urteil warten, leben in einem Schwebezustand, in einem Zwischenbereich wie das Fegefeuer oder die Vorhölle. Bei den Mahlzeiten oder draußen im Hof heißt es immer: »Hast du schon was gehört?« Oder: »Weißt du schon das Datum?«

Im Juni, an ihrem Geburtstag, brachten sie mir Caroline. Sie konnte schon laufen. Ich hatte nicht dabei sein können, als sie ihre ersten Schritte machte. Natürlich war ich stolz und sah ihr mit Wonne zu, wie sie zum Tisch wackelte und mir in die Arme fiel, aber gleichzeitig war mir auch entsetzlich elend. Ich sah, daß sie mich im Grunde nicht kannte.

Sie brachten uns einen Kuchen, und ich hatte ein Geschenk für sie, eine selbstgemachte kleine Puppe aus Wolle und Flicken. Wir sangen ein Lied für sie, und ich fütterte sie mit dem Kuchen. Alle standen um sie herum und sagten: »Gib deiner Mama einen Kuß, Caroline. Es ist deine Mama, Caroline.« Ich wünschte nur, sie würden alle gehen, aber ich wußte, daß sie nicht gehen durften.

Sie werden mich fragen, hat sich das denn nun gelohnt? Und ich werde antworten, wie kann es sich lohnen, sich aus der Hölle zu befreien, nur um dann die eigene Tochter zu verlieren?

Und ich werde weiter antworten: Ich hatte keine Wahl.

Es war die erste Dezemberwoche. Die Zeitschrift veranstaltete eine Abschiedsfeier für den Chefredakteur, der gekündigt hatte. Ich war seit fast einem Jahr nicht mehr in der Redaktion gewesen. »Meinst du, ich soll da hingehen?« fragte ich Harrold.

Er überlegte einen Moment und meinte dann: »Warum nicht? Da können wir ein bißchen mit unserem schönen Kind prahlen.«

Ich kaufte eigens für die Party ein Kleid, schwarz, hochgeschlossen, bodenlang, und steckte Caroline in ein rotes Samtkleid, das meine Mutter ihr geschickt hatte. Ich steckte mir das Haar mit Straßkämmen hoch, und als ich Caroline auf den Arm nahm und uns beide im Spiegel betrachtete, dachte ich: Man würde es nie ahnen.

Harrold hatte gesagt, ich solle gleich um fünf, zu Beginn der Feier, kommen. Um viertel vor fünf packte ich Caroline in die Tragetasche und fuhr zur Redaktion. Als ich in die neunzehnte Etage hinaufkam, war Harrold gerade dabei, noch etwas fertigzumachen, aber er kam aus seinem Büro heraus und begrüßte mich lächelnd. Lächelnd! Er legte besitzergreifend seinen Arm um meine Schultern und nahm mir Caroline ab. Ehemalige Kollegen gesellten sich zu uns, um mich zu begrüßen. Harrold, Caroline und ich gingen wie von einer leuchtenden Aura umschlossen durch die Redaktion, ich wußte, wie wir wirkten – ein stolzer Ehemann mit strahlender Frau und Tochter. Wir lächelten, lachten, machten unsere Scherze darüber, daß ich drängende Termine gegen dreckige Windeln eingetauscht hatte, und Caroline lachte mit uns. Ich weiß noch, daß ich dachte, nun ja, zum Teil ist es ja auch wahr. Wir *hätten* dieses Paar sein können.

Es waren sehr viele Menschen da, die meisten kannte ich, einige nicht. Nach einer Weile begaben wir uns alle zur Bar, und da gesellten Sie sich zu uns. Harrold machte uns miteinander bekannt, und Sie gaben mir die Hand. Als erstes fiel mir Ihre Größe auf – Sie sind doch bestimmt einsfünfundsiebzig groß, nicht wahr? – und dann Ihr Kleid. Es war, ich erinnere mich genau, ein khakifarbenes Kleid mit Gürtel, und ich weiß, daß mir der Gedanke durch den Kopf ging, daß man so ein Kleid eigentlich auf einer Safari tragen müßte, in einem Landrover auf der Fahrt durch den afrikanischen Busch. Es stand Ihnen. Sie nahmen Caroline auf den Arm, und Harrold ging, uns etwas zu trinken zu holen.

Heute frage ich mich: Haben Sie etwas gemerkt? Haben Sie es gewußt?

Haben wir uns miteinander unterhalten? Kurz, wahrscheinlich, über das Kind, aber dann gingen Sie, und ein Mann, den ich nicht kannte, trat zu mir, um mich zu begrüßen. Sein Name sei Mark, sagte er. Er war groß und schlank, hatte hellblaue Augen und blondes Haar. Er trug eine Brille mit Goldrand. Ich fand ihn attraktiv. Ein Gespräch entspann sich zwischen uns. Er sagte, er kenne Harrold und bewundere seine Arbeit. Er wisse, daß auch ich für die Zeitschrift gearbeitet hatte. Ich schwamm immer noch auf der Illusion, die Harrold und ich geschaffen hatten, und vielleicht habe ich gerade gelacht – es ist möglich, daß ich in der Lebhaftigkeit des Gesprächs flüchtig Marks Arm berührte – als Harrold mit den Getränken um die Ecke kam. Heiter lächelnd, mit strahlender Miene die Komplimente über seine Tochter entgegennehmend, hatte er sich durch das Gewühl gedrängt, aber als er mich mit Mark zusammen sah, blieb er wie angewurzelt stehen. Er war hinter mir, so daß ich ihn nicht sehen konnte, aber ich spürte, wie er mich anstarrte. Wider besseres Wissen drehte ich mich herum und wollte ihn herüberrufen.

Er stand wie erstarrt, ein Glas in jeder Hand. Er hatte an diesem Abend einen blauen Blazer an und eine Krawatte mit dunklen Streifen, die am Hals locker saß. Seine Augen, tief und dunkel, fixierten mich. Dann kam er auf mich zu. Mark ignorierte er völlig. Er reichte mir mein Glas und sagte: »Hol die Kleine, ich möchte, daß du die Kleine bei dir behältst.«

Mark schien den Wink zu verstehen und entfernte sich, vielleicht sah er auch irgend jemanden, mit dem er reden wollte. Als er weg war, sagte Harrold zu mir: »Ich brauch dich nur eine Minute allein zu lassen, und schon bist du hinter irgendeinem Kerl her.«

Ich sagte nichts. Ich wußte, daß es keinen Sinn hatte, etwas zu sagen. Mir war klar, was ich zu tun hatte: Ich würde Caroline bei mir behalten und mich nur noch mit Frauen unterhalten, bis Harrold mich nach Hause brachte. Wenn ich Glück hatte, würde er vielleicht vergessen, was er gesehen oder zu sehen geglaubt hatte.

Aber ich hatte kein Glück. Immer wieder kamen auch Männer zu mir und unterhielten sich mit mir, manche küßten mich auch, das war nur natürlich. Ich hatte sie ja alle fast ein Jahr lang nicht gesehen. Sie waren Freunde – manche auch nur Bekannte –, aber Harrold wollte das nicht sehen. Jedesmal, wenn ein Mann zu mir trat, hätte ich am liebsten gesagt, du besiegelst mein Schicksal. Aber das ging natürlich nicht. Ich wartete eine halbe Stunde, dann sagte ich zu Harrold: »Ich fahr jetzt besser nach Hause.« »Ja, tu das«, erwiderte er.

Ich entschuldigte mich, erklärte jedem, der fragte, daß Caroline ins Bett müsse. Ich fuhr nach Hause, zog mich um, stillte Caroline und legte sie in ihrem Zimmer zu Bett. Dann machte ich mir etwas zu trinken. Ich hatte Angst. Ich wußte, daß Harrold wütend war, zu viel trinken würde und in schwärzester Stimmung nach Hause kommen würde. Ich machte mir noch einen Drink und dachte: Was zum Teufel soll ich jetzt tun?

Er kam nach Mitternacht. Stolpernd, betrunken. Sein Gesicht war teigig, ich vermutete, er hätte sich übergeben. Er war ohne Krawatte, und sein Hemd war zerknittert. Da war mir klar, daß er mit einer anderen Frau zusammen gewesen war. Ich wandte mich ab. Ich hatte Angst und war gleichzeitig voller Wut. Ich ging durch den Flur zum Schlafzimmer und machte die Tür zu.

Ich wartete.

Er brach durch die Tür ins Zimmer wie ein gewaltiger Unhold aus einem bösen Kindertraum. »Untersteh dich, mir noch einmal die Tür vor der Nase zuzuschlagen!« brüllte er.

Das sind die einzigen Worte, an die ich mich erinnere.

Er schleuderte mich an die Wand. Ich hob die Hände, um mein Gesicht zu schützen. Vielleicht habe ich auch geschrien, und ich hörte, wie Caroline in ihrem Bett zu weinen begann. Ich wünschte flehentlich, sie würde aufhören, weil ich Angst hatte, er würde ihr etwas antun. Ich schrie nicht noch einmal. Ich versuchte, ihn mit meinen Händen abzuwehren, aber er schlug sie weg wie ein paar Mücken.

Er war wie eine Maschine, die alles niedermähte, was ihr in den Weg kam. Er raste wie nie zuvor. Es schien ihm völlig egal zu sein, wohin er mich schlug, daß die Male sichtbar sein würden. Instinktiv gab ich allen Widerstand auf. Ich konnte mich nicht gegen ihn wehren, aber ich wußte, daß ich versuchen mußte, bei Bewußtsein zu bleiben, wenn das möglich war. Mit beiden Händen schlug er auf mich ein, bis er stolperte, mich verfehlte, und seine Hand krachend gegen die Wand schlug. Fluchend umfaßte er die schmerzende Hand, und ich tauchte unter ihm weg. Ich rannte in Carolines Zimmer, riß sie aus ihrem Kinderbett und sperrte uns dann beide im Badezimmer ein.

Er kam uns nach, rüttelte einmal am Knauf, als wollte er ihn aus der Tür reißen. Ich rührte mich nicht. Ich wartete. Ich hockte mich auf den gefliesten Boden und versuchte, meine Bluse zu öffnen, um Caroline zu stillen. Ich wollte sie ruhig halten. In meinen Armen schlief sie wieder ein.

Ich weiß nicht, wie lange ich im Badezimmer saß, aber ich hörte ihn nicht wieder. Ich wußte nicht, ob er weggegangen war oder eingeschlafen oder in seinem Rausch draußen im Flur umgekippt war. Oder ob er vielleicht in einem Sessel saß und nur darauf wartete, daß ich die Tür öffnen würde.

Stundenlang, wie mir schien, hockte ich mit gekreuzten Beinen auf dem kalten Boden. Als ich mich schließlich aufrichtete, durchschoß ein stechender Schmerz mein Knie, aber ich wußte, daß ich aufstehen mußte. Ich öffnete die Tür und konnte ihn nicht sehen. Vorsichtig humpelte ich in den Flur hinaus. Er war nicht da. Ich ging in Carolines Zimmer und legte sie in ihr Bett. Dann schlich ich zum Schlafzimmer und warf einen Blick auf das Bett. Dort lag er halb ausgezogen. Das Hemd hatte er noch an, Hose und Blazer lagen auf dem Boden. Er lag auf dem Bauch und schnarchte, besinnungslos vom Alkohol.

Nie in meinem Leben war ich so leise, so vorsichtig, so flink. Ich holte meine Reisetasche aus dem Schrank, warf ein paar Dinge hinein, ging in Carolines Zimmer, packte ihre Sachen. Dann ging ich noch einmal ins Schlafzimmer zurück, zog Harrolds Brieftasche aus seiner Hosentasche und nahm alles Bargeld an mich. Ich nahm mir nicht einmal die Zeit, es zu zählen. Ich zog Mantel, Schal und Handschuhe an, hing mir die Reisetasche und meine Handtasche über die Schulter, packte Caroline in eine Wolldecke und huschte aus der Wohnung wie ein Fuchs mit seiner Beute. Ich konnte es nicht riskieren, Caroline zu wecken, um ihr den Schneeanzug überzuziehen. Das würde ich im Wagen tun.

Ich fuhr mit dem Aufzug zur Straße hinunter und rannte mit meinen Bündeln zum Wagen. Die Tragetasche stand auf dem Rücksitz, ich hatte vergessen, sie mit hinaufzunehmen. Ich zog Caroline ihren Schneeanzug über. Sie wachte auf und begann zu weinen, aber als ich den Motor anließ, beruhigte sie sich wieder.

Es war fast kein Benzin mehr im Tank, deshalb fuhr ich als erstes zu einer Tankstelle.

»Haben Sie eine Karte?« sagte ich zu dem Tankwart dort.

»Eine Karte von wo?« fragte er.

»Ganz gleich«, antwortete ich.

»Warten Sie, ich schau nach«, sagte er.

Ich blieb im Wagen sitzen und wartete. Die Stadt war still, ohne Leben. Als er zurückkam, sagte er: »Ich hab nur Neu-England da.«

»Wunderbar«, sagte ich, »geben Sie her.«

Ich schaltete die Innenbeleuchtung ein, entfaltete die Karte und breitete sie über dem Armaturenbrett aus. Ich suchte, bis ich einen Punkt fand, wo ich sicher zu sein glaubte. Ich faltete die Karte wieder zusammen, knipste das Licht aus, ließ den Motor an.

Ich kurbelte das Fenster herunter, zog meinen Ehering vom Finger und warf ihn in die Dunkelheit hinaus. Ich hörte ihn nicht aufschlagen.

Es war vier Uhr morgens, und ich war auf dem Weg nach Nordosten.

Jeffrey Kaplan

Und was macht der alte Ed Hargreaves? Hält wohl die Zügel fest in der Hand, hm?
 Genau. Genau.
 Und Mark Stein, was ist aus dem geworden? Hat wohl Harrolds Gebiet übernommen.
 Mein Gott, das ist wirklich eine schlimme Geschichte, nicht wahr? Entsetzlich. Ich war wie vor den Kopf geschlagen, als ich davon hörte. Ich hatte ja keinen Schimmer, nicht den geringsten.
 Ich war bis zum 1. Dezember bei der Zeitschrift, wie Sie wissen. Maureen English hatte im Jahr davor aufgehört. Ich kannte die beiden ganz gut. Das heißt, ich *glaubte*, sie gut zu kennen. Da sieht man's mal wieder, nicht?
 Sie war eine ruhige Person. Aber unheimlich gut, ja wirklich, unheimlich gut. Ich dachte immer, sie würde mal ganz groß rauskommen, eine tolle Karriere machen, bis sie dann nicht mehr reisen konnte, weil sie es nicht vertrug. Wirklich schade. Sie sagte damals, die Ärzte hätten alles versucht, aber es hätte nichts geholfen, es hätte etwas mit dem Innenohr zu tun. Na ja, dann hab ich sie redigieren lassen. Mann, war die Frau schnell. Wenn man der am Morgen eine Akte gegeben hat, hatte man spätestens am Abend die Story zurück.
 Sie war sehr attraktiv. Sie haben sie ja kennengelernt. Es war klar, daß da schnell einer zugreifen würde. Daß Harrold derjenige war, hab ich allerdings eine ganze Weile nicht mitgekriegt. Die beiden waren in der Redaktion immer ganz cool. Ich fand immer, sie hätte einen gewissen Stil. Man sah es ihr an. Ich meine jetzt nicht von ihrer Fa-

milie her. Über ihre Herkunft wußte ich nicht viel. Es war allerdings offensichtlich, daß sie irischer Abstammung war. Sie hieß übrigens Maureen Cowan, als sie bei der Zeitschrift anfing. Nein, ich meine eher die Art, wie sie sich verhielt. Sie war zurückhaltend, nicht jemand, der ständig sein eigenes Loblied sang. Die beiden haben sich übrigens in meinem Büro kennengelernt.

Ja, wirklich. Lassen Sie mich mal überlegen. Ich war im Büro. Er war bei mir, weil er irgendwas an einer Schlagzeile zu beanstanden hatte, glaube ich. Ich weiß es jetzt nicht mehr so genau. So was in der Art. Und es war ihr erster Arbeitstag. Ja, richtig. Sie kam zu mir, um mich was zu fragen. Sie war sehr nervös an dem Tag, ausgesprochen nervös, ja. Sie spielte dauernd an ihrer Halskette herum und wagte kaum aufzuschauen. Ich ḥab natürlich gesehen, wie Harrold sie ansah und ihr zulächelte, aber ich hab mir damals nicht viel dabei gedacht. Sie wäre jedem aufgefallen. Ich fand das damals nicht besonders bedeutsam. Aber wie ich jetzt weiß, haben sich die beiden ziemlich bald danach gefunden.

Tja, und Harrold? Er hat damals ein paar großartige Texte abgeliefert. Das war die Hochzeit der Zeitschrift. Wir hatten Joe Ward, Alex Weisinger und Barbara Spindell. Tolle Zeiten. Manchmal sehne ich mich direkt nach ihnen zurück. Das Verlagsgeschäft ist da schon was ganz anderes. Ich hab den Journalismus aufgegeben, weil die ewigen Überstunden meine Frau wahnsinnig gemacht haben. Aber das Tempo ist schon ein ganz anderes hier. Diese Adrenalinschübe kriegt man hier nicht. Bücher haben einen ganz anderen Werdegang: Man sieht die Autoren viel seltener, manchmal fast überhaupt nicht. Und man muß eine Story wirklich lieben. Man hat ja monatelang mit ihr zu tun, manchmal sogar jahrelang. Aber wie dem auch sei, genug davon. Sie möchten etwas über Harrold wissen.

Lassen Sie mich überlegen. Er kam vierundsechzig zur

Zeitschrift, glaube ich. Direkt nach dem Studium war er beim *Boston Globe*, aber er wollte zu einem Nachrichtenmagazin, nach New York. Er kam zu einem günstigen Zeitpunkt. Es war gerade so eine Art Wachablösung – viele von der alten Garde gingen in den Ruhestand. Ich war damals selbst gerade ein oder zwei Jahre bei der Zeitschrift. Ich war von der *Times* gekommen. Er stieg also ziemlich schnell auf, nachdem er bei uns angefangen hatte. Ich schickte ihn praktisch sofort auf Reportagen. Er war ein großartiger Reporter. Sehr aggressiv. Er ließ nie locker, solange er nicht die ganze Story hatte. Er hat die Leute entweder gelöchert bis zum geht nicht mehr oder er hat sie mit Charme eingewickelt. Ich glaube übrigens, daß seine körperliche Größe ihm dabei gut zustatten kam. Er war ja ein sehr imposanter Mann. Sie kennen ihn ja. Ungefähr einsneunzig groß, denke ich, an die neunzig Kilo, aber überhaupt nicht dick, einfach muskulös. Ich bin ziemlich sicher, daß er in der Footballmannschaft von Yale gespielt hatte. Aber er war nicht so ein Angeber wie viele dieser Typen, die von den Nobeluniversitäten kommen. Er war eher ein Einzelgänger. Und diese Augen! Kohlschwarz. Er hatte einen Blick drauf, mit dem konnte er einen förmlich festnageln, bis man klein und häßlich wurde. Ich hab ein paarmal erlebt, wie er das machte. Ganz schön beeindruckend.

Harrold English war ein echter Profi. Wir waren nicht direkt Freunde, aber wir haben einige interessante Mittagsstunden miteinander verbracht. Sie wissen ja, wie das ist; nach dem zweiten Martini kommt man richtig ins Gespräch. Er sagte einmal, er hätte eine ziemlich traurige Kindheit gehabt, trotz des vielen Geldes. Seine Mutter starb, als er noch ein kleiner Junge war, und mit seinem Vater hat er sich nie verstanden. Muß ein ziemlich harter Brocken gewesen sein nach allem, was ich gehört habe. Von anderen Verwandten war nie die Rede.

Ich mochte seinen Stil, er schrieb klar und geradlinig und hielt die eigene Person im Hintergrund. Das hat mir gefallen. Man spürte seine Intelligenz, wenn man den Text las, aber die Sache blieb immer das Wichtigste. Er war keiner dieser Autoren, die einem immer mit ihrer ungeheuren Virtuosität imponieren wollen. Bei ihm gab es keine Schnörkel, und er hatte immer seine Fakten beisammen.

Maureen hatte einen ganz anderen Stil. Ich würde sagen, weiblicher, nur würde ich mich damit wahrscheinlich ganz schön in die Nesseln setzen. Sie hatte einen anderen Rhythmus, flüssiger. Ich mochte ihre Art zu schreiben, aber man mußte ihr immer einen kleinen Tritt geben, damit sie ein bißchen tiefer schürfte. Es fiel ihr schwer, die Fragen zu stellen, bei denen es wirklich ans Eingemachte ging. Irgendwann mal kam sie zu mir und erklärte, sie hätte genug davon, immer nur über Trends zu schreiben, da hatte ich sie nämlich eingesetzt. Ich war ein bißchen pikiert, aber ich konnte sie verstehen und habe sie zu den Inlandsnachrichten versetzt. Da war sie sehr gut. Bis sie nicht mehr reisen konnte.

Ich glaube, ich habe erst nach gut einem halben Jahr mitgekriegt, daß die beiden was miteinander hatten. Als ich davon Wind bekam, war ich nicht sehr glücklich darüber, das muß ich sagen. Ich habe solche Büroaffären des öfteren erlebt, sie machen immer Ärger. Zu Hause gibt's Krach, was tut man im Büro? Aber Maureen und Harrold waren absolut cool, wie ich schon sagte. Man hätte nie was geahnt, wenn man es nicht gewußt hätte.

Gerade deshalb ist es ja so – Herrgott noch mal – unglaublich. Es fällt mir sogar jetzt noch schwer, es zu glauben. Ich kann es mir einfach nicht vorstellen. Schön, man hört ab und zu solche Geschichten, aber da geht's doch immer um irgendeine Frau aus der Unterschicht, die mit sechs Kindern in Arkansas oder Harlem sitzt und einen Alkoholiker zum Mann hat – so in der Richtung jedenfalls.

Von Leuten wie Harrold und Maureen hört man so was höchst selten.

Man sollte doch meinen, es wäre irgendwas zu spüren gewesen. Und Harrold war kein Alkoholiker. Ich meine, er hat nicht mehr und nicht weniger getrunken als wir alle. Einen Martini zum Lunch, vielleicht auch zwei, wenn es einen Anlaß gab. Cocktails vor dem Essen – na, Sie kennen das ja.

Ich muß allerdings sagen, daß er in meinen zwei letzten Monaten bei der Zeitschrift ein kleines Tief zu haben schien. Das passiert uns allen mal, ich hab mir wirklich nichts weiter dabei gedacht. Hat er damals mehr getrunken? Ich kann mich nicht erinnern. Aber ich weiß, ich dachte, Stein hätte ihn vielleicht ein bißchen ins Schleudern gebracht. Stein war direkt von der Columbia Universität zu uns gekommen, ein Senkrechtstarter. Schwer auf Draht. Er war gerade mal zwei Monate bei uns und machte Harrold schon ernsthafte Konkurrenz. Er erwischte ihn allerdings auch mitten in seinem Tief, und das machte es natürlich noch schlimmer. Aber ich wußte, daß Harrold das überwinden würde. Bei ihm zu Hause war gerade ein Kind angekommen. Ich konnte mich noch genau erinnern, wie das war – die ganze Nacht wach und am Tag ewig schlapp. Ich sagte mir, er würde ein paar Monate lang mit halber Kraft arbeiten und dann wieder Vollgas geben. Und dann bin ich gegangen und hab das alles ad acta gelegt.

Bis ich hörte, was da passiert war. Erschütternd. Wirklich.

Aber es ist eine Wahnsinnsgeschichte. Ich sag Ihnen was, ich weiß nicht, ob Sie sich das schon mal überlegt haben, aber daraus ließe sich vielleicht ein Buch machen. So was wie »Kaltblütig«. Kommt natürlich drauf an, was Sie an Material zusammenkriegen, was sich daraus machen läßt. Aber es gibt da ein paar interessante Aspekte: die Heimlichkeit, die Tatsache, daß ausgerechnet die beiden in so was hineingerieten. Erinnert mich ein bißchen an Scott und Zelda.

Ja, das ist eine Möglichkeit. Wissen Sie was – Sie schreiben Ihren Text, und wenn Sie fertig sind, schicken Sie ihn mir vor der Veröffentlichung. Ich seh ihn mir an und sag Ihnen, was ich davon halte.

Sie hatte da oben in Maine doch einen Liebhaber, nicht?

Für das Buch wäre so was wichtig. Solche Verwicklungen. Das macht die Geschichte spannender. Und es könnte für ihre Motive von Belang gewesen sein, meinen Sie nicht auch?

5. Dezember 1970 – 15. Januar 1971

Mary Amesbury

Ich hörte ein Geräusch. Ein gedämpftes Knirschen von Kies unter Autoreifen. Ein PKW oder Lastwagen kam langsam, so leise wie möglich, die kleine Straße heruntergekrochen – verschlafen im Morgengrauen. Ich schlug die Bettdecke zurück und ging ans Fenster. Ich nahm meine Wolljacke vom Sessel und zog sie über. Die Dielen unter meinen Füßen waren kalt. Draußen war alles grau, es war jene halbe Stunde beginnenden Lichts vor Sonnenaufgang. Ich sah zu, wie der schwarze Pick-up auf dem Sand zu dem Ruderboot zuckelte. Ein Mann stieg aus. Der Mann von gestern, auch wenn ich im Grau nur seinen gelben Ölmantel deutlich erkennen konnte, seine Gesichtszüge blieben unbestimmt. Das Wasser in der Bucht war ruhig und glatt, und als er zu seinem Kutter hinausruderte, ließ er ein völlig gleichmäßig gekräuseltes Kielwasser hinter sich zurück.

Das Brummen des Motors klang wie grummelnder Protest über die allzu frühe Störung. Ich sah das Gelb des Ölmantels am Bug aufblitzen, im Ruderhaus, dann hier und dort auf dem Boot, das in elegantem Bogen hinausfuhr, der Sonne entgegen.

Ich setzte mich auf die Bettkante und sah dem Boot nach, bis es verschwunden war. Ich fragte mich, wohin er wollte, wie er seinen Weg fand, was ihn am Ziel erwarten würde – graues Licht, in dem bunte Bojen auf dem Wasser schaukelten?

Ich wußte nicht, wie spät es war, aber es mußte noch früh sein, höchstens halb sieben, schätzte ich. Wenn man um halb sieben auf dem Wasser sein wollte, sagte ich mir, mußte man um halb sechs aufstehen – bei Dunkelheit, während Frau und Kinder noch schliefen. Und jetzt hatten wir Dezember, den Monat mit den längsten Nächten. Wie sah der Tageslauf eines Hummerfischers im Sommer aus, wenn der Tag um vier oder noch früher anbrach? Aß der Fischer dann schon am Spätnachmittag zu Abend und ging vor seinen Kindern zu Bett?

Ich betastete mit einem Finger meine Lippe: Sie war immer noch geschwollen und empfindlich. Und ich dachte an die anderen Stellen an meinem Körper, die ich nicht berühren wollte. Irgendwas war mit meinem Knie. Ich wußte nicht genau, was, aber es schmerzte unter der Kniescheibe, als hätte ich es mir bei einem Sturz verdreht. Der Hausputz am Abend, das viele Bücken und Herumkriechen, hatte wahrscheinlich auch nicht gerade gut getan.

Ich hörte Caroline wach werden und hob sie aus dem Kinderbett. Ich trug sie zum großen Bett hinüber und zog die Decke ganz hoch, so daß wir wie in einer warmen Höhle beisammen lagen. So stillte ich sie. Danach schlief sie wieder ein, und ich vielleicht auch, aber ich erinnere mich, daß ich den Geräuschen meiner neuen Umgebung lauschte, um mich mit ihr vertraut zu machen. Ich hörte die Möwen, die, schon wach, über dem Kap kreischten, und ich hörte den leisen Wind, der mit dem Sonnenaufgang aufgekommen war.

Ich rutschte aus dem Bett, baute um Caroline herum ein sicheres Nest, und ging nach unten, um mir eine Tasse Kaffee und eine Schale Cornflakes zu machen. Die Sonne war aufgegangen, und es würde ein klarer Tag werden. Ich saß am Tisch und schaute hinaus. Das graue Wasser färbte sich erst rosig, dann violett. Ich hörte wieder ein Fahrzeug draußen auf der Straße und sah einen blau-weißen Pick-up hinter der Hecke hervorkommen. Er hielt vor dem grauen Fischhaus. Ein Mann in einer Seemannsjacke und einer blauen Wollmütze stieg aus und trug einen Karton mit Tau und irgendwelchen Metallteilen in die Hütte. Ein paar Minuten später stieg Rauch aus einem Kamin auf. Als der Mann die Tür wieder öffnete, hörte ich aus einem Radio drinnen das alberne Gequassel eines Discjockeys. Der Mann ging zum Heck seines Wagens, nahm mehrere Hummerfallen heraus und trug sie in die Hütte. Danach kam er nicht wieder heraus.

Nach einer Weile begann Caroline zu schreien. Ich holte sie herunter, badete sie im Waschbecken, zog sie an und setzte sie auf den Flechtteppich. Sie schien ganz darauf konzentriert, die Kunst des Krabbelns zu meistern, ließ sich auch von einigen komischen Fehlversuchen und einer Tendenz, statt vorwärts rückwärts zu rutschen, nicht von ihrem Beginnen abhalten. Ich war hingerissen von dem Ausdruck angestrengter Konzentration in ihrem Gesicht, dem Anblick der im Eifer vorgeschobenen kleinen Zunge und ihrer verblüfften Miene, wenn ihre Glieder nicht taten, was sie wollte, und sie platt auf dem Bauch landete.

Ich trank noch eine Tasse Kaffee und machte eine Liste. Ich brauchte eine Uhr, ein Radio und einen Waschsalon. Die schmutzigen Windeln häuften sich bereits, und Caroline hatte bald nichts mehr anzuziehen. Außerdem wollte ich mich nach einem Tragetuch für sie umsehen. Dann würde ich mit ihr am Strand spazierengehen können, sobald es etwas wärmer wurde. Sie auf dem Arm zu tragen, war unpraktisch. Sie war zwar nicht allzu schwer – gerade mal sieben Kilo –, aber es war beschwerlich, sie über längere Strecken zu tragen, da würden mir schnell die Arme weh tun.

Listen schaffen so etwas wie Struktur, aus ziellosem Vorhaben wird feste Absicht, aus unbestimmter Zeit wird ein Tag herausgeschält. Es zählte gar nicht so sehr, daß ich die Uhr selbst nicht hatte, es reichte, daß ich sie auf die Liste gesetzt hatte. Das war ein Fortschritt. Ich überlegte, daß ich mich anziehen, Caroline in ihren Schneeanzug packen und dann nach Machias fahren würde, aber im Moment war ich es zufrieden, einfach dazusitzen, eine Tasse Kaffee zu trinken und entweder die Krabbelversuche meiner Tochter zu beobachten oder, draußen vor dem Fenster, die wechselnden Färbungen des Wassers. Die Ängste der vergangenen Nacht hatte ich vergessen, vielleicht auch nur ihren Geschmack verdrängt. Dies war eine neue Erfahrung, sich vom Moment tragen zu lassen, den Moment zu genießen, ohne schon den nächsten anzupeilen. Ich überließ mich ihr einfach.

Machias gilt bei den Leuten, die in dieser Gegend leben, wahrscheinlich als eine kleine Stadt, mich erinnerte es an eine Vorstadt. Es gab hier mehr Häuser und Geschäfte als in St. Hilaire, aber es war genauso ruhig, der Ort nicht mehr als ein größeres Fischerdorf am Ufer des Machias River. Ich sah ein Sägewerk, eine Möbelfabrik, ein Restaurant, ein Fischgeschäft, einen Rabattladen, einen Party-Shop, eine Kirche, einen A&P Supermarkt und ein denkmalgeschütztes Haus mit Museum, das im Sommer zur Besichtigung geöffnet war. Und ich entdeckte einen Waschsalon. Im Resteladen gab es Buggies im Sonderangebot, und ich hätte gern einen gehabt, aber ich mußte vorsichtig mit dem Geld umgehen, das ich noch hatte, ich wußte nicht, wie lange ich damit auskommen können würde. Aber ich kaufte einen Radiowecker und schlug so zwei Fliegen mit einer Klappe. An einer Wand war ein kleiner Bücherständer – ein Sortiment von Taschenbüchern, die von gescheiterter Liebe erzählten. Ich suchte mir drei aus: *Anna Karenina*, *Ethan Frome*, *Die Geliebte des französischen Leutnants*. Danach kaufte ich noch ein Tragetuch und zwei Geschenke für meine Tochter: ein Band voll aufgefädelter kleiner Spielsachen, das man quer über das Kinderbett spannen konnte, und eine flauschige gelbe Ente, der ich nicht widerstehen konnte. Als ich an der Kasse die Ente auf die Theke stellte, schoß mir der Gedanke durch den Kopf, daß auch ich, genau wie Harrold, mein Erbe mitbekommen hatte: Ich war jetzt allein mit meiner Tochter. Stand so allein mit meiner Tochter da wie früher meine Mutter. Die Frau an der Kasse, sie hätte eine Schwester der Wirtin vom *Gateway* sein können, mußte mich zweimal um das Geld bitten.

Als ich mit dem Kind und meinen Einkäufen in den Armen zum Wagen ging, fragte ich mich, war Harrold jetzt tat. Ganz sicher war er nicht gleich zur Polizei gegangen, er mußte ja fürchten, daß ich dann erzählen würde, was sich abgespielt hatte. Nein, er versuchte wahrscheinlich auf andere Weise, sich Informationen zu beschaffen. Er würde Redaktionskolleginnen anrufen, die ich näher gekannt hatte, er würde meine Nachbarin ausfragen, er würde unser Bankkonto überwachen. Ich glaubte nicht, daß er meine Mutter anrufen würde. Er konnte sich denken, daß ich nicht wieder zu ihr geflohen war. Und nach einer Weile, wenn ich weiterhin verschollen bliebe, würde er vielleicht einen Privatdetektiv anrufen, den er vom Studium kannte und der manchmal bei einer Reportage für ihn recherchierte. Er würde natürlich sehr vorsichtig sein, sich vorher genau überlegen, was er sagen würde. In kumpelhaft vertraulichem Ton würde er erklären, er befände sich in einer etwas heiklen Situation, ob der alte Freund ihm nicht helfen könne. Er würde behaupten, ich hätte eine Reise unternommen und wäre nicht zurückgekehrt, und er mache sich nun Sorgen, daß mir etwas zugestoßen sei. Er würde dem Mann sagen, er wolle keinen Wirbel, wir hätten eine kleine Meinungsverschiedenheit gehabt, und ihm käme es einzig darauf an, zu wissen, wo ich war. Er würde seinen alten Freund bitten, mir nichts zu verraten. Er wolle selbst zu mir fahren, würde er sagen, und würde mich mit ein bißchen gutem Zureden schon dazu bringen, wieder nach Hause zu kommen – »du kennst ja die Frauen«, würde er sagen, und sie würden einhellig lachen, und einer von beiden würde sagen, hör zu, laß uns einen zusammen trinken, wenn du in der Nähe bist.

Er würde nicht sagen, daß ich sein Kind entführt hatte. Noch nicht. Das war ja sein Trumpf, das As, das er noch im Ärmel hatte. Das würde er sich für später aufheben, für den Fall, daß ich zur Polizei ging, bevor er mich gefunden hatte. Was denn schon ein paar Ohrfeigen unter Erwachsenen im Vergleich zu einer Kindesentführung seien, würde er argumentieren.

Vor dem Fischhaus standen drei Wagen, als ich aus Machias zurückkam. Einen erkannte ich, einen roten Pick-up mit einer goldenen Verzierung unter dem Fenster auf der Fahrertür. Und kaum war ich ins Haus gegangen und hatte Caroline niedergelegt, klopfte es schon. Vor mir stand Willis mit einem Päckchen in den Händen. Unser Gespräch habe ich folgendermaßen in Erinnerung:

»Ich hab Ihnen ein bißchen Fisch mitgebracht«, sagte er und ging schnurstracks zur Küche: »Schellfisch. Heute morgen gefangen. Nicht von mir. André LeBlanc hat ihn rausgezogen.«

Ich nahm ihm das Päckchen ab. Er schob die Hände in die Hosentaschen und zog unter seiner Jeansjacke die Schultern zusammen. Er sah aus, als wäre ihm eiskalt. Ich sagte, ich müßte noch ein paar Sachen aus dem Wagen holen.

»Bleiben Sie, wo Sie sind«, befahl er. »Ich hol sie Ihnen schon.«

Und ehe ich etwas entgegnen konnte, war er zur Tür hinaus.

Er brachte alle Tüten aus dem Resteladen und das Wäschebündel aus dem Waschsalon herein. Ich sah, daß er dieselbe Jeans trug wie am Tag zuvor, denselben dunkelblauen Pulli.

»Ich muß jetzt die Kleine hinlegen«, sagte ich und dachte, jetzt würde er gehen.

Aber er sagte nur: »Kein Problem«, ging zum Fenster und schaute zum Kap hinaus.

Ich legte Mantel und Schal ab und trug Caroline nach oben. Ich setzte mich aufs Bett und stillte sie, und als sie satt war, legte ich sie in ihr Kinderbett und deckte sie zu. Unter mir hörte ich seine Schritte, das Geräusch der Kühlschranktür, die geöffnet wurde, das Scharren eines Stuhls auf dem Linoleum.

Als ich hinunterkam, saß er am Küchentisch. Vor sich hatte er eine geöffnete Bierdose.

»Sie haben doch nichts dagegen?« Er hob die Dose hoch.

Ich schüttelte den Kopf und blieb unschlüssig mitten in der Küche stehen.

»Nehmen Sie sich doch auch eines«, sagte er einladend, als wären wir in seiner Küche oder als wären wir alte Freunde.

Ich schüttelte wieder den Kopf. Ich machte das Gas unter der Metallkanne mit dem Kaffee an und wartete am Herd, bis der Kaffee warm wurde.

»Ich möchte gern für den Fisch bezahlen«, sagte ich.

Er machte eine wegwerfende Handbewegung. »Kommt nicht in Frage. Betrachten Sie es als Geschenk zum Einstand.« Er lachte. »Nein, im Ernst«, fügte er hinzu. »Ich hab ja selbst nichts dafür bezahlt. LeBlanc hat mir ein paar Pfund in die Hand gedrückt, und ich hab doch nur was für Sie abgezweigt. Ich hab drüben im Fischhaus auf Sie gewartet. Eigentlich müßte ich ja Körbe flicken, aber es ist einfach zu kalt da draußen. Außerdem hab ich Lust, mal ein paar Tage blau zu machen.«

Er sah sich in der Küche um. Er trommelte mit seinen platten, nach vorne breiter werdenden Fingern auf den Tisch. Ein paar Takte wippte er auf seinem Stuhl auf und nieder. Es hätte mich interessiert, was für eine innere Musik er hörte.

»Mögen Sie die *Grateful Dead*?« fragte er.

Ich nickte, ohne mich weiter zu äußern.

»Ich muß einen Baum besorgen«, sagte er unvermittelt. »Jeannine möcht ihn immer gern zeitig haben. Sie sagt, dann hat sie was, worauf sie sich freuen kann. Sie stellt ihn in einer Ecke vom Wohnwagen auf. Ich hab immer Angst vor einem Brand, das ist das einzige.«

»Vor einem Brand?«

»Wenn's in einem Wohnwagen brennt, hat man keine Chance. Das ist genauso, wie wenn man in einem Aluminiumkasten verschmort. Das ist das größte Problem bei einem Wohnwagen, die Brandgefahr. Drum dürfen die Kinder die Lichter auch nur anmachen, wenn ich dabei bin – die Lichter am Baum, mein ich. Und wehe, der Baum wird nicht regelmäßig gegossen. Sobald die ersten Nadeln fallen, fliegt er raus. Aber bei mir nadelt kein Baum vor dem Valentinstag.« Er lachte wieder. »Ich säbel ihn selbst runter, im Wald gegenüber von den Coffins. Setzen Sie sich doch, machen Sie sich's bequem.«

Ich goß den aufgewärmten Kaffee in einen Becher und ging zum Tisch. Er schob mit dem Fuß einen Stuhl heraus. Ich setzte mich und trank einen Schluck Kaffee. Ich hatte ihn kochen lassen und verbrannte mir die Zunge bei diesem ersten Schluck. Willis sah mich an. Er schien mein Gesicht eingehend zu mustern. Dann schaute er zum Wohnzimmer hinüber.

»Schläft die Kleine?« fragte er.

Ich nickte.

Er stand auf, ging zum Kühlschrank und holte sich noch eine Dose Bier. Er machte sie auf und leerte sie beinahe mit einem Zug. Dann kam er wieder an den Tisch und blieb neben mir stehen. Mit der Dose in der Hand schaute er zum Kap hinaus.

»Also, wie schaut's aus?« fragte er. »Sie und Ihr Mann haben sich endgültig getrennt, richtig?«

»So ungefähr«, antwortete ich vorsichtig.

»Und jetzt sind Sie allein«, sagte er mehr zu sich selbst als zu mir.

»Fürs erste«, sagte ich vage.

Unbehagliches Schweigen folgte. Ich spürte ihn dicht an meiner Seite. Er war jetzt ruhiger, stand ganz still.

Mit einem Finger strich er über den Bluterguß an meinem Wangenknochen. Ich zuckte zusammen, nicht vor Schmerz, eher erschrocken über die Berührung.

»Oh, tut das weh?« fragte er wie erstaunt. »Tut mir leid. Das wollte ich nicht. Die Stelle muß ja ganz schön empfindlich sein.«

Ich stand auf. Zwischen uns war der Stuhl. Ich legte meine Hand auf die Rückenlehne. »Ich bin müde«, sagte ich. »Ich habe nicht gut geschlafen. Ich glaube, es ist besser, Sie gehen jetzt. Ich würde mich gern hinlegen.«

Er legte seine Hand auf die meine. Seine Finger waren trocken und kalt. Er sah zu unseren Händen hinunter.

»Ihnen ist wohl nicht danach«, sagte er, »ein bißchen – na ja, Sie wissen schon – ein bißchen zu kuscheln, solang die Kleine schläft.«

Ich zog langsam meine Hand unter der seinen hervor und verschränkte die Arme. Die Brust war mir eng, und einen Moment lang bekam ich kaum Luft.

»Nein«, sagte ich. »Nein.« Und schüttelte den Kopf.

Er zog hastig seine Hand weg und schob sie in die Hosentasche. »Tja, hab ich mir fast gedacht.« Er nickte vor sich hin, trank den letzten Schluck Bier aus der Dose, seufzte. »Manchmal braucht eine Frau, die verlassen worden ist, ein bißchen Zärtlichkeit. Nichts Ernstes, nur ein bißchen Trost. Ich hab mir gedacht...« Er zuckte die Achseln.

Ich sagte nichts.

»Also, nichts für ungut, hm?«

Ich sah zu meinen Füßen hinunter.

»Na, kommen Sie schon, Füchslein, nehmen Sie's mir nicht übel.«

Ich sah ihn an. Auf seinem Gesicht lag ein Ausdruck echter, wenn auch nicht gerade tiefer Besorgnis. Er hatte vielleicht versucht, die Situation auszunützen, aber er hatte nichts Böses gewollt. Er hatte einfach gemeint, es wäre einen Versuch wert.

»Nichts für ungut«, sagte ich.

Er atmete mit demonstrativer Erleichterung auf und tat so, als wischte er sich den Schweiß von der Stirn. »Na schön«, sagte er. »Dann wär das geregelt.« Er begann wieder, mit seinen Schultern zu wackeln.

Wie lange, dachte ich, ist es her, seit ich zu einem Mann nein sagen konnte, ohne Konsequenzen fürchten zu müssen? Seit ich überhaupt fähig war, zu einem Mann nein zu sagen. Ich war beinahe froh, daß Willis gefragt hatte, trotz der kurzen Verlegenheit zwischen uns.

»Da ist Jack.« Willis wandte sich ab und trat zum Fenster.

Ich folgte ihm und sah mit ihm zum Wasser hinaus. Das grün-weiße Hummerboot war in den Kanal eingefahren und näherte sich seinem Anlegeplatz. Wir sahen zu, wie der Mann im gelben Ölmantel das Boot an der Boje festmachte und ins Cockpit zurücksprang, um den Motor auszuschalten – anmutig und gewandt in seinen Bewegungen.

»Der spinnt«, sagte Willis. »Bei dieser Eiseskälte würden mich keine zehn Pferde da rauskriegen, aber Jack ist das scheißegal – entschuldigen Sie das harte Wort.«

Der hochgewachsene Mann mit dem sandblonden Haar verfrachtete Eimer voll Hummer in das Ruderboot, das er längsseits an seinen Kutter herangezogen hatte. Dann ging er in die Kabine zurück und schien eine Tür zu sichern.

»Wenn ich natürlich so ein Familienleben hätte wie er, wäre ich vielleicht auch das ganze Jahr auf dem Wasser.

Seine Frau ist richtig schwermütig. Die rührt keinen Finger im Haus. Das muß alles Jack machen. Mit seiner Tochter zusammen. Mir haben die Kinder immer leid getan. Die sind nett und anständig, aber in dem Haus geht's traurig zu. Meine Frau, Jeannine, ist mal rübergegangen und wollte ein bißchen nach dem Rechten sehen, Rebecca war in ihrem Zimmer und hat sich geweigert rauszukommen. Jeannine hat gesagt, sie hätte sie hinter der Tür heulen hören. Sie haben hier unten an der Straße ein kleines Haus. Sie weint sich fast jeden Abend in den Schlaf, hab ich gehört. Jack redet ja nicht viel drüber, aber man sieht's ihm an. Aber eines muß man ihm lassen, er hat immer zu ihr gestanden. Sie hat auf ihn gewartet, als er von hier fort ist, und wie er zurückgekommen ist, hat er sie geheiratet.«

Er spähte mit zusammengekniffenen Augen zum Fenster hinaus, als hätte irgend etwas sein Interesse erregt.

Der Mann im Ölmantel ruderte an Land. Das Wasser leuchtete in einem tiefen, frischen winterlichen Blau.

»Rebecca ist erst nach der Heirat, nachdem die Kinder geboren waren, so runtergekommen. Angeblich soll das bei Frauen manchmal vorkommen. Aber ich sage, schuld dran sind das Meer und das Wetter hier. Das ewige Grau und die langen Winter – da kann man schon trübsinnig werden.«

Der Mann im Ölmantel zog sein Boot den Strand herauf und machte es an dem Eisenring fest.

»Er muß natürlich wegen den Kindern bei ihr bleiben. Obwohl ich manchmal denke, für die Kinder wär's besser gewesen, wenn er gegangen wäre und eine andere geheiratet hätte. Na ja, man weiß nie, warum ein Mensch das tut, was er tut. Vielleicht liebt er sie immer noch. Wer weiß das schon.«

Willis wandte sich vom Fenster ab.

»Ich muß los«, sagte er. »Die anderen unten im Fischhaus werden sich schon wundern, wo ich bleibe, und ihre

Witze machen. Und wenn ich noch ein Bier trinke, schlaf ich ein. Dann ziehen sie mich erst recht durch den Kakao.«
Er warf die beiden Dosen in den Müll und ging zur Tür.
»Also«, sagte er, »Sie kommen zurecht, hm?«
Ich nickte und dankte ihm noch einmal für den Fisch.
Er winkte ab. Dann sah er mich an.
»Ich muß Körbe flicken«, sagte er.

Gegen Abend begann Caroline quengelig zu werden, dann fing sie an zu weinen und hörte nicht mehr auf. Ich wollte sie stillen, um sie zu beruhigen, aber sie wollte die Brust nicht. Sie drehte mit einer heftigen Bewegung den Kopf weg und verzog wie gequält das Gesicht. Wenn sie nichts trinken will, dachte ich, wie kann ich ihr dann helfen? Es genügte ihr nicht, in meinen Armen zu liegen und gewiegt zu werden, immer wieder versuchte sie, ihr Fäustchen in ihren Mund zu schieben. Ich war sicher, sie sei doch hungrig, aber jeder Versuch, sie zu stillen, endete in Tränen und zornigem Geschrei. Schließlich legte ich sie an meine Schulter und ging mit ihr hin und her. Solange ich mich bewegte, war sie ruhig. Sobald ich mich setzte und versuchte, die Bewegung des Gehens nachzuahmen, indem ich sie schaukelte, begann sie von neuem zu schreien, als hätte sie die List durchschaut. Was ist denn so besonderes am Hin- und Hergehen? dachte ich. Ich fand es hauptsächlich ermüdend. Ich ging im Kreis durch die Küche, das Wohnzimmer, das untere Schlafzimmer, immer wieder, bis ich dachte, ich würde umfallen oder von dem ewigen Einerlei aus der Haut fahren. Ich war überzeugt, sie würde an meiner Schulter einschlafen, aber solange ich umherging, blieb sie hellwach. Und wenn ich auch nur eine Minute Pause machte, begann sie wieder zu schreien. Was ist das für ein Schmerz, dachte ich, der sie plagt, wenn ich mich setze, und nachläßt, wenn ich herumlaufe?
Mindestens eine Stunde, vielleicht auch zwei, mar-

schierte ich im Haus auf und ab. Dann fiel mir das Tragetuch ein. Ich ließ ihren Zorn über mich ergehen, während ich sie und mich warm einpackte und sie dann nicht ohne Mühe in das Tuch hineinbugsierte. Ein kleiner Tapetenwechsel, dachte ich, wird mir sicher guttun, und sie wird an der frischen Luft vielleicht endlich einschlafen.

Die Luft brannte vor Kälte. Ich zog ihr meinen Mantel vor das Gesicht. In dem Tragetuch ruhte ihr Gewicht mehr auf meiner Hüfte als in meinen Armen, und ich war so froh, draußen zu sein, daß mir die Kälte nichts ausmachte. Die würzige Luft war schneidend, aber nicht mehr so bitterkalt wie am Tag zuvor – vielleicht wirkte auch die Feuchtigkeit vom Meer mildernd, ich weiß es nicht. Ich ging den Hang hinunter zum Kiesstrand. Obwohl meine Stiefel nur relativ flache Lederabsätze hatten, eigneten sie sich nicht zu einem Spaziergang auf diesem steinigen Boden, und das Vorankommen war mühsam. Ich nahm mir sofort vor, besonders vorsichtig zu sein, einen Sturz oder einen verstauchten Fuß konnte ich mir nicht leisten. Ganz abgesehen davon, daß Caroline bei einem Sturz wahrscheinlich verletzt werden würde, ängstigte mich die völlige Abgeschnittenheit hier draußen auf der Landzunge. Hier würde bestimmt kein Mensch meine Hilferufe hören. Das nächste Haus, ein blaues Fischerhaus oben an der Hauptstraße, war viel zu weit weg, und meine Stimme würde im Rauschen der Brandung und des Windes untergehen oder ungehört an Fenstern und Türen des Hauses, die an einem so kalten Abend zweifellos fest geschlossen waren, abprallen.

Die Dunkelheit kam jetzt schnell, sie schien in Nebeln aus dem grauen Wasser aufzusteigen. Schon konnte ich den Horizont nicht mehr erkennen – nur noch das Lichtsignal des Leuchtturms, das in regelmäßigen Abständen aufblitzte. Tang lag auf den Steinen, ein paar alte verwitterte Holzbretter – Treibholz – leere Krebsschalen, Bruchstücke bläulich schimmernder Muschelschalen. Als ich am Fischhaus vorüberkam, nahm ich noch den Nachgeruch eines erloschenen Feuers wahr. Das Fischhaus interessierte mich. Ich ging hinüber und schaute durch eines der Fenster hinein, konnte aber in der Düsternis nicht viel erkennen: zwei oder drei Gartenstühle aus Aluminium und Kunststoff, in einer Ecke einen Stapel Gitterkörbe, in denen die Hummer gefangen wurden, eine niedrige Holzbank an der Wand, eine kleine offene Feuerstelle. Ich dachte an die Männer, die bei Tag hier zusammen saßen, versuchte, mir ihre Stimmen vorzustellen, wenn sie sich in dieser muffigen Wärme beim Körbeflicken unterhielten. Ich fragte mich, was sie miteinander sprachen.

Ich ging über den grasbewachsenen Kamm zum Sandstrand auf der anderen Seite. Hier, auf dem harten Sand ging es sich bequemer als auf den unsicheren Steinen. Flüchtig dachte ich an die Honigpötte, vor denen Willis mich gewarnt hatte, aber so recht mochte ich nicht an sie glauben. Aber ganz gleich, sagte ich mir, wenn ich mich dicht an der Hochwasserlinie hielt, konnte mir nichts passieren.

Als ich die Spitze der Landzunge erreichte, hatte das grün-weiße Hummerboot alle Farbe verloren. Nur schwache Konturen waren geblieben und der Eindruck einer leichten Schaukelbewegung. Gelbes Ölzeug, das an einem Haken am Ruderhaus hing, fing das letzte Licht auf. Es sah aus, als bewegte sich dort ein Mann im Rhythmus mit dem Boot – die Wahrnehmung war so täuschend, daß ich das Gefühl hatte, beobachtet zu werden.

Ich war mit meinen Gedanken bei dem Mann, den Willis Jack genannt hatte, und seiner Frau, Rebecca, die schwermütig geworden war, als ich aus Gewohnheit Caroline meinen kleinen Finger in den Mund schob, um sie daran saugen zu lassen. Ich tat das häufig, weil sie das zu beruhigen schien, aber diesmal saugte sie nicht, sondern biß sofort zu, und ich spürte überrascht die scharfe kleine

Kante, die oben in meinen Finger schnitt. Das also war der Grund ihres Unbehagens und ihrer Quengeligkeit: Sie hatte einen neuen Zahn bekommen, oben diesmal. Ich fühlte nur das spitze kleine Zähnchen, das gerade das Zahnfleisch durchstoßen hatte. Sehen konnte ich in der Dunkelheit nichts. Sie sah zu mir hinauf und lächelte. Sie schien beinahe so erleichtert wie ich, daß das Rätsel endlich gelöst war. Da fiel mir ein, daß ich kein Kinderaspirin bei mir hatte. Was wohl die Frauen von St. Hilaire benützen, wenn ihre Kinder zahnten – einen Tropfen Whisky auf das Zahnfleisch, eine harte Brotrinde zum Kauen oder das prosaische Kinderaspirin, zu dem ich gegriffen hätte, wenn ich daran gedacht hätte, welches zu besorgen?

Ich hörte Motorengeräusch auf der Straße und drehte mich um, aber es war so schnell dunkel geworden, daß ich nicht einmal mehr das Häuschen sehen konnte, nur schwankende Lichter, als ein Fahrzeug die Schotterstraße zum Strand hinunterrumpelte. Das ist vielleicht Willis, dachte ich, der Gesellschaft sucht, vielleicht noch einmal sein Glück versuchen will, weil er glaubt, nach einem langen Tag ganz allein mit dem Kind könnte ich weich geworden sein. Doch die Scheinwerfer schoben sich weiter den Strand entlang, und ich bekam plötzlich eine unerklärliche Angst, so als hätte ich unbefugt fremdes Terrain betreten und müßte fürchten, jeden Moment entdeckt und gescholten zu werden. Ich stand am Ende der Landzunge, auf der Südseite. Der Wagen kroch an ihrer Nordkante entlang. Ich war sicher, daß die Scheinwerfer mich gleich erfassen würden, doch kurz bevor es soweit war, hielt der Wagen an. Der Fahrer ließ die Scheinwerfer brennen und stieg aus. Er hatte immer noch seinen gelben Ölmantel an. Er war sofort erkennbar. Ich blieb reglos hinter einem kleinen Sandhügel stehen. Ich schob Caroline den Finger in den Mund, damit sie nicht weinte, aber es war gar nicht nötig, sie war endlich eingeschlafen.

Der Mann namens Jack ging über den Sand zu seinem Ruderboot. Er beugte sich hinunter, um einen Metallkasten, einem Werkzeugkasten ähnlich, herauszunehmen, aber als er sich aufrichtete, schien er zu zögern. Er stellte den Kasten auf den Rand des Boots und senkte den Kopf, als wollte er einen Moment nachdenken. Dann stellte er den Kasten wieder ins Boot hinein, ging zum Wagen zurück und schaltete die Scheinwerfer aus. Ich war verwundert. Ich konnte ihn jetzt kaum noch erkennen – nur einen Abglanz von Gelb, der sich über den Sand wieder zum Ruderboot bewegte. Der Mann stieg hinein und setzte sich. Er rührte sich nicht.

Ich hätte umkehren und den Kiesstrand entlang zum Haus zurückgehen können. Er hätte mich gehört, aber da ich im Begriff gewesen wäre, mich von ihm zu entfernen, hätte kein Anlaß bestanden, mich anzusprechen oder etwas zu sagen. Ja, das hätte ich tun können. Aber ich tat es nicht.

Die Arme um mein Kind geschlossen, blieb ich am Rand der Landspitze stehen. Ich beobachtete den Mann im Ruderboot – nichts weiter als ein gelber Schimmer vor schwarzem Sand und schwarzem Wasser. Das bißchen Licht, das noch vorhanden war, schuf täuschende Eindrücke. Schon war es nicht mehr möglich zu sagen, wo Wasser und Land zusammenstießen, und ich war mir nicht mehr sicher, wo genau der Wagen geparkt war. Der Mann zündete eine Zigarette an. Ich sah das plötzliche Aufflammen des Streichholzes, die rote Glut.

Vielleicht fünf Minuten vergingen. Ich stand hinter meinem Sandhügel, er saß in seinem Boot. Ich weiß nicht, was mir in diesen Momenten durch den Kopf ging. Ich beobachtete nur, versuchte, nicht zu denken. Ich faßte nicht bewußt den Entschluß, ihn anzusprechen. Ich hatte keinen Anlaß, ihn anzusprechen, abgesehen vielleicht von einem gewissen neugierigen Interesse daran, was das für ein Leben war, mit Frau und Kindern und tagaus, tagein auf dem

Boot. Möglich auch, daß ich nur das Gefühl verbotenen Eindringens loswerden wollte, daß es mir widerstrebte, mich klammheimlich davonzuschleichen. Wie dem auch sei, ich stieg den Hügel hinauf zur Nordseite des Kaps, ging auf ihn zu und sagte im Näherkommen so beiläufig wie möglich – als wäre es heller Mittag mitten im Sommer und ich machte mit meiner Tochter einen Strandspaziergang – »Hallo!«

Ich hatte ihn erschreckt, das sah ich. Er war mit seinen Gedanken weit weg gewesen, oder es überraschte ihn, hier draußen einen anderen Menschen zu sehen. Wahrscheinlich war er es gewöhnt, dieses Fleckchen ganz für sich allein zu haben, und hatte vergessen, daß das Haus oben seit kurzem bewohnt war.

Er stand auf, stieg aus dem Boot und sah mich an. Ich sagte noch einmal »Hallo«, wahrscheinlich antwortete er mir oder nickte.

Ich ging näher zu ihm hin. Jetzt, da ich ihn in seiner Ruhe gestört hatte, mußte ich mich ihm zeigen – wenn ich auch in Schal und Mantel für ihn sicher nicht mehr war als ein dunkler Schemen.

Mein erster Eindruck von ihm ist noch heute klar und deutlich, nicht vermischt mit späteren Bildern. Er hatte ein kantiges Gesicht, und mir fiel auf, daß er größer war, als ich angenommen hatte. Zwei tiefe Linien zogen sich von seiner Nase zu seinem Kinn, aber sie waren meiner Meinung nach nicht altersbedingt, obwohl er in den Vierzigern zu sein schien. Die Witterung hatte sie eingeprägt – sein Gesicht war vom Wetter gegerbt. Das sah man selbst in der Dunkelheit: die rauhe Haut, die Fältchen um die Augen. Sein Haar war mittellang und lockig. Die wahre Farbe konnte man in der Dunkelheit nicht erkennen, aber ich wußte ja schon, daß es den Ton trockenen Sandes hatte. Unter seinem Ölmantel hatte er einen naturfarbenen irischen Pullover an. Am Kragen, etwa in Höhe seines

Schlüsselbeins, waren ein paar Maschen aufgegangen und hatten ein kleines Loch hinterlassen. Er warf seine Zigarette weg.

»Sie sind mit einem Baby hier draußen«, sagte er. Seine Stimme war tief, er sprach langsam, zögernd, aber es lag keine Überraschung in seinem Ton. Ich hörte einen Anklang des hiesigen Dialekts, er äußerte sich in der Satzmelodie und in den Vokalen. Aber er sprach mehr wie Julia Strout, seine Cousine, als wie Willis Beale.

Ich sah zu Caroline hinunter.

»Ja, sie zahnt – ich hab's eben erst gemerkt –, und ich wollte sie beruhigen, deswegen bin ich hier draußen ein bißchen mit ihr spazierengegangen.«

»Scheint funktioniert zu haben«, sagte er.

»Ja.« Ich lächelte. »Ich habe das Haus da oben gemietet.«

Ihm schien ein Licht aufzugehen. Er sah zum Haus hinauf.

»Ich hab schon gehört, daß da jemand wohnt, und ich hab Ihren Wagen gesehen.«

Wir machten uns nicht miteinander bekannt. Warum auch? Ich fand das damals nur logisch, wir glaubten ja beide, es würde bei dieser flüchtigen Begegnung bleiben.

»Ich hab Sie schon öfter gesehen«, sagte ich. »Und Ihr Boot auch.«

»Wenn das Wetter schlecht wird, bring ich es ins Dorf. Sonst laß ich es bis Mitte Januar hier draußen. Anfang Januar haben wir hier manchmal Tauwetter.«

»Ach.«

»Aber heute abend ist es kalt.«

»Trotzdem waren Sie heute draußen.«

»Ja. Nur gelohnt hat sich's nicht.«

»Willis Beale hatte mir gerade ein Paket Fisch gebracht, als wir Sie reinkommen sahen. Er meinte, es wäre verrückt von Ihnen, heute rauszufahren.«

Er lachte kurz. »Willis«, sagte er in einem Ton, als sollte

man nicht allzuviel auf Willis Beale geben. Aber das wußte ich ja schon.

Er sah zum Wasser hinaus, etwa zu der Stelle, wo man sein Boot gesehen hätte, wenn es nicht schon stockdunkel gewesen wäre, und ich betrachtete ihn im Profil. Ein tiefgezeichnetes Gesicht, dachte ich, das weiß ich noch, sei es von den Elementen oder von etwas anderem. Was war nur das Faszinierende daran? Die Augen – sie waren alt oder vielleicht auch bloß müde. Und dennoch fühlte ich mich von diesem Gesicht angezogen, der Ruhe, die von ihm ausging, jedenfalls hielt ich es im trüben Licht für Ruhe. Er war schlank und sehnig, und doch hatte man den Eindruck von Gewicht, so als stünde er fest und sicher auf dem harten Sand. Und einen Eindruck von stiller Gelassenheit. Ja, das war es, was ich spürte, wenn ich ihn ansah, wenn er sich bewegte, ein Gefühl stiller Gelassenheit.

Ein plötzlicher Windstoß blies ihm das Haar in die Stirn.

»Ich muß sie zu Bett bringen«, sagte ich und schützte Carolines Kopf mit meinen Armen.

»Ja, es ist spät«, meinte er.

Er bückte sich, um den Werkzeugkasten aus dem Boot zu nehmen. Ich ging weiter.

Wir sagten nicht »Bis bald mal«, oder »Nett Sie kennengelernt zu haben«.

Ich war schon auf halbem Weg zum Haus, als ich hinter mir den Motor des Pick-ups anspringen hörte. Einen Moment lang umfaßte mich das Licht seiner Scheinwerfer, und ich war mir plötzlich meiner Haltung bewußt, dann war der Wagen vorüber und ratterte die Straße hinauf. Ich blieb stehen und sah ihm nach. Die Lichter glitten schwankend über die unebene Straße, dann bog er nach links auf die Küstenstraße ab, und ich konnte nur noch den Lichtstreifen sehen, der sich nach Süden bewegte, dem Dorf entgegen.

Meine Tage bekamen einen festen Rhythmus. Er stellte sich ein, noch ehe ich es bemerkte. Ein gleichbleibendes Muster, das sich mir beharrlich aufdrängte.

Jeden Morgen erwachte ich vom leisen Brummen eines Motors unten auf der Straße. Vor dem Fenster zeigte sich ein erster Schimmer Grau, Vorbote des beginnenden Tages. Jeden Tag lag ich da und lauschte, wie einer oder mehrere Pick-ups auf dem Sand die Landzunge hinunterfuhren, und nach einer Weile wurden mir die alltäglichen Geräusche vertraut: Der Knall einer Wagentür, die geschlossen wurde, das Scheppern von Geräten, die über eine metallene Ladefläche gezogen wurden, das leise Plätschern, wenn ein Boot ins Wasser gezogen wurde, das Knarren von Holz unter menschlichem Gewicht, der Wellenschlag des Kielwassers, das gegen ein größeres Boot brandete. Wenig später kam dann der andere Motor in Gang, stotterte noch ein wenig, als wollte er aufgeben, dann folgte, wenn das Boot ablegte, das gedämpfte Tuckern, das allmählich in der Stille verklang.

Ich machte jeden Tag mein Bett. Ich strich das Laken glatt und zog den Quilt bis über das Kopfkissen hoch. Diese Handgriffe hatten etwas klösterlich Reines und waren wie ein Symbol der Rückkehr in ein Leben allein. Wenn Caroline noch nicht wach war, pflegte ich in die Küche hinunterzugehen und mir eine Tasse Kaffee zu machen. Dann setzte ich mich in Nachthemd und Wolljacke an den Tisch und beobachtete das Farbenspiel des Wassers, während der Tag heraufzog.

Anfangs konnte ich nicht lesen. Ich hatte die Bücher, aber sie lagen tagelang ungeöffnet auf dem Tisch. Ich wollte nur schauen.

Es war Winter, tiefster Winter, die ganze Natur ruhte, und doch überraschte mich die unglaubliche Veränderlichkeit der Landschaft immer von neuem. Manchmal zog sich das Wasser bei Ebbe so weit zurück, daß in der Bucht nur

Pfützen übrigblieben. Dann wieder, wenn Hochwasser war, schien die Landzunge vor mir zu einer nadeldünnen Spitze geschrumpft.

Ich wußte so wenig. In den ersten Tagen konnte ich den Wechsel der Gezeiten überhaupt nicht voraussagen, und er überraschte mich jedesmal. Immer hatte ich die Zeiten falsch geschätzt. Die Möwen am Himmel erkannte ich, aber es gab andere Vögel, die ich nie zuvor gesehen hatte. Manchmal glaubte ich Robben zu sehen, aber wenn ich dann noch einmal hinsah, entpuppte sich der dunkle Bukkel, den ich für eine Robbe gehalten hatte, als nichts weiter als ein Fels, den das Wasser umspülte.

Ich hatte natürlich die Hausarbeit zu erledigen. Ich gewöhnte mir an, die Kleider mit der Hand zu waschen, kochte die Windeln aus und hängte die Wäsche auf eine Leine hinter dem Haus. Es gefiel mir, wie das aussah – wie die kleinen Unterhemdchen neben meinen Jeans im Wind flatterten.

Um mich herum sah ich überall fleißige Arbeit, und vielleicht färbte das auf mich ab. Wie konnte ich müßig sein, wenn jeden Morgen die Männer herauskamen, um ihre beschädigten Körbe und Fallen zu flicken oder aufs Wasser hinauszufahren? Erst hörte ich immer die Pick-ups, wenig später hörte ich einen Bootsmotor oder sah aus dem Fischhaus Rauch aufsteigen. Manchmal standen gleich drei oder vier Fahrzeuge draußen auf der Landspitze. Ab und zu hörte ich eine Stimme oder einen Fetzen Musik, manchmal auch einen Ausruf und danach ein Lachen. Und am frühen Nachmittag sah ich das grün-weiße Hummerboot hinter der walddunklen Insel hervorkommen. Der Moment war ein Meilenstein auf meinem Weg durch den Tag, und ich versäumte es nie, nach dem Mann im gelben Ölmantel Ausschau zu halten, wenn er zurückkehrte.

Aber wenn der schwarze Pick-up auf der Straße verschwunden war, schien der Tag plötzlich an Schwung zu verlieren. Die Rhythmen, die ich wahrgenommen und erkannt, auf die ich mich verlassen hatte, verstummten, und die Stunden bis zur Dunkelheit waren irgendwie schwerer zu bewältigen. Ich versuchte meist, sie mit einer Ausfahrt, einem Spaziergang oder einem Nickerchen auszufüllen. Aber mir war klar, daß das Gesten des Trotzes waren, Gefechte gegen die Leere.

In der zweiten Woche fand ich schließlich in einen Rhythmus, der mir entsprach und nicht im Gegensatz zu meiner Umwelt zu stehen schien. Ich kaufte mir Wolle und begann zu stricken, einen Pullover für mich und einen für Caroline. Morgens, wenn die Kleine schlief, strickte ich. Meine Mutter hatte es mir beigebracht, als ich noch ein Kind gewesen war, aber seit meinem Umzug nach New York hatte ich keine Stricknadel mehr in die Hand genommen. Für mich war es eine Verbindung zu ihr, etwas, das sie mir geschenkt hatte und das ich jetzt an meine Tochter weitergeben konnte. Hinzu kam, daß ich gern mit den Händen arbeitete.

Ich rief meine Mutter einmal in der Woche an, immer samstags, vom Supermarkt in Machias aus. Wir hatten diese Gewohnheit schon lange, und ich wußte, es würde sie beunruhigen, nichts von mir zu hören. Ich sagte ihr nichts davon, wo ich war oder was geschehen war. Ich tat so, als wäre alles in bester Ordnung.

Willis kam fast jeden Tag unter diesem oder jenem Vorwand vorbei. Manchmal brachte er Fisch mit, manchmal wollte er sich in der Küche ein bißchen aufwärmen. Einmal hatte er eine kleine Holzfigur für Caroline geschnitzt. Immer, wenn er kam, setzte er sich an den Küchentisch. Dann sah er mir ins Gesicht. Die Verletzungen verheilten langsam, das wußte ich, und wirkten nicht mehr so erschreckend wie bei meiner Ankunft. Aber wenn er mich so musterte, sah ich immer weg.

Ich ließ ihn fast immer herein, im Grunde nur aus Höflichkeit, und er blieb selten lange. Ich glaube, er sah mich ein bißchen als seinen Besitz. Er fragte nie wieder, ob ich nicht ein bißchen »kuscheln« wollte, wie er es an jenem Tag formuliert hatte, dennoch schien immer die Frage im Raum zu hängen, ob es ihm nicht doch gelingen würde, mich umzustimmen, wenn er nur hartnäckig genug war.

Sie werden sich vielleicht wundern, wieso ich diese Besuche hinnahm. Manchmal stelle ich mir diese Frage auch. Ich glaube, ich wollte Willis nicht gegen mich aufbringen – so wenig wie sonst jemanden im Dorf übrigens. Und ich wollte nicht mehr Aufmerksamkeit erregen, als unbedingt nötig. Wahrscheinlich hoffte ich, Willis würde seiner vergeblichen Bemühungen einfach müde werden und nicht mehr kommen.

Wenn Willis gegangen war, stillte ich Caroline und machte mir dann etwas zum Mittagessen. Im allgemeinen hatte ich die Hausarbeit bis zum Mittag erledigt. Danach pflegte ich irgend etwas mit Caroline zu unternehmen. Wenn das Wetter einigermaßen erträglich war, steckte ich sie in das Tragetuch und ging mit ihr bis zum Ende der Landzunge und wieder zurück oder an der Felsküste entlang ein Stück nach Süden. Auf einem meiner Ausflüge nach Machias hatte ich mir ein paar Turnschuhe gekauft, in denen es sich auf dem Kies bequemer ging. Manchmal sammelte ich irgend etwas: den einen Tag glatte blaugraue Kiesel, den nächsten reinweiße Muscheln. Auf den Fensterbrettern im Haus sammelten sich Gläser und Becher mit Steinen und Muscheln.

Nach dem Spaziergang pflegte ich Caroline in der Tragetasche ins Auto zu setzen, und dann fuhren wir nach St. Hilaire hinein. Ich kaufte jeden Tag dort ein, besorgte mir am frühen Nachmittag, was ich zum Abendessen brauchte. Ich lernte, mit dem grimmigen Glasauge zurechtzukommen, mit dem Geplauder und den Fragen – nach einiger

Zeit freute ich mich sogar darauf, es war für mich eine Verbindung zur Außenwelt.

Ich ging regelmäßig in die Bibliothek, die zweimal in der Woche geöffnet war. Ich hatte endlich doch zu lesen begonnen, und nun, da ich angefangen hatte, bekam ich Appetit auf mehr. Ich las abends, bis tief in die Nacht hinein, manchmal verschlang ich ein ganzes Buch an einem Tag. Soviel Zeit, schien mir, hatte ich nie zuvor gehabt, und die Bücher waren ein wiederentdeckter Luxus.

Die Bibliothek war im Vergleich zu anderen vermutlich schlecht bestückt – sie hatte kaum Neues zu bieten –, aber die Klassiker waren da. Ich las Hardy, Jack London, Dikkens, Virginia Woolf und Willa Cather.

Ich freute mich jedesmal auf den Besuch in dem kleinen Steinhaus. Die Bibliothekarin, eine Mrs. Jewett, wollte mir auf meine Anfrage zunächst keine Bibliothekskarte ausstellen, da ich nur zur Miete hier wohnte. Erst nach vielen Bitten und gutem Zureden von mir gab sie nach. Wenn ich heute daran denke, finde ich ihren Widerwillen absurd, ich war praktisch die einzige Besucherin, und ich weiß, daß sie sich auf diese Besuche freute.

Nach einer Weile machte ich es mir zur Gewohnheit, ab und zu auf eine Tasse Tee zu Julia Strout zu gehen. Ja, ich war manchmal einsam – auch wenn ich mein Alleinsein genoß – ein merkwürdiges Paradox –, und eben dieses Gefühl der Einsamkeit nach einer langen Reihe grauer Tage in der zweiten Woche trieb mich, Julia einen Besuch zu machen. Ich war gerade aus Everett Shedds Laden gekommen, und mein Blick fiel auf Julias Haus, drüben, auf der anderen Seite des Parks. Ich könnte doch einfach unter einem Vorwand mal bei ihr vorbeigehen, dachte ich. Ich könnte ja sagen, daß der Wasserhahn tropft oder daß ich noch ein paar Wolldecken brauche. Aber als ich dann mit Caroline auf dem Arm die Treppe zur Veranda hinaufstieg und klopfte, vergaß ich alle Vorwände und sagte, als sie mir öffnete, flüchtiges Erstaunen in den Augen, aber unbewegten Gesichts, ich wäre nur vorbeigekommen, um guten Tag zu sagen.

Ich war vorher noch nie in ihrem Haus gewesen, dachte es mir mit Möbeln vollgestopft, wenn auch gemütlich, überall Krimskrams und Häkeldeckchen. Hatte ich diese Vorstellungen deshalb, weil sie einer anderen Generation angehörte als ich? Wie dem auch sei, das Haus war überhaupt nicht überladen, im Gegenteil, überraschend sparsam und dennoch einladend eingerichtet. Die Böden waren aus glänzendem dunklem Holz, das sie, wie sie mir später gestand, auf allen vieren liegend zu polieren pflegte. Sie habe ein festes Ritual, sagte sie, stehe jeden Morgen um sechs auf, um die ersten zwei Stunden alles sauberzumachen und dann den Rest des Tages nicht mehr an Hausarbeit denken zu müssen. Ihre Küche war groß, mit einer weißen Holztäfelung an den Wänden und einem graugrünen Schieferboden. Sie bat mich herein und sagte, sie würde uns eine Tasse Tee machen. Die Küche hatte einen offenen Kamin, und in der Mitte stand ein großer runder Eichentisch.

Julia trug an diesem Nachmittag das Gleiche wie immer, eine robuste Kordhose und einen Pullover. Ich glaube, ich habe sie in der ganzen Zeit, da ich sie kannte, nicht einmal in einem Rock gesehen. Sie hatte kräftige, muskulöse Hände und Unterarme, das fiel mir auf, als sie den Kessel zum Herd trug. Ich erinnere mich außerdem, daß sie viele Bücher in der Küche hatte – keine Kochbücher, sondern Romane, Biographien und geschichtliche Werke. Ich hatte den Eindruck, daß sich ihr ganzes Leben in diesem einen Raum abspielte, zumindest im Winter.

Ich setzte Caroline auf den Boden und ließ sie herumkrabbeln, ohne sie und den Kamin einen Moment aus dem Auge zu lassen. Julia stellte das Gitter vor den Kamin, und einmal stand sie auf und trug Caroline, die zu nahe ans

Feuer herangerobbt war, wieder auf die andere Seite des Raums hinüber.

»Und, haben Sie sich schon eingewöhnt?« fragte Julia, während sie zwei Becher aus dem Schrank nahm.

»Ja«, antwortete ich. »Es ist ein wunderbares Haus. So friedlich.«

»Wissen Sie schon, wie lange Sie bleiben wollen?«

Es war nur eine beiläufige Frage – ich glaube nicht, daß es sie wirklich interessierte –, aber sie überraschte mich. Ich muß wohl gezögert haben, oder sie sah einen Schatten der Beunruhigung in meinem Gesicht, jedenfalls fügte sie hastig hinzu: »Sie können bleiben, solange Sie wollen. Es hat sich niemand anderer angemeldet.«

»Oh, gut«, sagte ich.

»Milch oder Kognak?« fragte sie.

»Bitte?«

»An so einem kalten Nachmittag ist mir Kognak lieber«, sagte sie, »aber Sie können auch Milch haben.«

»Kognak«, sagte ich.

Sie goß einen kräftigen Schuß in jeden der beiden Becher. Vielleicht war sie doch nicht so eine vernünftige Person, wie ich geglaubt hatte.

Mit den dampfenden Bechern kam sie an den Tisch. Ich probierte. Der Alkohol war stark, ich spürte, wie er mir in den Magen rann und seine Wärme sich ausbreitete.

Sie setzte sich mir gegenüber.

»Haben Sie vor, sich Arbeit zu suchen?« fragte sie.

Die Antwort auf diese Frage wußte ich selbst nicht. Ich sah zu Caroline hinunter.

»Ich weiß es wirklich nicht«, antwortete ich. »Früher oder später wird mir wahrscheinlich nichts anderes übrigbleiben. Aber hier scheint's nicht viel Arbeit zu geben. Ich weiß nicht recht, was ich tun soll.«

»Aber Sie haben etwas Geld«, sagte sie vorsichtig.

»Ja.«

»Und wenn das verbraucht ist ...?«
»Ja.«
»Ich verstehe.« Sie drehte sich auf ihrem Stuhl herum. »Ich persönlich lebe gern allein«, erklärte sie, »obwohl das Haus natürlich viel zu groß ist für eine Person. Das Cottage ist gerade richtig.«
»Ja, es ist sehr angenehm«, sagte ich.
»Die meisten Zimmer hier im Haus habe ich abgeschlossen. Ich kann mir heute nicht mehr vorstellen, mit einem anderen Menschen unter einem Dach zu leben. Das kommt davon, wenn man so lange allein lebt.«
Ich hörte die versteckte Botschaft – daß ich vor dem Alleinleben keine Angst zu haben brauche.
Caroline hockte in einer Ecke und krähte, fasziniert von den schmalen, mit Schnitzereien verzierten Beinen eines hohen Holzstuhls, den sie dort entdeckt hatte.
»Sie sind auf der Flucht, stimmt's?« sagte Julia plötzlich ganz direkt. »Sie sind geflohen.«
Zuerst sagte ich gar nichts.
»Sie brauchen es mir nicht zu erzählen«, meinte sie. »Es geht mich nichts an.«
»Ich hatte keine andere Wahl«, sagte ich schließlich.
Sie sah eine Zeitlang auf ihre übereinandergeschlagenen Beine hinunter. Sie trug schwere Stiefel, die bis über die Knöchel reichten.
»Es tut nicht gut, die ganze Zeit mit einem Kind allein zu sein«, sagte sie. »Ich kann sie Ihnen jederzeit mal ein paar Stunden abnehmen, wenn Sie eine Pause brauchen.«
»Vielen Dank«, erwiderte ich, »aber das könnte ich nicht ...«
»Überlegen Sie sich's.«
»In Ordnung.«
Es wurde still in der Küche. Caroline, der es gelungen war, sich auf alle viere zu erheben, verlor das Gleichgewicht und schlug sich den Kopf am Stuhlbein an. Ich ging

zu ihr und nahm sie hoch. Ich hatte meinen Tee sowieso fast ausgetrunken und sagte, ich müsse jetzt nach Hause. Julia schien mich nicht gern gehen zu lassen, vielleicht, dachte ich, fühlte auch sie sich manchmal einsam.

Sie brachte mich zur Tür.

»Kommen Sie wieder mal auf eine Tasse Tee«, sagte sie.

Ich dankte ihr und versprach es. Sie wartete, während ich Caroline in ihren Schneeanzug packte und mir den Schal um den Kopf wickelte.

»Hier findet er Sie bestimmt nicht«, sagte sie.

Ich fuhr an dem Tag nicht direkt ins Haus zurück, sondern nach Machias. Ich wollte mir noch etwas besorgen. Ich ging in den Resteladen und kaufte mir ein Nachthemd – ein langes Flanellnachthemd mit Streublumenmuster, das mich in meinem einsamen Bett warmhalten sollte, ein völlig unerotisches Ding, dessen Stoff vielleicht mit der Zeit schlabberig und fadenscheinig werden würde.

Ein Nachthemd, das Harrold nicht gefallen hätte.

Mitte Dezember, ungefähr zehn Tage vor Weihnachten, ging es vorn auf der Landspitze ungewohnt lebhaft zu. Drei der vier Boote, die im Kanal lagen, wurden für den Winter aus dem Wasser geholt und auf Schlitten gezogen. Die Männer, mehr als ich bisher auf dem Kap versammelt gesehen hatte, arbeiteten mit Bootsanhängern, Winden und Flaschenzügen. Eines der Boote war die *Jeannine*, das Boot, das Willis gehörte, und er kam demonstrativ zweimal zu mir ins Haus hinauf, einmal zu einer Tasse Kaffee und einmal, nachdem das Boot sicher an Land war, um ein Bier bei mir zu trinken. Es war, als wollte er den Männern draußen vormachen, wir wären alte Freunde, das Cottage beinahe sein zweites Zuhause. Es hätte mich interessiert, ob die anderen Männer Willis nach mir ausfragten, und was er ihnen in einem solchen Fall erzählte. Würde er sich bei seinen Auskünften auf das Wenige beschränken, was er wußte, oder würde er es für nötig halten, die wenigen Tatsachen auszuschmücken, um mich mysteriöser oder faszinierender erscheinen zu lassen?

Das grün-weiße Hummerboot wurde an diesem Tag nicht aus dem Wasser geholt, es lag nicht einmal im Kanal. Es war schon bei Tagesanbruch hinausgefahren wie immer und kehrte erst kurz vor Einbruch der Dunkelheit zurück, als alle anderen Boote an Land waren und die Männer zum Abendessen nach Hause gefahren waren.

Am Tag darauf unternahm ich mit Caroline eine meiner Einkaufsfahrten. Ich hatte kaum noch Kaffee und Geschirrspülmittel, und der Babybrei, mit dem ich Caroline seit einiger Zeit fütterte, ging auch zur Neige. Ich wollte nur kurz ins Dorf fahren und die Sachen bei Everett Shedd besorgen. Es war ein grauer Tag, kalt und trüb, Schnee lag in der Luft. Ich wollte früh genug losfahren, um vor der Dunkelheit und dem vielleicht aufziehenden schlechten Wetter zurück zu sein. Nachdem ich Caroline in ihrer Tragetasche auf dem Rücksitz untergebracht hatte, fuhr ich los, aber schon auf der gekiesten Auffahrt hinunter merkte ich, daß etwas nicht stimmte. Der Wagen zog stark nach rechts. Ich hielt an und stieg aus. Der Reifen vorn rechts war platt.

Es wird Sie wahrscheinlich amüsieren, das zu hören – ich halte Sie für eine Frau, die stolz ist auf Ihre Autonomie –, aber ich hatte noch nie im Leben einen Reifen gewechselt. Ein Freund meiner Mutter, der mich auch das Autofahren gelehrt hatte, hatte mir einmal gezeigt, wie man's macht, aber eigenhändig zugepackt hatte ich noch nie. Aus alter Gewohnheit sah ich mich um, als müßte ein Helfer auftauchen – wo blieb Willis, wenn man ihn wirklich mal brauchte? –, aber die Welt um mich herum war an diesem Tag besonders trübe und leer. Jetzt, da die Boote auf dem Trocknen waren, schienen die Männer sich einen Tag freigenommen zu haben. Und der grün-weiße Kutter war noch nicht zurückgekehrt. Na schön, dachte ich, dann warte ich eben bis morgen, da kommt vielleicht jemand, aber der Gedanke, in einem Notfall mit dem Kind ohne Auto festzusitzen, behagte mir gar nicht. Ich trug also Caroline ins Haus zurück, wo es warm war, und stellte sie in ihrer Tragetasche auf den Teppich. Wach und unruhig von dem ganzen Hin und Her begann sie zu weinen.

Ich versprach ihr, ich würde gleich wieder da sein, unter den gegebenen Umständen eine höchst unrealistische Prognose, und lief wieder hinaus, um im Kofferraum des Wagens nach dem nötigen Werkzeug zu suchen. Ich fand den Wagenheber, den Ersatzreifen und einen Mutternschlüssel. Theoretisch wußte ich genau, wie man einen Reifen wechselte. Ich schaffte es, den Wagen in die Höhe zu hieven, aber die Muttern bekam ich nicht auf. Ich stellte mich auf den Schlüssel, aber selbst unter meinem Gewicht rührte er sich nicht. Drinnen im Haus konnte ich Caroline schreien hören.

Ich überlegte mir, es sei vielleicht besser, zu warten bis sie schlief, aber bis dahin wäre es dunkel gewesen, und die Arbeit noch schwieriger geworden. Ich dachte, wenn ich auf dem Schlüssel auf und ab hüpfen würde, würden sich die Muttern vielleicht doch lockern, und so kam es, daß ich, an meinen Wagen geklammert, um nicht die Balance zu verlieren, wahrscheinlich fluchend über mein Pech, auf dem Mutternschlüssel stand und wie ein Gummiball auf und ab hüpfte, als ich hinter mir plötzlich eine Stimme hörte.

Ich hatte das Boot nicht hereinkommen sehen. Von der Auffahrt aus war der Kanal nicht sichtbar. Und ich hatte das vertraute Geräusch nicht gehört, weil Carolines Schreien mich abgelenkt hatte.

»Die ziehen die immer so fest an, daß es ein Wunder ist, wenn die überhaupt jemand runterkriegt«, sagte er. »Warten Sie, lassen Sie mich mal versuchen.«

Er bückte sich und riß mit heftigem Ruck an dem Mutternschlüssel. Ich konnte nur seinen Hinterkopf sehen. Seine Ohren waren rot von der Kälte. Ich hatte ihn nie eine Mütze tragen sehen. Er schraubte die Muttern auf und warf sie in die Radkappe. Drinnen im Haus brüllte Caroline wie am Spieß.

»Ich muß mal nach dem Kind sehen«, sagte ich.

Er nickte kurz und zog das Rad von der Achse. Ich lief ins Haus, nahm Caroline auf den Arm und ging wieder hinaus, um dem Mann im gelben Ölmantel zuzusehen. Er arbeitete schnell und methodisch, als hätte er schon Hunderte von Reifen gewechselt. Aufmerksam drehte er den beschädigten Reifen in seinen Händen, um ihn zu prüfen. Dann legte er ihn in den Kofferraum meines Wagens.

»Im Moment kann ich nicht erkennen, was da los ist. Am besten bringen Sie ihn zu Everett, der flickt ihn Ihnen, wenn er kann.« Er wischte sich die Hände an einem Lappen ab, den er im Kofferraum gefunden hatte.

»Ich bin froh, daß Sie vorbeigekommen sind«, sagte ich. »Ich weiß nicht, was ich sonst getan hätte.«

»Irgend jemand wäre schon gekommen«, meinte er. »Na, zahnt die Kleine noch?«

Ich schaute zu Caroline hinunter. »Seit dem Abend nicht mehr«, antwortete ich. »Sie war richtig gut zu haben.«

Ich hob den Kopf. Er starrte mich an, starrte mir mitten ins Gesicht. Ich hatte nicht an den Schal gedacht, während ich versucht hatte, den Reifen zu wechseln. Vier oder fünf Sekunden lang musterte er mich scharf, ohne etwas zu sagen, und ich wandte mich nicht ab. Ich dachte, was für ungewöhnliche Augen er hat. Sie schienen eigentlich gar nicht in dieses Gesicht zu gehören.

Ich hatte den Eindruck, daß er etwas sagen wollte, aber dann warf er nur den Lappen in den Kofferraum und klappte ihn zu.

»Vielen Dank«, sagte ich.

»Gern geschehen«, antwortete er und wandte sich zum Gehen.

Genau in diesem Moment kam ziemlich schnell ein roter Pick-up aus der Straße herausgeschossen und hielt so ruckartig neben meinem Wagen an, daß der Kies aufspritzte, und die kleinen Steinchen gegen mein Auto platterten. Der Mann im gelben Ölmantel, schon auf dem Weg zu seinem Fahrzeug, winkte Willis zu, ohne anzuhalten.

Willis sprang aus seinem Wagen, sandte Jack Strout einen kurzen Blick hinterher, sah dann mich an.

»Na, was gibt's?« Seine Stimme klang atemlos.

»Wieso?« fragte ich.

»Na, was hat Jack denn hier zu suchen?«

Ich fand die Frage ziemlich merkwürdig.

»Ich hatte eine Reifenpanne«, erklärte ich. »Er hat gesehen, wie ich versucht habe, den Reifen zu wechseln, und hat mir geholfen.«

»Aha.«

Er nahm aus der Packung in seiner Jackentasche eine Zigarette und steckte sie sich zwischen die Lippen. Er schien besonders zapplig.

»Ich muß fahren«, sagte ich. »Ich muß den Reifen bei Everett flicken lassen.«

»Ich bring ihn für Sie hin«, sagte er schnell. »Dann komm ich gleich wieder zurück und mach ihn Ihnen drauf.«

»Nein«, entgegnete ich, »aber vielen Dank. Ich muß sowieso noch einiges einkaufen.« Ich ging zu meinem Wagen.

»Ich bin hergekommen, weil ich Ihnen wegen unserem Weihnachtsfeuer Bescheid sagen wollte.«

»Was für ein Weihnachtsfeuer?«

»Ach, das ist hier Tradition. Jedes Jahr am Heiligen

Abend treffen wir uns alle auf der Wiese im Gemeindepark, das ganze Dorf, und machen ein Riesenfeuer und singen Weihnachtslieder. Alle kommen. Die Frauen von der Kirche machen heißen Cider, und für die Kinder gibt's Süßigkeiten. Sie sollten wirklich kommen. Packen Sie die Kleine einfach warm ein. Aber Sie werden sich wundern, wie warm es Ihnen von dem Feuer wird, da friert man nicht mal in der kältesten Nacht.« Er sah zum drohenden Himmel hinauf. »Ich glaub, wir kriegen heut abend wieder einen Schneesturm«, bemerkte er.

Wahrscheinlich gingen ihm allmählich die Vorwände aus, mich zu besuchen. Bis Weihnachten war es noch mehr als eine Woche.

»Na schön, mal sehen«, meinte ich.

Er zog tief an seiner Zigarette. »Soll ich Ihnen hinterherfahren? Nicht daß Ihnen jetzt ohne Ersatzreifen was passiert.«

»Nein, das ist nicht nötig«, entgegnete ich. »Es wird schon nichts passieren.«

»Sicher, Füchslein?«

»Aber ja«, versetzte ich.

»Also gut, okay«, sagte er und sah noch einmal zu der Gestalt im gelben Ölmantel hinunter, die sich zur Landspitze hin entfernte. »Ich seh mal, was der alte Jack so treibt«, sagte er. »Schade, daß ich nicht früher gekommen bin. Ich hätte Ihnen den Reifen auch wechseln können, dann hätten Sie unsern guten alten Jack nicht bemühen müssen.«

»Ich hab Ihren guten alten Jack nicht bemüht«, sagte ich. »Er ist nur...«

»Ja, ja, schon gut«, fiel er mir ins Wort. »Seien Sie vorsichtig, wenn's anfängt zu schneien.«

»Ich schaff das schon«, sagte ich, vielleicht bestimmter als nötig. Ich lief noch einmal ins Haus, um die Tragetasche zu holen, verstaute Caroline auf dem Rücksitz, stieg in den

Wagen und schloß die Tür. Willis war schon auf dem Weg zur Landspitze hinunter. Ich schob den Schlüssel ins Zündschloß und holte einmal tief Atem. Plötzlich sah ich Harrold vor mir, er raste in seinem Auto um die Ecke und schleuderte einen Kieshagel gegen meinen Wagen. Ich sah mich und Caroline im Auto, und Harrold draußen, wie er versuchte, die Tür aufzureißen.

Ich fragte mich, wo er jetzt war, was er dachte, was er unternommen hatte, um mich zu finden.

Es gibt Abschnitte meines Aufenthalts in St. Hilaire, an die ich mich jetzt nur noch nebelhaft erinnere. Dazu gehören auch die Tage vor Weihnachten. In klarer Erinnerung habe ich nur den Heiligen Abend, das Feuer, die Tage davor sind wie verwischt.

Am Heiligen Abend weinte Caroline tagsüber sehr viel, sie bekam wieder Zähne, zwei zu gleicher Zeit, und ließ sich von mir nicht trösten. Selbst das Kinderaspirin, das ich endlich besorgt hatte, wirkte nicht. Als ich mir keinen Rat mehr wußte, packte ich sie ins Auto und fuhr mindestens eine Stunde lang ziellos die Küste hinauf und hinunter, in der Hoffnung, daß sie einschlafen würde. Der Tag war klar und hell. Die Bucht zu meiner Linken glitzerte wie tausend Edelsteine im Sonnenschein. Ich trug meine dunkle Brille so sehr aus Notwendigkeit wie zur Tarnung. Das grün-weiße Boot war weg gewesen, als ich Caroline zum Wagen getragen hatte, und auf der Fahrt – zuerst in südlicher, dann in nördlicher Richtung – hielt ich, über den Mitfahrersitz hinweg blickend, immer wieder Ausschau nach einem dunklen Punkt, der ein Boot hätte sein können, das sich aus dem Windschatten einer Insel hervorschob oder irgendwo von Bojen umgeben vor Anker lag.

Den ganzen Tag über war auf dem Kap beinahe ständiges Kommen und Gehen. Einmal hörte ich einen Motor, dann vielleicht die Stimme eines Mannes, der einem anderen etwas zurief. Kurze Worte, Wortsalven im Wind, mit einer Spur Schroffheit unterlegt, Grußworte von Männern, die in ihrer Arbeit nicht innehalten, wenn sie miteinander sprechen.

Ich glaube, ich hatte mir vorgenommen, nur einen kurzen Blick auf das Weihnachtsfeuer zu werfen, vielleicht ein oder zwei Minuten zu bleiben und dann mit Caroline wieder nach Hause zu fahren. Ich war neugierig auf dieses Dorffest, und ich hätte gern für den Abend etwas vorgehabt, um den Tag zu krönen, aber ich war um Caroline besorgt, ich wollte sie der eisigen Kälte dieses Abends auf keinen Fall zu lange aussetzen.

Nach jener ersten Irrfahrt zum Hotel war ich die Küstenstraße nie wieder bei Dunkelheit gefahren, aber jetzt, da ich sie besser kannte, gab es inzwischen mir vertraute Stellen und Häuser, an denen ich mich orientieren konnte. Der Himmel war an jenem Abend unendlich weit und voller Sterne, und tief am Horizont hing ein lichtgelber Mond, der einen breiten Lichtstrahl über das leicht gekräuselte Wasser sandte und von Osten her die schlichten Linien der Fischerhäuser und Bauernhäuser beleuchtete.

Viele Häuser waren mit Lichterketten geschmückt, in anderen brannten elektrische Kerzen in den Fenstern. Hier und dort konnte ich im Wohnzimmer einen geschmückten Baum sehen. Innerlich distanziert, wie ich an diesem Abend war, dachte ich darüber nach, was für ein merkwürdiger Brauch das doch war – einen Baum ins Haus zu schleppen und ihn mit glitzerndem Glas und buntem Papier und elektrischen Kerzen zu schmücken. Ich versuchte mir vorzustellen, was ich von einem solchen Brauch halten würde, wenn ich zufällig mitten im Sommer Karatschi oder Kairo besucht hätte und die Leute dort an irgendeinem islamischen Feiertag blühende Bäume in ihren Häusern aufgestellt und in gleicher Manier geschmückt hätten. Aber ich war wiederum nicht so distanziert, daß mir nicht plötzlich beim Blick in die Fenster an der Küstenstraße lebhafte Erinnerungen gekommen wären an Weihnachten mit meiner Mutter, wie sie es für mich bereitet hatte – mit dem gefüllten Strumpf, der von einem Bücherregal herabhing; den zarten Glaskugeln in den oberen Ästen unseres Weihnachtsbaums, den elektrischen Kerzen, die auch wir im Fenster stehen hatten, den vielen Geschenken (selbstgestrickte Pullover, Handschuhe und Mützen, ein ganzes Sortiment von Spielsachen).

Schon am Rand des Dorfs konnte man den Feuerschein sehen. Ich parkte hinter der Kirche, legte Caroline in das Tragetuch und knöpfte meinen Mantel darüber zu, so daß nur ihr kleiner Kopf mit der Wollmütze oben herausschaute. Sie hatte sich inzwischen etwas beruhigt, und ich hoffte, sie würde einschlafen, während ich hier umherging.

Ich ging dem Feuerschein entgegen und machte am äußersten Ring der Menge Halt. Es waren schon viele Menschen da, an die zweihundert, die sich im Kreis um das Feuer versammelt hatten. Dem Feuer am nächsten waren die kleinen Jungen. Mit rötlich erleuchteten Gesichtern sprangen sie tollkühn an das Feuer heran, um abgebrochene Äste und anderes brennbares Material auf den Scheiterhaufen zu werfen, bevor sie hastig wieder an ihre Plätze im Kreis zurückflitzten und mit erhobenen Köpfen die Fontäne von Funken bewunderten, die über der Menge aufstieg. Das Feuer war laut, es knisterte und knackte, und um es herum ging es nicht minder laut zu: Kinder kreischten, Erwachsene warnten, schwatzten, begrüßten einander, klatschten in die Hände, um sie zu wärmen, obwohl selbst am äußeren Rand der Menge, dort, wo ich stand, die Hitze des Feuers spürbar war. Ein- oder zweimal sah ich ältere Jungen, die sich durch das Gewühl schoben und das Friedenszeichen machten, ein anderer trug ein Pappschild mit der Aufschrift: »Schluß mit dem Krieg«. Wo Lücken im Kreis klafften, strömte das flackernde Licht nach außen, beleuchtete das Kriegerdenkmal, einen grünen Volkswagen, der am Rand des Parks stand, einen sehr hohen, geraden Baum, dessen Wipfel ich nicht sehen konnte.

Ich fand das Feuer gefährlich. Wie leicht konnten die Funken die alten Holzschindeln von Shedds Laden oder Julias Haus oder auch die Bäume außen herum entzünden. Die Dorfbewohner jedoch schienen sich darüber keine Gedanken zu machen. Vielleicht hatte es soviele Jahre lang keinen Zwischenfall gegeben, daß sie der Gefahr gegenüber leichtsinnig geworden waren, vielleicht aber hatten sie auch Vorsichtsmaßnahmen getroffen, von denen ich nichts wußte. Möglich, daß eiskalte Bäume sich nicht so leicht entzünden, ich weiß es nicht.

Es hatte etwas Tröstliches, in Mantel und Schal vermummt in der Dunkelheit des äußeren Rings zu stehen und unbeachtete Zuschauerin zu sein, auch wenn ab und zu ein wissender Blick mich streifte. Wahrscheinlich hatten die meisten schon von der Frau mit dem kleinen Kind gehört, die ins Dorf gezogen war. Vielleicht hielten mich manche für eine Verwandte, die hierher gekommen war, um Weihnachten mit ihrer Familie in St. Hilaire zu verbringen. Die meisten Männer und Frauen hatten dicke Anoraks oder Parkas an, trugen warme Schals und Wollmützen. Kleine Dampfwölkchen vom warmen Atem in kalter Luft stiegen allenthalben in die eisige Nacht hinauf. Von den Männern nahmen einige hin und wieder einen Schluck aus der Flasche, die sie in einer Papiertüte versteckt bei sich hatten, und ein- oder zweimal wehte mir der süße Duft von Marihuana in die Nase, wenn ich auch niemanden mit einem Joint sah.

»Wir schichten da immer das wurmstichige Holz von den Reusen auf.«

Erstaunt drehte ich mich nach der Stimme hinter mir um. Willis hielt in der einen Hand eine Bierdose, die andere steckte in der Tasche seiner Jeansjacke. Sein Schnauzer war weiß bereift, und als das Feuer sein Gesicht erleuchtete, sah ich, daß seine Augen stark blutunterlaufen waren.

»Für das Feuer«, fügte er erklärend hinzu. »Wir schichten da die alten Hummerkörbe auf und so. Das brennt ganz schön, was?«

Er musterte mich mit taxierendem Blick, während er das sagte.

»Wo ist denn Ihre Familie?« fragte ich rasch.

»Jeannine ist mit den Jungs in der Kirche, wo es den Cider und die Plätzchen gibt. Ich hab Sie von drüben gesehen.«

Er trank einen letzten Schluck Bier, ließ die Dose zu Boden fallen und trat sie mit dem Fuß zusammen.

»Also, was halten Sie von unserem Feuer? Toll, oder?«

»Ja, es ist wirklich beeindruckend«, sagte ich.

»Das gibt's bei uns bestimmt schon seit fünfzig Jahren. Schon mein Vater hat immer davon erzählt. Soll ich Ihnen ein Bier holen?«

»Nein, danke«, antwortete ich.

»Möchten Sie dann vielleicht was rauchen? Ich könnte uns ein paar Joints besorgen.«

Ich hörte das »uns«, und es gefiel mir nicht. Auch das Bild, das mir in den Sinn kam, gefiel mir nicht: Willis und ich, wie wir im Schatten der Kirche Marihuana rauchten.

»Ich würde gerne Ihre Jungen kennenlernen«, sagte ich.

Er schien verwirrt.

»Ja, klar. Die kommen bestimmt gleich raus«, sagte er vage.

Der Gesang begann wie von selbst, ohne daß ein sichtbares Signal gegeben worden wäre. Ein, zwei Takte lang war nur eine einzelne Männerstimme zu hören, dann fiel ein halbes Dutzend weiterer Stimmen ein und schließlich, als die Leute aufmerksam wurden und die Gespräche verstummten, der ganze Chor der Versammelten. »Stille Nacht« endete im einträchtigen Gesang des ganzen Dorfes, bei dem die tiefen Bässe der Männer mit dem hohen, trillernden Vibrato der älteren Frauen kontrastierten.

Als nächstes stimmten sie eine munterere Weise an – »O Tannenbaum« oder »Kommet ihr Hirten« –, und ich beobachtete die singenden Männer und Frauen. Ich sang selbst auch mit. Das verhinderte jedes weitere Gespräch mit Willis, der immer noch neben mir stand – schwankend vom Alkohol oder einfach zapplig wie immer, das konnte ich nicht erkennen. Mitten in diesem Lied, oder vielleicht auch einem anderen sah ich zwei oder drei Reihen vor mir plötzlich Jack. Er stand mit dem Rücken zu mir, drehte sich aber etwas zur Seite, als er sich einem jungen Mädchen zuneigte, das neben ihm stand, so daß ich sein Gesicht sehen konnte, als er mit ihr sprach. Sie hatte ihren Cider auf ihre Handschuhe verschüttet. Jack zog ihr die Handschuhe von den Händen und steckte sie in seine Taschen, zog dann seine eigenen Handschuhe aus und gab sie ihr. Er hielt ihren Pappbecher mit dem heißen Cider, während sie seine Handschuhe überzog. Ihr Gesicht konnte ich nicht sehen, sie hatte mir den Rücken zugekehrt, aber ihr Haar fiel mir auf, das lang und dicht unter ihrer Mütze herabfiel. Es hatte die gleiche Farbe wie die ihres Vaters.

Möglich, daß in der Menge ein leichtes Gedränge entstand oder jemand vor mir sich bewegte und mir die Sicht versperrte, jedenfalls reckte ich wohl den Hals, um die Szene mit Jack und seiner Tochter weiter zu verfolgen, plötzlich nämlich merkte ich, daß Willis mich anstarrte. Er warf einen forschenden Blick auf mein Gesicht und sah dann zu der Stelle hin, der meine Aufmerksamkeit galt. Danach drehte er sich wieder zu mir um. Ich fing seinen Blick auf und wandte mich ab. Ich glaube, ich war verlegen. Ich hatte seinen Gesichtsausdruck nicht lesen können, doch sein Blick hatte klarer und schärfer gewirkt als zuvor.

»Ich hol mir einen Becher Cider«, sagte ich hastig und entfernte mich von ihm.

In der Kirche war es warm und hell. Die Leute legten Schals, Mützen und Handschuhe ab, sobald sie hereinkamen, und die, die eine Brille trugen, mußten sie abnehmen, um die beschlagenen Gläser zu wischen. Den Cider gebe es im Gemeindesaal, sagte man mir, einem Raum neben dem Sanktuarium. Ich folgte den anderen zu einer langen Tafel, auf der ein rotes Tischtuch lag. Darauf standen schwarze gußeiserne Krüge mit heißem Cider, Platten mit Plätzchen und Kuchen, Kerzen, die mit Stechpalmen umkränzt waren. Der würzige Duft des Ciders, der den ganzen Raum füllte, war köstlich. Von einem grünen Samtvorhang auf einer Bühne fielen Girlanden aus Silberpapier herab, und in einer Ecke stand ein hoher Weihnachtsbaum.

Caroline wachte auf, sah mich an und rieb sich die Augen. Ich dachte flüchtig daran, daß ich sie bald würde stillen müssen, und überlegte, ob ich nicht einfach direkt nach Hause fahren sollte. Mir war heiß unter meinem Schal. Der Cider roch gut, aber ich fühlte mich zu unbehaglich, um länger zu bleiben. Ich fürchtete, Caroline könnte zu schwitzen anfangen, und sie nur wegen eines Bechers Cider aus dem Tragetuch nehmen und ihr den Schneeanzug ausziehen zu müssen, war mir zu umständlich.

Die Kälte draußen war beinahe eine Erleichterung. Ich blieb auf der Treppe stehen und beobachtete das Treiben vor mir. Vom Meer her war ein scharfer Wind aufgekommen, der das Feuer anfachte. Es gewann an Helligkeit und spie noch höhere Funkenfontänen zum Himmel hinauf. Eine Frau kam aus der Kirche und blieb neben mir auf der Treppe stehen, während sie in ihre Handschuhe schlüpfte und ihre Mütze tiefer zog. Unten sangen sie jetzt »O du Fröhliche«, und ich hatte den Eindruck, daß sowohl der Gesang als auch das Feuer nahe daran waren, außer Rand und Band zu geraten.

Die Frau neben mir schien ähnlich zu denken.

»Ich weiß, daß wir das jedes Jahr veranstalten«, sagte sie kopfschüttelnd, »aber ich hab erst heute morgen zu Everett gesagt, daß es eines Tages eine Riesenkatastrophe geben wird.«

Sie nickte mir kurz zu, zog noch einmal an ihren Handschuhen und ging die Treppe hinunter in die Menge.

Ich wäre vielleicht ganz gern länger geblieben, aber ich hatte nichts dagegen, jetzt nach Hause zu fahren, Caroline zu stillen und dann in mein hohes weißes Bett zu klettern. Ich war müde, und ich wußte, daß Caroline, die immer noch zahnte, früh aufwachen würde. Langsam stieg ich die Treppe hinunter, kam mir, mit Caroline unter meinem Mantel beinahe wieder schwanger und unförmig vor, und wollte gerade zu meinem Wagen gehen, als ich plötzlich einen lauten Ausruf hörte, dann so etwas wie ein wütendes Knurren. Der Gesang brach ab, aber der Kreis löste sich nicht auf, die Menschen blieben rund um das Feuer stehen. Ich ging näher, neugierig, was der Grund für das plötzliche Schweigen war. Der Wind fegte eisig über die Wiese und berührte brennend meine Wangen. Ich zog den Schal über mein Gesicht und hielt Caroline fest unter meinem Mantel.

Als ich die Menge erreichte, stellte ich mich auf die Zehenspitzen, um etwas sehen zu können. Ganz in der Nähe des Feuers fand eine Prügelei statt. Eine wogende, schwankende Gruppe älterer Jungen schob sich bald dicht an das Feuer heran, bald wieder weg von ihm. Das Antikriegstransparent lag auf dem Boden. Männer sprangen vor, um in die Prügelei einzugreifen oder sie zu beenden, und die Leute, die nur zusahen, ohne sich zu beteiligen, drängten nach rückwärts, um Platz zu machen, und drückten die Menschenmenge noch enger zusammen. Die Leute ganz außen wiederum drängten vorwärts und schienen der Mitte zuzustreben.

Wir hörten Schreie und Stöhnen, sahen wild um sich

schlagende Arme, zurückgeworfene Köpfe. Mitten im Getümmel sah ich Everett. Er hielt einen Jungen am Kragen seiner Lederjacke fest, dann erhielt er von hinten einen Schlag oder einen Stoß, und die Mütze fiel ihm vom Kopf. Auch Willis hatte sich in den Kampf gestürzt und stieß blindwütend unartikulierte Schreie aus. Ich konnte nicht erkennen, auf welcher Seite er war, aber ich sah, wie er einen Jungen in den Unterleib trat. Die Frauen, die dem Tumult am nächsten waren, schrien und riefen die Namen der Jungen: »Billy! Brewer! John! John! Hört auf! Hört sofort auf!«

Ich wich zurück und legte meine Arme fest um Caroline. Es hätte ja sein können, daß der Kampf um sich griff, und ich hatte Angst, Caroline könnte etwas passieren. Das Feuer loderte über den Kämpfenden, aber niemand schenkte ihm jetzt viel Beachtung.

Die Menge teilte sich, und Everett trat hervor. Sein Gesicht war erhitzt, sein Anorak zerrissen, und er hatte seine Mütze noch nicht wieder auf. Er hatte einen Jungen beim Schlafittchen und schob ihn trotz seines Alters schneller vor sich her, als dieser laufen konnte. Auch andere ältere Männer, so um die Vierzig, hatten sich jetzt einige der Kampfhähne geschnappt, und die Leute drehten die Köpfe und sahen zu, wie sie abgeführt wurden. Everett schleppte sein Opfer in die Kirche, und die anderen folgten ihm. Wo sonst hätten sie auch hingehen sollen? Eine Polizeidienststelle gab es nicht.

Die Spannung löste sich. Die Leute begannen aufgeregt miteinander zu reden, jeder wollte etwas anderes gesehen haben. Irgend jemand sagte, eine Gruppe junger Leute hätte die Weihnachtsfeier zu einer Antikriegsdemonstration machen wollen. Ich hörte, wie ein Mann neben mir zu seiner Frau sagte, die Jungen seien aber betrunken gewesen, als bedürfte es keiner weiteren Erklärung.

Auf das Feuer achtete niemand mehr. Es konnte nicht

mit den Geschichten konkurrieren, die unter den Leuten die Runde machten. Ich schaute hinüber zu den weißen Häusern am Rand des Parks und sah Julia auf ihrer Veranda stehen. Ich dachte daran, zu ihr hinüberzugehen, ein wenig mit ihr zu schwatzen und ihr frohe Weihnachten zu wünschen. Aber ich wollte gerade jetzt nicht aus der Menge ausscheren und mich nicht vom Feuer entfernen. Ich machte mir Sorgen wegen des Feuers, vielleicht mehr als angemessen war. Ich hatte die Vorstellung, wenn ich ginge, würde ich am nächsten Morgen hören, daß sich ein Gebäude oder ein Baum entzündet hatte und irgend etwas niedergebrannt war. Ich meinte, ich sollte meine Befürchtungen äußern, aber ich wollte keine Aufmerksamkeit erregen. Ich dachte, ich könnte ja etwas zu Julia Strout sagen. Sie würde wissen, was zu tun war.

Ich erinnere mich, wie ich dastand, gebannt von Unschlüssigkeit, und das Feuer und die Menschen betrachtete. Bilder von der Prügelei verschwammen mit Bildern der Gesichter rund um mich herum. Ich glaubte wieder Willis zu sehen, wie er mit weitausholender Bewegung, bei der seine Hand einen Bogen in die kalte Luft schnitt, einem Jungen eine Ohrfeige gab. Aber die Luft war dünn und wurde immer dünner. Das Feuer entzog uns die Luft, und ich hatte Mühe zu atmen. Ich schaute mich um, ich wollte sehen, ob auch die anderen nicht genug Luft bekamen. Mein Herzschlag erschien mir leicht und schwebend. Dann blickte ich in die Höhe, und die Bäume begannen sich zu drehen.

Everett Shedd

Nach Weihnachten haben natürlich alle gewußt, wer sie war, auch wenn sie vorher keine der Geschichten gehört hatten. Ich weiß nicht genau, was die Ursache war. Aber wenn Sie mich fragen, war die Schlägerei dran schuld. Vielleicht hat sie was gesehen, bei dem ihr böse Erinnerungen gekommen sind, man weiß ja nie. Vielleicht war sie auch nur viel schlechter beisammen, als wir alle gedacht hatten. Ich weiß, daß Julia Strout sich Vorwürfe macht, aber das ist Unsinn. Man kann doch nicht die Verantwortung für einen Menschen übernehmen, nur weil der ein Haus von einem mietet.

Wir machen jedes Jahr zu Weihnachten da auf der Gemeindewiese ein Feuer. Das ist schon zum Ritual geworden. Wir halten das jetzt seit – lassen Sie mich überlegen – ja, ungefähr seit 1910 so. Es hat irgendwann mal von selbst angefangen, die Männer haben auf der Wiese das ganze verrottete Zeug verbrannt, das sie nicht mehr brauchen konnten, und dann haben ein paar Leute angefangen zu singen und so, und jedes Jahr ist ein bißchen mehr Brimborium dazugekommen, und heute ist eben eine richtige Feier draus geworden. Jeden Heiligen Abend zünden wir ein großes Feuer an, und alle Leute aus dem Dorf kommen zusammen und singen Weihnachtslieder. Die Kinder können nach Herzenslust toben, es gibt Cider und Plätzchen, die älteren Jungs trinken meistens ein bißchen zuviel und schlagen dann über die Stränge, aber es ist eine gute Gelegenheit für die Leute, zusammen zu feiern und, um es mal ganz klar zu sagen, ein bißchen Dampf abzulassen. Meine Frau ist allerdings eine richtige Schwarzseherin. Jedes Jahr unkt sie wieder, daß das Feuer bestimmt in einer Katastrophe enden wird, aber ich finde, es ist ein guter Brauch – wenn die Jungs sich ausgetobt haben, sind sie den Rest des Winters ziemlich gut zu haben, bis sie wieder aufs Wasser raus können. Nur in dem Jahr ist es ein bißchen zu weit gegangen, da gab's eine saftige Schlägerei.

Da hatten zwei Jungs – es waren die Söhne von Sean Kelly und Hiram Tibbett – die glorreiche Idee, eine Protestaktion zu veranstalten. Und eine andere Gruppe Jungs – aus dem Dorf – hatte sich irgendwie eine Flasche Bourbon beschafft, ich hatte keine Ahnung davon, und hat hinter der Kirche getrunken. Wie sie dann zum Feuer gekommen sind, gab's Streit zwischen den beiden Gruppen, und plötzlich sind die Fetzen geflogen – Sie wissen ja, wie die jungen Leute sind, wenn sie getrunken haben. Jedenfalls war auf einmal die Hölle los, die Männer haben auch noch mitgemacht, bis ich dazwischen bin und ein Machtwort gesprochen hab. Ich erzähle Ihnen das alles nur, um Ihnen zu erklären, wieso ich in der Kirche war als es passierte, und, ehrlich gesagt, ich hatte ganz schön was abgekriegt, ich glaub zwar nicht, daß ich's gezeigt hab, aber mir war ziemlich mulmig, wissen Sie, drum hab ich auch nicht so schnell reagiert, wie ich's hätte tun sollen.

Kurz und gut, plötzlich kommt Malcolm Jewett in die Kirche gestürzt, wo ich diese Jungs festgesetzt hab und wir gerade dabei sind, so eine Art Schadensfeststellung zu machen, und ruft, daß die Frau mit dem Baby umgekippt ist. Ich hab sofort gewußt, von wem er redet, weil ich Mary vorher gesehen hatte. Da war sie mit der Kleinen rumgelaufen. Er sagt, sie ist einfach umgekippt, und eine von den Frauen hat ihr das Baby abgenommen, das sie in so 'ner Schlinge bei sich getragen hat, und dem Baby ist nichts passiert, es weint nur. Ich laß also die Jungs unter Dick Gibbs Aufsicht und saus raus zum Park, aber als ich kam, hatte Jack Strout ihr schon wieder auf die Beine geholfen und war gerade dabei, ihren Schal zu richten. Julia war auch dort. Ich glaub, sie hatte Mary von ihrer Veranda aus gesehen. Da steht sie nämlich immer und behält das Feuer im Auge. Sie hat jedes Jahr Angst, daß die Funken zu ihrem Haus rüberfliegen, drum steht sie immer mit zwei Eimern voll Wasser auf der Veranda. Ich stell immer den Feuerwehrwagen hinter den Laden, nur für den Fall, daß das Feuer mal außer Kontrolle gerät, aber bis jetzt ist das noch nie passiert. Es hat Jahre gegeben, wo wir kaum ein Feuer in Gang gekriegt haben, weil's so geschneit hat, aber einen Unfall hatten wir bis jetzt noch nicht, dreimal auf Holz geklopft. Na jedenfalls – Julia hat Mary und das Kind mit zu sich reingenommen. Jack ist nicht mitgegangen, da bin ich ziemlich sicher. Aber wie ich schon sagte, danach hat natürlich jeder, der bis dahin noch nicht von ihr gehört hatte, gewußt, wer sie war.

Sie ist anscheinend einfach ohnmächtig geworden.

Meiner Ansicht nach hatte sie verdammtes Glück. Wenn sie irgendwie blöd gefallen wär, hätte dem Baby leicht was passieren können. Elna Coffin, die neben ihr gestanden hatte, sagte, sie wär plötzlich einfach weg gewesen. Eben hätte sie noch dagestanden und im nächsten Moment hätte sie auf dem Boden gelegen. Elna hat zuerst gedacht, irgend jemand hätte sie gestoßen oder getreten. Dann hat das Baby angefangen zu schreien, und dann ist Jack gekommen, und sie ist wieder zu sich gekommen. Das ist eigentlich alles, soweit ich mich erinnern kann.

Am nächsten Tag hat jeder, der uns gesehen hat, Julia und mich nach ihr ausgefragt, wahrscheinlich haben sie auch Jack ausgefragt, ich weiß es nicht, aber der hätte sowieso nichts gewußt, ich mein, was mit ihr los war, und so, und Julia, die redet eh nicht viel und hat den Leuten, die nur neugierig waren oder ein bißchen Klatsch hören wollten, nie was über Mary Amesbury erzählt. Und ich glaub, die Leute haben irgendwie den Eindruck gekriegt, daß Mary in Schwierigkeiten war.

Drum hat auch keiner viel gesagt, als später dieser Mann kam, der Kerl aus New York – hm, warten Sie mal, das war ungefähr zwei Wochen später, nach Neujahr. Er hat nach einer Frau mit einem kleinen Kind gefragt, aber wie gesagt, da hat keiner was erzählt. Sie haben sich alle ein Beispiel an Julia genommen. Sie hat hier im Dorf großen Einfluß, wissen Sie. Die Leute haben wohl gefunden, wenn Julia ihre Gründe hätte, nichts zu sagen, dann wären diese Gründe auch gut genug für sie.

Aber leider haben offensichtlich nicht alle so gedacht, nicht wahr? Ich mein, am Ende hat diesem Burschen doch einer was erzählt.

Ich hab da so meinen Verdacht, und ich weiß, daß Julia das gleiche denkt wie ich, aber weiter möcht ich wirklich nicht gehen.

Julia Strout

Mary Amesbury kam manchmal mit der Kleinen auf eine Tasse Tee zu mir. Und am Heiligen Abend war sie auch bei mir im Haus. Sie war draußen vor der Kirche ohnmächtig geworden.

Ich war auf meiner Veranda und habe es beobachtet. Ich hatte daran gedacht, zu Mary hinüberzugehen. Ich wollte ihr sagen, daß sie am ersten Feiertag jederzeit zu mir kommen könnte. Sie hat mir einfach leid getan bei der Vorstellung, daß sie den ganzen Tag mutterseelenallein mit ihrem Kind da draußen im Cottage sitzen würde. Aber ich wollte in dem Moment nicht von meiner Veranda weg, weil ich das Gefühl hatte, daß das Feuer viel zu hoch brannte.

Everett Shedd hat sicher schon erklärt, was es mit dem Feuer auf sich hat? Ich weiß, daß nie was passiert ist, aber ich bin trotzdem gern auf alle Eventualitäten vorbereitet. Ich bleib immer mit ein paar Eimern Wasser auf meiner Veranda, für den Fall, daß der Wind Funken rüberträgt. Am vierten Juli, beim Feuerwerk, das wir immer für die Kinder veranstalten, mach ich es genauso. Beim Feuerwerk hat auch Everett die Aufsicht. Ich weiß, daß er seinen Feuerwehrwagen immer hinter dem Laden stehen hat, aber es braucht ja nur einen einzigen verirrten Funken! Die Häuser hier sind alle sehr alt und ganz aus Holz gebaut, und wenn eines Feuer fängt, gibt's da kein Halten.

Wie gesagt, ich habe gesehen, wie sie fiel. Zuerst dachte ich, sie wäre gestoßen worden, aber als ich hinkam, sah ich, daß ihr Gesicht ganz weiß war. Wirklich weiß, selbst in der Dunkelheit konnte man das sehen. So was kommt vor. Ich hab das nicht das erstemal gesehen. Mir hat man gesagt, daß mein Gesicht auch ganz weiß wurde, als ich hörte, daß mein Mann ertrunken ist. Aber das tut hier nichts zur Sache.

Jack Strout, der Vetter meines Mannes, stand über sie gebeugt als ich hinkam, und schrie die Leute an, sie sollten Platz machen, damit sie Luft bekäme. Elna Coffin hatte die Kleine schon aus dem Tragetuch herausgenommen. Die Kleine hatte einen Riesenschrecken bekommen. Aber das war auch alles. Sonst war ihr nichts passiert. Bei mir im Haus hab ich sie ausgezogen und von oben bis unten untersucht. Jack hat mir geholfen, Mary wieder auf die Beine zu bringen. Wir hätten sie unmöglich auf der kalten Erde liegenlassen können. Da hätte sie sich eine Lungenentzündung oder Schlimmeres geholt. Und als wir sie hochhievten, kam sie auch wieder zu sich. Ich hatte Riechsalz im Haus und hätte wahrscheinlich jemanden geschickt, es zu holen, aber das war gar nicht nötig. Sie kam sofort wieder zu sich. Die ganze Sache war ihr schrecklich peinlich, und sie fragte mich dauernd nach dem Kind. Sie war ziemlich außer sich. Wenn sie vornüber gefallen wäre, hätte dem Kind leicht was passieren können.

Ich hab sie mit zu mir genommen und hab ihr erst mal heißen Tee und Brandy eingeflößt. Ich wollte sie nicht weglassen, bevor sie was gegessen hatte, aber sie war im Schock und brachte kaum einen Bissen runter. Ich dachte, sie wäre vielleicht ohnmächtig geworden, weil sie nicht ordentlich für sich selbst sorgte und geschwächt war, aber davon wollte sie nichts wissen. Sie sagte, ihr wäre einfach schwindlig geworden. Ich vermute, es hatte was mit der Schlägerei zu tun.

Ja, wenn man nach einem Grund sucht, dann war's wohl der. Die Schlägerei hatte ihr zugesetzt. Sie hat vielleicht unangenehme Erinnerungen bei ihr ausgelöst. Das jedenfalls würde ich vermuten. Sie hat nicht viel dazu gesagt, und ich wollte nicht neugierig sein.

Es hatte sie sehr erschüttert.

Ich bot ihr an, sie nach Hause zu fahren, aber das wollte sie nicht. Und davon ließ sie sich auch nicht abbringen. Als ich sie für den nächsten Tag zum Essen einlud, dankte sie mir, sagte aber, sie fühle sich im Beisein anderer Menschen noch immer nicht wohl und würde wahrscheinlich nicht kommen. Dafür fragte sie mich, ob sie vorbeikommen und telefonieren könne, da der Supermarkt in Machias am ersten Feiertag geschlossen hatte. Ich hatte den Eindruck, daß sie nicht zu gleicher Zeit mit Jack, Rebecca und den Kindern hier sein wollte, und sagte, sie könne ja gegen Mittag kommen. Die anderen wollten nämlich erst so um drei da sein.

Ja, sie kam. Und sie hat auch telefoniert.

Ich weiß nicht, wen sie angerufen hat und was sie gesagt hat, ich habe sie beim Telefonieren allein gelassen, ich fand, das ginge mich nichts an. Hinterher wollte sie mir vier Dollar für das Telefonat geben. Als ich die nicht nehmen wollte, haben wir uns auf zwei Dollar geeinigt.

Danach habe ich Mary eine ganze Weile nicht gesehen. Ich hatte viel zu tun und nach Weihnachten gönne ich mir gern mal eine kleine Pause, drum sind fast zwei Wochen vergangen, ehe ich mal wieder zum Haus rüberkam.

Ich erwähne das nur, weil ich sonst vielleicht nicht so lange gebraucht hätte zu merken, was vorging.

Mary Amesbury

Ich fiel mitten im Gemeindepark in Ohnmacht. Ich war nie zuvor in Ohnmacht gefallen. Es hat mich einfach überrascht.

Ein Mann stand über mich gebeugt. Ich kannte sein Gesicht, es war verwittert, und die Augen waren alt. Er sagte mir, daß dem Kind nichts passiert sei, und fragte, ob ich aufstehen könne. Dann sah ich Julia, und Caroline fiel mir ein. Wo ist Caroline? fragte ich und sah verängstigt nach allen Seiten. Eine Frau neben mir zeigte mir Caroline, wollte sie mir aber nicht geben. Der Kleinen gehe es gut, sagte sie immer wieder.

Ich ging mit zu Julia. Ich spürte die Hände des Mannes, der mich stützte, dann war er plötzlich fort. Ich trank den Brandy, den Julia mir gab, aber das Essen brachte ich nicht hinunter. Ich konnte ihr nicht sagen, was ich gesehen, die Bilder nicht beschreiben, die mich verwirrt hatten. Mir war einzig bewußt, daß ich Aufsehen erregt hatte und alle möglichen Leute sich um mich gekümmert hatten. Und mir war bewußt, was für ein Glück ich gehabt hatte. Wenn ich daran dachte, was Caroline hätte geschehen können ...

An den ersten Feiertag habe ich überhaupt keine Erinnerung. Nichts an diesem Tag hat sich mir eingeprägt. Meine Mutter sagt, ich hätte sie gegen Mittag angerufen und ihr erzählt, Harrold, Caroline und ich würden uns jetzt gleich zum Weihnachtsessen setzen, aber auch daran erinnere ich mich nicht.

Die nächsten beiden Nächte schlief ich kaum.

Heute morgen habe ich Ihren Brief bekommen. Ja, ich verstehe, daß Sie mit Ihrem Termin für den Bericht unter Druck sind. Ich werde mich also mit dem nächsten Kapitel beeilen.

Ich schreibe jetzt die ganze Nacht. Ich schlafe wenig. Meine Zellengenossin und ich sind das perfekte Paar. Je mehr ich wach bin, desto mehr schläft sie, wie um das Defizit auszugleichen.

Ich frage mich manchmal, was Sie für ein Leben führen. Ich habe Ihnen soviel über mich selbst geschrieben und weiß doch fast nichts über Sie. Ich denke über dieses Ungleichgewicht nach, überlege, was Sie mit den vielen beschriebenen Seiten anfangen werden, die ich Ihnen geschickt habe.

Einige Tage nach Weihnachten kam, wie vorausgesagt, Tauwetter und erwärmte die Küste. Und mit dem Tauwetter kam der Nebel. Eines Morgens erwachte ich und wußte sofort, daß etwas fehlte. Ich hatte den Pick-up nicht gehört. Ich ging zum Fenster, aber ich konnte nichts sehen. Ich ging nach unten, machte das Badezimmerfenster auf und sah zu, wie der Nebel sich über das Fensterbrett wälzte.

Als ich wieder in der Küche war, hörte ich die Nebelhörner, eines im Norden, eines im Süden, nicht ganz synchron, das eine mit einem tiefen klagenden Ton, das andere mit einem etwas höheren, riefen sie einander über Weiten feuchter grauer Luft und grauen Wassers an. Und wenn sie schwiegen, konnte man ein sachtes Plätschern von Wasser hören.

Sechs Tage lang hatten wir fast ununterbrochen Nebel. An zwei oder drei Tagen während der Tauwetterperiode war es morgens, als ich erwachte, klar. Aber am späten Vormittag, wenn ich gerade Caroline stillte oder das Geschirr spülte, trieb still und heimlich der Nebel herein, löschte erst Farben, dann Formen, dann auch die Sonne aus. Zuerst fegte der Wind Nebelfetzen über die Sandbank, und wenig später war die ganze Insel verschwunden. Einfach verschluckt. Es gab sie nicht mehr.

Am ersten und am zweiten Tag der kurzen, warmen Periode fuhr das grün-weiße Boot nicht hinaus, aber am dritten Morgen hörte ich den Pick-up. Es war einer jener Tage, an denen es noch klar war, und ich in meiner Ahnungslosigkeit fühlte mich wie neugeboren, als bei Tagesanbruch in der Ferne die Inseln sichtbar wurden. Als mir bewußt wurde, in welchem Maß die Rückkehr der Sonne meine Stimmung aufgehellt hatte – und wir hatten ja bisher nur zwei Nebeltage gehabt –, hatte ich mehr Verständnis für die Schwermut der Frauen im Dorf, von der Willis mir erzählt hatte. Ich fragte mich allerdings, wieso Willis mir nur von schwermütigen Frauen berichtet hatte. Machten denn den Männern die grauen Tage nichts aus? Oder waren sie für sie leichter zu ertragen, weil sie die graue Düsternis als Herausforderung sehen konnten, wenn sie aufs Wasser hinausfuhren?

Caroline schien sich von meiner Stimmung anstecken zu lassen und war an diesem Morgen ungewöhnlich zufrieden und vergnügt. Sie übte sich jetzt seit mehr als zwei Wochen darin, das Gleichgewicht zu halten, wenn es ihr gelungen war, sich auf alle viere aufzurichten, und hatte gelernt, sich abzustoßen und vorwärtszuwerfen. Bald, dachte ich, während ich sie vom Küchentisch aus beobachtete, würde sie krabbeln. Aber Ungeduld war mir fremd geworden. In diesen Tagen, da nichts mich zwang, irgend etwas zu tun oder zu unternehmen, war ich es mehr und mehr zufrieden, mich von Tag zu Tag treiben zu lassen.

Ich las gerade ein Buch, und Caroline schlief oben, als der Nebel zurückkehrte. Zuerst waren es nur luftige kleine Dunstfetzen, die rasch vorüberzogen, dann aber fiel der Nebel wie ein undurchsichtiger Schleier herab, der alles einhüllte. Das Licht trübte sich, man hatte den Eindruck, es wäre plötzlich Abend geworden, obwohl es erst Mittag war. Ich mußte Licht machen, um weiterlesen zu können. Mit dem Hereinbrechen des Nebels wurde es auch im Haus kühl, aber vielleicht schien das nur so, weil die Sonne weg war. Ich ging zum Fenster. Ich konnte jetzt nicht einmal mehr das Fischhaus sehen, und den roten Pick-up konnte ich nur in schwachen Umrissen erkennen. Die Spitze der Landzunge war völlig verschwunden.

Draußen klopfte es.

Willis kam herein, als wäre er eben dem Meer entstiegen. Der Nebel haftete in tausend Wassertröpfchen an ihm – an seiner Jeansjacke, seinem Schnauzer, seinem Haar. Er hielt einen Becher Kaffee in der Hand.

»Ich hab mir diesmal selber welchen mitgebracht«, sagte er und schloß die Tür hinter sich.

Ich war froh, daß ich schon angezogen war.

»Die reinste Waschküche da draußen«, sagte er.

»Ich dachte, der Nebel wär vorbei«, erwiderte ich.

Im Radio spielte ein Streichquartett. Die elegische Musik paßte zu der Aussicht vor meinem Fenster.

Er lachte mitleidig, als hätte ich soeben etwas unglaublich Naives gesagt.

»Träumen Sie weiter. Der Nebel bleibt noch tagelang. Am besten gewöhnen Sie sich daran. Bedrückt er Sie?«

»Nein«, log ich. »Gar nicht.«

»Das ist gut.« Er setzte sich an den Küchentisch und sah mich an.

»Jack ist draußen«, bemerkte er.

»Ach«, sagte ich.

»Er hat wahrscheinlich gedacht, er wird's schaffen, vor dem Nebel zurückzusein.«

»Oh.«

»Ich würd an so einem Tag nicht um viel Geld rausfahren.«

»Nein.«

»Und – was wollen Sie jetzt den ganzen Tag tun?«

»Das gleiche, was ich immer tue«, antwortete ich. »Mich um mein Kind kümmern.«

»Es fehlt Ihnen nicht?«

»Was?«

»Ihr früheres Leben. Da, wo Sie hergekommen sind.«

»Nein«, sagte ich.

»Muß ja ziemlich übel gewesen sein«, meinte er. »Ihr Mann.«

Ich sagte nichts.

»Sie kommen also aus Syracuse, hm?«

Ich nickte.

»Ist das eine schöne Stadt?«

Ich zuckte die Achseln. »Hier gefällt's mir besser.«

»Sie sehen auch besser aus«, stellte er fest.

»Danke.«

Er seufzte. »Na schön, Füchslein, dann mach ich mich jetzt mal wieder auf die Socken. Mittagessen. Nächste Woche fang ich als Fahrer für eine Transportfirma an. Ich haß es wie die Pest, aber wir brauchen das Geld. Brauchen Sie irgendwas?«

Das fragte er mich jeden Tag.

»Nein, danke«, antwortete ich.

Caroline begann zu weinen. Ich war froh.

»Hoffentlich hab ich sie nicht geweckt«, sagte er.

Ich schüttelte den Kopf. Er stand auf. Er ging zur Tür, öffnete sie und zögerte. Der Nebel drehte sich um ihn.

»Halten Sie nur schön nach Jack Ausschau«, sagte er und lächelte.

Der grün-weiße Kutter kam nicht wie sonst um zwei Uhr zurück. Ich dachte mir, daß wahrscheinlich der Nebel seine Rückfahrt behinderte, und sorgte mich nicht weiter. Ich vermerkte nur, daß er nicht zurückgekommen war. Ich habe ja schon gesagt, daß die Rückkehr des Boots, wenn ich es hinter der Insel hervorkommen sah, eine Art Markstein in meinem Tagesablauf war. Ohne ihn war der Tag nicht rund.

Ich strickte an einem zweiten Pullover für Caroline, hatte den Rücken schon fast fertig. Caroline lag oben und machte ihren Mittagsschlaf. Ich griff zu meinem Strickzeug, im Hintergrund spielte das Radio.

Seltsam jetzt zu denken, daß ich damals nicht geschrieben habe. Oder vielleicht auch überhaupt nicht seltsam. Schreiben hätte sich erinnern bedeutet.

Um drei war das Boot immer noch nicht zurück. Ich horchte auf alle Geräusche von draußen und ging häufig ans Fenster, um in das undurchdringliche Grau hinauszusehen. Um vier war es dunkel geworden und alle Pick-ups bis auf einen waren weg. Bei Nebel wurde es früh Nacht auf dem Kap. Ich trug Caroline herum. Ich stillte sie. Ich machte mir eine Tasse Tee. Ich hörte die Nachrichten. Dann machte ich mir etwas zu essen. Um sechs war es draußen stockfinster. Ich überlegte, ob ich nicht zu dem blauen Haus hinaufgehen und Bescheid sagen sollte, daß das grün-weiße Boot noch immer nicht zurück war. Aber war das überhaupt meine Aufgabe? Wer würde sonst noch wissen, daß er nicht zurückgekommen war? Seine Frau und seine Tochter? Würden sie mir meine Einmischung übelnehmen? War es vielleicht ganz normal, daß er hin und wieder nicht zurückkam? Und was, wenn er kurzerhand zum Dorfkai gefahren war? Er hatte ja erwähnt, daß er das bei schlechtem Wetter manchmal tat. Vielleicht hatte er es auch heute getan, weil er wußte, daß es neblig werden würde, und ich hatte ganz umsonst gewartet. Da würde ich mich nur lächerlich machen, wenn ich Alarm schlug, und noch mehr Aufmerksamkeit auf mich ziehen.

Um halb sieben packte ich Caroline in ihren Schneeanzug, legte sie in das Tragetuch und ging mit ihr hinaus ins

Freie. Ich konnte es im Haus nicht mehr aushalten. Es war mir gleich, daß ich kaum die Hand vor den Augen sehen konnte. Ich brauchte einfach frische Luft.

Vorsichtig suchte ich mir meinen Weg die Landzunge hinunter. Ich glaubte, mich inzwischen gut genug auszukennen, um nichts fürchten zu müssen. Ich konnte mich von meinen Füßen führen lassen und mich an dem jeweiligen Untergrund, Kies oder Gras oder Sand, orientieren.

Die Luft war so feucht, daß man beinahe sofort das Gefühl hatte, bis auf die Haut naß zu sein. Ich hielt Caroline fest an mich gedrückt. Unter meinen Turnschuhen fühlte ich den Kies. Nach ungefähr fünfzehn Metern drehte ich mich herum und blickte zurück. Vom Haus war schon nichts mehr zu sehen. Die Lichter, die im Wohnzimmer brannten, waren ausgelöscht. Ich konnte gerade einmal zwei oder drei Schritte voraus sehen, das war alles. Es war ein unheimliches Gefühl, als befände man sich in einer anderen Welt. Ich glaube nicht, daß ich Angst hatte, trotzdem werde ich dieses Gefühl nie vergessen. Die Welt um mich herum war verschwunden. Es gab nur noch mein Kind und mich. Von Zeit zu Zeit vernahm ich Geräusche aus der Welt, aus der ich gekommen war – die Nebelhörner, das Brummen eines Autos auf der Küstenstraße, ein merkwürdiges Fiepen über mir, wie von Fledermäusen – aber in dieser Finsternis konnte man nicht an die Existenz dieser Welt glauben. Vielleicht hatte ich doch Angst, aber gleichzeitig war ich wie aufgedreht. Die Anonymität, die Abgeschiedenheit, die Geborgenheit – es war vollkommen. Niemand konnte uns hier finden: Nicht Harrold und nicht Willis, nicht einmal Julia oder meine Mutter, so gut sie es vielleicht auch meinten. Es war so, wie ich es mir in meinen Träumen vorgestellt hatte: Ich allein mit meinem Kind, geschützt und behütet.

Da hörte ich plötzlich den Motor. Ich kannte längst seine kleinen Eigenarten. Das Geräusch wurde lauter und noch lauter, dann verstummte es. Ich fragte mich, wie er den Anlegeplatz gefunden hatte. Ich hörte die Schläge des Ruders, die Geräusche der Rückkehr. Vielleicht ging ich diesen Geräuschen entgegen. Vielleicht kannten meine Füße den Weg besser als ich geahnt hatte.

Heute frage ich mich – und ich habe oft über diese Frage nachgedacht –, ob sich die Dinge auch so entwickelt hätten, wenn nicht der Nebel gewesen wäre und dieses Gefühl vollkommener Isolation jenseits einer versunkenen Welt.

Wie in einem Traum hob sich seine Gestalt aus dem dunklen Nebel. Er muß den gleichen Eindruck gehabt haben, als er mich wahrnahm. Ich dachte mir, daß mein plötzliches Erscheinen ihn wahrscheinlich erschrecken würde, darum sprach ich ihn sogleich an.
»Sie sind zurück«, sagte ich.
Ich fand, mein Ton klänge unbekümmert, heiter.
Er erschrak wirklich. Er war auf dem Weg vom Ruderboot zum Pick-up gewesen und blieb abrupt stehen. In jeder Hand trug er einen Eimer. Ich konnte die Hummer in den Eimern hören, sehen konnte ich sie nicht.
Er stellte die Eimer nieder.
»Geht es Ihnen wieder gut?« fragte er.
»Ja«, antwortete ich. »Danke.«
»Was tun Sie hier draußen?«
»Ich wollte nur ein bißchen frische Luft schnappen. Im Haus ist mir die Decke auf den Kopf gefallen.«
Er sah zuerst mich an, dann Caroline in dem Tragetuch.
»Sie sollten wieder reingehen«, sagte er. »Der Nebel ist gefährlich. Da kann man sich leicht verirren.«
»Wie denn!« versetzte ich, aber meinem Ton fehlte die Überzeugung.
»Ich lebe seit meiner Kindheit hier. Ich kenne die Küste

und das Wasser so gut wie meine eigenen Kinder. Aber bei Nebel bin ich ein Fremder. Bei Nebel kann man keiner Wahrnehmung trauen.«

»Warum sind Sie dann heute hinausgefahren?« fragte ich.

Er blickte zum Wasser hinaus. »Das weiß ich auch nicht. Ich dachte, ich würde es schaffen, vor dem Nebel wieder hier zu sein. Aber er hat mich hinter Swale's Island überrascht. Ich hab praktisch den ganzen Tag für die Rückfahrt gebraucht. Dummheit. Das war eine Dummheit von mir.«

Er sprach leise und sachlich, ohne viel Emotion, aber ich begriff, daß auch er manchmal Wagnisse einging. Daß er eine Dummheit gemacht hatte, war lediglich eine Tatsache, kein Anlaß zu großem Bedauern. Jenseits seiner Stimme konnte man die Nebelhörner hören.

»Ihre Frau wird sich Sorgen machen«, meinte ich.

»Ich hab über Funk mit ihr gesprochen. Sie weiß, daß ich da bin.«

Er sah mich an, als dächte er nach.

»Sie kommen jetzt mit mir zum Wagen, und wenn ich die Eimer verstaut hab, bring ich Sie zum Haus zurück.«

»Ach was, ich kann doch ...«, begann ich.

»Ich werd Sie doch nicht einfach hier draußen stehenlassen«, unterbrach er mich und ergriff die beiden Eimer, als gäbe es nichts weiter zu sagen.

Ich ging hinter ihm her. Er hatte stark abfallende Schultern. Sein Haar war feucht, der Ölmantel tropfnaß. Über seinen Jeans hatte er hohe Gummistiefel an, die ihm weit über die Knie reichten. Er hatte große Hände mit langen Fingern. Ich betrachtete diese Hände, die die Henkel der Eimer umfaßt hielten.

Am Wagen angekommen, stellte er die Eimer auf die Ladefläche.

»Also, dann«, sagte er.

Er machte kehrt, und wir schlugen den Weg zum Haus

ein. Er schien ihn besser zu kennen als ich, darum ließ ich mich von ihm führen, hielt mich wieder ein paar Schritte hinter ihm. Er hatte recht gehabt, das wurde mir jetzt klar. Der Nebel täuschte. Ich wäre in eine ganz andere Richtung gegangen, nach Süden, die Küste entlang. Ich hätte das Haus erst einmal verfehlt, aber ich war sicher, daß ich es nach einigen Versuchen gefunden hätte.

Jetzt hob es sich vor uns aus dem Nebel. Zuerst sah ich den Lichtschein aus dem Wohnzimmer, dann die Konturen des Hauses selbst. Das Licht drinnen wirkte warm und einladend.

Er ging mit mir den Hang hinauf zur Haustür. Ich legte die Hand auf den Türknauf. Ich kam mir vor wie ein Schulmädchen, das von einem Lehrer nach Hause gebracht worden war und zu schüchtern war, um ein Wort zu sagen.

»Vielen Dank«, sagte ich.

Er sah mich an. »Gegen eine Tasse Tee hätte ich nichts einzuwenden«, meinte er.

Er sprach so leise, daß ich nicht wußte, ob ich richtig gehört hatte. »Möchten Sie eine Tasse Tee?« fragte ich.

»Gern, danke«, sagte er. »Mir ist ganz schön kalt von der Feuchtigkeit.«

»Wird Ihre Familie ...?«

»Sie wissen, daß ich da bin. Sie machen sich jetzt keine Sorgen mehr.«

Ich öffnete die Tür, und wir traten ein. Ich ging direkt zum Herd, nahm den Kessel, füllte ihn und zündete das Gas an.

»Würden Sie auf das Wasser achten«, sagte ich. »Ich muß nach oben und Caroline ins Bett bringen.«

Im Wohnzimmer zog ich meinen Mantel aus und nahm Caroline aus dem Tragetuch. Ich trug sie nach oben, zog ihr ihren Schlafanzug an und setzte mich aufs Bett, um sie zu stillen. Nach einiger Zeit konnte ich unten den Kessel pfeifen hören, dann klapperte Geschirr, das aus dem

Schrank geholt wurde. Ich hörte, wie er sich am Spülbecken die Hände wusch. Der Kühlschrank wurde geöffnet und wieder geschlossen. Ich hörte ihn an der Besteckschublade.

Als ich wieder hinunterkam, saß er am Tisch. Der Ölmantel hing an einem Haken an der Tür und tropfte auf das Linoleum. Er hatte seine Gummistiefel ausgezogen. Die ganze Küche roch nach Meer, wahrscheinlich von dem Ölmantel oder den Stiefeln. Ich beobachtete ihn einen Moment von der Tür aus. Kann sein, daß er wußte, daß ich dort stand, aber er ließ sich nichts anmerken. Er hatte einen sehr langen Rücken, so lang, daß sein Pulli über dem Bund seiner Jeans hochgerutscht war. Aber der Rücken war breit, und seine Schultern waren nicht so abfallend, wie es zuvor ausgesehen hatte. Er trank seinen Tee und drehte sich nicht herum. Rechts von ihm, an der anderen Tischseite, stand eine Tasse für mich. Er hatte den Tee ziehen lassen und den Beutel herausgenommen. Er hatte Milch und Zucker auf den Tisch gestellt.

Ich setzte mich und sah ihn an. Ich hatte sein Gesicht nie bei Licht gesehen. Eine Stille ging von ihm aus, und die Bewegungen seiner Augen waren langsam. Wieder fielen mir die tiefen Furchen zu beiden Seiten seines Mundes auf. Sein Gesicht hatte Farbe und war für immer vom Wetter gebräunt. Er sah mich an, aber wir sprachen beide nicht.

»Die Wärme tut gut«, bemerkte er schließlich.

»Haben Sie heute viele Hummer gefangen?« fragte ich.

»Vor dem Nebel hatte ich ein bißchen Glück«, antwortete er. »Aber insgesamt war es nicht viel. Spielt aber keine Rolle.«

»Wieso nicht?«

»Um diese Jahreszeit ist man für alles dankbar.«

»Warum tun Sie das eigentlich? Ich meine, warum fahren Sie raus, wenn es sonst keiner tut?«

Er lachte mit grimmigem Spott. »Wahrscheinlich genau

deshalb, weil es sonst niemand tut. Nein, im Ernst, ich bin gern draußen. Ich bin oft so rastlos ...«

»Ist das denn nicht gefährlich?« fragte ich. »Ich hab den Eindruck, daß ich dauernd von Ertrunkenen höre.«

»Na ja, das kann schon passieren ...«

»Wenn man nicht vorsichtig ist?«

»Selbst wenn man vorsichtig ist. Über manche Dinge hat man keine Gewalt. Aber für heute gilt das nicht. Heute hätte ich einfach gescheiter sein müssen. Aber wenn einen plötzlich ein Sturm überrascht oder der Motor streikt ...«

»Was tut man dann?«

»Man versucht, irgendwie zurückzukommen. Und man bemüht sich, keine Fehler zu machen.« Er stützte sich auf einen Ellbogen und wandte sich mir zu.

»Ihnen geht's also wieder gut«, sagte er. »Seit dem Heiligen Abend, meine ich.«

»Ach so! Ja. Danke. Es war mir richtig peinlich, einfach so umzukippen. Ich bin noch nie vorher ohnmächtig geworden. Ich weiß nicht, was da plötzlich über mich gekommen ist.«

»Nur eine Horde junger Burschen, die gegen den Krieg protestieren wollten«, sagte er. »Mein Sohn hätte wahrscheinlich auch mitgemacht, aber der war zu Hause bei ... meiner Frau. Sie haben ausgesehen, als wären Sie im Schock.«

»Ach?« Ich senkte den Blick. »Tatsächlich?«

»Was haben Sie erlebt?« fragte er leise. »Warum sind Sie hier?«

Die Frage kam so unerwartet, ich fühlte mich mitten ins Herz getroffen. Vielleicht lag es an seiner ruhigen Stimme, vielleicht an der Art und Weise, wie ich ihn im Nebel gefunden hatte, vielleicht an der Einfachheit seiner Frage, die eine ehrliche Antwort verlangte. Ich drückte eine Hand auf meinen Mund. Meine Lippen waren fest geschlossen.

Zu meinem Entsetzen schossen mir die Tränen in die Augen, als wäre ich wirklich ins Herz getroffen worden. Ich konnte nicht sprechen. Ich wagte nicht, mir die Augen zu wischen. Ich wagte nicht, mich zu bewegen. Seit ich aus der Wohnung in New York geflohen war, hatte ich nicht ein einziges Mal geweint. Ich war zu betäubt gewesen, um zu weinen, vielleicht auch zu vorsichtig.

Er zog mir die Hand vom Mund und hielt sie fest. Er sagte kein Wort. Seine Augen waren grau. Er sah mich unverwandt an.

»Ich war mit einem Mann verheiratet, der mich geschlagen hat«, sagte ich nach langer Zeit. Und danach atmete ich tief durch.

Es klang entsetzlich, unwirklich, hier in diesem Haus.

»Sie haben ihn verlassen«, sagte er.

Ich nickte.

»Erst vor kurzem. Sie sind davongelaufen.«

»Ja.«

»Weiß er, wo Sie sind?«

Ich schüttelte den Kopf. »Ich glaube nicht. Wenn er es wüßte, wäre er schon hier, um mich zu holen. Da bin ich ganz sicher.«

»Sie haben Angst vor ihm.«

»Ja.«

»Hat er Ihnen das angetan?«

Mit einer Kopfbewegung wies er zu meinem Gesicht. Ich wußte, daß die Wunden fast verheilt waren, die Haut nicht mehr blau unterlaufen war, sondern eine hellere, gelbliche Färbung angenommen hatte, aber die Male waren immer noch sichtbar.

Ich nickte.

»Was meinen Sie, wie die Chancen stehen, daß er Sie findet?« fragte er.

Ich überlegte einen Moment.

»Ziemlich gut«, antwortete ich dann. »Nachforschungen

anzustellen, gehört zu seinem Beruf. Er versteht sich darauf, Geheimnissen auf die Spur zu kommen.«

»Und was glauben Sie, passiert, wenn er Sie findet?«

Ich sah zu seiner Hand hinunter, die fest auf meiner lag.

»Ich glaube, dann bringt er mich um«, sagte ich. »Ich glaube, er wird mich umbringen, weil er gar nicht anders kann.«

»Waren Sie bei der Polizei?« fragte er.

»Ich kann nicht zur Polizei gehen«, entgegnete ich.

»Warum nicht?«

»Weil ich sein Kind entführt habe.«

»Aber das mußten Sie doch tun, um sich selbst zu retten.«

»Ja, aber so wird es nicht aussehen. Er ist sehr schlau.«

Auch er sah jetzt zu unseren Händen hinunter. Er begann, meinen Arm zu streicheln, vom Handgelenk zum Ellbogen hinauf. Ich hatte einen Pullover an, die Ärmel über die Ellenbogen hochgeschoben. Er streichelte meine Haut, langsam und sachte.

»Sie sind verheiratet«, sagte ich.

Er nickte. »Meine Frau ist nicht ...« Er brach ab.

Ich wartete.

»Sie ist krank«, sagte er schließlich. »Sie hat ein chronisches Leiden. Wir leben zusammen, aber es ist keine ...«

»Ehe.«

»Ja.«

Immer noch streichelte er meinen Arm. Ich hätte ihn wegziehen können, aber das schaffte ich nicht. Ich konnte mich nicht rühren. Es war so lange her, seit jemand mich so sanft, so liebevoll berührt hatte. Ich war wie gelähmt vor Dankbarkeit.

»Wir haben seit Jahren nicht mehr ... Wir waren nie mehr zusammen«, sagte er.

»Ich weiß zwar, wer Sie sind, aber Sie haben mir noch nicht einmal Ihren Namen gesagt«, sagte ich.

»Jack«, sagte er.
»Ich heiße in Wirklichkeit Maureen«, sagte ich. »Maureen English. Aber jetzt bin ich Mary. Ich habe den Namen angenommen. Ich werde Mary bleiben.«
»Und Ihre Tochter heißt Caroline«, sagte er.
»Ja.«
»Das ist ihr richtiger Name?«
»Ja«, antwortete ich. »Ich könnte sie nicht bei einem fremden Namen nennen.«
Er lächelte und nickte.
»Ich kann das nicht«, sagte ich. »Ich kann das nicht mehr.«
Ich sagte es, aber meinen Arm zog ich nicht weg. Die Berührung seiner Finger war wie eine linde warme Welle, die über mich hin spülte, ich wollte nicht, daß sie aufhörte.
»Ich habe Angst«, sagte ich.
»Ich weiß.«
»Sie könnten ja mein Vater sein.« Der Gedanke war mir – gerade erst oder schon seit Tagen? – durch den Kopf gegangen, und ich fand, um ihn zur Ruhe zu bringen, müsse er schnell ausgesprochen werden.
»Das nun wirklich nicht«, entgegnete er. »Das heißt, theoretisch natürlich, ja. Ich bin dreiundvierzig.«
»Ich bin sechsundzwanzig.« Er nickte, als sei ihm das schon klar gewesen.
Draußen tuteten unablässig die Nebelhörner – durchdringend und gnadenlos.
Er zog seine Hand von meinem Arm, stand auf und trug seine Teetasse zum Spülbecken.
»Ich gehe jetzt«, sagte er. Er nahm seinen Ölmantel vom Haken an der Tür. »Ich bin schon lang genug weg. Ich kann meine Frau nicht zu lang allein lassen.«
Ich stand ebenfalls auf, sagte aber nichts.
»Aber ich komme wieder«, sagte er. »Ich kann nicht sagen, wann ...«

Ich nickte.
»Hab keine Angst«, sagte er.

Ich erwachte vom Brummen des Motors auf der Straße. Vor dem Fenster war nur ein grauer Schimmer, aber ich konnte die Wipfel der Bäume sehen. Es war noch kein Nebel. Ich hörte den Wagen anhalten, aber nicht am Ende der Landzunge, unten am Haus.

Ich schlug die Decke zurück und lief die Treppe hinunter in die Küche. Harrold *kann* mich doch noch nicht gefunden haben, dachte ich. Mein Herz raste.

Dann sah ich durch das Glas in der Tür verschwommenes Gelb.

Ich sperrte auf.

Jack kam herein und nahm mich in die Arme.

Einen Moment lang konnte ich nicht sprechen.

Dann sagte ich: »Du riechst wie das Meer.«

»Ich glaube, das bleibt mir für immer«, sagte er.

Später, bevor die Sonne ganz aufgegangen war, stiegen wir aus meinem Bett und gingen wieder in die Küche hinunter. Er hatte seine Kleider mitgenommen und zog sich vor mir stehend an. Er bewegte sich völlig unbefangen, obwohl er wußte, daß ich ihm zusah.

Ich hatte im Schlafzimmer mein Nachthemd und meine Wolljacke übergezogen. Ich machte uns Kaffee und Cornflakes zum Frühstück. Wir sprachen nicht, während er sich anzog, dann setzte er sich an den Tisch und rauchte eine Zigarette, während ich den Kaffee machte. Ich stellte die beiden Schalen mit den Cornflakes auf den Tisch.

»Im allgemeinen frühstücke ich immer, bevor ich aus dem Haus gehe, aber heute morgen konnte ich nichts essen«, sagte er und drückte die Zigarette in dem Aschenbecher aus, den ich ihm gegeben hatte.

Ich lächelte.

»Und schlafen konnte ich auch nicht«, fügte er hinzu und erwiderte mein Lächeln.

Ich wäre am liebsten wieder nach oben gegangen, um ins Bett zu klettern und, fest an seine Brust gedrückt, mit ihm zusammen unter den Decken einzuschlafen.

»Wann hast du beschlossen herzukommen?« fragte ich.

»Irgendwann mitten in der Nacht. Ich wäre am liebsten auf der Stelle aufgestanden und losgefahren, aber das ging nicht ...«

Ich nickte. Ich wußte, er sprach von seiner Frau.

»Macht es dir nichts aus, morgens immer so früh raus zu müssen?« fragte ich.

»Ach, das geht schon«, antwortete er. »Man gewöhnt sich daran. Und mir paßt es.«

»Willis hat mir erzählt, daß du studiert hast, aber dein Studium nicht fertigmachen konntest, weil du nach Hause mußtest.«

Er prustete mit leichter Geringschätzung. »Willis«, sagte er.

Ich schwieg, während er seine Cornflakes aß.

»Aber es stimmt«, sagte er schließlich. »Ich war im zweiten Jahr, da hat sich mein Vater beide Arme gebrochen. Ich mußte nach Hause, um seine Arbeit zu übernehmen.«

Mehr sagte er nicht dazu.

»Warst du sehr enttäuscht?« fragte ich. »Ich meine, daß du dein Studium nicht beenden konntest.«

Er antwortete nicht gleich.

»Am Anfang vielleicht schon«, sagte er nachdenklich, ohne mich anzusehen. »Aber mit der Zeit lebt man sich ein, man hat sein Haus, seine Arbeit, seine Kinder. Man kann nicht gut bereuen, was dazu geführt hat, daß man seine Kinder bekommen hat.«

Ich wußte, was er meinte. Obwohl meine eigene Ehe zu einer unsäglichen Katastrophe geworden war, konnte ich mir ein Leben ohne Caroline nicht mehr vorstellen.

In diesem Moment stieg die Sonne über den Horizont und tauchte den Raum in ein helles lachsfarbenes Licht. Jacks Gesicht schien zu glühen. Ich fand es schön in diesem Moment, das schönste Gesicht, das ich je gesehen hatte, auch wenn ich die Sonne haßte, da sie ihn ja vertrieb. An seinen Gesten, an der plötzlichen Anspannung seiner Muskeln, der Art, wie er seinen Stuhl vom Tisch zurückschob, sah ich, daß er gleich gehen würde.

Er holte seinen Ölmantel von der Tür, klemmte ihn unter den Arm und stellte sich hinter meinen Stuhl. Mit der freien Hand hob er das Haar in meinem Nacken und küßte mich dort.

»Viel kann ich dir nicht geben«, sagte er.

Ich spürte seinen Atem auf meiner Haut.

Er ging, bevor die anderen Männer kamen. Er fuhr in seinem grün-weißen Boot hinaus, kehrte aber vor dem Nebel zurück. Durch Zufall machte ich gerade mit Caroline vorn am Ende der Landzunge einen Spaziergang, als er zurückkam. Er winkte uns von seinem Pick-up aus zu – für die Männer im Fischhaus gewiß nicht mehr als eine freundliche Geste –, aber wir sprachen nicht miteinander. Später pflegte er seinen Wagen unten beim Ruderboot abzustellen und zu Fuß zum Haus zurückzukommen, um bis nach Sonnenaufgang zu bleiben. Zwischen uns bestand ein schweigendes Einverständnis, daß niemand von seinen Besuchen bei mir wissen durfte. Er mußte an seine Frau und seine Kinder denken.

Er kam jeden Morgen bei Tagesanbruch. Erst hörte ich das Brummen des Motors unten auf der kleinen Straße, dann seine Schritte auf der Treppe. Ich sperrte die Hintertür zur Küche nicht mehr ab. Meistens schlief ich wenn er kam, und manchmal schien mir, er träte in meine Träume ein. Es war immer noch dunkel wenn er kam, höchstens ein Hauch von Licht war im Zimmer wahrnehmbar, und ich sah ihn dann umrißhaft am Ende des Betts stehen oder sich auf der Kante niedersetzen und hinunterbeugen, um seine Schuhe auszuziehen. Und wenn ich dann in dem Bett, das ich die ganze Nacht gewärmt hatte, zu ihm hinrutschte, war es, als wäre unsere Vereinigung schon Teil der täglichen Rhythmen hier draußen, so natürlich und notwendig wie das Kreischen der Möwen, wenn sie erwachten und nach Beute Ausschau hielten, oder wie das Licht, das lavendelblau und perlrosa auf dem Wasser lag, wenn er ging.

Nach dem ersten Morgen hatte ich Carolines Kinderbett ins untere Schlafzimmer gestellt. Die Trennung fiel mir schwer, aber mir war klar, daß die Zeit reif war für sie. Die Wände im Haus waren dünn, und ich hörte sie von meinem Bett aus ohne Schwierigkeiten, wenn sie schrie.

Möchten Sie Einzelheiten hören? Es gibt Momente, die ich niemals preisgeben werde – Erinnerungen, Worte und Bilder, so köstlich, daß ich sie für mich allein bewahre. Aber ich kann Ihnen immerhin sagen, daß er nie mehr von mir verlangte, als ich geben konnte, und so zart mit mir umging, als wäre ich an Leib und Seele wund. Manchmal hielt er mich einfach in seinen Armen, und das genügte. Zu anderen Zeiten gab ich ihm alles, was ich besaß.

Am dritten oder vierten Tag, kurz vor Sonnenaufgang, als es schon hell war im Zimmer, stieg ich aus dem Bett und stellte mich vor ihn hin. Ich wollte mich ihm zeigen. Ich wußte, daß mein Körper an manchen Stellen Schaden gelitten hatte und an anderen häßlich war, aber sein Blick störte mich nicht. Ich empfand keine Scham und ich spürte keinerlei Wertung von ihm. Ich wartete nicht darauf, daß er sagen würde, ich sei schön. Das war es nicht, was ich mir erhoffte. Ich glaube, ich wollte es einfach hinter mich bringen. Aber da tat er etwas Seltsames. Er stieg ebenfalls aus dem Bett. Er zeigte mir die Narbe einer Blinddarmoperation, die quer über seinen Unterleib verlief. Er hob ein

Bein und zeigte mir eine Narbe an seinem Schienbein, wo ein Tau einmal Haut und Fleisch fast bis auf den Knochen durchgescheuert hatte. Seine Hände seien voller Schrammen, sagte er und hielt sie mir hin, und an seinem Oberarm entdeckte ich eine Narbe, die aussah, als stammte sie vom Schnitt einer Zackenschere. Als Junge, erzählte er, habe er den gefangenen Hummern immer die Scheren zusammenbinden müssen, und einmal sei er von einer Biene gestochen worden, habe vor Schreck den Hummer losgelassen, und der habe ihn prompt mit seinen Scheren gepackt. Ich mußte lachen.

»Na, schön«, sagte ich und kroch wieder ins Bett.

»Das sind alte Kampfwunden, weiter nichts«, sagte er und berührte eines nach dem anderen die Male an meinem Körper.

Zwischen uns war eine große Intimität, aber nichts Besitzergreifendes. Es ist vielleicht merkwürdig, aber wir sprachen beide nie von Liebe, obwohl ich sicher war, daß dies eine Form von Liebe war, die einmal zu erfahren ich nicht mehr geglaubt hatte. Ich glaube, es war einfach so, daß wir zwar einander vertrauten, aber nicht mehr dem Wort. Ich stellte mir vor, daß er – wie ich meinen Mann – seiner Frau früher einmal gesagt hatte, er liebe sie und mit Bestürzung erlebt hatte, wie aus der Gewißheit Ungewißheit und dann Enttäuschung geworden war.

Es gab so vieles, das wir nicht voneinander wußten und auch niemals wissen konnten. Sein Leben auf dem Wasser hatte ihn geformt und geprägt genau wie mich das Leben in der Stadt und mit meiner Mutter. Er hatte keine Ahnung von dem Termindruck und der Hektik in einer Redaktion, und ich konnte mir nicht vorstellen, wie es war, im Nebel auf dem Wasser umherzuirren und sich einzig auf seine fünf Sinne und seinen Instinkt verlassen zu können, um irgendwie lebend das Ufer zu erreichen. Ich wußte auch kaum etwas über seine Ehe. Er sprach nie von seiner Frau, und ich stellte keine Fragen. Das Thema war für ihn mit einer tiefen Traurigkeit belastet, und ich mied es, so wie er es vermied, dem Wahnsinn meiner Ehe nachzuforschen. Einmal allerdings gab er seine Zurückhaltung auf. Ich hatte zu ihm gesagt, meiner Meinung nach hätte ich mir die Mißhandlungen selbst zuzuschreiben, weil ich meinem Mann als Katalysator für seine Wut gedient hätte. Jack nahm mich beim Handgelenk und zwang mich, ihn anzusehen. Ich trage keine Schuld daran, daß ich geschlagen worden sei, sagte er klar und deutlich. Dafür sei einzig der Schläger verantwortlich. Ob ich das verstünde?

Eines Morgens, als wir miteinander im Bett lagen, glaubte ich, Weinen zu hören. Ich hielt den Atem an und lauschte und spürte, wie Jack mich losließ, um ebenfalls zu horchen.

Es war Caroline, die weinte, sie schien große Schmerzen zu haben. Ich muß zu ihr, dachte ich, aber ich war wie gelähmt, zurückversetzt in eine andere Zeit, ein anderes Bett, einen anderen Moment kindlichen Weinens. Es drückte mir fast die Luft ab, und mein Gesicht muß voller Angst gewesen sein, denn Jack sah mich erschrocken an und fragte: »Was ist los? Alles in Ordnung?«

»Es ist Caroline«, flüsterte ich.

»Ich weiß«, antwortete er. »Geh zu ihr. Oder soll ich gehen?«

Die Frage riß mich in die Realität zurück. Ich schlug die Decke zurück und schlüpfte in mein Nachthemd. Ich rannte die Treppe hinunter in ihr Zimmer. Sie lag mit angezogenen Knien auf dem Rücken in ihrem Kinderbett. Sie weinte wirklich vor Schmerz. Ich nahm sie hoch und begann den vertrauten Weg mit ihr zu gehen, durch die Küche, das Wohnzimmer, ihr Schlafzimmer und zurück, aber diesmal konnte nicht einmal das sie beruhigen. Jack kam in der Unterhose die Treppe hinunter. Sein Haar war zerzaust, und er war barfuß – die Bodendielen waren eiskalt.

»Gib sie mir mal«, sagte er, als ich das zweitemal an ihm vorüberkam.

Ich legte sie ihm in die Arme, und sie sah ihn einen Moment neugierig an, bevor sie wieder zu weinen anfing. Er ging mit ihr zum Sofa am Fenster und legte sie bäuchlings auf seine leicht gespreizten Knie. Dann begann er mit seinen Knien auf und nieder zu wippen – massierte ihr praktisch den Bauch. Beinahe augenblicklich hörte sie zu weinen auf.

»Ich weiß selbst nicht, warum das klappt«, sagte er, sichtlich zufrieden mit sich. »Aber es wirkt immer. Ich hab das oft mit meiner Tochter praktiziert, als sie noch ein Baby war. Ich vermute, es drückt die Luft nach oben oder nach unten. Ich weiß gar nicht mehr, wer mir das beigebracht hat.«

Ich stand auf der anderen Seite des Zimmers und betrachtete die beiden. Sie waren ein komischer Anblick – Jack in der Unterhose, mit schlafverquollenen Augen und plattgedrücktem Haar, Caroline auf seinen langen Oberschenkeln, den Blick auf mich gerichtet, als wollte sie sagen, und jetzt? Es war eiskalt im Raum, ich fröstelte. Ich ging zu ihm und nahm Caroline hoch. Sie kuschelte sich an meine Schulter, als wolle sie wieder einschlafen.

»Du kannst gut mit Kindern umgehen«, bemerkte ich. »Ich hab dich beim Weihnachtsfeuer mit deiner Tochter beobachtet.«

»Ja, gut mit Kindern, verdammt schlecht mit Ehefrauen.« Er stand vom Sofa auf.

»Hast du mehr als eine gehabt?«

»Eine reicht.« Er kreuzte die Arme über der Brust und rieb sie, um sie zu wärmen.

»Ist deine Ehe wirklich so schlecht?« fragte ich, während ich Caroline sachte wiegte.

Er zuckte die Achseln. »Wie man sich bettet, so liegt man«, sagte er.

Ich fand die Wortwahl interessant.

»Warum gehst du nicht?« fragte ich.

»Das kann ich nicht«, antwortete er. »Die Möglichkeit gibt es nicht.«

Seine Worte hatten etwas Endgültiges, und als wollte er diese Endgültigkeit unterstreichen, wandte er sich ab und sah zum Fenster hinaus, zum Horizont, wo er das gleiche sah wie ich – ein rotglühendes Stück Sonne, das sich aus dem Wasser herausschob.

In der Befürchtung, er könne mich mißverstanden haben, sagte ich rasch: »Ich will nicht, daß du gehst. Das habe ich nicht gemeint.«

Er drehte sich zu mir herum.

»Ich weiß«, erwiderte er.

Einen Moment lang standen wir nur da und sahen einander an, und heute, in der Erinnerung, kommt es mir vor, als hätten wir einander unendlich viel gesagt.

»Ich geh jetzt besser«, sagte er schließlich.

Ich ging zu ihm und berührte leicht seinen Arm, streichelte ihn, wie er einmal meinen gestreichelt hatte. Es war das einzige, was mir einfiel.

Sein Leben auf dem Wasser war mir fremd. Eines Tages gegen Ende allerdings, eines Sonntags, als die anderen Männer nicht zur Landzunge herauskamen, nahm er mich auf seinem Boot mit hinaus. Als er den Ausflug vorschlug, dachte ich sofort an Caroline, aber er sagte, wir könnten sie in ihrem Tragetuch mitnehmen, wenn ich das wolle. Er habe seine eigenen Kinder auch oft mit hinausgenommen, als sie noch klein gewesen waren. Babys schliefen draußen auf dem Wasser fast immer sofort ein, wahrscheinlich beruhige sie das Schwanken des Bootes oder das Brummen des Motors. Viele Frauen, sagte er, packten ihre

Kinder, wenn sie Koliken hatten, und fuhren mit ihren Männern hinaus, um nur einmal einen Tag Ruhe zu haben.

Ich weckte Caroline früh, und wir waren startbereit, als er kam. Draußen war es noch kalt, aber die Luft war klar, und ich konnte bis zum Leuchtturm sehen. Das Wasser war glatt und ruhig, aber ich wußte, daß es zum späten Vormittag hin stürmischer werden würde. Er machte das Boot los und schob es zum Wasser hinunter.

»Steig ein«, sagte er. »Vorn.«

Das Boot war ziemlich mitgenommen. Sogar ich konnte das sehen. Er sagte, er habe das ganze Jahr vorgehabt, sich ein neues anzuschaffen, aber er sei nicht dazu gekommen.

»Wir fahren ganz langsam«, sagte er.

Ich setzte mich mit Caroline an den Bug. Er war hinten im Heck, aber er stand nicht wie sonst, sondern kniete, um uns nicht versehentlich zu kippen. Unser gemeinsames Gewicht schien beinahe zuviel für das Boot, und ich sah, als ich über die Seite blickte, daß es sehr tief im Wasser lag. Ich wagte keine Bewegung, als er uns zum Kanal hinaus ruderte, wo der Kutter lag, eine Entfernung von vielleicht fünfzig Metern. Es war wirklich nicht weit, aber ich hatte Angst. Ich wünschte, ich hätte eine Schwimmweste, auch wenn mir sofort einfiel, daß Julia gesagt hatte, ihr Mann sei erfroren und nicht ertrunken. Ja, meine Angst war so groß, daß ich einmal verstohlen die Hand ins eisige Wasser tauchte und über Carolines Stirn das Kreuz schlug – was mich heute, wenn ich daran denke, wirklich erstaunt. Ich hatte Caroline nicht taufen lassen, und ich konnte den Gedanken nicht ertragen, bis in alle Ewigkeit von ihr getrennt zu sein – obwohl ich, wenn Sie mich jetzt, hier, in dieser Zelle, fragen würden, sagen müßte, daß ich nicht an die Ewigkeit glaube.

Während Jack uns hinausruderte, hatte ich ungehinderten Blick auf die Landzunge und mein kleines Häuschen.

Vom Wasser aus wirkte das Haus noch isolierter. So weit das Auge reichte, war es nur von niedrigem Buschwerk, Felsen und Wasser umgeben.

Jack schaffte es irgendwie, uns alle in den Kutter zu bugsieren, obwohl ich mit dem Kind auf dem Bauch sehr schwerfällig war, und er mich am Ende über die Seite hieven mußte. Ich mußte mich auf einen Kasten im Cockpit setzen, während er das Boot startklar machte. Er öffnete die Tür zum Ruderhaus, hob den Deckel eines Maschinengehäuses und ließ den Motor an. Dann kam er vorn herum und reichte mir eine Schwimmweste. Es war eine Standardweste, wie von der Küstenwache vorgeschrieben, aber ich sah gleich, daß sie kaum benutzt war. Ich legte sie über meinem Mantel an, und als er zu mir zurückblickte, schüttelte er den Kopf, zog die Augenbrauen hoch und lächelte. Dann ging es los.

Auf der Backbordseite war das Boot geschlossen, an einem Haken hingen die Regensachen. Auf der Steuerbordseite war es offen. Dort waren das Steuerrad und irgendeine hydraulische Vorrichtung zum Einholen der Hummerkörbe. Über dem Rad hing ein Funkgerät, das er aber an diesem Tag nicht benutzte. Rund um das Rad waren noch einige Armaturen angeordnet – ein Echolot, erklärte er, und Treibstoffanzeiger. Im Cockpit neben mir stand ein Köderfaß. Er stand am Steuer und manövrierte uns um die Insel herum. Dann winkte er mir, zu ihm zu kommen.

Ich hielt mich an einem Masten fest und blickte zurück zum Land, von dem wir uns immer weiter entfernten. Der Motor war so laut, daß ein Gespräch anstrengend war, deshalb redeten wir nicht viel miteinander. Er rief mir zu, daß er direkt zum Fangbereich hinausfahren und die Reusen einholen würde, die er ein paar Tage zuvor gesetzt hatte. Ende der Woche, sagte er, würde er das Boot aus dem Wasser holen. Sobald er die Körbe eingeholt habe, fügte er hinzu, würde er mit uns zu Swale's Island hinüberfahren.

»Es ist wunderschön«, sagte er. »Es hat den schönsten Strand in ganz Ost-Maine.«

Caroline schlief ein sobald wir lostuckerten, und wachte erst wieder auf, als wir im natürlichen Hafen von Swale's Island ankerten. Es war kalt, aber wenn ich dicht neben Jack im Schutz des Ruderhauses blieb, spürte ich den Wind nicht. Ich glaube nicht, daß Caroline fror, aber ich wurde von Gedanken daran gequält, was hier draußen alles passieren und wie schnell ein Mensch in dem kalten Wasser umkommen konnte.

Jack war entspannt und locker, lächelte so gelöst, wie er das selten tat. Vielleicht amüsierte es ihn, mich, die Landratte, mit meinem Kind auf seinem Boot zu sehen, vielleicht belustigte es ihn auch, wie ich aussah, in der großen Schwimmweste, mit dem Kind auf dem Bauch. Es waren nur wenige Boote auf dem Wasser, und als wir die Küste hinter uns gelassen hatten und nur noch Inseln zu sehen waren, hatte ich das Gefühl, sehr weit weg zu sein. Anfangs hatte ich das Dorf noch sehen können, jetzt war es verschwunden, selbst der weiße Turm der Kirche. Die Sonne war aufgegangen, doch die Küste verbarg sich in dunstigem Blau.

Nach ungefähr einer dreiviertel Stunde schaltete Jack plötzlich den Motor ab, nahm das Ölzeug vom Haken, zog aber nur die Hose über. Seinen gelben Ölmantel hatte er schon an. Er zog den Hosenlatz wie eine Schürze über den Mantel. Ich fragte ihn, woher er so genau wisse, wo er sich befand. Er wies auf eine kleine Bucht einer nahegelegenen Insel, dann auf einen Felskamm. Sie schienen mir nicht anders auszusehen, als alle Buchten und Felskämme, an denen wir vorübergekommen waren. Er lachte. Er habe ja auch noch das Echolot, sagte er. Und außerdem waren rund um uns herum natürlich seine Bojen – rot, mit einem gelben Streifen um den Bauch.

Ich sah ihm zu, wie er einen nach dem anderen seine

Körbe einholte. Er nahm die Hummer heraus, verschnürte die Scheren mit Gummibändern, warf die Hummer in einen der mit Wasser gefüllten Eimer, kippte alles Unbrauchbare, was sich in den Körben gesammelt hatte, ins Meer zurück und stapelte die Körbe übereinander.

»Normalerweise würde ich sie mit frischen Ködern bestücken und wieder reinwerfen, aber ich hol sie jetzt für den Winter ein«, erklärte er.

Es war schwere Arbeit, und schön war sie gewiß nicht. Das Einholen der Körbe hatte nichts Romantisches, war nur ein Kampf mit Wasser und Kälte. Er trug lange Baumwollhandschuhe, trotzdem waren seine Hände bestimmt eiskalt. Das Wasser klatschte in Schwällen auf seine Hose und auf den Boden um uns herum.

Als er fertig war, war das kleine Cockpit vollgepfercht mit Eimern, Körben und Bojen, und ich hatte meinen Platz auf dem Kasten verloren.

Er wandte das Boot nach Süden, in Richtung auf Swale's Island, und machte mich auf die Insel aufmerksam, sobald sie in Sicht kam. Auf der Nordseite konnte ich mehrere große Holzhäuser erkennen und Wiesen oder Felder.

»Sie ist in Privatbesitz«, sagte er. »Aber im Sommer fahren wir immer alle mit unseren Familien an den Strand auf der anderen Seite, zum Picknick oder zum Baden.«

Er wandte sich von mir ab, als er von den Familien sprach, und machte sich am Steuer zu schaffen. Er prüfte das Echolot, blickte scharf nach Westen zur Küste hin. Mir war klar, was es ihn kostete, einen Sonntag mit mir zu verbringen, und auch, daß es vielleicht keine weiteren Sonntage mehr geben würde. Das Boot, mit dem wir fuhren, trug den Namen seiner Frau, daran wurde ich manchmal unversehens erinnert, wie zum Beispiel, als er – ein ganz geläufiger Ausdruck eigentlich – sagte: »Ich fahr sie jetzt erst mal zum Fangbereich raus.«

Er steuerte das Boot nah an die Westküste der Insel heran, so daß ich die Felsen und hier und dort einen Seehund erkennen konnte. Dann manövrierte er das Boot durch die schmale Einfahrt, und wir waren im Hafen – einer halbmondförmigen Bucht mit einem beinahe reinweißen Strand, unberührt und einsam, nur per Boot zu erreichen. Er schaltete den Motor aus und warf den Anker aus. Caroline wachte auf.

»Ich hab ein kleines Picknick mitgenommen«, sagte er.

»Ich muß Caroline stillen«, sagte ich.

Ich hatte sie nie in seinem Beisein gestillt. Er machte zwei einander gegenüberliegende Bänke im Cockpit frei, half mir aus der Schwimmweste und nahm Caroline aus dem Tragetuch. Während er Caroline hielt, sagte er, ich solle nach vorn gehen und nachsehen, ob ich nicht das alte Badetuch entdecken könne, das dort irgendwo herumliegen müsse. Wir könnten es als Windschutz benützen, während ich Caroline stillte.

Ich ging nach vorn in die kleine Kabine. Für Jack hatte sie vermutlich eine gewisse Ordnung, für mich sah sie chaotisch aus. Alles mögliche lag da durcheinander, irgendwelche Metallteile, Taue, eine Zeltplane, Lumpen. Ich machte eine Spindtür auf. Als erstes fielen mir die Bücher ins Auge. Es war vielleicht ein halbes Dutzend Taschenbücher. Ich weiß, daß ein Lyrikband von Yeats dabei war und Malamuds »Der Gehilfe«. Die Bücher waren abgegriffen, voller Eselsohren und Wasserflecke. Alte Karten, hundertmal aufgeschlagen und wieder gefaltet, stapelten sich neben ihnen. Ich fand eine Taschenlampe, Leuchtkugeln und eine Leuchtpistole. Eine halb geleerte Flasche Whisky. Schließlich das Badetuch, nach dem ich suchte. Und darunter lag eine Pistole. Ich nahm sie zur Hand, hielt sie einen Moment, legte sie dann zurück. Mit dem Badetuch ging ich wieder ins Cockpit.

»Ich hab das Badetuch gefunden«, rief ich ihm zu und

blieb einen Moment stehen, um ihn mit Caroline im Arm zu betrachten. »Und eine Pistole hab ich auch gefunden.«

»Ach, die«, sagte er, so unbekümmert, als hätte ich nicht eine Schußwaffe entdeckt, sondern eine Uhr, die er verloren hatte. »Jeder von uns hat so ein Ding«, fügte er hinzu. »Wegen der Wilderer, um sie abzuschrecken. Ich geb von Zeit zu Zeit mal ein paar Schüsse ab, damit sie nicht verrostet, aber das ist auch alles.«

»Sie ist geladen?« fragte ich.

»Was hätte sie denn für einen Sinn, wenn sie nicht geladen wäre? Außerdem ist sowieso nie jemand außer mir auf dem Boot.«

»Ich hab auch ein paar Bücher gefunden«, sagte ich. »Liest du, wenn du hier draußen bist?«

Einen Moment schien er verlegen.

»Wenn ich Zeit hab«, sagte er dann und lachte. »Na ja, manchmal nehm ich mir einfach die Zeit. Es ist so schön friedlich hier draußen.«

Ich nahm ihm Caroline ab und setzte mich. Ich knöpfte meinen Mantel auf und schob meinen Pulli hoch. Sofort spürte ich die Kälte auf meiner Haut. Er schüttelte das Badetuch aus und legte es mir über die Schulter, um Carolines Gesicht vor der Kälte zu schützen. Dann ging er nach vorn in die Kabine und kam mit der Whiskyflasche zurück. Er setzte sich und begann, das Picknick auszupacken. Hin und wieder, so wie in diesem Moment, schloß ich eine Sekunde lang die Augen und stellte mir vor, wie mein Leben hätte sein können, wenn ich vor Jahren nicht Harrold kennengelernt hätte, sondern Jack. Aber immer vertrieb ich diese Bilder gleich wieder. Das war trügerischer Boden – gefährlich wie Treibeis.

Er hatte Schinkenbrote mitgebracht und eine Thermosflasche Kaffee. Mehr war es nicht, aber es war eine Menge, und ich hatte einen Bärenhunger. Lieber Gott, Sie können sich nicht vorstellen, wie gut ein Schinkenbrot schmeckt, wenn man richtigen Hunger hat. Er hatte das Brot geröstet, und obwohl die Sandwiches kalt waren, schmeckten sie köstlich. Er goß einen Riesenschuß Whisky in den Kaffee. Das schien hier Brauch zu sein, den Kaffee oder Tee mit Alkohol zu trinken. Er goß mir den Kaffee in den Becher, der zur Thermosflasche gehörte, er selbst trank aus der Flasche. Wir saßen in strahlender Sonne, die ihr Bestes tat, uns zu wärmen. Ihr Licht lag funkelnd auf dem weißen Strand und dem Wasser. Er saß mir gegenüber, unsere Knie berührten sich. Ich aß mit einer Hand und hielt mit der anderen Caroline. Das Boot schaukelte sachte. Ich betrachtete sein wettergegerbtes Gesicht, die vielen Fältchen, die grauen Augen. Unter seinem Pullover sah der Kragen eines Flanellhemds hervor. Wir waren ganz für uns, umgeben von Wasser und Sand und Himmel.

»Das ist...«, begann ich, konnte aber nicht weitersprechen.

Er sah mich an.

Er zog das Badetuch auf meiner Schulter zurecht.

Er nickte und sah weg.

Möglich, daß wir miteinander gesprochen haben, während wir da saßen und die Brote aßen. Ja, wahrscheinlich, denn ich weiß manches, was ich sonst jetzt nicht wissen würde. Morgens sprachen wir eher wenig, und er war von Natur aus schweigsam, nicht daran gewöhnt, seine Gedanken und Gefühle mitzuteilen – vielleicht war er auch nur außer Übung. In dieser Hinsicht waren wir einander ähnlich, denn auch ich hatte gelernt, im Gespräch vorsichtig zu sein. Wenn man gerade über das nicht sprechen darf, was einen ständig beschäftigt – es sich nicht leisten kann, auch nur ein Wort entschlüpfen zu lassen, weil man fürchten muß, dann die ganze Geschichte preiszugeben –, entwickelt man eine Zurückhaltung, die anderen vielleicht ganz natürlich erscheint, eine Gewohnheit, eher zuzuhören als selbst zu erzählen. Aber an diesem Tag hatte er, glaube ich, von seiner Familie gesprochen. Nicht von seiner Frau und seinen Kindern, aber von seinem Vater und seinem Großvater. Sie waren Hummerfischer gewesen wie er, jedenfalls sein Vater, sagte er. Sein Großvater hatte Kabeljau gefischt und war auf Hummer umgestiegen, als nach dem Zweiten Weltkrieg plötzlich rege Nachfrage geherrscht hatte. Sein Großvater war tot, und sein Vater, der zwar noch lebte, konnte seinem Beruf nicht mehr nachgehen. Ich weiß nicht mehr genau, wie Jack mir den Unfall seines Vaters schilderte, aber ich begriff, daß die dadurch verursachte Arbeitsunfähigkeit für die Familie eine Katastrophe gewesen war.

Ich hatte Jacks Vater nie kennengelernt, aber manchmal stellte ich ihn mir vor: Einen Mann wie Jack, nur älter und ein bißchen geschrumpft vielleicht, der mit seinen verkrüppelten Armen tatenlos in einem Lehnstuhl am Fenster eines kleinen Fischerhauses saß und zur Bucht hinausstarrte.

Als wir aufgegessen hatten, meinte Jack, wir sollten zurückfahren. Er wollte mich an der Landzunge absetzen und dann zum Dorfkai hinüberfahren, um das Boot zu reinigen und die Körbe an Land zu bringen. Es sei einfacher, sie dort auszuladen, erklärte er, als sie im Dingi an Land zu befördern.

Auf der Heimfahrt sprachen wir nichts – der Motor war einfach zu laut –, aber die Fahrt war angenehm, und es war beinahe warm. Wir hatten den Wind im Rücken.

Als wir eine dichtbewaldete Insel umrundeten, konnte ich in der Ferne das Kap und mein Häuschen erkennen.

»Mist!« sagte er.

Ich versuchte zu sehen, was er bemerkt hatte, aber auf dem Wasser war sein Blick schärfer als meiner. Mit zusammengekniffenen Augen spähte ich über das Wasser, und als wir dem Land etwas näher kamen, sah auch ich den roten Pick-up vor der Hütte.

»Beim Fischhaus steht ein Wagen«, sagte ich.
»Und du weißt sicher auch, wem er gehört?«
»Ja.«
»Wir können jetzt nicht mehr umkehren.«
»Nein«, stimmte ich zu.
»Na schön«, sagte er. »Herrgott noch mal, was hat der an einem Sonntag hier zu suchen?«
Ich wußte es, sagte es aber nicht.
Er manövrierte das Boot zur Anlegestelle, half mir ins Dingi und ruderte uns zur Landzunge hinüber. Als er das Boot so weit auf den Sand hinausgezogen hatte, daß ich aussteigen konnte, war Willis schon da.
»Hallo, Jack.«
»Hallo, Willis.«
Die beiden Männer begrüßten einander, aber Jack sah Willis nicht an. Willis rauchte eine Zigarette.
»Hallo, Füchslein.«
Ich nickte und neigte mich zu Caroline hinunter.
»Ihr habt wohl eine Spritztour gemacht?« sagte er zu Jack.
»Ich hab meine Körbe reingeholt.«
»An einem Sonntag! Hut ab! Ich hab ja immer gesagt, daß du ein fleißiger Bursche bist, Jack.«
Jack stieß das Boot ins Wasser zurück und machte Anstalten hineinzuspringen.
»Und unseren Rotfuchs hier hast du mitgenommen.«
Jack hob den Kopf und sah mich an. »Ja«, antwortete er.
Keine Ausreden. Keine Erklärungen.
»Und – wie war's, Füchslein? Hat's Ihnen gefallen?«
Willis hatte genau wie ich eine Sonnenbrille auf. Ich konnte seine Augen nicht sehen, aber ich richtete meinen Blick direkt auf die Gläser.
»Es war lehrreich«, sagte ich. »Sehr lehrreich.«
Jack stieß sich mit dem Ruder vom Ufer ab. Ich hatte den Eindruck, daß er lächelte.

»Also dann, auf Wiedersehen«, sagte er.

»Danke fürs Mitnehmen«, antwortete ich möglichst unbekümmert.

Ich dachte: In ein paar Stunden sehe ich ihn wieder.

Vielleicht dachte er das gleiche.

Willis begleitete mich zum Haus. Er sagte: »Ich hab Ihren Wagen gesehen. Ich hab ein paarmal an die Tür geklopft, aber es hat sich nichts gerührt. Ich hab angefangen, mir Sorgen zu machen, dachte, Sie hätten vielleicht einen Unfall gehabt oder so was, oder Sie wären womöglich in einem Honigpott gelandet. Wenn Sie in der nächsten halben Stunde nicht aufgetaucht wären, hätte ich Everett geholt.«

»Das wäre doch albern gewesen«, meinte ich.

»Im Winter mit einem kleinen Kind rauszufahren, ist gefährlich. Sie müssen doch an das Kind denken.«

»Ich denke immer an das Kind«, entgegnete ich. »Und machen Sie sich um mich keine Sorgen. Ich kann auf mich selbst aufpassen.«

Wir hatten seinen Wagen erreicht. Ich hatte nicht die Absicht, ihn ins Haus zu bitten, und hätte abgelehnt, wenn er gefragt hätte, und ich glaube, er spürte das, denn er fragte nicht.

»Tatsächlich«, sagte er und tätschelte kurz Carolines Wange.

Willis Beale

Na ja, irgend jemand muß Ihnen ja mal die ganze Geschichte mit Jack und Mary erzählen. Damit will ich nicht sagen, daß das irgendwie für das Verbrechen selbst von Bedeutung ist, das dürfen Sie nicht glauben. Ich will nicht behaupten, daß sie es deswegen getan hat, obwohl man das ja vielleicht auch ein bißchen bedenken muß, aber es kann doch keiner leugnen, daß sie sich ziemlich schnell mit Jack Strout getröstet hat.

Hat Ihnen überhaupt schon mal jemand die ganze Geschichte erzählt?

Beim Prozeß ist ja nicht viel davon rausgekommen, weil keiner von denen, die ausgesagt haben, viel rausgelassen hat. Ich meine, es ist natürlich zur Sprache gekommen, und Mary hat's zugeben müssen, aber der Staatsanwalt ist gar nicht richtig drauf eingegangen. Aber ich finde, wenn Sie diesen Artikel da schreiben wollen, sollten Sie auch die Tatsachen wissen, ich möcht nur nicht, daß Sie schreiben, daß Sie's von mir haben. Das sind – wie nennt man das gleich? – geheime Informationen.

Ja, okay, Hintergrundinformationen.

Hauptsache, Sie halten meinen Namen da raus. Aber noch mal, lang hat sie weiß Gott nicht gebraucht, wenn Sie wissen, was ich meine. Ich kann Ihnen nicht mit Sicherheit sagen, wann die Geschichte angefangen hat, aber eines können Sie mir glauben: Ich hatte schon am Heiligen Abend so eine Ahnung, daß zwischen den beiden was läuft. Nennen Sie's Instinkt. Ich hab für so was einen Riecher, Sie verstehen? Zusammen gesehen hab ich sie erst später, ungefähr eine Woche danach, vielleicht war's auch länger. Aber gespürt hab ich's schon vorher, ich hab's ihnen angesehen. So, und jetzt überlegen Sie mal. Sie ist am dritten Dezember hier angekommen. Weihnachten war nur drei Wochen später. Na, da hat sie doch wirklich nichts anbrennen lassen, oder?

Tja, und wenn man sich das mal durch den Kopf gehen läßt, fängt man an, die gute Mary Amesbury ein bißchen anders zu sehen. Ich mein, vielleicht war sie ja gar nicht so ganz das arme Opfer, für das sie sich ausgegeben hat. Vielleicht war sie daheim in New York ein bißchen zu oft hinter anderen Männern her, und ihr Mann hatte guten Grund. Ich weiß nicht, aber ich glaub, wenn meine Frau dauernd rumflirten würde – hey, vielleicht ist das Kind nicht mal von ihm? –, also, ich mein, da kann einem schon der Kragen platzen.

Ich will damit nur sagen, daß man darüber mal nachdenken sollte, weiter nichts.

Jack andererseits, der ist eigentlich der typische Familienvater. Da hat's nie irgendwas gegeben, und bei Rebecca auch nicht. Die ganze Geschichte ist wirklich traurig. Wenn ich dran denke, was passiert ist...

Mit andern Worten, ich glaub nicht, daß Jack derjenige war, der den ersten Schritt gemacht hat. Verstehen Sie? Ich kenn Jack. Der ist grundanständig. Er ist seiner Frau immer treu gewesen, trotz der ganzen Probleme. Der hat eine andere Frau nicht mal angeschaut, soviel ich weiß, und ich würd's wahrscheinlich wissen. So, und jetzt sagen Sie mir, was da passiert ist. Ich mein, Mary Amesbury war ja trotz allem schon eine gutaussehende Frau, und ich kann mir vorstellen, daß sogar Jack – ich mein, wenn so eine Frau nicht lockerläßt, da kann's schon passieren... Wir sind schließlich alle Menschen, stimmt's, vielleicht hat er einfach nicht widerstehen können. Was ich damit sagen will, ich kann mir einfach nicht vorstellen, daß Jack den ersten Schritt gemacht hat. Er ist nicht der Typ.

Ja, ich hab sie zusammen gesehen. Ich hab sie in flagranti ertappt, könnte man sagen, obwohl sie natürlich nicht direkt ... Sie wissen schon. Es war an einem Sonntag nachmittag. Ich war drüben auf dem Kap, um ein paar Sachen aus dem Fischhaus zu holen, und wollte bei ihr vorbeischauen und sehen, wie es ihr geht. Wissen Sie, ich hab mich so ein bißchen verantwortlich für sie gefühlt, ich war ja praktisch der erste Mensch, dem sie im Dorf begegnet ist. Ich hab gesehen, daß ihr Wagen da war, aber von ihr war keine Spur zu sehen. Nach einer Weile hab ich angefangen mir Sorgen zu machen, ich hab gedacht, es wär ihr vielleicht was passiert, aber dann hab ich die beiden reinkommen gesehen. Er war mit ihr in seinem Boot rausgefahren. Und das an einem Sonntag! Na, da war doch sofort klar, daß da was nicht ganz koscher war. Warum fährt er gerade an einem Tag mit ihr raus, wo er weiß, daß sonst kein Mensch auf dem Kap ist? Richtig? Ich geh also zu den beiden, aus reiner Höflichkeit eigentlich, und die Gesichter hätten Sie sehen sollen. Das schlechte Gewissen in Person. Und sie hat auch noch das kleine Kind dabei. Ich würd gern wissen, was sie mit dem Kind gemacht haben, als sie – Sie wissen schon. Na ja, geht mich ja nichts an.

Tatsache ist jedenfalls, daß er jeden Morgen bei ihr war, bevor er rausgefahren ist. Das hat sich in der ganzen Stadt rumgesprochen, ich weiß allerdings nicht, ob vorher oder nachher. Ich kann mich jetzt nicht mehr dran erinnern. Ich hab jedenfalls Bescheid gewußt, aber ich hätt's natürlich nicht an die große Glocke gehängt. Kann höchstens sein, daß ich's Jeannine erzählt hab. Ich war danach ziemlich enttäuscht von Mary Amesbury. Ich hab immer gedacht, sie wär das, was sie war, aber das war sie gar nicht, wenn Sie verstehen, was ich meine.

Tja, wie ich schon sagte, das alles hat wahrscheinlich gar keine Bedeutung. Ich hab mir nur gedacht, Sie sollten die Fakten wissen.

Mary Amesbury

In dieser Nacht weckte mich Carolines Weinen, ein lautes hohes Wimmern, das nicht aufhörte. Als ich in ihr Zimmer kam, lag sie auf allen vieren in ihrem Kinderbett und versuchte, sich an den Gitterstangen hochzuziehen. Ihr Gesicht war krebsrot und verzerrt vor Schmerz. Als ich sie herausnehmen wollte, merkte ich sofort, daß sie Fieber hatte. Ich legte meine Hand auf ihre Stirn. Sie drehte den Kopf von mir weg. Sie war glühend heiß.

Ich lief in die Küche und zerdrückte eine Aspirintablette. Sie löste sich in dem Apfelsaft nur unvollständig auf, und als ich Caroline den Saft einflößen wollte, warf sie schreiend den Kopf zurück und schlug die Flasche weg. Da ich mir keinen anderen Rat wußte, nahm ich sie auf den Arm und ging mit ihr hin und her. Aber das half auch nichts. Ich wollte sie an meine Brust drücken, um sie zu trösten, doch sie drehte sofort den Kopf weg und begann, sich in meinem Arm hin und her zu werfen. Ich wollte unbedingt ruhig bleiben und klar denken, aber dieses Hin- und Herwerfen des Kopfes machte mir Angst.

Jack kam wie immer kurz vor Tagesanbruch. Ich hatte Caroline auf die Matte im Badezimmer gelegt, nachdem ich ihr Schlafanzug und Windeln ausgezogen hatte, und versuchte, sie mit einem kühlen Waschlappen abzureiben, um das Fieber zu senken. Aber sie schrie nur noch lauter.

Jack blieb an der Tür stehen. Er hatte seinen Ölmantel an und die hohen Stiefel.

»Was ist denn los?« fragte er.

»Sie hat Fieber. Aber ich kann nicht feststellen, was ihr fehlt.«

Er kauerte neben mir nieder, um ihr Gesicht zu berühren.

»Um Gottes willen«, sagte er. »Sie glüht ja.«

Ich hatte versucht, mir einzureden, das Fieber wäre nicht allzu schlimm, aber als er »Um Gottes willen« sagte, konnte ich mich nicht länger täuschen.

»Ich wollte warten, bis die Klinik in Machias aufmacht«, sagte ich hastig. »Aber ich weiß nicht. Was meinst du?«

Er sah auf seine Uhr. »Es ist jetzt halb sechs«, sagte er. »Vor neun ist keiner da.«

Er stand auf. Seine Stiefel und der Ölmantel raschelten.

»Ich geh rauf zu den LeBlancs«, sagte er. »Ich ruf den Notarzt an.«

»Das kannst du doch nicht tun!« Ich sah zu ihm hinauf. Was er vorhatte, war viel zu riskant. Wenn er meinetwegen zu den LeBlancs ging, würde alles herauskommen.

»Ich sag einfach, ich wär auf dem Weg zum Boot gewesen, als du zur Tür kamst und mich um Hilfe gebeten hast.«

»Das glauben sie dir bestimmt nicht«, entgegnete ich.

»Keine Ahnung«, meinte er, »aber darüber solltest du dir jetzt wirklich keine Gedanken machen.«

Als er zurückkam, saß ich mit Caroline in der Badewanne. Es war ungemütlich und kalt, aber ich wußte einfach nicht, was ich sonst tun sollte. Wichtig war nur, das Fieber zu senken.

»Fahren wir«, sagte er von der Tür her. »Der Arzt wartet dort auf uns.«

Ich warf ihm einen fragenden Blick zu. Seine grauen Augen waren klar und wach.

»Willst du wirklich ...?« begann ich.

Er schüttelte ungeduldig den Kopf. »Ich fahr euch hin. Zieh dich an.«

Ich stand auf und gab ihm Caroline. Er wickelte sie in ein Badetuch und hielt sie, während ich nach oben ging und mich anzog. Dann lief ich wieder hinunter und versuchte, Caroline etwas überzuziehen. Sie schrie unaufhörlich, warf den Kopf von einer Seite auf die andere, so daß selbst Jack, den ich für unerschütterlich gehalten hatte, unruhig wurde. Einmal, als ich sie auf den Rücken gelegt hatte und versuchte, ihren Fuß in das Bein ihres Schlafanzugs zu schieben, begann sie, sich seitlich an den Kopf zu schlagen. Ich sah Jack an, aber er wich meinem Blick aus. Danach gab ich meine Bemühungen auf und packte sie einfach in eine Wolldecke.

Jack hielt sie, während ich ins Führerhaus seines Pickups hinaufkletterte. Der Himmel war violett, und am westlichen Horizont waren noch Sterne. Es war kaum Verkehr auf der Straße, aber in manchen Häusern brannte schon Licht. In Machias war es so still, daß wir das Gefühl hatten, durch eine Geisterstadt zu fahren.

Der Arzt war schon in der Klinik eingetroffen. Er hatte die Außenbeleuchtung eingeschaltet. Er kam um die Ecke, als wir ins Wartezimmer traten, und ich sah mit Überraschung, wie jung er war. Er kann nicht älter als dreißig gewesen sein, und er sah überhaupt nicht aus wie ein Arzt. Er hatte Blue Jeans an und ein zerknittertes blaues Arbeitshemd. Er schien direkt in die Kleider gestiegen zu sein, die vor seinem Bett auf dem Boden gelegen hatten. Er führte uns in ein Sprechzimmer und bat mich, Caroline freizumachen. Während ich sie aus der Decke nahm, berichtete ich ihm.

Er hielt sich nicht damit auf, ihre Temperatur zu messen. Das schien er gar nicht zu brauchen. Er sah ihr in den Hals und dann in beide Ohren.

Erst als er sich wieder aufrichtete, griff er ihr an die Stirn. »Mittelohrentzündung«, erklärte er sachlich. »Hab ich mir gleich gedacht. Hat's ganz schön erwischt, die Kleine.«

Er holte ein Fläschchen aus einem Schrank und träufelte

in jedes Ohr einen Tropfen Flüssigkeit. »Das wird den Schmerz erst mal ein bißchen lindern«, sagte er. »Aber wir müssen ihr sofort Antibiotika geben. Am liebsten würde ich ihr gleich eine Spritze geben, wenn Ihnen das recht ist. Den Saft können Sie dann holen, wenn die Apotheke aufmacht. Offen gesagt, mir gefällt dieses Fieber nicht, ich denke, wir sollten schleunigst was dagegen tun.« Wieder legte er die Hand auf ihre Stirn. »Ich werde ihre Temperatur gleich messen, aber meiner Schätzung nach hat sie um die vierzig Grad Fieber.« Sein Ton war ruhig, aber ich sah ihm an, daß das Fieber ihn beunruhigte.

Ich hatte plötzlich das Gefühl zu ersticken, und der Boden schien unter meinen Füßen wegzusinken. Mit einer Hand hielt ich mich an der Kante des ledergepolsterten Untersuchungstischs fest. Krampfhaft versuchte ich nachzudenken, mich zu erinnern, aber das, woran ich mich erinnern mußte, entzog sich mir wie die Lösung einer komplizierten Rechenaufgabe.

»O nein«, sagte ich leise, beinahe unhörbar.

Der Arzt hörte mich, aber verstand mich falsch. Auch Jack machte ein verwundertes Gesicht. Es gab doch schlimmeres als eine Mittelohrentzündung.

»Das wird schon wieder«, sagte der Arzt schnell, um mich zu beruhigen. Und vielleicht lag in seiner Stimme eine Schwingung falscher Munterkeit. Aus einem Glas, das mit irgendeiner Flüssigkeit gefüllt war, nahm er ein Fieberthermometer und hielt Carolines Beine fest, um es einzuführen. Sie versuchte strampelnd, sich zu wehren, aber er hielt sie mit fester Hand. »Ich wollte, ich bekäme für jede Mittelohrentzündung, die ich diesen Winter behandelt habe, nur fünf Cents«, bemerkte er. »Wenn ich ihr jetzt eine Spritze gebe, wird sie wahrscheinlich gegen Abend höchstens noch erhöhte Temperatur haben, und morgen wird sie wieder ganz auf dem Damm sein. Aber Sie müssen ihr das Antibiotikum zehn Tage lang geben.«

Ich schüttelte den Kopf.

»Was ist denn?« Jack sah mich ratlos an. Das grelle Licht im Sprechzimmer fiel gnadenlos auf die rauhe Haut seines Gesichts und die tiefen Furchen zu beiden Seiten seines Mundes. Die Male in meinem Gesicht, obwohl beinahe verheilt, waren wahrscheinlich genauso deutlich zu sehen. Ich fragte mich, ob Jack schon früher einmal hier gewesen war, mit seiner Frau in diesem Zimmer gestanden hatte, während sein eigenes Kind auf dem Untersuchungstisch gelegen hatte.

»Sie hat eine Allergie gegen irgendein Antibiotikum«, sagte ich so ruhig ich konnte, »und ich weiß nicht mehr, welches es ist.«

»Na, das ist weiter kein Problem«, meinte der Arzt und zog das Thermometer heraus. »Genau«, sagte er. »Vierzig Grad. Damit ist nicht zu spaßen. Ich gebe ihr auch gleich was gegen das Fieber. Wer hat sie denn behandelt? Ich rufe sofort an. Es muß auf ihrer Karte stehen.«

Da begriff Jack. Er trat nervös von einem Fuß auf den anderen und sah mich wieder an.

»Sie war drei Monate alt.« Ich sprach mehr mit mir selbst als mit Jack und dem Arzt. »Sie hatte ziemlich hohes Fieber, aber ihr Kinderarzt konnte die Ursache nicht feststellen. Er hat ihr damals irgend etwas gegeben, und ich weiß nicht mehr, was es war, aber sie hat sofort Ausschlag und Schwellungen bekommen. Daraufhin haben sie ihr etwas anderes gegeben, aber was das war, weiß ich auch nicht mehr. Ich vermute, es war Penicillin, aber sicher bin ich nicht. Sie hat außerdem noch ein Sulfonamid bekommen, glaube ich, aber ich weiß einfach nicht mehr, was was war.«

Niemand sagte etwas.

»Es tut mir wirklich leid, daß ich mich nicht erinnern kann«, sagte ich. »Ich war nicht sehr...«

»Sicher«, unterbrach mich der Arzt. Er schien ungeduldig, ungehalten darüber, daß ich offenbar nicht sehen konnte, wie einfach die Lösung dieses Problems war. »Das ist wichtig. So eine allergische Reaktion kann beim zweitenmal tödlich sein. Aber es ist doch kein Problem, das wir nicht lösen können. Sie brauchen mir nur den Namen des behandelnden Arztes zu geben, dann kann ich Ihre Karte abrufen.«

Jacks Gesicht war unbewegt. »Können Sie der Kleinen nicht irgendein anderes Medikament geben, bei dem nichts zu fürchten wäre?« fragte er.

Der Arzt sah zuerst Jack an, dann mich. Man sah ihm an, daß ihm langsam ein Licht aufging.

»Okay, ich rufe an«, sagte ich schnell.

Der Arzt schüttelte den Kopf. »Nein«, widersprach er. »Das muß ich selbst machen. Man würde Ihnen die Informationen wahrscheinlich nicht geben, und Sie würden sie auch nicht verstehen. Und wir dürfen keine Zeit mehr verlieren.«

Ich wollte etwas sagen und ließ es dann.

»Da ist doch irgend etwas nicht in Ordnung, richtig?« fragte der Arzt.

Caroline, die im Moment keine Schmerzen zu haben schien, aber vom Fieber erschöpft war, sah zu mir hinauf.

»Doch«, entgegnete ich hastig und vielleicht zu laut. »Doch, es ist alles in Ordnung.«

Ich gab ihm Namen und Adresse von Carolines Kinderarzt in New York an. Ich wußte sogar die Telefonnummer auswendig.

Jack trug Caroline, als wir zum Wagen gingen. Er sagte, an den Kinderarzt habe mein Mann bestimmt nicht gedacht, die Chancen, daß er darauf gekommen sei, stünden eins zu einer Million. Um ihn zu beruhigen, stimmte ich zu. Aber in Wirklichkeit glaubte ich das Gegenteil.

Jack fuhr uns zum Haus zurück. Es begann hell zu werden, als wir die holprige Straße hinunterrumpelten, und schon färbte sich das Meer bläulich. Die Luft war klar und rein wie frisch gewaschen, und kalt. Seit drei Tagen war es wieder klirrend kalt, und ich ahnte, daß die kurze Wärmeperiode vorüber war, daß wir jetzt eine ganze Weile keinen Nebel und keine milderen Temperaturen mehr bekommen würden. Jack hatte am Tag zuvor gesagt, daß er jetzt bald sein Boot aus dem Wasser holen würde.

Vor dem Haus setzte er mich ab und fuhr nach Machias zurück. Er wollte dort warten, bis die Apotheke öffnete, um das Mittel zu holen, das der Arzt Caroline verschrieben hatte. Er würde viel später als sonst zum Fischen hinausfahren und vielleicht von den Männern im Fischhaus gesehen werden, wenn er herkam, um mir das Medikament zu bringen. Ich hatte selbst in die Stadt fahren wollen, um es zu holen, aber davon hatte er nichts wissen wollen. Ich müsse bei Caroline bleiben, hatte er gesagt. Er würde fahren.

Wie es der Zufall wollte, stand der rote Pick-up vor dem Fischhaus, als Jack zurückkam. Er klopfte und gab mir das Päckchen. Er fragte, wie es Caroline gehe. Ich konnte ihm sagen, daß sie sich besser fühlte und jetzt schlief. Ich wünschte mir so sehr, er könnte hereinkommen, und spürte, daß auch er diesen Wunsch hatte, am liebsten einfach über die Schwelle getreten wäre und die Tür hinter sich zugeschlagen hätte. Er hielt die Tür mit seiner Schulter offen und stand vorgebeugt, wie auf dem Sprung.

»Komm doch rein«, sagte ich und wußte doch schon im selben Moment, daß er ablehnen mußte. Es war jetzt ganz hell, und ich war sicher, daß Willis uns durch die salzverkrustete Fensterscheibe im Fischhaus beobachtete. Ich wartete nur darauf, daß er zur Tür herauskommen würde.

»Ich kann nicht«, sagte Jack.

Ich schob meine Hand unter den Kragen seines Flanellhemds. Vom Fischhaus aus konnte man das nicht sehen. Seine Haut war warm. Ich zitterte vor Kälte und Verlangen. Und in seinem Gesicht sah ich das gleiche

Verlangen. Hinter uns kreisten die Möwen und machten in tollkühnen Sturzflügen Jagd auf Beute.

Die Zeit war kostbar geworden – noch kostbarer vielleicht seit den Ereignissen des Morgens. Ich wußte, Jack empfand es wie ich – wir durften die Minuten, die uns blieben, nicht vergeuden. Wenn er in ein paar Tagen sein Boot an Land brachte, würde er bis zum Saisonbeginn im Frühling morgens nicht mehr zu mir kommen können. Er konnte mich nicht besuchen, wenn er vorgeblich im Fischhaus seine Ausrüstung reparierte. Das hätten die anderen gesehen. Und er konnte nicht um vier Uhr morgens sein Bett verlassen. Es war ja kein Boot mehr da, zu dem er hinausfahren mußte, und seine Frau würde das wissen. Wieviele Tage blieben uns noch? Drei oder vier?

»Ich muß jetzt gehen«, sagte er.

Ich zog meine Hand zurück.

»Kommst du morgen?« fragte ich.

»Ja«, sagte er und drehte sich abrupt herum, um den kleinen Hang zum Ende des Kaps hinunterzulaufen.

Ich kümmerte mich den ganzen Tag nur um Caroline, döste ein wenig, wenn sie schlief, trug sie herum, wenn sie wach war. Das Antibiotikum hatte sie sehr matt gemacht, aber sie schien keine starken Schmerzen mehr zu haben, und das Fieber ließ auch nach. Ich war froh darüber. Gegen Abend wurde sie wieder etwas munterer, und wir spielten zusammen auf dem Teppich. Ich streckte mich darauf aus, und sie versuchte, über mich hinweg zu krabbeln, bis ich sie packte und durch die Luft schwang oder sie neben mir niederlegte und ein wenig kitzelte. Sie kicherte und lachte – ein herzhaftes Lachen, das tief aus dem Bauch kam, so wunderbar, daß ich sie einfach drücken mußte.

Jack kam kurz vor Tagesanbruch. Ich war wach und wartete schon auf ihn. Er rannte die Treppe herauf und riß sich schon seinen gelben Ölmantel herunter, als er die Tür zu meinem Schlafzimmer öffnete. Ich setzte mich im Bett auf, um ihn zu begrüßen, und er umarmte und küßte mich, noch ehe er sich ganz ausgezogen hatte. Er liebte mich an diesem Morgen mit einem heißen, stürmischen Verlangen. Ich spürte etwas Neues an ihm – eine hoffnungslose Sehnsucht, die das Unmögliche begehrte.

»Ich möchte sie verlassen«, sagte er später. »Ich möchte hierher kommen und bei dir bleiben.«

Ich wollte etwas sagen, aber er unterbrach mich.

»Ich kann sie nicht verlassen«, fuhr er fort. »Als du gestern morgen dem Arzt den Namen und die Telefonnummer angegeben hast, so mutig und ganz ohne Rücksicht auf die Konsequenzen, dachte ich einen Moment lang, wenn du so viel riskieren kannst, könnte ich das auch. Den ganzen Tag habe ich nur darüber nachgedacht und versucht, einen Weg zu finden, sie zu verlassen, ohne ihr weh zu tun. Aber ich weiß jetzt, daß das nicht möglich ist. Es gibt keinen Weg. Ich selbst würde ja gar nichts riskieren. Aber ich würde alles aufs Spiel setzen, was ihr etwas bedeutet – ihre Familie und ihr Zuhause, und ich würde ihre Gesundheit gefährden. Das kann ich ihr nicht antun. Ich habe kein Recht dazu. Sie ist zu labil, und das würde ihr ...«

Ich drückte meine Hand auf seinen Mund und legte meinen Kopf auf seine Brust, zog die Decke bis über unsere Schultern hinauf. »Hör auf, dir darüber den Kopf zu zerbrechen«, sagte ich. »Laß uns einfach genießen, was wir haben.«

Er schlang seine Arme um mich und zog mich fest an sich.

»Es tut mir leid«, sagte er.

Dann schwiegen wir beide.

»Weißt du«, sagte er nach einer Weile, »ich möchte wirklich nicht, daß du gehst, aber vielleicht solltest du

doch mal darüber nachdenken, nur der Sicherheit halber.«
Ich spürte die Spannung in seinen Armen. »Es muß ja nicht gleich ein anderer Kontinent sein, nur ein anderer Ort, ein bißchen weiter im Norden vielleicht.«

Mir war schon in der Klinik in Machias dieser Gedanke gekommen, aber ich hatte ihn sofort verworfen. Ich konnte dieses Haus jetzt nicht einfach zurücklassen. Ich konnte Jack nicht verlassen. Ich hatte nicht die Kraft dazu. Das wußte ich.

»Wann fängt die Saison wieder an?« fragte ich.

»Im April«, antwortete er. »Aber ich könnte sie ein bißchen vorziehen. Das Boot schon Mitte März wieder herholen.«

»Dann tu das«, sagte ich.

Später, als er am Küchentisch saß und ich Tee kochte, fragte ich ihn, was er eigentlich studiert hatte und was er nach dem Studium vorgehabt hatte. Draußen war es noch dunkel, und ich konnte unsere Spiegelbilder im Glas der Fenster sehen: ich in Nachthemd und Wolljacke mit offenem Haar, das zu lang war, Jack in Flanellhemd und Pullover, mir halb zugewandt, so daß er mir zusehen konnte, wie ich am Herd hantierte. Im dunklen Glas gespiegelt, sahen wir aus wie ein Fischer und seine Frau, die früh aufgestanden war, um ihrem Mann das Frühstück zu richten. An eine heimliche Liebesaffäre hätte bei unserem Anblick sicher keiner gedacht – dazu wirkten wir zu wenig romantisch, zu familiär. Dieses Bild im Fenster fesselte mich einen Moment, wir erweckten den Anschein, das wir nicht waren, niemals sein konnten.

»Was ist los?« fragte er.

Ich schüttelte den Kopf. Ich trug den Tee und etwas Toast zum Tisch.

»Du wirst lachen«, sagte er, »aber ich dachte allen Ernstes daran, später einmal an einem College zu unterrichten. Ich bekam das Stipendium aufgrund meiner sportlichen Leistungen und wollte eigentlich Sportlehrer oder Trainer werden. Für mich hat's nie etwas Schöneres gegeben als Laufen, nicht einmal das Fischen kann da mithalten – aber dann bin ich im Grundstudium bei einem Professor für englische Literatur gelandet, der mich unheimlich beeindruckt hat, und dachte, ich könnte ja beides machen: unterrichten und trainieren.«

»Hast du mal dran gedacht weiterzumachen – mit dem Studium, meine ich«, fragte ich. Ich dachte an die Bücher, die ich auf dem Boot entdeckt hatte.

»Nein«, antwortete er schnell und abwehrend. »Kein einziges Mal, seit ich aufgehört habe.«

»Trauerst du dem Studium nach?«

»Nein.« Er sagte es mit einer Endgültigkeit, als hätte er mit diesem Kapitel schon vor Jahren abgeschlossen.

Während wir unser bescheidenes Frühstück aßen, sagte er, er würde sein Boot am Freitag aus dem Wasser holen, wenn das Wetter es zuließe, und dann mit den Reparaturen an der Ausrüstung anfangen. Im Februar mache er mit seiner Frau und seiner Tochter immer eine kleine Reise, fügte er hinzu, einen kleinen Urlaub. Er wußte noch nicht genau, wohin sie dieses Jahr fahren würden. Er selbst wollte gern nach Boston, um seinen Sohn zu besuchen, der dort studierte, aber seine Tochter plädierte heftig für wärmere Regionen. Er sprach schneller als sonst, es klang beinahe gehetzt, und ich machte es nicht anders. Und es war, als wüßten wir, daß wir das, was wir einander sagen wollten, besser jetzt sagten, da noch Zeit war. Ich fragte mich, ob ich auch in den kommenden Tagen, wenn er nicht mehr zu mir kommen würde, jeden Morgen vor Tagesanbruch erwachen würde.

Die Sonne ging über dem Horizont auf, und ich dachte, wie verrückt, daß wir den Tagesbeginn fürchten müssen als wären wir Geschöpfe der Nacht, die im Licht zu Staub zerfallen. Ich stand auf und ging zur Tür und wartete dort auf ihn. Ich haßte diesen Moment, wenn er gehen mußte. Ich sah zu, wie er aufstand, in seine Gummistiefel schlüpfte und seinen gelben Ölmantel überzog.

»Vielleicht laß ich dich einfach nicht zur Tür hinaus«, sagte ich scherzend und umfaßte ihn unter dem Ölmantel mit beiden Armen. »Vielleicht behalte ich dich einfach den ganzen Tag hier.«

Er drückte sein Gesicht in mein Haar. Er legte die Arme um mich und schob das Nachthemd hoch, um meine Haut fühlen zu können.

»Ich wollte, du tätest es«, sagte er.

Am nächsten Morgen – es war Mittwoch – kam Jack nicht. Ich erwachte wie immer kurz vor Tagesanbruch und wartete, aber im Haus blieb alles still, keine Schritte auf der Treppe. Hellwach lag ich im Bett und horchte angestrengt nach draußen, wartete auf das Rattern seines Wagens unten auf der kleinen Straße, aber ich hörte nichts als die ersten Schreie der Möwen, das Plätschern der Wellen auf dem Kies. Ich sah zu, wie es langsam hell wurde, die Morgendämmerung den Himmel färbte. Als die Sonne aufging, wußte ich, daß er nicht kommen würde. Zum erstenmal seit dem Nebel blieb er aus, und ich empfand eine tiefe Leere. Es war, als hätte der Tag alle Farbe verloren.

Caroline erwachte kurz nach Sonnenaufgang. Sie schien, genau wie der Arzt vorausgesagt hatte, wieder ganz gesund zu sein, aber ich gab ihr vorschriftsmäßig weiter das Antibiotikum. Nachdem ich sie gestillt hatte, legte ich sie auf den Teppich im Wohnzimmer und sah zum Fenster hinaus zum Ende der Landzunge. Das grün-weiße Boot schaukelte auf dem Wasser, als wollte es mich verspotten. Nach und nach trudelten die Pick-ups ein und parkten beim Fischhaus. Männer stiegen aus, aber Jack war nicht unter ihnen. Ich suchte nach Gründen für sein Ausbleiben.

Vielleicht war bei ihm zu Hause etwas passiert. Vielleicht hatte Rebecca eine Szene gemacht. Möglich, daß Jack ihr doch alles gesagt hatte. Oder aber er hatte beschlossen, die Beziehung zu mir abzubrechen – zuzutrauen wäre es ihm. Ja, das war es. Als er sich gestern von mir verabschiedet hatte, hatte er gewußt, daß es ein Abschied für immer sein würde, deswegen hatte er mich so fest gehalten. Er hatte mir Lebwohl gesagt, nur hatte ich es nicht gewußt.

Ich versuchte, mich mit dieser Möglichkeit auseinanderzusetzen, sie ernstzunehmen und zu akzeptieren. Aber ich konnte es nicht. Ziellos, mit leeren Händen ging ich im Haus hin und her, während Caroline im Wohnzimmer spielte. Ich konnte nicht stillsitzen. Wollte er mir sagen, ich solle jetzt gehen? Diesen Ort verlassen und mir einen anderen suchen?

Aber ich konnte nicht gehen. Ich hatte nicht den Willen dazu. Und ich konnte nicht gehen, ohne vorher mit Jack gesprochen zu haben. Ich mußte wissen, ob er wirklich nie wieder kommen wollte.

Ich zog mir etwas an und machte dann Caroline fertig. Am liebsten wäre ich ins Dorf gefahren, direkt zu seinem Haus, und hätte ihn gefragt, warum er nicht gekommen war, aber das konnte ich natürlich nicht tun. Unten beim Fischhaus konnte ich die Männer reden hören. Ich wäre gern hinunter gegangen und hätte nach Jack gefragt – zum Teufel mit Willis –, aber mir war klar, daß auch das ein absurder Gedanke war. Statt dessen packte ich Caroline in das Tragetuch und ging los, um einen Spaziergang zu machen. Ein bißchen frische Luft würde ihr sicher nicht schaden, wenn sie warm genug angezogen war.

Die Luft war trocken und prickelnd wie eisgekühlter Champagner. Ganz sicher hatte nicht das Wetter Jack davon abgehalten, mit seinem Boot hinauszufahren. Ich ging schnell bis zur Spitze der Landzunge und wieder zurück. Wenn jemand mich gesehen hätte, hätte er gesagt, ich habe wütend ausgesehen. Ich sah zum Haus hinauf, aber ich wollte noch nicht wieder hineingehen. Ich bog nach Süden ab und ging das Ufer entlang in Richtung zum Dorf. Soweit wie noch nie zuvor. Das abfließende Wasser hinterließ einen breiten Streifen festen feuchten Sands. Von Zeit zu Zeit trug ein leichter Windstoß den besonderen Geruch der Ebbe herein, der sich dann in der spröden, trockenen Luft verflüchtigte. Ich lief, bis mir die Beine weh taten und mich der Rücken schmerzte von Carolines Gewicht. Aber genau das hatte ich gewollt, das wurde mir jetzt bewußt – mich ausgeben bis zur Erschöpfung.

Auf dem Rückweg ging ich langsamer. Wir waren fast zwei Stunden unterwegs, als Caroline zu weinen begann. Ich hätte sie längst stillen müssen. Ich begann wieder schneller zu gehen.

Als ich um einen Felsen herumkam, sah ich vor mir das Haus auf der kleinen Anhöhe. In der Auffahrt stand ein Wagen, den ich nicht kannte. Ein alter schwarzer Buick. Julia Strout stand auf der Treppe vor dem Haus und schien nach mir Ausschau zu halten.

Dann sah sie mich und winkte. Ich winkte zurück und eilte den Hang hinauf.

»Ich dachte mir schon, daß Sie wahrscheinlich einen Spaziergang machen«, sagte sie. »Der Kleinen geht's gut?«

»Sie ist hungrig«, antwortete ich. »Ich muß sie stillen. Wie geht es Ihnen?«

»Gut, danke«, sagte Julia und hielt mir die Tür. Wir gingen ins Haus. Ich nahm Caroline aus dem Tragetuch und schlüpfte aus meinem Mantel. Ich setzte mich im Wohnzimmer auf die Couch und bedeutete Julia, Platz zu nehmen. Sie kam der Aufforderung nach, legte aber ihren Mantel nicht ab.

»Jack Strout hat mich heute morgen angerufen«, sagte sie und sah mich dabei aufmerksam an.

Ich bemühte mich, ein nichtssagendes Gesicht zu machen, aber ich spürte sofort, wie sich etwas in mir krampfartig zusammenzog. Ich atmete tief durch. Am liebsten hätte ich ein Fenster geöffnet.

»Er hat mir erzählt, daß die Kleine ziemlich krank war«, fuhr sie fort. »Sie hätten ihn vorgestern morgen um Hilfe gebeten, und er hätte sie dann nach Machias in die Klinik gefahren.«

Ich nickte.

»Aber jetzt geht es der Kleinen wieder gut?« fragte sie.

»Besser«, sagte ich. »Viel besser.« Mir wurde bewußt, daß ich völlig verkrampft saß und ganz flach atmete. Und ich sah, daß keine Milch mehr kam. Caroline hatte zu trinken aufgehört und hob den Kopf, um mich anzusehen. Ich bemühte mich, tief und gleichmäßig zu atmen, mich zu entspannen, damit die Milch wieder fließen würde. Bleib ganz ruhig, sagte ich mir.

»Jedenfalls«, sprach sie weiter, »hat er mich gebeten, Ihnen zu sagen, daß er heute eigentlich vorbeikommen wollte, um sich nach der Kleinen zu erkundigen und zu fragen, ob Sie etwas brauchen, aber seine Frau, Rebecca, ist in der Nacht selbst krank geworden – ein schlimmer Mageninfekt, sagte er –, und da konnte er nicht weg. Er meinte, wenn ich zufällig hier herauskäme, könnte ich ja mal nach Ihnen sehen.«

»Das war ... das war sehr nett von ihm«, sagte ich schwach. »Und von Ihnen auch«, fügte ich hastig hinzu. »Sie können ihm ausrichten, daß es Caroline wieder gut geht. Und mir auch. Es geht uns beiden gut.«

Julia sah mich forschend an. Meine Stimme klang hoch und gepreßt. Ich überlegte krampfhaft, wie ich Jack über Julia eine Nachricht zukommen lassen könnte, aber ich war nicht fähig, einen klaren Gedanken zu fassen.

Julia lehnte sich in ihren Sessel zurück und sagte, während sie ihren Mantel aufknöpfte: »Ich hatte tatsächlich vor, heute bei Ihnen vorbeizukommen. Es ist vielleicht völlig belanglos, und ich möchte Sie auf keinen Fall beunruhigen, aber ich fand, Sie sollten es wissen. Ich war heute morgen schon in aller Frühe bei Everett im Laden – ich gehe jeden Morgen rüber, um mir meine Milch und meine Zeitung zu holen –, und da sagte er, daß gestern abend ein Mann aus New York bei ihm war und nach einer Frau namens Maureen English gefragt hat.«

Möglich, daß ich blaß wurde, oder mein Gesicht sonstwie mein Erschrecken verriet, jedenfalls sagte Julia hastig: »Geht es Ihnen nicht gut?«

»Doch, doch, ich hab nur hier ein paar Schwierigkeiten«, versetzte ich und deutete auf meine Brust.

»Das ist wirklich alles?«

»Ja«, versicherte ich. »Was war das für ein Mann?«

»Everett meinte, es sei ein Privatdetektiv gewesen oder sowas, was Genaues hat ihm der Mann allerdings nicht gesagt. Everett hat ihm jedenfalls erklärt, er kenne niemanden namens Maureen English. Daraufhin hat ihm der Mann die Frau beschrieben, die er sucht, und gesagt, sie sei mit einem kleinen Kind unterwegs. Worauf Everett sagte, so jemand sei ihm auch nicht bekannt.«

Ich schloß die Augen.

»Der Mann ist gegangen und nicht wiedergekommen«, fuhr Julia fort. »Everett meint, daß er in einen anderen Ort gefahren ist. Er hat ihm geraten, es in Machias zu versuchen, aber der Mann sagte, da sei er schon am Nachmittag gewesen. Er suche in allen Ortschaften hier an der Küste nach der Frau. Er hätte einen Tip bekommen, daß sie sich in dieser Gegend aufhält.«

Ich machte die Augen wieder auf und versuchte, ruhig zu atmen. Auf mehr Milch bestand jetzt keine Hoffnung mehr, und Caroline fing an, quengelig zu werden.

»Ich muß ihr eine Flasche machen«, sagte ich und stand auf.

Julia folgte mir in die Küche.

»Ich denke, Sie sind hier sicher«, sagte sie. »Everett meint, der Mann hat ihm geglaubt und ist weitergefahren.«

Ich nickte. Ich wollte ihr nur zu gern glauben.

»Weiß Everett, ob dieser Mann noch mit anderen Leuten im Dorf gesprochen hat?« fragte ich.

Julia schüttelte den Kopf. »Nein, aber er glaubt nicht. Es ist nur logisch, daß ein Fremder sein Glück zuerst im Laden versucht. Das ist ja der einzige Ort im Dorf, der halbwegs lebendig aussieht.«

Normalerweise hätte ich darüber gelächelt.

»Kommen Sie, ich nehme sie, während Sie die Flasche machen«, sagte Julia.

Ich legte ihr Caroline in die Arme und machte etwas Milch warm. Meine Bluse klebte mir am Rücken, erst jetzt merkte ich, daß ich stark geschwitzt hatte.

»Sie sollten zur Polizei gehen«, sagte Julia. »Ich meine jetzt nicht zu Everett. Ich meine, zur richtigen Polizei, in Machias. Wenn Sie so große Angst haben.«

Ich schüttelte den Kopf. »Das kann ich nicht«, entgegnete ich. »Für mich ist es besser, wenn er keine Ahnung hat, wo ich bin. Wenn ich zur Polizei ginge, müßten sie vielleicht meinen Mann benachrichtigen und ihm mitteilen, wo ich bin. Ich weiß nicht, wie so was läuft, aber ich kann kein Risiko eingehen.«

Ich machte die Flasche fertig und nahm ihr Caroline wieder ab. Wir gingen ins Wohnzimmer zurück. Zuerst wollte Caroline die Flasche nicht nehmen, dann aber gab sie sich mit ihr zufrieden. Julia setzte sich mir gegenüber wie zuvor. Sie hatte immer noch ihren Mantel an.

»Möchten Sie eine Tasse Tee?« fragte ich.

»Nein, danke«, antwortete sie. »Ich kann nicht bleiben.«

Dennoch machte sie keine Anstalten zu gehen. Sie blieb, während ich Caroline die Flasche gab. Vielleicht, dachte ich, um sich, bevor sie ging, zu vergewissern, daß es mir gut ginge.

»Jack besucht Sie also?« fragte sie.

Ich hielt meinen Blick starr auf Caroline gerichtet. Die Bedeutung von Julias Frage war unmißverständlich. Sie hatte nicht gesagt, so, mein Vetter hat Ihnen also geholfen? Oder, Sie haben Jack also kennengelernt. Sie hatte gesagt, Jack besucht Sie also?

Ich wußte nicht, was ich darauf antworten sollte. Vielleicht wollte sie nur auf den Busch klopfen.

»Ja, er hat mir an dem Morgen geholfen.«

Sie nickte bedächtig.

Danach war es lange still.

»Ich würde Jack ein bißchen Glück gönnen«, sagte sie schließlich.

Eine ungewöhnliche Bemerkung, wenn sie tatsächlich von nichts wußte. Aber noch während sie sprach, wurde mir bewußt, daß unsere Beziehung sich verlagert hatte, daß Lügen hier nicht mehr am Platz waren. Es war eine verlockende Erkenntnis. Aber vielleicht empfand ich es nur so, weil *ich* nicht lügen wollte, weil ich jemandem die Wahrheit sagen wollte.

»Ich glaube, das hat er bekommen«, antwortete ich vorsichtig und sah dabei von ihr weg zum Fenster hinaus.

Sie wechselte das Thema. »Sie sehen besser aus«, sagte sie. »Viel besser.«

Ich nickte und versuchte zu lächeln. »Na, das ist wenigstens etwas Gutes.«

Jetzt stand sie doch auf.

»Ich muß wirklich gehen«, sagte sie, plötzlich ganz geschäftig. »Ich will noch nach Machias. Kann ich Ihnen irgend etwas besorgen? Brauchen Sie vielleicht was für die Kleine?«

Ich schüttelte den Kopf. »Nein, danke«, sagte ich. »Wir haben alles, was wir brauchen.« Ich stand ebenfalls auf. »Vielen Dank, daß Sie gekommen sind.«

Sie setzte ihre Mütze auf, zog ihre Handschuhe über

und ging zur Tür. Ich dachte, sie würde so flott wieder hinausmarschieren, wie sie hereingekommen war, aber sie blieb plötzlich stehen und sah zu den Wagen hinaus, die beim Fischhaus standen. Ich spürte, daß sie drauf und dran war, noch etwas zu sagen, eben das, was sie mir von Anfang an hatte sagen wollen, weshalb sie überhaupt hergekommen war, aber ihre natürliche Zurückhaltung, ihr Taktgefühl schienen sie daran zu hindern.

»Ich komm in den nächsten Tagen wieder vorbei, um nach Ihnen zu sehen«, sagte sie. »Oder Jack kommt.«

»Ich liebe ihn«, sagte ich verwegen.

Sie drehte sich herum. Im ersten Moment schien sie wie vom Donner gerührt, aber sicher nicht, weil sie die Wahrheit nicht geahnt hatte, sondern weil ich sie ausgesprochen hatte. Dann nickte sie bedächtig, wie zur Bestätigung ihrer eigenen Vermutungen.

»Das hab ich mir fast gedacht«, sagte sie.

Und sie sah mich an, als wäre ich eine Tochter, die zu schnell erwachsen geworden war, um noch behütet werden zu können, die jetzt der Hand der Mutter entglitten war.

»Seien Sie nur vorsichtig«, sagte sie.

Jack kam auch am nächsten Morgen nicht. Es war der Donnerstag, und ich dachte daran, daß er am Freitag sein Boot aus dem Wasser holen würde. Wir hatten höchstens noch einen Morgen. Ich blieb im Bett liegen und wartete, bis die Sonne aufging. Dann stand ich auf und ging hinunter ins Wohnzimmer ans Fenster. Ich schaute zu seinem Boot hinunter. Auf dem Weiß lag rosiges Licht.

Am Nachmittag fuhr ich ins Dorf zum Einkaufen. Ich tat es beinahe jeden Tag, mehr aus Gewohnheit als aus Notwendigkeit.

Als ich an diesem Nachmittag meinen Wagen auf der anderen Straßenseite abstellte, sah ich vor der Mobilzapfsäule einen schwarzen Pick-up. Ich kannte ihn gut, ich kannte jede einzelne Schramme, jeden einzelnen Rostfleck. Vorn auf dem Mitfahrersitz war eine Frau. Ich schaltete den Motor aus und sah sie mir an. Das graue Haar war streng aus dem Gesicht zurückgenommen. Sie trug ein blau gemustertes Halstuch aus irgendeinem seidenähnlichen Material. Man sah dem Gesicht mit den hohen Wangenknochen noch an, daß es einmal schön gewesen war, jetzt jedoch war es blaß und ausgezehrt. Die Lippen waren schmal, beinahe verkniffen. Sie trug einen marineblauen Wollmantel, und mir schien, obwohl ich das nicht sehen konnte, als hätte sie die Hände im Schoß gefaltet. Sie hatte wohl gespürt, daß jemand sie ansah, denn sie drehte langsam den Kopf in meine Richtung.

Ich sah ihre Augen, und da kam mir eine Ahnung, womit Jack all die Jahre hatte leben müssen. Die Augen waren blaß, von einem milchigen Blau, aber vielleicht war das auch nur mein Eindruck, weil sie betrübt wirkten, wie verhangen. Und gleichzeitig hatten sie einen gehetzten Blick, den Blick eines gejagten Tieres. An den Winkeln waren sie zusammengekniffen. Man konnte, wenn man diese Augen betrachtete, nicht beschreiben, was sie sahen, aber man ahnte, daß es etwas Schreckliches war. Mein erster unmittelbarer Eindruck war, daß diese Frau einen schweren Verlust erlitten hatte, vielleicht durch Krankheit oder Unfall ihre Kinder verloren hatte, aber ich wußte, daß das nicht stimmte.

Ich wandte mich ab. Ich wollte diese Augen nicht ansehen und ich wollte vermeiden, daß sie auf mich aufmerksam wurde. Als ich noch einmal hinsah, war ihr Blick starr geradeaus gerichtet. Sie schien zu warten.

Ich sollte schnurstracks nach Hause fahren, dachte ich. Aber ich wußte, daß er im Laden war. Ich konnte diese Gelegenheit, ihn zu sehen, nicht vorbeigehen lassen, auch wenn ich nicht mit ihm würde sprechen können.

Ich stieg aus und hob Caroline aus der Tragetasche. Ich ging hinten um den schwarzen Pick-up herum und die Treppe hinauf zum Laden. Die Glocke über mir bimmelte.

Er stand mit seiner Tochter an der Theke. Sie trug keine Mütze, und ihr Haar fiel lockig ihren Rücken herab. Sie hatte eine rote Wolljacke an. Als sie sich herumdrehte, um zu sehen, wer hereingekommen war, folgte er ihrer Bewegung. Everett nickte mir zu und sagte hallo. Ich sah Jack an. Ich wußte nicht, ob er mich ansprechen, zu zeigen wagen würde, daß er mich kannte. Er warf einen Blick auf seine Tochter und sagte dann wie beiläufig: »Wie geht es der Kleinen?«

»Besser, danke«, antwortete ich.

Everett beobachtete uns.

Jack sagte zu seiner Tochter: »Ich glaube, du hast Mary Amesbury noch nicht kennengelernt. Sie wohnt in Julias Haus drüben auf dem Kap.«

Und zu mir: »Das ist meine Tochter Emily.«

Ich sagte hallo, und sie erwiderte schüchtern meinen Gruß.

Ich sah, wie Jack einen kurzen Blick zum Fenster hinaus auf seinen Pick-up warf. Er fragte sich zweifellos, ob ich Rebecca gesehen hatte.

»Marys Baby war neulich ziemlich krank«, sagte er zu Emily. Dann wandte er sich mir zu. »Aber jetzt geht's ihr besser?«

Ich nickte.

Die Regale rundherum und die Neonlichter über mir begannen sich zu drehen. Es war eine Reprise jenes ersten abends im Laden, nur war jetzt Jack da. Ich hielt mich mit meinem Blick an seinem Gesicht fest, als sich die Welt zu drehen begann, und wurde mir bewußt, daß ich schon viel länger hier stand, als normal gewesen wäre. Mit einer wie mir schien ungeheuren Willensanstrengung zwang ich mich, weiterzugehen und wie nebenbei zu sagen: »Ich brauche Milch und verschiedene andere Dinge...«

Ich wartete hinten im Laden, bis ich das Bimmeln hörte. Als ich zur Theke zurückkam, sagte Everett: »Julia hat mir erzählt, daß die Kleine krank war. Aber sie scheint jetzt wieder in Ordnung zu sein.«

Er tippte meine Einkäufe ein. Ich hatte keine Ahnung, was ich gekauft hatte. Draußen hörte ich den Wagen starten, das vertraute Motorengeräusch.

»Rebecca geht's schlecht«, bemerkte Everett mit einer kurzen Kopfbewegung zur Straße hin. »Jack muß sich sehr um sie kümmern.«

Als ich in dieser Nacht im Bett lag, hörte ich unten auf der Straße Motorengeräusch. Das Zimmer schien dunkler als sonst, und ich dachte, er ist früher dran heute. Dies war unser letzter gemeinsamer Morgen, und er war wie ich ungeduldig gewesen. Vielleicht hatte er seiner Frau gesagt, daß er früher losfahren würde, weil er noch eine Menge zu tun hätte, bevor er das Boot aus dem Wasser holen könne.

Ich hörte seine Schritte auf dem Linoleumboden in der Küche. Er kam nicht gleich die Treppe herauf, wie ich gedacht hatte, sondern schien sich erst an der Spüle ein Glas Wasser einlaufen zu lassen. Dann hörte ich ihn die Tür zu Carolines Zimmer öffnen. Natürlich, dachte ich, er sieht nach dem Kind. Er hat sich Sorgen um sie gemacht.

Dann endlich hörte ich seine Schritte auf der Treppe. Ich setzte mich im Bett auf. Er öffnete die Tür.

»Jack!« sagte ich glücklich.

Groß und dunkel trat er ins Zimmer und blieb vor dem Bett stehen.

Es war nicht Jack.

15. Januar 1971

Everett Shedd

Tja, Sie fragen mich jetzt, ob ich das mit Mary und Jack vor dieser furchtbaren Geschichte draußen am Kap gewußt hab. Die Frage ist schwer zu beantworten. Ich weiß, daß Julia und ich uns lang drüber unterhalten haben, aber ob das vor der Schießerei war oder hinterher, kann ich jetzt nicht mehr mit Sicherheit sagen. Mit dem Gedächtnis ist das so eine Sache. Gerade in diesem Fall: Eines weiß ich nämlich mit Sicherheit, als Julia zu mir mal was über Mary und Jack gesagt hat, hab ich bei mir gedacht, daß ich so was schon geahnt hatte. Das weiß ich noch genau.

Sie war kurz vor dem großen Knall noch bei mir im Laden. Jack war auch hier, mit Emily, und die beiden, ich mein, Mary und Jack, haben ein bißchen miteinander geredet, und ich glaub, schon da hab ich das Gefühl gehabt, daß die beiden sich besser kennen. Ich hab natürlich gewußt, daß er ihr an dem Morgen geholfen hat, als die Kleine plötzlich krank geworden ist. Wissen Sie eigentlich davon? Das ist wichtig, nur deshalb ist sie nämlich gefunden worden.

Soviel ich weiß, hat die Kleine am Montag morgen Fieber gekriegt, und dann ist Jack vorbeigekommen – wer weiß, vielleicht war er auch schon da – und hat sie mit dem Kind nach Machias in die Klinik gefahren. Dr. Posner, das ist der junge Arzt aus Massachusetts, der die Praxis übernommen hat, als Doc Chavenage sich zur Ruhe gesetzt hat, der hat sich die Kleine angeschaut, und weil sie gegen irgendein Medikament allergisch war, hat er nach New York runterrufen müssen, um sich bei dem dortigen Kinderarzt zu erkundigen. Ich vermute, er mußte seinen Namen und weiß der Kuckuck was sonst noch angeben, und der Ehemann hatte schon mit einer Arzthelferin in der Praxis da Kontakt aufgenommen und wegen Marys Verschwinden Alarm geschlagen. Jedenfalls hat's nicht lang gedauert, bis hier der Privatdetektiv aufgekreuzt ist und rumgeschnüffelt hat.

Ruckzuck ist das gegangen. Am Dienstag abend, ich wollt grade den Laden schließen und zum Abendessen gehen, kommt der Bursche hier hereinmarschiert. Er ist mir allerdings schon vorher aufgefallen, als er noch draußen war, er hatte nämlich so glänzende schwarze Schuhe an und ist auf der Treppe ausgerutscht, als er reinkommen wollte. Er konnte sich gerade noch festhalten, und ich hab ihn schimpfen hören draußen. Als er dann im Laden war, hat er sich erst mal in die Hände geblasen, er hatte keine Handschuhe – wirklich, manche Leute haben nicht einen Funken Grips. Tja, und dann hat er mich gefragt, ob's hier im Ort eine Frau namens Maureen English gäbe. Der Name hat mir natürlich gar nichts gesagt, aber mir schwante gleich, worum's da ging. Ich hab ihn also erst mal nach seinem Ausweis gefragt. Nachdem er ihn mir gezeigt hatte, hab ich ihm erklärt, daß ich der einzige Polizist hier am Ort bin und darüber war er offensichtlich erfreut. Wahrscheinlich hat er gedacht, er wär genau an der richtigen Adresse gelandet. Dann hab ich ihn gefragt, warum die Frau gesucht wird, und er hat gesagt, es wär eine reine Privatsache, sie wär ihrem Mann davongelaufen und so weiter. Danach hat er mir ein Foto von ihr gezeigt, und wenn ich vorher noch Zweifel gehabt hätte, wären die damit restlos erledigt gewesen, aber ich hatte ja von Anfang an keine Zweifel. Na, ich hab ihm gesagt, die Frau hätt ich noch nie gesehen, und wenn jemand hier im Dorf was wissen würde, dann ich. Dann hab ich ihm noch viel Glück gewünscht und ihm geraten, er soll's in Machias versuchen.

Aber da war er schon gewesen. Er hatte einen Tip bekommen, daß sie dort in der Klinik gewesen war, das hab ich Ihnen ja schon gesagt. Aber Dr. Posner, das muß man ihm lassen, der hat auch nicht viel mehr rausgerückt, als er unbedingt mußte. Ich weiß nicht, ob sie ihm einfach ihre Adresse nicht gegeben hat, oder ob er sie diesem Privatdetektiv verschwiegen hat, jedenfalls hat der mir erzählt, der Doktor hätte gesagt, er hätte das Kind zwar behandelt, hätte aber keine Ahnung, wo die Frau zu finden wäre. Er hätte den Eindruck gehabt, sie wär nur auf der Durchfahrt gewesen und wollte nach Norden.

Aber das alles spielt ja jetzt keine Rolle mehr. Ich meine, irgend jemand hat dem Burschen dann doch was gesteckt. Ich vermute, als er auf dem Weg zu seinem Auto war, hat er unten bei der Genossenschaft ein paar Wagen gesehen und hat sich gedacht, Mensch, da geh ich mal runter, wer weiß, vielleicht kommt was dabei raus, wenn ich ein bißchen rumfrage. Und irgendeiner da unten muß ihm gesagt haben, daß er sie gesehen hatte und wo er sie gesehen hatte. Und das war's dann auch schon.

Ich hab den Anruf morgens um viertel nach fünf gekriegt. Als ich abgenommen hab, sagte jemand: »Everett.« Ich sagte: »Was ist?« und der andere sagte: »Ich bin's, Jack.« »Jack!« hab ich gesagt, und dann sagte er: »Am besten kommst du gleich hier raus.« Und ich hab gefragt: »Ist was mit Rebecca?«

Danach war's ewig still, ich hab schon gedacht, er wär gar nicht mehr dran, aber dann sagte er: »Nein, Everett. Es hat nichts mit Rebecca zu tun.«

Mary Amesbury

Ich denke, Sie sind anders als ich. Ich denke, Sie hätten es nicht so weit kommen lassen. Ich sehe Sie vor mir in Ihrem Khakikleid, Ihrem Sommerkostüm mit diesen Augen, die so klar und bestimmt sind wie Ihre Sätze. Ich denke, Sie hätten Harrold gar nicht lieben können. Sie hätten ihn nach der ersten Nacht verlassen.

Haben Sie einen Liebhaber? Gehen Sie abends nach der Arbeit in Bars? Bleiben Sie bei Ihrem Liebhaber über Nacht, oder kommt er zu Ihnen – wenn *Sie* es wollen, wenn *Sie* es sagen?

Ich stelle mir vor, wie Sie das hier lesen, und denken: Warum hat sie es soweit kommen lassen?

Ich schreibe die ganze Nacht und den ganzen Tag. Ich schreibe trotz Licht und Lärm und stumpfsinnigem Einerlei. Ich schlafe schlecht und wenig bei dem grellen Licht und ohrenbetäubenden Krach.

Wenn ich träume, träume ich von Harrold.

Harrold stand am Fuß des Betts. Ich kniete auf der Matratze, die Decke bis zum Hals hochgezogen. Er griff zum Schalter und knipste die Lampe auf dem Tisch an.

Einen Moment lang waren wir beide geblendet von der grellen Helligkeit, und als ich zu ihm hinschaute, sah ich, daß er die Augen zusammengekniffen hatte. Er hatte einen dicken roten Pullover an und Jeans dazu. Darüber trug er seinen Kaschmirmantel. Sein Gesicht wirkte fleckig und abgespannt, er war offensichtlich seit meiner Flucht nicht mehr beim Friseur gewesen. Er rieb sich die Augen. Sie hatten dunkle Schatten und waren blutunterlaufen.

»Wieso bist du nackt?« fragte er.

Ich sagte nichts, machte keine Bewegung.

»Zieh dir was an. Und komm runter. Ich brauche Kaffee.« Seine Stimme war tonlos, wie ermattet.

Er drehte sich herum und ging hinaus. Ich hörte seine Schritte auf der Treppe. Ich war von seinem plötzlichen Gehen beinahe ebenso überrascht wie zuvor von seinem Kommen.

Mein Körper warf einen langen Schatten an die gegenüberliegende Wand. Ich kniete noch immer wie erstarrt aufrecht im Bett, die Decke bis zum Kinn hochgezogen. Unter mir konnte ich das Kratzen eines Stuhls auf dem Linoleumboden hören. Er hatte sich an den Tisch gesetzt. Ich hatte ein Bild von mir, wie ich aus dem Dachfenster kletterte, eine Regenrinne hinunterrutschte, durch das Fenster in Carolines Zimmer einstieg, sie aus dem Bett riß, in den Wagen sprang, davonfuhr. Aber ich wußte nicht einmal, ob es eine Regenrinne gab. Ich hatte Carolines Fenster verriegelt, damit sie keine Zugluft bekam. Mein Mantel hing am Haken an der Küchentür, meine Schlüssel lagen auf dem Küchentisch.

Ich blickte an meinem nackten Körper hinunter. Wie spät war es? Halb drei? Drei?

Hastig kleidete ich mich an. Mehrere Schichten übereinander: Ein langärmeliges T-Shirt, eine Bluse, einen Pulli und darüber meine Strickjacke. Ich fühlte mich geschützt unter dieser dicken Schale. Ich zog Jeans an und meine Stiefel.

Als ich hinunterkam, hing er halb liegend auf einem Stuhl am Tisch, den Kopf nach rückwärts gebogen, so daß er an der obersten Querleiste ruhte. Seine Augen waren geschlossen, und ich glaubte einen Moment lang, er wäre eingeschlafen. Aber als er meine Schritte hörte, richtete er sich auf und sah mich an.

»Ich bin durchgefahren«, sagte er. Seine Stimme war

leise, rauh, wie ausgedörrt, und sie klang so monoton wie die eines Roboters, oder als bemühte er sich mit aller Macht, seine Emotionen zu zügeln. »Ich hab seit zwei Tagen nicht geschlafen«, fügte er hinzu. »Ich brauch dringend einen Kaffee.«

Ich ging zum Herd.

Ich füllte die Kaffeemaschine mit Wasser, gab Kaffee dazu. Ich wußte, daß er mich dabei beobachtete, aber ich sah ihn nicht an. Er hatte getrunken – das hatte ich gemerkt, als ich seine Augen gesehen hatte, und ich hatte es gerochen, als ich an ihm vorbeigegangen war –, und ich hatte Angst, ihn anzusehen, etwas zu sagen oder zu tun, was ihn womöglich provoziert hätte.

»Ich tu dir nichts«, sagte er, als hätte er meine Gedanken gelesen. »Ich will nur mit dir reden.«

»Reden?«

Ich stellte die Kaffeemaschine auf den Herd und drehte das Gas an. Mit verschränkten Armen blieb ich dort stehen und starrte in die Flamme. Gleich links war die Tür zu Carolines Zimmer. Ich glaubte zu hören, wie sie sich im Schlaf herumdrehte und der Plastikschutz der Matratze unter dem Laken knisterte.

»Wie geht es ihr?« fragte er. »Hat sie noch Fieber? Ist die Mittelohrentzündung besser?«

Wie hatte es funktioniert? Hatte der Kinderarzt Harrold angerufen? Hatte Harrold dann den Privatdetektiv angerufen, mit dem er manchmal zusammenarbeitete? War dieser dann hier heraufgefahren und hatte mit dem Arzt in Machias gesprochen? Der Arzt hatte Jack gekannt, hatte er dem Detektiv Jacks Adresse gegeben?

Nein, Jack hätte niemals etwas gesagt, das wußte ich. Und Everett auch nicht. Jemand anders hatte mich verraten. Aber wer?

»Wie hast du es erfahren?« fragte ich.

»Deine Mutter hat übrigens angerufen, weißt du das?«

bemerkte er, nicht auf meine Frage eingehend. »Als du am ersten Weihnachtsfeiertag mit ihr gesprochen hast, warst du anscheinend so daneben, daß sie zurückgerufen hat, um noch einmal mit dir zu sprechen, und da mußte ich ihr natürlich sagen, daß du abgehauen warst.«

Ich schloß die Augen. Ich dachte an meine Mutter, was für Sorgen sie sich gemacht haben mußte. Und mir wurde mit einer gewissen Verblüffung bewußt, daß ich seit Weihnachten nicht mehr mit ihr gesprochen hatte.

»Aber auf deine Spur gebracht hat mich jemand aus der Praxis von Carolines Kinderarzt. Ich hatte eine Arzthelferin dort gebeten, mich anzurufen, falls man von dir hören sollte, und das hat sie auch brav getan. Sie hat am Montag morgen angerufen. Daraufhin hab ich mich sofort mit Collin in Verbindung gesetzt – du erinnerst dich an ihn? –, und er ist noch in derselben Nacht hier heraufgefahren und hat dich, wie es scheint, am nächsten Tag aufgestöbert. Nur einen Tag hat er gebraucht. Ich habe es auch nicht anders erwartet. Irgendein Kerl aus dem Dorf – William, Willard oder so ähnlich – hat ihm erzählt, daß vor kurzem eine Fremde in diesem Haus hier eingezogen sei. Da brauchte Collin natürlich nur noch zwei und zwei zusammenzuzählen.« Er beugte sich vor. »Hör zu, ich will hier keine Szene. Deswegen bin ich nicht gekommen. Ich bin nur gekommen, um dich zu holen und dich und Caroline wieder nach Hause zu bringen, wo ihr hingehört.«

Der Kaffee begann zu sprudeln.

»Deine Mutter war sehr erleichtert, als ich sie angerufen habe«, fuhr er fort. »Ich habe ihr gestern gesagt, daß ich dich nach Hause holen würde, und sie war sehr froh.«

Ich beobachtete, wie der Kaffee in der Glashaube auf der Metallkanne blubberte.

»Caroline geht es gut«, sagte ich. »Sie hat kein Fieber mehr.«

Er schüttelte den Kopf. »Sie hätte nie Fieber bekommen, wenn du nicht so *dämlich* gewesen wärst, hier heraufzufahren«, sagte er mit plötzlicher Heftigkeit. Ich erstarrte. »Die Arzthelferin hat mir gesagt, es sei lebensbedrohlich gewesen.«

Ich rührte mich nicht.

Er wird gesehen haben, daß er mir Angst gemacht hatte. Er breitete beide Hände aus. »Aber darüber wollen wir jetzt nicht reden«, sagte er in versöhnlicherem Ton. »Das liegt hinter uns. Dieser ganze Unsinn liegt hinter uns.«

Ich hätte gern gewußt, was er damit meinte – meine Flucht oder unser Zusammenleben wie es vor meiner Flucht gewesen war.

»Hör zu, ich geh in eine Therapie, wenn du das willst«, sagte er, meine Frage beantwortend. »Es wird nie wieder vorkommen. Okay, ich war im Unrecht. Du mußtest gehen. Aber das liegt jetzt alles hinter uns. Wir können wieder eine Familie sein. Caroline braucht einen Vater.«

Ich schaltete das Gas unter der Kanne aus. Ich trug sie zur Arbeitsplatte und goß Kaffee in einen Becher. Ich trug den Becher zum Tisch. Ich stellte ihn Harrold hin. Er hob den Kopf, sah mich an und nahm meine Hände.

Kann sein, daß ich zurückgewichen bin. Ich wollte ihm meine Hand entziehen, aber er hielt sie fest. Er begann, meine Finger zu kneten.

»Du siehst gut aus«, sagte er leise.

Mein Gesicht trug immer noch schwache Spuren der Verletzungen, aber ich wußte, daß er die einfach übersehen würde.

»Setz dich«, sagte er.

Ich setzte mich auf einen Stuhl an der anderen Tischseite. Er ließ meine Hand los.

»Wie lange brauchst du zum Packen?« Er hatte sich offensichtlich seit zwei oder drei Tagen nicht mehr rasiert. »Ich denke, es ist das Beste, wenn wir hier so bald wie möglich verschwinden. Wir können vielleicht eine Stunde fahren und uns dann ein Motel nehmen. Ich glaube nicht, daß ich es bis nach Hause schaffe, wenn ich nicht schlafe.«

»Was macht die Zeitschrift?« fragte ich vorsichtig.

Er rieb sich die Augen. Schaute weg. »Ach, du weißt ja, wie immer«, antwortete er. »Ich hab mir ein paar Tage freigenommen.«

Er strich sich mit der Hand über das Gesicht. Ich roch den Alkohol in seinem Atem. Er trank einen Schluck Kaffee und zuckte zusammen, als er sich die Zunge verbrannte. Er blies auf den Kaffee und sah mich an.

»Also komm, fahren wir«, sagte er. »Soll ich dir beim Packen helfen?«

Ich schob meine Hände in die Taschen der Wolljacke und zog sie vor mir zusammen. Ich schlug die Beine übereinander und sah auf meine Knie hinunter. Um uns herum war Stille und doch überhaupt keine Stille. Der Wind rüttelte an den Fenstern, blies durch die ruhenden Strandrosen draußen. Der Wasserhahn tropfte. Hinter mir summte der Kühlschrank.

»Ich fahre nicht«, sagte ich leise.

Er stellte sehr langsam seinen Becher nieder.

»Du kommst nicht mit?«

Ich schüttelte den Kopf. »Nein, ich komme nicht mit«, sagte ich. Ich saß ganz still. Ich wartete auf die Reaktion. Instinktiv spannte ich mich am ganzen Körper an. Vielleicht, um seine laute Stimme abzuwehren, vielleicht sogar einen Schlag.

»Gibt's hier was zu essen?« fragte er.

»Was?« Ich glaubte, ihn nicht recht gehört zu haben.

»Zu essen«, wiederholte er. »Ich hab Hunger. Hast du was zu essen da?«

Ich war verwirrt und fühlte mich überrumpelt. »Was zu essen«, sagte ich langsam. Ich überlegte. »Ja«, sagte ich schließlich. »Im Kühlschrank steht was.«

Er stand auf und ging zum Kühlschrank. Einen Moment

blieb er bei geöffneter Tür stehen, inspizierte im Licht der Innenbeleuchtung die Vorräte und nahm schließlich eine Schüssel heraus. Er hatte immer noch seinen dunkelblauen Mantel an. War das nun ein taktisches Manöver, oder war er einfach hungrig? War es möglich, daß Harrold sich während meiner Abwesenheit geändert hatte?

»Was ist das?« fragte er.

»So eine Art Makkaroniauflauf mit Käse«, antwortete ich.

»Gut, dann eß ich das.«

Er zog das Zellophan von der Schüssel und stellte sie auf die Arbeitsplatte. Er bewegte sich langsam und bedacht, als müßte er jeden Handgriff vorher überlegen. Er schien völlig fertig zu sein. Er machte einen Schrank über der Spüle auf und holte einen kleinen Teller heraus. Er zog eine Schublade auf, um sich Besteck zu nehmen, aber in der Schublade lagen nur Topflappen.

»Wo ist das Besteck?« fragte er.

Ich wies auf eine Schublade weiter drüben, nicht weit von meinem Platz am Küchentisch entfernt. Er ging hinüber, zog sie auf, beugte sich über sie, schob eine Hand hinein, während er sich mit der anderen an der Arbeitsplatte abstützte. So stand er und kramte in der Schublade, als ich aufstand.

»Es ist dir also recht«, sagte ich.

»Was ist mir recht?«

»Daß ich nicht mitkomme. Daß ich hier nicht weggehe.«

Er blieb über die Schublade gebeugt. Ich hörte das Klappern des billigen Bestecks, während er nach einer Gabel suchte. Ich dachte – ja, was dachte ich eigentlich? –, jetzt ist der Moment zu sagen, was gesagt werden muß, alles.

Ich hatte in diesem Augenblick keine Angst vor ihm. Vielleicht, weil er halb gebeugt vor mir stand, vielleicht weil die Suche nach der Gabel so etwas häuslich Alltägliches an sich hatte. Ich ging einen Schritt auf ihn zu. Er sah müde aus, erschöpft. Ich habe ihn einmal geliebt, dachte ich. Wir haben zusammen ein Kind. Wir haben Caroline gezeugt, und sie ist ebensosehr sein Kind wie meins.

Flüchtig und unerwartet sah ich vor mir das Bett in der New Yorker Wohnung, den Küchentisch dort.

Ich hob die Hand, um seinen Rücken zu berühren, und zog sie wieder zurück. Ich stellte mir vor, wir würden uns einfach scheiden lassen wie andere Leute auch, er würde Caroline regelmäßig besuchen dürfen, und dann wäre alles in Ordnung. Das würde er doch einsehen.

»Ich bin sicher, wir können gemeinsam eine Lösung finden«, sagte ich, den Kopf ein wenig zur Seite geneigt, als ich mit ihm sprach.

Der blitzartige Angriff überraschte mich. Ich sah nicht einmal die Bewegung seiner Hand, ich spürte nur den Luftzug, fast wie einen elektrischen Schlag, dann den brennenden Schmerz in meinem Gesicht. Er hielt einen metallisch glänzenden Gegenstand in der Hand. Eine Gabel. Ich hob meine Hand zu meinem Gesicht und sah sie an. Ich hatte Blut an den Fingern. Die Zinken der Gabel hatten mich genau unterhalb des Auges getroffen. Ich konnte von Glück sagen, daß er nicht das Auge selbst erwischt hatte.

Mit schneller Bewegung drehte ich mich herum, um ihm zu entkommen. Er packte mich bei den Haaren. Er riß mir den Kopf nach rückwärts, ich verlor das Gleichgewicht und stolperte, aber er hielt mich an den Haaren aufrecht. Er riß mich auf die Füße. Er drehte mein Haar um seine Faust, seine Stirn drückte seitlich an meinen Kopf. Die Gabelzinken bohrten sich in die Mulde am Ansatz meines Halses. Es ist ja nur eine Gabel, dachte ich. Was kann er mit einer Gabel schon anrichten?

Aber ich wußte, daß er mich mit der Gabel töten konnte. Er konnte mich auch ohne Gabel töten.

»Hast du dir wirklich eingebildet, du würdest damit durchkommen?« zischte er. »Hast du geglaubt, du könntest mich demütigen, mir Caroline wegnehmen, und ich würde mir das einfach gefallen lassen?«

»Harrold, hör doch mal...«, begann ich.

Er stieß mich ins Wohnzimmer. Ich taumelte gegen die Couch, fand mein Gleichgewicht wieder und setzte mich. Ich zog die Strickjacke fest über meiner Brust zusammen. Er hielt die Gabel in der Faust wie ein Kind. Er zog seinen Mantel aus und zog dabei die Gabel durch den Ärmel.

»Zieh dich aus«, sagte er.

»Harrold...«

»Zieh dich aus«, wiederholte er. Seine Stimme war einen Ton lauter geworden.

»Harrold, tu das nicht«, sagte ich. »Denk doch an Caroline.«

»Scheiß auf Caroline«, versetzte er.

Ich hatte ein Gefühl, als blähte sich die Luft um mich herum wie ein Segel, das sich mit Wind füllt, und fiele dann plötzlich über mir zusammen. Nichts, was Harrold bis zu diesem Moment je gesagt oder getan hatte, war von solcher Offenkundigkeit gewesen wie diese drei Wörter. Nie hätte ich es für möglich gehalten, daß ein Mensch fähig wäre, so etwas zu sagen, aber Harrold hatte es gesagt. In diesem Moment war mir klar, daß er nicht mehr zugänglich war, daß er während meiner Abwesenheit eine Grenze überschritten hatte.

»Zieh dich aus!« brüllte er. Ich begann, mich auszuziehen, langsam, um Zeit zu gewinnen und überlegen zu können. In der Besteckschublade lag ein großes Küchenmesser. Vielleicht würde es mir gelingen, irgendwie an es heranzukommen. Aber was würde mir das helfen? Was, in Gottes Namen, konnte ich mit einem Messer ausrichten?

Ich zog meine Arme aus der Wolljacke. Er stand mir gegenüber und beobachtete mich. Er war ungeduldig, sichtlich gereizt über meine Langsamkeit. Ich legte die Strickjacke aufs Sofa, dachte sogar daran, sie zu falten, kreuzte die Arme, um mir den Pullover über den Kopf zu ziehen. Ich hatte den Pullover über meinem Gesicht, als er mich beim Arm packte und mich zu Boden schleuderte.

»Du verdammtes Luder!« schrie er.

Während er mich festhielt, öffnete er mit der freien Hand meine Jeans, zerrte den Reißverschluß auf. Ich wehrte mich nicht. Es bedeutete mir nichts, von ihm vergewaltigt zu werden. Das hatte ich schon früher überlebt, auch wenn es weh tat. Wie ein Rasender fiel er über mich her und hielt die ganze Zeit die Gabel gegen meine Kehle gedrückt. Erst gegen Ende, als er in wütender Ekstase die Gabel zu fest in meine Haut drückte, und ich fürchtete, er würde sie durchbohren, versuchte ich, meine Schultern zu heben und ihn abzuschütteln. Aber er richtete sich über mir auf und versetzte mir mit der freien Hand einen Schlag an den Kopf.

Ich war nur Sekunden bewußtlos, glaube ich, aber als ich zu mir kam, blieb ich reglos liegen und hielt die Augen geschlossen. Ich wollte ihn glauben machen, ich wäre ohnmächtig. Ich hatte noch keinen Plan, aber ich dachte, wenn er mich für bewußtlos hielt, würde er mich loslassen.

Ich weiß nicht, wie lange ich so gelegen habe. Eine Minute, fünf, zehn? Zuerst spürte ich den Druck seines Gewichts auf mir, dann schien er zur Seite zu rutschen und sich auf seinen Rücken zu wälzen.

Ich rührte mich nicht, ließ mich von Kopf bis Fuß erschlaffen. Darin wenigstens war ich gut.

Ich horchte auf Geräusche aus Carolines Zimmer, fürchtete, sie könnte wach geworden sein, aber ich hörte nichts. In der Ferne bellte ein Hund.

Nach einer Weile merkte ich, daß Harrold aufstand. Ich hörte, wie er seine Jeans anzog. Er entfernte sich von mir, aber ich machte die Augen nicht auf. Irgend etwas klirrte auf dem Tisch. Dann hatte ich den Eindruck, daß er die Tür aufgemacht hatte und gegangen war.

Ich lag ganz still und lauschte. Ich überlegte. Er hatte seinen Mantel nicht mitgenommen. Das hieß, daß er wiederkommen würde. Es hatte keinen Sinn, jetzt aufzuspringen, Caroline zu packen und die Flucht zu versuchen. Ich würde nicht einmal zur Tür hinauskommen.

Ich achtete darauf, meine Lage auf dem Boden ja nicht zu verändern, obwohl ich mich nackt und bloß fühlte – meine Jeans war bis unter die Knie hinuntergeschoben – und mir vorkam, als wäre ein Scheinwerfer auf mich gerichtet.

Die Tür wurde geöffnet, er kam wieder herein. Ich spürte seinen Blick auf mir. Ich hörte ihn zum Sofa gehen. Er setzte sich. Ich hörte das Glucksen einer Flüssigkeit in einer Flasche, hörte ihn trinken.

Kümmerte es ihn, daß ich noch nicht zu mir gekommen war? Wenn ja, so merkte ich nichts davon. Er beugte sich nicht über mich, versuchte nicht meine Jeans hochzuziehen, sprach mich nicht an, klopfte mir nicht auf die Wange. Er saß nur da und trank, rhythmisch beinahe, mit einem Abstand von vielleicht ein oder zwei Minuten zwischen jedem Schluck. Ich wußte, daß er Whisky trank. Ich konnte ihn riechen. Und außerdem wußte ich, daß er nie Gin pur trinken würde.

Ich weiß nicht, wie lange ich so gelegen habe. Zwanzig Minuten, fünfundvierzig? Manchmal bildete ich mir ein, er warte nur auf ein Zucken von mir, auf die kleinste Bewegung, um sich erneut auf mich stürzen zu können. Aber das war wahrscheinlich nur Einbildung. Tatsächlich betrank er sich bis zur Besinnungslosigkeit.

Endlich hörte ich das Geräusch, auf das ich gewartet hatte, ganz schwach zuerst, dann lauter, tiefer. Er schnarchte.

Ich bewegte vorsichtig einen Fuß, dann eine Hand. Schließlich nahm ich meinen ganzen Mut zusammen und drehte mich auf die Seite, weg von ihm. Er schnarchte weiter.

Ich setzte mich auf, drehte den Kopf, wagte es, ihn anzusehen. Mit offenem Mund hing er im Sofa, den Kopf schräg an der Rückenlehne. Die Flasche lag auf seinem Schoß. Etwas Whisky war aus der Flasche heraus auf seine Hose gelaufen.

Ich zog die Jeans hoch und machte den Reißverschluß zu. Ich stand auf. Wieviel Zeit hatte ich? Eine Minute? Eine Stunde?

Ich dachte, wenn ich jetzt Caroline hole und mit ihr zum Wagen laufe und davonfahre, wird er uns wieder finden.

Ich dachte: Wenn ich zu dem blauen Haus hinauflaufe und die Polizei hole, werden die Beamten nur feststellen, daß hier ein Mann versucht, seine Frau und sein Kind nach Hause zurückzuholen.

Ich dachte: Wenn ich ihnen sage, daß er mich vergewaltigt hat, werden sie die Augen verschließen. Vergewaltigung in der Ehe, das gibt es nicht, werden sie sich sagen.

Ich ging zur Besteckschublade und zog sie so leise wie möglich auf. Ich nahm ein langes Küchenmesser mit einem schwarzen Holzgriff heraus. Ich hielt es in meiner Hand und prüfte sein Gewicht. Ich hielt die Hand mit dem Messer auf dem Rücken und ging auf Harrold zu. Er lag immer noch schnarchend auf der Couch. Ich zog das Messer hinter meinem Rücken hervor und hielt es keine zwei Schritte von seiner Brust entfernt vor mich hin. Ich sagte zu mir, tu's, tu's einfach, aber meine Hand rührte sich nicht. Statt dessen ertappte ich mich bei der Frage, ob das Messer überhaupt den Pullover und das Hemd durchdringen würde. Und wenn ja, ob ich die Kraft besitzen würde zuzustoßen, sobald es seine Haut berührte.

Ich sah zu dem Messer in meiner Hand hinunter. Der Anblick erschien mir absurd.

Letztlich war es weniger eine Frage der Kraft als des Muts. Ich hatte nicht den Mut, mit dem Messer zuzustoßen. Ja, wenn er erwacht wäre und versucht hätte, sich auf mich zu stürzen, hätte ich es vielleicht geschafft, ihm das Messer in den Leib zu stoßen, aber so nicht. Ich konnte es nicht tun. Ich senkte das Messer. Ich schlich zurück in die Küche und legte das Messer leise in die Schublade.

Ich stützte den Kopf in die Hände. Aber was dann?

Ich hob den Kopf mit einem Ruck.

Ich wußte es.

In den Stiefeln war das Vorwärtskommen auf den glattgeschliffenen, runden Steinen am Kiesstrand mühsam und beschwerlich. Mehrmals wäre ich beinahe gefallen und konnte mich nur im letzten Moment noch fangen. Ich hatte meinen Mantel an, aber die kalte Luft brannte wie Trockeneis auf meinem Gesicht und meinen Händen. Doch unter dem Mantel war mir warm; ich versuchte zu laufen, und das hielt mich warm.

Ich rannte von der Südseite der Landzunge zum Sandstrand hinüber. Die Absätze meiner Stiefel sanken im Sand ein und blieben immer wieder stecken. Es war Ebbe, ich konnte es riechen, auch wenn es so finster war, daß ich die Wasserlinie nicht erkennen konnte. Eine Wolkenbank hatte sich vor den Mond geschoben. Ich verließ mich beim Gehen mehr auf meinen Instinkt als auf meine Augen. Ich hielt mich leicht vorgebeugt, die Knie etwas abgeknickt, die Arme vor mir ausgestreckt, um nicht unversehens mit einem Boot, einem Felsbrocken oder einem großen Klotz Treibholz zusammenzustoßen.

Der Sand wurde weicher, feuchter, glitschiger. Er zog schmatzend an meinen Füßen, und bei jedem Schritt gluckste es unter mir. Ich vermutete, daß ich zu nah ans Wasser geraten war, der festere Boden sich rechts von mir befand. Ich hatte den Eindruck, überhaupt nicht vorwärtszukommen. Es war, als versuchte ich, wie ich das aus Alpträumen der Kindheit kannte, durch einen Sirupsumpf zu laufen. Ich zog einen Fuß aus dem schmatzenden Schlamm und dachte an Caroline. Was, wenn sie aufwachte und zu weinen anfing? Würde das nicht Harrold wecken? Und wenn sie ihn weckte, würde er sie dann nicht vielleicht einfach packen und mit ihr davonfahren? Noch verzweifelter kämpfte ich mich weiter vorwärts.

Ich wandte mich nach rechts, in die Richtung, wo ich den festeren Untergrund vermutete, und erwartete, daß nun das Gelände allmählich zu den Dünen hin ansteigen würde. Aber rundherum war alles platt und eben. Verwirrt hielt ich an. Ich holte tief Luft und versuchte, ruhig zu überlegen. Sehen konnte ich nichts, nicht einmal einen Schatten, der das Fischhaus hätte sein können. Über mir zog die Wolkenbank gemächlich am Mond vorüber. Wenn die Wolken aufrissen, dachte ich, würde mir das Mondlicht vielleicht den Weg zeigen.

Ich wagte einen Schritt vorwärts, dann noch einen. Irgendwie schien ich mich völlig verkalkuliert zu haben, der Boden wurde weicher statt fester. Ich kehrte um und versuchte es in einer anderen Richtung. Das schien ein klein wenig besser, aber mein innerer Kompaß spielte verrückt. Das war nun ganz sicher die falsche Richtung. Wieder machte ich kehrt, ging, wie ich meinte, zu der Stelle zurück, wo ich mit meinem Manöver begonnen hatte. Genau in diesem Augenblick kam der Mond hinter den Wolken hervor, nur ein, zwei Sekunden lang, aber ich konnte deutlich die Spitze des Kaps sehen, das Ruderboot, den Kutter. Voll Zuversicht machte ich einen Schritt nach vorn.

Der Boden brach unter mir weg wie eine Bühnenfalltür. Mein Bein versank bis zum Knie. Ich stürzte in den Sand, als hätte mir jemand den Fuß unter dem Körper weggerissen. Als ich hastig die Arme ausstreckte, um den Sturz abzufangen, tauchten sie in einen riesigen Leimtopf.

Genauso fühlte es sich in der Dunkelheit an – wie zäher Leim. Ich schaffte es nicht, meine Arme aus dem klebrigen Zeug herauszuziehen. Ich fand nirgends einen Halt. Der Leimtopf schien bodenlos zu sein. Mein Bein rutschte immer tiefer, und meine Hände fanden kein Stückchen festen Boden.

Meine Gedanken rasten. Honigpott, dachte ich. Willis. Caroline. Das darf doch nicht wahr sein. Caroline. O Gott, Caroline.

Leg dich flach, sagte ich mir. Hatte ich das als Kind in einer Geschichte gelesen, wo jemand in Treibsand geraten war? Ich versuchte, mich auszustrecken und ganz still zu liegen. Nichts geschah. Ich sank nicht tiefer. Es war also gescheiter, wenn ich nicht strampelte und herumzappelte. Unter meiner Schulter und dem freien Knie spürte ich harte Stellen. Auf sie gestützt, wälzte ich mich langsam und vorsichtig herum, aus dem Morast hinaus. Er saß überall, in meinem Haar, in meinem Ohr, unter meinem Kragen. Ganz in meiner Nähe hörte ich eine Welle den Sand hinaufkriechen. Ein kleiner Krebs oder irgendein anderes Tier krabbelte über mein Gesicht. Ich schnaubte und versuchte, es wegzupusten. Vorsichtig wälzte ich mich weiter und begann zu ziehen. Ein Arm kam frei, dann der andere.

Zentimeter um Zentimeter robbte ich zurück auf festeren Boden. Mit dem eingesunkenen Bein hatte ich mehr Mühe als vorher mit dem Arm. Mein Knie war abgebogen, und der Schlamm lag schwer auf dem Bein. Wenn ich um Hilfe riefe, würde wahrscheinlich einzig Harrold mich hören.

Mir begann kalt zu werden. Der Schlamm war durchtränkt von eisigem Salzwasser, das bereits meinen Wollmantel und meinen Pulli durchnäßt hatte. Ich dachte, wenn ich noch länger hier liegenbleibe, sterbe ich an Unterkühlung, und das darf nicht geschehen, weil ich Caroline nicht im Stich lassen kann.

Ich biß die Zähne zusammen und stöhnte laut vor Anstrengung.

Dann sagte ich laut und deutlich: »Gottverdammte Scheiße«, und dabei war mir völlig egal, ob Harrold mich hörte.

Mit einer Kraftanstrengung riß ich mein Bein aus dem Schlamm.

Und dann wälzte ich mich weg, immer weiter weg von dem Honigpott.

Der Mond kam hinter der Wolkenbank hervor. Ich konnte sehen, wohin ich gehen mußte. Ich rappelte mich auf und rannte stolpernd los. Ich rannte zum Ruderboot.

Der Rest war vergleichsweise ein Kinderspiel. Ich schob den Kahn ins Wasser und sprang hinein. Ich legte mich vorn in den Bug und paddelte mit den Händen. Das Wasser biß, es war eiskalt.

Ich machte das Boot fest, hievte mich über den Bug des Kutters und ließ mich ins Cockpit fallen. Ich öffnete die Tür zur Kabine. Erst da dachte ich daran, daß sie abgesperrt hätte sein können. Einen Moment stockte mir der Atem. Wenn ich diesen ganzen gräßlichen Kampf mit dem Schlamm nur durchgemacht hätte, um die Schottür dann verschlossen zu finden! Aber sie war offen.

Ich fand das ungeheuer ermutigend, als wäre es ein Zeichen dafür, daß ich das Rechte tat.

Ich ertastete den Spind und kramte im Dunkeln darin herum, bis ich gefunden hatte, was ich suchte.

Als ich ins Haus zurückkam, lag Harrold auf dem Sofa wie zuvor. Ich hätte schnurstracks auf ihn zugehen und schießen sollen.

Aber statt dessen setzte ich mich mit der Pistole in der

Hand an den Küchentisch. Meine Hände zitterten so stark, daß ich fürchtete, mich selbst anzuschießen. Ich legte die Waffe auf den Tisch. Ich konnte nicht aufhören zu zittern. Plötzliche Übelkeit überkam mich. Ich sprang auf und übergab mich ins Spülbecken, versuchte, die Würgelaute zu unterdrücken. Ich wischte mir den Mund ab und sah mich im Fenster über der Spüle gespiegelt. Gesicht, Mantel und Haare waren schlammschwarz. Es sah aus, als hätte ich eine Maske auf, wäre überhaupt nicht ich selbst. Und ich roch wie die Ebbe.

Ich ging an den Tisch zurück und setzte mich wieder. Ich fand es erstaunlich, daß Harrold nicht wach geworden war, als ich mich übergeben hatte.

Ich bemühte mich, tief zu atmen und ruhiger zu werden. Neue Übelkeit stieg in mir auf, ich drängte sie gewaltsam zurück. Ich wartete darauf, daß endlich das Zittern aufhören würde. Solange er existiert, habe ich kein Leben, dachte ich.

Ich nahm die Pistole und wog sie auf meiner Hand. Das Gewicht, vielleicht auch das kalte Metall, wirkte beruhigend. Ich stand auf und ging zum Sofa. In meinen Ohren war ein hohes Fiepen. Ich hob den Arm und richtete die Pistole auf Harrold. Zielt man besser auf das Herz oder auf den Kopf? dachte ich.

Hinter mir hörte ich einen heiseren, flüsternd hervorgestoßenen Ausruf und ein entsetztes Nach-Luft-Schnappen. Vielleicht war die Reihenfolge auch umgekehrt. Ich drehte mich herum und sah Jack. Er hatte seinen gelben Ölmantel und die Gummistiefel an. Er war zur gewohnten Zeit gekommen. Unser letzter gemeinsamer Morgen. Und ich stand hier mit der Pistole in der Hand. Sein Blick flog zu mir, dann zu Harrold, dann wieder zu mir. Ich muß ihm wie ein Seeungeheuer erschienen sein, ein schlammtriefendes Monster aus der Tiefe mit einem unbegreiflichen Gegenstand in der Hand.

Aber er begriff sehr schnell. Er kam auf mich zu.
»Was zum ...?« begann er.
Harrold rührte sich.
Wenn er lebt, bleibt mir kein Leben, dachte ich.
Ich zielte auf Harrolds Herz. Jacks Hand war nur Zentimeter von meinem Arm entfernt. Ich drückte ab. Harrold griff sich an die Schulter und kippte nach vorn.

Mit einem Aufschrei wandte Jack sich Harrold zu. Harrold schlug die Augen auf, schaute, verstand, verstand nicht.
»Maureen ...«, sagte er.
Ich schüttelte den Kopf.
»Ich bin nicht Maureen«, sagte ich.
Und feuerte noch einmal.
Oder vielleicht habe ich zuerst geschossen und dann gesagt, ich sei nicht Maureen.
Ich senkte die Hand.
Ich stand wie gelähmt, wie angewurzelt.
Dann hörte ich einen merkwürdigen langgezogenen Laut. Er begann ganz leise und schwoll dann an. Ich sah zu Carolines Zimmertür hinüber, aber von dort kam der Laut nicht.

Ich blickte zum Sofa, aber auch von dort kam der Laut nicht. Harrold war vornüber auf die Knie gestürzt, und ich war sicher, daß er tot war.

Ich sah Jack an, als könnte er mir sagen, was es mit diesem Laut auf sich hatte, aber das schien nicht der Fall zu sein. Ich sah, daß er nicht aus seinem Mund kam. Er starrte mich an und rief meinen Namen. Er hatte seinen gelben Ölmantel an. Sein Gesicht war vom Wetter gegerbt, er hatte tiefe Furchen zu beiden Seiten seines Mundes, und er rief meinen Namen. Ich erinnere mich, daß er mir die geöffneten Hände entgegenstreckte, als läge etwas auf ihnen, das er mir zeigen wollte.

Der Laut wurde zur Klage.

Ich sah zum Fenster hinaus zum Ende des Kaps. Ich sah das grün-weiße Hummerboot im Wasser schaukeln. Über dem Horizont hing der Dunst des neuen Tages.

Plötzlich mußte ich an die Frau im Krankenhaus denken, die Frau im Kreißsaal, die Wand an Wand mit mir gelegen hatte.

Die Klage wurde zu einem Heulen.

Und da begann, glaube ich, Caroline zu weinen.

15. Januar – Sommer 1971

Everett Shedd

Als ich hinkam – Herr im Himmel, das war ein erschütternder Anblick. Ich hoffe, ich muß nie wieder so was Trauriges sehen, weiß Gott nicht.

Mary hat auf dem Boden gehockt und einen Mann in den Armen gehalten. Jack hat das Kind im Wohnzimmer rumgetragen. Alles war voller Blut – die Couch, der Boden, die Wand hinter der Couch. Und Mary Amesbury auch.

Mein Gott, Mary! Sie hätten Ihren Augen nicht getraut, wenn Sie sie gesehen hätten. Sie hatte Mantel und Stiefel an und war von oben bis unten voller Schlamm – vom Niedrigwasser. Ihr Gesicht war schwarz, ihre Haare – alles. Und das dann mit dem Blut vermischt ...

Sie hatte die Augen zu und hat sie auch nicht aufgemacht. Sie hat diesen Mann in den Armen gehalten – jetzt weiß ich natürlich, daß es ihr Mann war, Harrold English, aber damals hatte ich keine Ahnung – und ihn hin und her gewiegt und dabei die ganze Zeit vor sich hin gesummt. Wissen Sie, das, was man zuerst in diesem Zimmer gespürt hat, war der Schmerz, nicht der Schrecken und das Entsetzen. Es war eher so, als hätte sich da was Tieftrauriges niedergelassen.

Ich bin dann raus zum Wagen und hab über Funk in Machias einen Streifenwagen und einen Rettungswagen angefordert, obwohl ich wußte, daß der Mann im Haus tot war. Und dann bin ich wieder reingegangen.

Jack war weiß wie die Wand. Aber er hat das Kind nicht aus den Armen gelassen und versucht, es zu beruhigen, weil es so geweint hat. Und immer wieder hat er Mary angeschaut, bis ich dann gesagt hab: »Jack, was ist hier passiert?«

Ich glaub, er hatte nur drauf gewartet, daß ich ihn das frage. Er hat sich geräuspert und ist zum Spülbecken rübergegangen. Er hat eine tiefe Stimme, bißchen rauh, und er hat ganz langsam geredet, wie wenn er dabei überlegte. Er sagte, er wär so gegen dreiviertel fünf gekommen. *Warum* er gekommen war, hat er nicht gesagt, und ich hab so getan, als würd ich glauben, er hätte nur zu seinem Boot runtergewollt. Aber wenn Sie mich fragen, war ihm klar, daß ich wußte, daß das nicht ganz stimmte. Kurz und gut, so wie er's mir erzählt hat, hat er das fremde Auto gesehen und das Licht im Haus, das sonst um diese Zeit immer dunkel war, und dann hat er zu sehen geglaubt, wie ein Mann vom Sofa aufgestanden ist und Mary ins Gesicht geschlagen hat. Daraufhin ist er raufgerannt, und wie er zur Hintertür kommt, sieht er, daß dieser Mann Mary gegen den Tisch gedrängt hat und auf sie einprügelt. Es hätte ausgesehen, als wollte der Mann Mary umbringen, sagte er. Er hat die Tür aufgerissen, und da ist der Schuß gefallen.

»Ein Schuß?« hab ich gefragt.

»Nur der eine«, hat Jack gesagt, und ich glaub, das hat er sofort bereut, weil jeder Blinde sehen konnte, daß zwei Schüsse gefallen waren.

»Wem gehört die Waffe?« hab ich gefragt.

Vergessen Sie nicht, Jack hatte immer noch das Kind im Arm, und ich glaub, die Frage hat ihm vielleicht einen Moment zu denken gegeben, aber dann sagte er, ohne mit der Wimper zu zucken, es wär seine, er hätte sie Mary Amesbury zum Schutz gegeben. Vor einer Woche ungefähr, als Mary Angst gehabt hatte, weil sie nachts was gehört hatte und glaubte, es wär jemand ums Haus geschlichen.

Aber da sagte Mary – sie hat immer noch auf dem Boden gehockt und den Mann – ihren Mann, mein ich – in den Armen gehalten –: »Nicht, Jack!«

Jack hat sie angeschaut, dann hat er mich angeschaut und dann hat er sich von mir weggedreht.

Da ist Mary dann aufgestanden und rübergekommen und hat sich an den Tisch gesetzt. Wie ich schon sagte, sie hat zum Fürchten ausgesehen, und ich hab mich gefragt, wie sie's geschafft hatte, sich so über und über mit Schlamm zu beschmieren. Aber dann hat sie zu reden angefangen.

Und sie ist immer bei dem geblieben, was sie an dem Morgen gesagt hat.

Ihr zufolge ist ihr Mann morgens zwischen halb drei und drei aufgekreuzt. Er hatte getrunken. Er hat sie vergewaltigt, und dabei hat er ihr einen solchen Schlag versetzt, daß sie bewußtlos geworden ist. Und davor ist er mit einer Gabel auf sie losgegangen.

»Was?« hab ich gefragt. »Mit einer Gabel?«

»Ja, mit einer Gabel«, hat sie geantwortet.

Nachdem er sie vergewaltigt hatte, ist er eingeschlafen, kann auch sein, daß er das Bewußtsein verloren hat. Jedenfalls ist sie dann zu Jacks Kutter rausgefahren und hat die Pistole aus der Kabine geholt und hat ihren Mann im Schlaf erschossen. Sie hat zweimal auf ihn geschossen. Ein Schuß hat die Schulter getroffen und der andere die Brust. Jack wär erst zur Tür reingekommen, nachdem er die Schüsse gehört hatte, sagte sie, aber da wär ihr Mann schon tot gewesen.

Darauf hat Jack gerufen: »Aber so...«, und sie hat ihn unterbrochen und zu mir gesagt: »Genauso war es.« Dann ist sie aufgestanden und zu Jack gegangen. Die beiden haben eine Weile nur dagestanden und sich angeschaut, ehrlich, das war mir richtig peinlich, mit ihnen im selben Raum zu sein, als Zuschauer sozusagen, wo zwischen den beiden alles so offenlag. Dann hat sie Jack auf den Mund geküßt und ihm das Kind abgenommen und sich wieder an den Tisch gesetzt.

Und ich hab bei mir selbst gedacht: Wenn sie diese Geschichte der Polizei erzählt, sehen die beiden sich nie wieder.

Wissen Sie, das Schlimme war, daß Mary sich selbst der ärgste Feind war. Nicht, daß sie auf ihre Tat stolz gewesen wäre oder in irgendeiner Hinsicht froh darüber, nein, das war's nicht. Es war eher so, daß es das *Wichtigste* war, was sie je in ihrem Leben getan hatte, und da wollte sie nicht lügen.

Tja, da waren wir nun, wir drei – na ja, genau genommen, wir fünf –, und inzwischen war die Sonne aufgegangen, und da hab ich zu Mary gesagt: »Warum?«

Sie hat eine Weile überlegt, und dann hat sie gesagt: »Weil es sein mußte.«

Und das war's dann auch schon.

Sie haben sie dann ins Bezirksgefängnis gebracht, aber da konnten sie sie nicht behalten, das eignet sich auf Dauer nicht für Frauen. Sie haben sich dann mit dem Justizministerium abgesprochen und jetzt ist Mary im Staatsgefängnis in South Windham, da kommen alle Frauen hin.

Ich hab seit dem Morgen eine Menge Zeit gehabt, über diese Geschichte nachzudenken und mir das alles gründlich durch den Kopf gehen zu lassen, und heute sehe ich es folgendermaßen: Ich glaube, daß Jack bei ihr im Haus war, als sie Harrold English erschossen hat, aber das konnte er nicht sagen. Nicht, weil er Angst hatte, in die Sache reingezogen zu werden. Nein, bestimmt nicht – das ist nicht seine Art. Sondern weil er sofort begriffen hat, daß sie nur eine Chance hatte, wenn sie Notwehr geltend machte, und sie kann sich doch nicht auf Notwehr berufen, wenn er direkt neben ihr steht. Ich weiß nicht genau, wie es war – vielleicht hat er versucht, ihr die Waffe wegzunehmen. Und Mary, die wollte nicht sagen, daß er da war, weil sie ihn raushalten wollte. So ähnlich wie in dieser wunderbaren alten Kurzgeschichte »Das Geschenk der Weisen«. Haben

Sie die mal gelesen? O. Henry hat sie geschrieben. Das sind Geschichten, die ich mag. Na ja, ganz genau so war's nicht, aber die Gefühle waren die gleichen.

Kurz und gut, beim Prozeß haben die Geschworenen das alles natürlich ziemlich verwirrend gefunden. Der Verteidiger, Sam Cotton, hier aus der Gegend, von Beals Island, hat so argumentiert: Mary hat ihren Mann im Schlaf erschossen – sie sind davon ausgegangen, daß es so passiert ist, obwohl Mary gesagt hat, er wär wach gewesen, als sie auf ihn gezielt hat –, aber sie hätte es in Notwehr getan, weil sie überzeugt war, daß er sie *früher oder später* an diesem Tag oder in dieser Nacht umbringen würde.

Heikel, das.

Dieses »früher oder später« war genau das Problem.

Der Staatsanwalt – Pickering – hat argumentiert, Mary hätte genug Zeit gehabt, um die Polizei zu rufen – mich in dem Fall – und Harrold English wegen tätlichen Angriffs verhaften zu lassen. Aber Mary wäre eben nicht den Hügel *hinauf* zu den LeBlancs gelaufen, wo es ein Telefon gegeben hätte, sie wäre *runter* zu Jacks Boot gelaufen, hätte die Pistole geholt, wär zurückgekommen und hätte ihren Mann kaltblütig erschossen.

Mary hat immer wieder drauf hingewiesen, daß ihr Mann sie vergewaltigt und bewußtlos geschlagen hat, aber das Problem ist, daß es in Maine, und vielleicht auch anderswo, Vergewaltigung in der Ehe nicht gibt. Der Staatsanwalt ist überhaupt nicht drauf eingegangen. Er hat den k.o.-Schlag praktisch genauso vom Tisch gefegt wie die Vergewaltigung.

Und dann war da noch die Geschichte mit der Gabel.

Ziemlich unglückselige Geschichte. Ich mein, was kann man denn mit einer Gabel schon groß anrichten? Pickering jedenfalls hat die Geschichte in der Luft zerrissen und sogar bei den Geschworenen noch ein paar Lacher geerntet, wenn ich mich recht erinnere.

Sie sehen also, Mary Amesbury hat sich selber nur geschadet. Daß ich und Julia und Muriel ausgesagt haben, wie geschunden sie am ersten Tag ausgeschaut hat, als sie ins Dorf kam, hat nicht gereicht. Schon gar nicht, da ja Willis Beale dann ausgesagt hat, Mary selbst hätte ihm erzählt, daß sie die Blutergüsse von einem Autounfall hatte. Zu allem Überfluß haben sie dann Julia noch mal aufgerufen, und sie mußte zugeben, daß Mary ihr das gleiche erzählt hatte. Das war natürlich sehr nachteilig, besonders im Licht der Tatsache, daß Sam Cotton nicht einen einzigen Zeugen aus New York beibringen konnte, der bestätigt hätte, daß zwischen Harrold English und seiner Frau etwas nicht stimmte, oder daß ihm irgendwann mal Verletzungen an Mary aufgefallen waren.

Tja, so war das. Und ich denke, die Geschworenen waren damit ganz einfach überfordert – sie konnten sich nicht auf einen Spruch einigen. Es hat ungefähr halbe halbe gestanden, soviel ich weiß.

Nach dem Prozeß hat der Richter den Geschworenen gedankt und hat sie entlassen, und Sam Cotton hat sofort die Einstellung des Verfahrens beantragt. Aber daraufhin ist Pickering aufgesprungen wie von der Tarantel gestochen und hat gesagt, es würde auf jeden Fall einen neuen Prozeß geben, und er hat auch gleich einen Termin verlangt.

Und vor ungefähr zehn Tagen dann muß Sam erfahren haben, daß der neue Prozeß von Joe Geary geleitet werden soll, der allgemein dafür bekannt ist, daß er für Frauen eine Schwäche hat. Er gibt ihnen immer milde Strafen, wissen Sie. Daraufhin hat Sam beschlossen, auf Marys Recht auf einen Geschworenenprozeß zu verzichten – ich vermute, er dachte, sie würde mit Geary allein besser fahren – und nun wird eben Joe Geary entscheiden. Der Prozeß ist im September, das hat in der Zeitung gestanden.

So sieht's aus.

Es liegt jetzt allein in seiner Hand.

Wo der Schlamm herkam? Sie war in einen Honigpott gefallen. Das sind so tückische Stellen in der Schlammzone. Da kann man leicht runtergezogen werden. Ganz schön beängstigend, das kann ich Ihnen sagen. Wie Treibsand. Mary Amesbury ist in einen reingestolpert, als sie zu Jacks Boot runter wollte.

Die Kleine? Die hat Julia Strout zu sich genommen. Sie hat eigens darum gebeten. Sie ist jetzt immer noch bei ihr.

Willis Beale

Also, ich sag Ihnen ganz offen, was meiner Meinung nach in der Nacht passiert ist. Dieser Harrold English hat genau das getan, was jeder andere auch getan hätte. Er ist hier raufgefahren, um seine Frau und sein Kind nach Hause zu holen, und dann hat er Mary und Jack im Bett überrascht, in flagranti sozusagen. Und dann hat's zwischen den Dreien Krach gegeben, Jack hatte seine Pistole dabei, und er oder sie hat das arme Schwein abgeknallt. So seh ich das.

Da haben Sie Ihr Motiv, wenn Sie eines suchen.

Mary vertuscht irgendwas, weil sie Jack schützen will. Das glaubt sogar Everett. Er hat's zwar nicht direkt zu mir gesagt, aber ich hab's läuten hören.

Ich glaube, am Schluß war's ihnen egal, wer gewußt hat, was da vorgeht. Sie brauchen nur LeBlanc zu fragen. Der kann Ihnen erzählen, daß Jack an dem Tag, an dem die Kleine krank geworden ist, schon morgens um halb sechs da war. Er selbst ist zu den LeBlancs raufgekommen, weil er telefonieren wollte. Und ich hab mit eigenen Augen gesehen, wie Jack an dem Tag ständig bei Mary ein und aus gegangen ist, als ob sie alte Freunde wären. Ich hab ihn vom Fischhaus aus beobachtet. Er hat sie zwar nicht in der Öffentlichkeit geküßt, aber allen war klar, was da los war.

Vielleicht hatten die beiden auch einen Plan. Wer weiß? Ich mein, was hätten sie denn gemacht, nachdem Jack sein Boot reingeholt hatte? Wie hätte er sie denn da noch jeden Tag besuchen sollen? Haben Sie sich das mal überlegt?

Im Prozeß hab ich natürlich sagen müssen, daß sie mir erzählt hat, die blauen Flecken wären von einem Autounfall. Ich hab ja unter Eid gestanden. Ich weiß, es gibt Leute im Dorf, die das nicht verstehen, aber ich nehm einen Eid ernst.

Ich weiß nicht, wie sie gefunden worden ist. Ich erinnere mich allerdings an diesen Burschen von New York, der zur Genossenschaft runterkam und alle ausgefragt hat. Wenn er gefragt hätte, ob jemand neu im Dorf wär, hätt ich wahrscheinlich gesagt, ja, eine junge Frau mit einem kleinen Kind, aber ich wär doch nie im Leben damit rausgerückt, wo sie wohnt oder so. Ich mein, wenn Mary nicht gefunden werden wollte, dann war das doch ihre Sache, oder nicht?

Ich bin wirklich gespannt auf Richter Gearys Urteil im September. Wahrscheinlich wird sie freigesprochen. Der ist ja mit Frauen immer milde.

Julia Strout

Ja, ich mußte beim Prozeß aussagen. Ich mußte beschreiben, in welchem Zustand Mary Amesbury war, als sie in St. Hilaire ankam. Ich mußte allerdings auch zugeben, daß sie mir erzählt hatte, die Verletzungen stammten von einem Autounfall. Aber ich hab sofort dazugesagt, noch ehe der Staatsanwalt mich unterbrechen konnte, daß ich ihr das nicht abgenommen hatte.

Ich hätte nicht tun können, was Mary Amesbury getan hat. Ich glaube es jedenfalls nicht. Ich glaube nicht, daß ich es fertiggebracht hätte, einen Menschen zu erschießen, aber wer weiß schon, wie weit die Umstände einen treiben können. Ich weiß, daß man ihr vorwirft, sie habe ihren Mann kaltblütig getötet. Sie hätte Jack oder Everett um Hilfe bitten können, sagt man. Aber wer will sagen, daß eine Affekthandlung – ein Handeln »in heißem Blut«, wenn man so will – eine strenge zeitliche Begrenzung auf ein oder zwei Minuten hat? Wer will behaupten, daß der Affekt nicht viel länger anhalten kann? Beispielsweise lang genug, um zum Boot hinauszufahren, die Pistole zu holen, mit ihr zurückzukehren und den Mann zu erschießen, der einen gequält hat. Der einen mit Sicherheit wieder quälen würde. Der einen früher oder später vielleicht sogar umbringen würde. Wer will behaupten, daß so ein Affekt nicht sogar über Wochen oder Monate anhalten kann?

Ich habe keine Ahnung, was im September mit Mary geschehen wird. Es heißt, daß sie freigesprochen werden wird, und ich hoffe, das wird sich bewahrheiten.

Aber wenn ich an diese schreckliche Geschichte drüben auf dem Kap denke, bin ich vor allem ... traurig. Ich bin traurig wegen Mary und Jack und traurig wegen Rebecca, und im Augenblick bin ich vor allem wegen der beiden Kinder traurig, Emily und der Kleinen, für die ich jetzt sorge. Die beiden tun mir in der Seele leid.

Hören Sie? Das ist die Kleine. Es überrascht mich jedesmal wieder. Das sind fremde Töne in diesem Haus. Aber schön. Mein Mann und ich hatten keine Kinder, ich habe das immer bedauert. Die Kleine bleibt nur so lange bei mir, bis Mary entlassen wird.

Möchten Sie sie sehen? Ich habe ein Foto von ihm gesehen. Sie sieht aus wie ihr Vater.

Der Artikel

Die tödlichen Schüsse drüben auf dem Kap
von Helen Scofield

Sam Cotton schien tief in Gedanken zu sein. Und ihm schien unangenehm warm zu sein in seinem korrekten blauen Anzug und den blankpolierten schwarzen Schuhen, denen der Sand gar nicht gut tat. Es war an diesem Septembernachmittag draußen in Flat Point Bar ungewöhnlich warm, und in St. Hilaire, diesem kleinen Küstendorf in Maine, ungefähr hundert Kilometer nördlich von Bar Harbor, war man sich einig, daß die Temperatur noch vor dem Abend auf dreißig Grad ansteigen würde.

Cotton schob einen Finger unter seinen Kragen, tupfte sich dann den kahlen Scheitel mit einem Taschentuch. Er war auf dem Weg zum Ende der Landzunge, auch »das Kap« genannt, um sich das grün-weiße Hummerboot, das im Kanal vor Anker lag, genauer ansehen zu können. Als er seine Musterung abgeschlossen hatte, kehrte er zum anderen Ende dieser kleinen Halbinsel zurück, die spitz in den Atlantik vorstößt. Dort machte er neben seinem Wagen unterhalb eines bescheidenen weißen Häuschens halt, das auf die Landzunge und das Wasser hinunterblickt. Ab und zu winkte er einem Fischer zu, der in seinem Boot an Land zurückkehrte, aber er sprach mit niemandem. Der ganze Rundgang, die Zeit, die er mit der Betrachtung des Bootes und des Hauses verbrachte, eingeschlossen, nahm vielleicht zwanzig Minuten in Anspruch.

Strafverteidiger Sam Cotton, siebenundfünfzig Jahre alt, ist seit nahezu dreißig Jahren in Ost-Maine als Anwalt für Strafsachen tätig. Aber sein derzeitiger Fall, der am Landgericht in Machias anhängig ist, wird vielleicht sein schwierigster werden. Er ist zweifellos der berühmteste.

Wenn die Leute hier von ihm sprechen, sagen sie »diese furchtbare Geschichte drüben in Julias Haus«, oder »diese schreckliche Geschichte mit Mary Amesbury«, oder »die Schießerei drüben auf dem Kap«. Sam Cotton muß beweisen, daß seine Mandantin, eine sechsundzwanzigjährige Frau, die angeklagt ist, im vergangenen Januar in dem kleinen weißen Haus, das Cotton sich so eingehend angesehen hat, ihren Mann ermordet zu haben, unschuldig ist. Und ihm bleibt nicht viel Zeit. Schon in der nächsten Woche, bei Beendigung des zweiten Prozesses gegen eine Frau, die unter den Namen Maureen English und Mary Amesbury bekannt ist, wird das Urteil des Richters Joseph Geary erwartet.

Nach Cottons Darstellung sind die nackten Tatsachen des Falls folgende:

Nach zwei Jahren der Mißhandlung durch ihren unberechenbaren, alkoholabhängigen Ehemann – darunter wiederholte Vergewaltigung und Gewaltanwendung selbst während ihrer Schwangerschaft – floh Maureen English zusammen mit ihrer knapp sieben Monate alten Tochter Caroline am 3. Dezember vergangenen Jahres aus ihrer Wohnung in New York und fuhr mit dem Auto mehr als achthundert Kilometer weit nach Norden, um in dem kleinen Fischerdorf St. Hilaire Zuflucht zu suchen. Dort mietete sie unter dem Namen Mary Amesbury das kleine weiße Haus in Flat Point Bar, um dort in aller Zurückgezogenheit für ihre kleine Tochter zu sorgen und sich von ihren körperlichen und seelischen Verletzungen zu erholen.

In den frühen Morgenstunden des 15. Januar, nachdem sie sechs Wochen lang in Verborgenheit gelebt hatte, wurde Mary Amesbury vom plötzlichen Erscheinen ihres Mannes in ihrem Schlafzimmer überrascht und erschreckt. Harrold English, einunddreißig Jahre alt, angesehener Journalist bei dieser Zeitschrift, war nach Maine gekommen, um seine Frau zur Rede zu stellen. Den Hinweis auf ihren Aufenthaltsort hatte er von einem Arzt bekommen, den Mary Amesbury aufgesucht hatte.

Irgendwann in diesen frühen Morgenstunden griff English seine Frau mit einem scharfen Gegenstand an, vergewaltigte sie und versetzte ihr einen so brutalen Schlag auf den Kopf, daß sie das Bewußtsein verlor.

Mary Amesbury, die ihr Leben in Gefahr sah, wartete, bis ihr Mann, der stetig trank, völlig berauscht eingeschlafen war, und machte sich dann auf den Weg zum Ende des Kaps. Von dort ruderte sie zu einem grün-weißen Hummerkutter hinaus, der im Kanal vor Anker lag, und nahm die Pistole an sich, die, wie sie wußte, auf dem Boot verwahrt wurde. Danach kehrte sie zum Haus zurück und tötete ihren Mann in ihrer Angst, daß er sie umbringen würde, sobald er zu sich käme, mit zwei Schüssen, von denen einer die Schulter traf, der andere die Brust.

Cotton behauptet, sie habe in Notwehr gehandelt. Mary Amesbury behauptet das gleiche. »Ich mußte es tun«, sagt sie. »Ich hatte keine Wahl.«

Beim ersten Prozeß im vergangenen Juni hatten sich die Geschworenen nicht auf einen Spruch einigen können. Sieben von ihnen sprachen sich für einen Freispruch aus, fünf für einen Schuldspruch. Cotton beantragte sofort die Einstellung des Verfahrens. D.W. Pickering jedoch, der Staatsanwalt, forderte einen neuen Prozeßtermin im September. Völlig überraschend gab Cotton Anfang Juli bekannt, daß seine Mandantin auf ihr Recht auf einen Geschworenenprozeß verzichte. Cotton hat keinen Kommentar zu dieser Strategie gegeben, aus gutunterrichteten Kreisen wird jedoch angedeutet, der Grund sei Richter Gearys Ruf, weiblichen Angeklagten gegenüber Milde walten zu lassen.

Im Verlauf der beiden Prozesse präsentierte Cotton seine Mandantin als eine moderne Hester Prynne, die uns als

Heldin des Romans von Nathaniel Hawthorne »Der scharlachrote Buchstabe« bekannt ist. Beide, sagte Cotton, seien Frauen, denen Unrecht getan worden ist, romantische Gestalten, die in stiller Zurückgezogenheit am Meer lebten und denen das Wohl ihrer Töchter über alles ging. Beide Frauen seien von der Gesellschaft ausgestoßen und durch ihre Liebe dazu verurteilt worden, auf der Brust den scharlachroten Buchstaben ›A‹ zu tragen, das Stigma ihrer Schande. Nun stehe im Fall Amesbury dieses Stigma nicht für Ehebruch, sondern für »geschlagene Frau«.

Aus Mary Amesburys eigenen Berichten allerdings gewinnt man den Eindruck, daß sie denn doch eine etwas komplexere Persönlichkeit ist, als einzig eine Frau, der Unrecht getan worden ist. Und ihre Geschichte wirft manche Frage auf, auf die sie eine befriedigende Antwort schuldig bleibt.

Um von ihrem Mann nicht gefunden zu werden, nahm Maureen English bei ihrer Ankunft in St. Hilaire den Namen Mary Amesbury an. In beiden Verhandlungen lehnte sie es ab, Fragen zu beantworten, wenn sie als Maureen English angesprochen wurde. Der Staatsanwalt löste das Problem, indem er sie »Mrs. English beziehungsweise Mary Amesbury« nannte. Cotton vermied es geschickt, überhaupt einen Namen zu nennen, wenn er das Wort an sie richtete.

Ich habe diesen Sommer im Verlauf von sieben Wochen eine Reihe von Exklusivinterviews mit Mrs. English geführt, während sie auf ihren zweiten Prozeß wartete. Trotz aller Spannung und Ängste, die sie unverkennbar plagten, war Mrs. English häufig durchaus gesprächig. Sie war manchmal traurig und gelegentlich zornig, aber sie war immer freimütig, schien manchmal sogar den Aussagen, die sie vor Gericht abgegeben hatte, zu widersprechen. Eines dieser Interviews wurde persönlich geführt, die übrigen schriftlich.

Da in Machias eine angemessene Unterbringung weiblicher Strafgefangener über längere Zeit nicht möglich ist, wurde Mrs. English ins Staatsgefängnis in South Windham überstellt. Als sie mir dort im Besuchsraum gegenübersaß, wirkte sie älter als sechsundzwanzig. Sie war sehr blaß, mit Falten um die Augen und auf der Stirn. Das rote Haar, mit das Auffallendste an ihr, hatte man ihr kurz geschnitten, und oberhalb des linken Auges war es von einer dünnen grauen Strähne durchzogen. Ihr Körper unter dem grauen Anstaltsanzug war angespannt und verkrampft. Beim Sprechen zwirbelte sie oft nervös eine Haarsträhne zwischen ihren Fingern. Leute, die Maureen English noch vor weniger als einem Jahr gesehen haben, meinen, sie sei kaum wiederzuerkennen.

Ich war Mrs. English vor unserem Gespräch im Gefängnis nur einmal begegnet – bei einem Fest in den Redaktionsräumen dieser Zeitschrift in Manhattan. Sie war früher einmal bei der Zeitschrift tätig gewesen, hatte aber vor Beginn meiner Mitarbeit aufgehört. Auf dem Fest trug sie ein schwarzes Samtkleid und machte ihre ehemaligen Kollegen strahlend mit ihrem kleinen Töchterchen Caroline bekannt. Auf mich wirkte sie an diesem Abend wie eine glückliche Frau, gut situiert und glücklich verheiratet und durchaus zufrieden damit, die Arbeit ein paar Jahre ruhen zu lassen, um sich ganz der Familie zu widmen. Harrold, ihr Mann, wich kaum einen Moment von ihrer Seite, und immer lag sein Arm um ihre Schultern, liebevoll und schützend, wie es schien. Niemand wäre auf die Idee gekommen, daß er seine Frau zu Hause mißhandelte.

Im Verlauf ihres Berichts erzählte Mrs. English ausführlich von ihrer Kindheit und Jugend. Sie war die außereheliche Tochter eines Soldaten und einer Sekretärin, deren aus Irland eingewanderte Eltern in einem Arbeiterviertel in

Chicago lebten. Den größten Teil ihrer Kindheit kümmerten sich fremde Leute um sie, während ihre Mutter arbeitete, um ihren Lebensunterhalt zu verdienen. Mutter und Tochter wohnten in einem kleinen Bungalow in einem Vorort namens New Athens, etwas mehr als dreißig Kilometer von Chicago entfernt. Mrs. English scheint zu ihrer Mutter eine enge Beziehung gehabt und sie sehr geachtet zu haben. »Meine Mutter hat oft zu mir gesagt, daß jedem Menschen gewisse Dinge zustoßen, und daß man lernen sollte, diese Dinge zu akzeptieren«, sagte Mrs. English, »aber ich habe auch schon sehr früh begriffen, daß weder meine Mutter noch ich glücklich werden würden, wenn ich nicht das täte, was ich tun mußte. Wenn ich mir nicht vom Leben nähme, was ihr verwehrt worden war – Mann und Kinder, eine intakte Familie.«

1962 wurde Mrs. English, eine begabte Schülerin, an der Universität von Chicago angenommen. Sie studierte Literaturwissenschaft und arbeitete schon bald in der Redaktion der Studentenzeitung mit. Nach Abschluß ihres Studiums schaffte Mrs. English, eine bildschöne junge Frau mit rotem Haar und großen hellbraunen Augen, den Sprung nach New York und wurde im Juni 1967 bei dieser Zeitschrift als Reporterin angestellt. Harrold English lernte sie an ihrem ersten Arbeitstag kennen.

Kollegen und Kolleginnen haben Maureen English als eine Mitarbeiterin in Erinnerung, die äußerst gewissenhaft war und ihr Handwerk schnell erlernte. Obwohl sie allgemein beliebt war, blieb sie eine Einzelgängerin. Mit Ausnahme ihrer Beziehung zu Harrold English, schloß sie bei der Zeitschrift keine festen Freundschaften von Dauer. Dennoch wurde sie beinahe in Rekordzeit befördert und in die Abteilung Inlandsnachrichten versetzt.

»Sie war schnell«, berichtet ein ehemaliger Redakteur, der eng mit ihr zusammengearbeitet hat. »Man brauchte Maureen English nur einen Auftrag zu geben und hatte bis zum Abend garantiert eine Story auf dem Tisch, die Hand und Fuß hatte.«

Trotz ihrer unterschiedlichen Herkunft fühlten sich Maureen und Harrold offenbar auf den ersten Blick zueinander hingezogen. Harrold stammte aus einer wohlhabenden Textil-Dynastie in Rhode Island und hatte in Yale studiert. Er war ein großgewachsener, gutgebauter, dunkeläugiger junger Mann, der dank seinem guten Aussehen und seinem Erfolg als Journalist bei seinen Kolleginnen sehr begehrt war. Bevor er nach New York kam, war er beim *Boston Globe* gewesen. Er zeichnete sich als Inlands- und Auslandsreporter aus und erhielt 1966 die *Page One Award* für seine Reportage über die Rassenunruhen in Watts. »Er hat einige großartige Reportagen für uns gemacht«, sagt Jeffrey Kaplan, zeitweise Chefredakteur des Magazins. »Er war ein hervorragender Reporter und sehr aggressiv. Sein Schreibstil war sauber und geradlinig. Er war ein hochintelligenter Mann.«

Die beiden kamen einander sehr schnell näher und galten als das »ideale Paar«, zwei junge aufstrebende Journalisten, heftig ineinander verliebt. Maureen zufolge hat Harrold ihr Geschenke gemacht, ihr bei Reportagen hilfreiche Tips gegeben und sie beträchtlich in ihrer Karriere gefördert.

»Ich habe ihn geliebt«, sagte sie. »Auch an dem Tag noch, an dem ich ging.«

Die Leute, die mit den beiden zusammengearbeitet haben, erklären, es hätte niemals auch nur das kleinste Anzeichen von Spannungen zwischen Maureen und Harrold gegeben, die praktisch von Anfang an in Harrolds Wohnung auf der Upper West Side zusammenlebten. »Diese Berichte von Spannungen zwischen Maureen und Harrold sind unglaublich«, sagt Jeffrey Kaplan. »Selbst jetzt noch fällt es mir schwer, das alles zu glauben. Man hört ja ab und zu mal von solchen Geschichten, aber da geht es doch immer um irgendeine arme Seele mit sechs Kindern und einem trunksüchtigen Ehemann. Nie, wirklich niemals, hört man Derartiges von Leuten wie Maureen und Harrold.«

Und doch waren Alkohol und Prügel, wie Mrs. English versichert, der Stoff, aus dem ihre Ehe gemacht war. Gewalt gab es schon vor der Ehe, sagte sie. Zur ersten gewalttätigen Szene kam es eines Abends, als sie es ablehnte, mit Harrold zu schlafen und er daraufhin wütend wurde. Er hatte ihrer Aussage nach sehr viel getrunken. Das entwickelte sich mit der Zeit zu einem Muster: Exzessiver Alkoholgenuß löste bei ihrem Mann häufig heftige Stimmungsumschwünge aus. An diesem Abend fiel er in der Küche über sie her und »vergewaltigte« sie, wie sie berichtete.

Später, berichtete sie weiter, zwang Harrold sie häufig gegen ihren Willen zum Geschlechtsverkehr und schlug sie – immer an solchen Stellen, wo die Flecken später nicht zu sehen sein würden.

»Ich glaube, er meinte, wenn man die blauen Flecken nicht sähe, wäre auch nichts passiert«, sagte Mrs. English.

Sie berichtete ferner, daß ihr Mann sie auch während ihrer Schwangerschaft vergewaltigt und geprügelt habe. »Ich weiß nicht, was ihn an dieser Schwangerschaft so in Wut gebracht hat«, sagte sie. »Vielleicht hatte es damit zu tun, daß hier etwas mit mir vorging, das seiner Kontrolle entzogen war. Er schien mir immer am glücklichsten zu sein, wenn er mich ganz unter Kontrolle hatte.«

Seltsamerweise jedoch bezeichnete Mrs. English sich selbst manchmal als »Komplizin« und ließ etwas von sadomasochistischen Sexspielen zwischen ihr und ihrem Mann durchblicken, die möglicherweise ernster wurden, als sie vorausgesehen hatte. »Ich habe mitgemacht«, sagte sie und sprach von »seidenen Fesseln«, mit denen sie bei ihrem ersten Zusammensein ans Bett gebunden wurde. Irgendwann nach einer besonders brutalen Szene, die Mrs. English später als »Vergewaltigung« sah, ertappte sie sich bei der Frage, ob denn das, was an diesem Abend geschehen war, wirklich so anders war als alles vorangegangene.

An anderen Stellen ihres Berichts meinte sie, sie sei bei dem nicht endenden Drama heimlicher Gewalt, das ihre Ehe im wesentlichen gewesen sei, »passive Mitspielerin« gewesen.

Aus ihren Berichten trat Mrs. English mir als ausgesprochen leidenschaftliche Frau entgegen. Hinter der Fassade von Zurückhaltung, Zufriedenheit und Arbeitseifer, die sie ihren Arbeitskollegen präsentierte, verbirgt sich eine Frau, die, um sich selbst in Beziehung zu ihrem Mann zu beschreiben, Ausdrücke wie »ausgehungert«, »verloren« und »brennend vor Verlangen« verwendet. »Ich war wie ein Kreisel, den jemand heftig angetrieben und dann unbeachtet zurückgelassen hatte«, sagte sie in bezug auf ihr erstes Zusammensein mit ihrem Mann. Sie sprach davon, von einem »erotischen Fieber« gepackt gewesen zu sein, völlig »verstrickt« in die Beziehung zu ihrem Mann, einen »geheimen Pakt« mit ihm geschlossen zu haben. Beispielsweise schilderte sie im Detail eine Nacht unkonventioneller sexueller Praktiken, ohne auch nur anzudeuten, daß ihr das irgendwie unangenehm gewesen sei. Im Gegenteil, sie ließ durchblicken, sie habe es genossen. Diesen Enthüllungen ist zu entnehmen, daß vielleicht ihre eigene leidenschaftliche Natur zu der ungewöhnlichen Beziehung beigetragen hat.

Diese Ambivalenz in bezug auf Gewalt, wie sie im Haus der Englishs praktiziert wurde, ist für ein moralisches und juristisches Urteil über den Mord von entscheidender Bedeutung.

Einer der Prozeßzeugen, Willis Beale, ein Hummerfischer und trotz seines jugendlichen Alters von siebenundzwanzig Jahren ein »alter Hase«, sieht die Frage, wo denn nun häusliche Gewalt anfängt, aus einem anderen Blickwinkel. »Ich will ja nicht behaupten, daß sie lügt, aber wir hatten schließlich immer nur ihr Wort«, sagt Beale, der sich offenbar sehr um Mrs. English bemüht hat, solange sie in St. Hilaire lebte. Täglich ließ er seine Arbeit im sogenannten Fischhaus, wo er seine Hummerkörbe flickte, eine Zeitlang im Stich, um sie in ihrem Haus aufzusuchen und sich zu vergewissern, daß es ihr gut ging. »Bei den meisten Ehepaaren kommt's irgendwann mal zu Handgreiflichkeiten. Das braucht nichts Ernstes zu sein. Nur eine Ohrfeige oder so was. Es gehören immer zwei dazu, stimmt's? Ich will damit nur sagen, woher wollen wir wissen, wie es wirklich war?«

Das Ausmaß der häuslichen Kämpfe zwischen Harrold und Maureen English wirft beunruhigende ethische Fragen auf – zumal an dem von ihr vorgebrachten Tatmotiv doch gewisse leise Zweifel aufkommen müssen. Ein noch schwerwiegenderes juristisches Problem jedoch ergibt sich aus Mrs. Englishs Behauptung, in ihrer Ehe seien Alkoholmißbrauch und körperliche Gewalt an der Tagesordnung gewesen: Bisher nämlich gibt es nicht den geringsten Beweis für die Wahrheit dieser Behauptung.

Niemand kann Mrs. Englishs Aussagen bei beiden Prozessen, daß ihr Mann wiederholt gewalttätig geworden ist, bestätigen. Mrs. English behauptet heute zwar, ihr Mann habe sie mindestens dreimal brutal verprügelt und sie im Lauf ihrer Ehe immer wieder geschlagen, aber sie scheint zum Zeitpunkt der Taten niemandem davon berichtet zu haben. Es gibt keine Zeugen.

Bei der Redaktionsfeier, die das Paar gemeinsam besuchte, fiel keinem der Anwesenden auch nur die geringste Unstimmigkeit zwischen den Partnern auf. Zweifellos ist es möglich, daß Mrs. English die Spuren körperlicher Mißhandlung trug, anzusehen war ihr jedenfalls nichts. Sie verließ das Fest zeitig mit der Entschuldigung, daß sie ihr kleines Kind zu Bett bringen müsse. Heute behauptet sie, ihr Mann habe sie gezwungen zu gehen, weil er sie im Gespräch mit einem anderen Mann gesehen habe. Er habe sie nach seiner Rückkehr von dem Fest brutal verprügelt. Das, sagt sie, habe sie zur Flucht getrieben. »Ich habe um den Tod meines Mannes gebetet«, sagte sie.

Aber wenn die Situation wirklich so schlimm war, wie Mrs. English heute vorgibt, warum hat sie sich dann nicht an die Polizei gewendet? Staatsanwalt Pickering sprach bei beiden Verhandlungen eine ähnliche Frage an. »Wenn diese Behauptungen, ständig körperlicher Gewalt ausgesetzt gewesen zu sein, zutreffen, warum hat Maureen English dann ihren Mann nicht schon viel früher verlassen, als die Mißhandlungen begannen?«

Bei ihrer Ankunft in St. Hilaire erklärte Mrs. English den Leuten im Dorf, ihre Verletzungen seien Folgen eines Autounfalls. Sie gab ferner vor, aus Syracuse zu kommen, obwohl das nicht stimmte. Und selbst nachdem sie schließlich über die Gewalttätigkeit ihres Mann berichtet hatte, lehnte sie es ab, sich an die Polizei zu wenden.

Auch Mrs. Englishs Behauptung, ihr Mann habe während der Ehe schwer getrunken, wurde in Zweifel gezogen. Chefredakteur Kaplan sagte: »Harrold war kein Alkoholiker. Er hat nicht mehr und nicht weniger getrunken als wir alle. Einen Martini zum Lunch, vielleicht zwei bei einem besonderen Anlaß. Aber das war auch alles.«

Ganz gleich, was sich tatsächlich zwischen Harrold English und seiner Frau abspielte, es gibt gewisse Beweise dafür, daß sich nicht lange nach der Heirat Spannungen entwickelten. Jede Reise, die sie aufgrund ihrer Tätigkeit unternehmen mußte, sei ihrem Mann Anlaß zu krankhafter Eifersucht gewesen, erklärte Mrs. English. Wie die meisten Inlandsreporter war sie häufig mit anderen Reportern und Fotografen unterwegs. Zwar hatte sie stets ein eigenes Zimmer, sie räumt aber ein, daß man im Team sehr locker miteinander umging, und auch die männlichen Kollegen sie oft in ihrem Hotelzimmer aufsuchten. Harrold English fand dieses vertraute Miteinander unerträglich und schlug sie, ihrer Aussage zufolge, einmal brutal zusammen, als sie von so einer Reise zurückkam. Danach mußte sie ihren Vorgesetzten vormachen, sie wäre leicht reisekrank und könne deshalb in Zukunft nicht mehr mit dem Flugzeug oder Auto reisen. Sie mußte ihre Tätigkeit als Reporterin aufgeben und wurde als Bearbeiterin von Artikeln eingesetzt, die andere Leute geschrieben hatten. Das war praktisch das Ende einer vielversprechenden Karriere.

Mrs. English sagte, sie habe in dieser Zeit eine Psychiaterin aufgesucht und sogar an Selbstmord gedacht. Es ist möglich, daß ihre Hoffnungslosigkeit durch die Schwangerschaft einen Tiefpunkt erreichte. Sie gab ihre Arbeit bei der Zeitschrift ungewöhnlich früh in ihrer Schwangerschaft auf und verließ danach nur noch selten ihre Wohnung. Einmal floh sie zu ihrer Mutter.

Es mag sein, daß auch der Alkohol dazu beitrug, daß sie immer mehr den Boden unter den Füßen verlor. Sie und ihr Mann hätten beide in dieser Zeit exzessiv getrunken, sagte Mrs. English. »Wir tranken zum Ertrinken«, erklärte sie. Sie tranken in Bars und dann weiter Zuhause. Auffällig ist, daß Mrs. English auch während ihres Aufenthalts in Maine trank. Sie gibt selbst zu, daß in ihrem Kühlschrank in dem Haus in Flat Point Bar immer Bier stand, und sie bot Willis Beale fast jedesmal zu trinken an, wenn er sie besuchte. Auch nach ihrer Ankunft in St. Hilaire scheint Mrs. Englishs seelische Verfassung sehr labil gewesen zu sein. Einmal, lang bevor ihr Mann sie tatsächlich fand, hatte sie ihrem Bericht zufolge Halluzinationen und glaubte, ihren Mann im Haus zu hören. Bei einem Gemeindefest – einem großen Weihnachtsfeuer, das am Heiligen Abend im Gemeindepark angezündet worden war – wurde sie, offenbar von Angst überwältigt, ohnmächtig.

Zweifellos stand Mrs. English während ihres Aufenthalts in St. Hilaire unter starker seelischer Belastung. Sie war mit ihrem kleinen Kind mehr als achthundert Kilometer mit dem Auto gefahren, in eine Gegend, die ihr völlig fremd war. Bei ihrer Ankunft herrschte dort klirrende Kälte. Sie selbst und ihr Kind waren bei schwacher Gesundheit. Sie lebte von dem Geld, das sie ihrem Mann in der Nacht ihrer Flucht aus der Brieftasche genommen hatte. Sie war seit nahezu einem Jahr nicht mehr beruflich tätig und hatte in Maine kaum Aussichten auf eine adäquate Beschäftigung. Sie reiste unter falschem Namen, sie gab falsche Auskünfte über ihre Herkunft, sie erzählte den Leuten, mit denen sie zu tun hatte, unterschiedliche Geschichten. Sie versuchte, ein neues Leben anzufangen – als Mary Amesbury.

Everett Shedds Gemischtwarenladen in St. Hilaire war immer schon der allgemeine Treffpunkt. Dieser Tage jedoch herrscht dort Hochbetrieb. Jeden Tag nach dem »Gezerre drüben in Machias« kommen die Dorfbewohner in dem kleinen Laden zusammen, der vollgestopft ist mit Lebensmitteln, Gegenständen des täglichen Gebrauchs, Fischereizubehör und gekühltem Bier, um über den Prozeßverlauf zu diskutieren. Sie stellen Mutmaßungen darüber an, wer an diesem Tag den Gerichtssaal als Sieger verlassen hat, und geben ihre Kommentare darüber ab, wie Mary Amesbury im Zeugenstand gewirkt hat.

Auf den ersten Blick ist St. Hilaire ein typisches Fischerdorf Neu-Englands – malerisch und verschlafen. Es gibt den charakteristischen weißen Kirchturm, den Gemeindepark, die alten Kolonialhäuser, den kleinen Hafen, in dem Flut und Ebbe kommen und gehen. Aber wenn man genauer hinsieht, entdeckt man, daß das Leben in St. Hilaire nicht so simpel ist, wie es zu sein scheint. Shedd, der ein

Glasauge hat, einen derben Dialekt spricht und neben seinem Laden das Amt des Dorfpolizisten versieht, weiß zu erzählen, daß der kleine Ort schon einmal bessere Zeiten gesehen hat.

»Vor hundertfünfzig Jahren hat hier der Schiffbau geblüht, aber jetzt ist das Dorf wirtschaftlich auf dem Hund«, sagt er. »Die meisten Häuser stehen leer, und die jungen Leute gehen weg, sobald sie aus der High-School kommen, weil sie hier keine Chance sehen.«

Das Hauptgeschäft dieser und anderer Orte an diesem Küstenstrich bildet der Verkauf von Hummern und Muscheln, die die Männer hier aus dem Meer holen. Ein Stück landeinwärts verdienen sich einige Familien mit dem Betrieb von Heidelbeerplantagen einen mageren Lebensunterhalt, aber überall spürt man, daß die Menschen hier mit harten Zeiten zu kämpfen haben. Die Häuser sind zwar reizvoll, aber der Anschein von Wohlhabenheit fehlt ihnen. Kleine pinkfarbene und hellblaue Wohnwagen, viele alt und rostig, verunstalten die Landschaft. In diesem Ort, sagt Shedd, leiden die Frauen in den Wintermonaten häufig an Schwermut, ist Inzucht infolge der isolierten Lage keine Seltenheit (Shedd zufolge gibt es im Dorf eine Frau mit drei Brüsten, und immer wieder fällt dem Besucher ein offenbar allgegenwärtiges Familienmerkmal bei den Dorfbewohnern auf – eine Lücke zwischen den vorderen Schneidezähnen), kommt es gelegentlich vor, daß ein Hummerfischer über Bord gerissen wird und ertrinkt, herrschen Arbeitslosigkeit und Alkoholismus. Es ist ein Ort vergeblichen Bemühens und gescheiterter Hoffnungen.

»Sie brauchen bloß die Touristenprospekte zu lesen«, sagt Shedd. »Über St. Hilaire steht fast nichts drin. Hier gibt's nichts, was der Erwähnung wert wäre.«

In diesem kalten und unwirtlichen Dorf am Meer traf Mrs. English am Abend des 3. Dezember ein. Sie blieb eine

Nacht im *Gateway Motel*, gleich nördlich vom Ort, und mietete dann von Julia Strout, einer Witwe, die im Dorf großes Ansehen genießt, ein kleines Ferienhaus in Flat Point Bar. Dort führte sie ihren eigenen Worten zufolge ein ruhiges, zurückgezogenes Leben im Stil einer Hester Prynne, begann sogar, ganz wie Hawthornes Heldin, sich mit Handarbeiten zu beschäftigen. »Ich habe das Haus und mein Leben dort geliebt«, sagte sie. »Ich habe gelesen, gestrickt, lange Spaziergänge gemacht und mich um mein Kind gekümmert. Es war ein einfaches und gutes Leben.«

Dieses Vorbringen stiller Häuslichkeit hätte ihr vielleicht bei ihren beiden Prozessen mehr geholfen, gäbe es da nicht ein kritisches Detail, das in den Augen mancher in scharfem Gegensatz zu ihrer Behauptung steht.

Kaum einen Monat nach ihrer Ankunft in St. Hilaire begann Mrs. English eine Liebesbeziehung zu einem Fischer aus dem Dorf, einem verheirateten Mann mit zwei Kindern. Dieser Mann, Jack Strout, dreiundvierzig Jahre alt (ein Vetter von Julia Strouts verstorbenem Ehemann), war an dem Morgen bei ihr, als sie Harrold English erschoß.

»Ich hab schon am Heiligen Abend gemerkt, daß zwischen Jack Strout und Mary was war«, sagt Beale. »Und eines kann ich Ihnen sagen: Jack ist bestimmt nicht derjenige, der den ersten Schritt gemacht hat. Er war seiner Frau vorher, bevor er Mary kennengelernt hat, immer treu. Ich hab Mary immer gemocht, aber im Nachhinein muß ich schon sagen – die hat nichts anbrennen lassen.«

Strout ist ein hochgewachsener, schlanker Mann mit hellbraunem lockigen Haar. Seine Tochter Emily, fünfzehn, lebt noch Zuhause, sein Sohn John, neunzehn, studiert an der Northeastern Universität. Strout selbst studierte eine Zeitlang an der Universität von Maine und wollte eine Dozentenlaufbahn einschlagen. Doch nach seinem zweiten Jahr erlitt sein Vater einen schweren Unfall, der den jungen Jack zwang, nach Hause zurückzukehren und das Geschäft des Vaters zu übernehmen. Strout war zu einem Interview für diesen Bericht nicht bereit, er scheint jedoch in St. Hilaire gutangesehen zu sein. Sein grün-weißes Hummerboot liegt seit Jahren in dem Kanal von Flat Point Bar.

Mrs. English begegnete ihrer Darstellung zufolge Strout eines Abends, als sie auf der Landzunge einen Spaziergang machte. Wenig später wurde sie seine Geliebte. Sie hat die Beziehung in ihrer schriftlichen Darlegung recht anschaulich geschildert. Strout pflegte morgens vor Tagesanbruch zu ihr zu kommen und zu bleiben, bis er mit seinem Boot hinausfuhr. Sie sagte, ihre Beziehung sei etwas ganz »Natürliches« gewesen, sie hätten einander gebraucht.

Anfangs waren die beiden anscheinend diskret, aber Beale, der häufig draußen auf dem Kap war, um seine Reusen zu flicken, erinnert sich, sie zusammen gesehen zu haben.

»Ich hab sie an einem Sonntag mit Jacks Boot zurückkommen sehen«, berichtet er, »und ich hab sie zusammen vor ihrer Haustür gesehen. Da sind sie sehr vertraut miteinander umgegangen.«

Diskretion war wichtig wegen Strouts Frau, Rebecca. Sie litt an schweren Depressionen, die offenbar kurz nach der Geburt ihres ersten Kindes das erstemal auftraten. Strout hatte Angst davor, wie seine Frau reagieren würde, wenn ihr etwas von der Affäre zu Ohren käme.

Dennoch begleitete Strout am Montag vor der Schießerei Mrs. English zu einer Klinik in Machias, als ihre kleine Tochter plötzlich hohes Fieber bekam. Nach diesem Besuch telefonierte der Arzt mit dem Kinderarzt des Kindes, der seinerseits Harrold English über den Aufenthaltsort seiner Frau unterrichtete. An eben diesem Montag beobachtete Beale Strout an Mrs. Englishs Haustür in »vertrautem Umgang« mit seiner Geliebten.

Mrs. English zufolge war ihr und Strout klar, daß ihre allmorgendlichen Schäferstündchen gezählt waren. Strout wollte schon bald sein Boot an Land bringen, und dann würde er keinen Grund mehr haben, sein Zuhause vor Tagesanbruch zu verlassen. Beiden war diese Aussicht eine Qual. In ihren Berichten an mich erklärte Mrs. English, sie habe gewußt, daß Strout das letztemal am Freitag, den 15. Januar zu ihr kommen können würde – an dem Morgen, an dem sie ihren Mann erschoß.

Nicht nur wirft diese Liebesaffäre ein zweifelhaftes Licht auf Mrs. Englishs Charakter, sie ist von entscheidender Bedeutung, da Staatsanwalt Pickering behauptet, nicht Notwehr, sondern Mrs. Englishs Beziehung zu Jack Strout sei das wahre Motiv für den Mord an ihrem Ehemann gewesen.

D.W. Pickering, zweiunddreißig Jahre alt, der nach einem Jurastudium an der Columbia Universität vor zwei Jahren nach Washington County hoch oben im Norden kam, um sich dort als Anwalt niederzulassen, bietet vor Gericht einen beeindruckenden Kontrast zu seinem wesentlich älteren Gegenspieler, Sam Cotton. Pickering, der sich mit seiner imposanten Größe, seiner Donnerstimme und seinem Hang zur Theatralik zumindest einen darstellerischen Vorteil bei den Verhandlungen verschafft hat, wirkt jetzt vor Richter Geary genauso lässig und als sei er durch nichts zu erschüttern, wie zuvor im Angesicht der Geschworenen. Im Gegensatz zu Cotton, der manchmal ins Schwitzen und gelegentlich ins Stottern gerät, scheint Pickering diese ganze Vorstellung gründlich zu genießen. Und nichts hat ihn vielleicht so sehr amüsiert wie die Geschichte mit der Gabel.

Mrs. English sagte aus, in den frühen Morgenstunden des Freitags, 15. Januar, habe ihr Mann sie mit einem spitzen Gegenstand angegriffen. Beim Kreuzverhör während der ersten Verhandlung stellte sich heraus, daß es sich bei diesem Gegenstand um eine Gabel gehandelt hatte, mit der Harrold English einen Auflauf essen wollte, den er aus dem Kühlschrank geholt hatte.

»Sie wollen allen Ernstes behaupten, Sie hätten Angst gehabt, Ihr Mann würde Sie mit einer Gabel umbringen?« fragte Pickering Mrs. English, die unter Eid stand, mit offenkundiger Ungläubigkeit.

»Ja«, antwortete Mrs. English ihrer Art entsprechend ruhig und direkt.

»Mit derselben Gabel, mit der er gerade den Makkaroniauflauf gegessen hatte?« fragte Pickering und legte noch eine Spur mehr Ungläubigkeit in seinen Ton.

»Er hatte noch nicht angefangen zu essen«, entgegnete sie.

Eine Welle des Gelächters ging durch den Saal.

Beide Seiten riefen danach »Gutachter« in den Zeugenstand, um von ihnen bestätigen zu lassen, daß es möglich, beziehungsweise unmöglich sei, mit einer Gabel einen Menschen zu töten. Mit seiner spöttischen Ungläubigkeit hatte Pickering jedoch erreicht, daß das Hin und Her um die Gabel eher lächerlich wirkte und an Harrold Englishs Absicht zu töten, erhebliche Zweifel aufkamen.

Nicht weniger ungläubig gab Pickering sich, als die Schießerei selbst zur Sprache kam. Wenn Mrs. English in der Tat um ihr Leben gefürchtet habe, erklärte er bei beiden Verhandlungen, hätte sie doch, nachdem ihr Mann eingeschlafen war, zu dem knapp zweihundert Meter entfernten Nachbarhaus an der Straße hinauflaufen können, um entweder Everett Shedd oder die Polizei in Machias anzurufen, Zeit genug habe sie ohne Zweifel gehabt.

Statt dessen aber habe sie den bei Dunkelheit durchaus gefährlichen und schwierigen Weg zur Spitze der Landzunge gewählt und sei von dort aus in einem Ruderboot zu Strouts Hummerkutter hinausgefahren, auf dem sie einmal eine Schußwaffe gesehen hatte. Unterwegs hatte sie tatsächlich einmal ernstliche Schwierigkeiten, als sie in der Schlammzone in eines jener tückischen Schlammlöcher geriet, die von den Einheimischen als »Honigpötte« bezeichnet werden.

Bei ihrer Rückkehr ins Haus hat Harrold English der Aussage von Mrs. English zufolge immer noch geschlafen. Er erwachte erst unmittelbar bevor die Kugel ihn in die Schulter traf. Danach schoß sie noch einmal. Strout, erklärte sie bei Gericht, habe das Haus erst nach den zwei Schüssen betreten.

In seinem Plädoyer im ersten Prozeß gab Pickering zu bedenken: »Mit der ersten Kugel hatte Maureen English ihren Mann offensichtlich verletzt, wenn nicht völlig aktionsunfähig gemacht. Wenn es ihr wirklich um Notwehr gegangen wäre, hätte sie es dabei bewenden lassen können. Aber sie schoß ein zweitesmal. Sie hatte die Absicht, ihren Mann zu töten.«

Nicht um Notwehr habe es sich gehandelt, behauptet Pickering, sondern um vorsätzlichen Mord. Mrs. English liebte jetzt Jack Strout – es war unwahrscheinlich, daß ihr Mann, der achthundert Kilometer gefahren war, um sie zurückzuholen, ohne weiteres einer Trennung oder Scheidung zustimmen würde. Sie glaubte keine Alternative zu haben, als sich ihres Mannes endgültig zu entledigen. Daher der schwierige Marsch durch Nacht und Nebel zu dem Hummerboot. Daher die, wie Pickering es ausdrückte, »kaltblütigen« Schüsse, die zum Tod ihres Mannes führten.

Mrs. English und Jack Strout bestätigten unter Eid, sie seien »befreundet« gewesen, und Strout gab zu, daß er am Morgen des 15. Januars zum Haus hinausgefahren sei, um Mrs. English zu »besuchen«. Auf Pickerings Frage, ob Teil der »Freundschaft« eine sexuelle Beziehung gewesen sei, antwortete die Angeklagte lediglich, zwischen ihr und Strout habe eine Beziehung bestanden.

Beide sagten aus, Strout habe das Haus Sekunden nach den Schüssen betreten.

In ihrem an mich gerichteten schriftlichen Bericht war Mrs. English etwas offener. Sie schreibt, Strout betrat das Haus Sekunden *bevor* sie zwei Schüsse auf ihren Mann abgab. Selbst wenn man die Verwirrung des Augenblicks berücksichtigt, scheint klar – vorausgesetzt, wir glauben Mrs. Englishs Ausführungen in ihrem schriftlichen Bericht –, daß Strout sich im Haus befand, als sie ihren Mann erschoß. »Ich hob den Arm und zielte«, schreibt sie. »Ich hörte ein Geräusch. Es war Jack. Er kam durch das Zimmer. Ich richtete die Pistole auf Harrolds Herz. Ich drückte ab.«

Shedd, der wenig später im Haus eintraf, ist der Meinung, sie hätten Strouts Anwesenheit im Haus zum Zeitpunkt der Tat vor der Öffentlichkeit bestritten, um sich gegenseitig zu schützen. »Wenn Jack gesagt hätte, er sei im Haus gewesen, als Mary ihren Mann erschoß, hätte von Notwehr keine Rede mehr sein können. Und Mary hat den Zeitpunkt von Jacks Erscheinen verlegt, weil sie ihn nicht in die Sache hineinziehen will.«

Wenn jedoch Strout das Haus tatsächlich betreten hat, bevor Mrs. English schoß, warum hat sie dann überhaupt geschossen? War denn nicht Strouts Anwesenheit Schutz genug? Oder ging es in Wirklichkeit gar nicht um Notwehr, sondern hatte sie, wie Pickering behauptet, einen ganz anderen Grund, den Tod ihres Mannes zu wünschen?

Mrs. English beharrt darauf, aus Notwehr geschossen zu haben. »Wenn Harrold lebte, hätte ich kein eigenes Leben.«

Obwohl Pickering in seinem einleitenden Vortrag behauptete, das Tatmotiv sei in der Liebesbeziehung zu suchen, behandelte er Strout im Zeugenstand weit rücksichtsvoller als Beobachter erwartet hatten. So stellte er beispielsweise Strout in keinem der beiden Verfahren die Frage, ob er sexuelle Beziehungen zu Mrs. English unterhalten habe. In Shedds Laden hat Pickerings Zurückhaltung Strout gegenüber Anlaß zu allerhand Spekulationen gegeben. Die einen meinten, der Staatsanwalt habe Strout nicht härter in die Zange nehmen wollen, weil Mrs. Englishs Aussage, es habe eine »Beziehung« bestanden, aufschlußreich genug sei. Die anderen behaupteten, Pickering habe sich zurückgehalten, weil es nicht nur bei der Öffentlichkeit, sondern auch bei Geschworenen und Richtern schlecht angekommen wäre, wenn er einem bereits schwer von Schuldgefühlen und Kummer gepeinigten Mann hart zugesetzt hätte. Der vielleicht traurigste Aspekt nämlich dieser Geschichte ist der Tod von Strouts Frau Rebecca keine zwölf Stunden nach der Schießerei.

Bei seiner Heimkehr am Morgen des 15. Januar hat Strout seiner Frau offenbar von dem Vorfall in Flat Point Bar erzählt. Ob er ihr auch seine Beziehung zu Mrs. English gestanden hat, ist ungewiß. Aber später am selben Tag, als Everett Shedd Strout nach Machias zur Polizeidienststelle brachte, wo er seine Aussage zu Protokoll geben sollte, fuhr Rebecca mit dem schwarzen Chevrolet Pick-up ihres Mannes zum Kap hinaus.

Mrs. Strout war eine große, magere Frau von dreiundvierzig Jahren. In der High-School war sie einmal zur Schönheitskönigin gewählt worden, in den letzten Jahren jedoch zeigte sie sich, von chronischen Depressionen geplagt, kaum noch in der Öffentlichkeit.

An dem Tag, als sie nach Flat Point Bar hinausfuhr, trug sie einen langen marineblauen Mantel, ein blaues Halstuch und schwarze Gummistiefel. Sie scheint mit dem Ruderboot ihres Mannes zu seinem Kutter hinausgefahren zu sein, der ihren Namen trug. Von dem Kutter aus stürzte sie sich ins Meer.

Ihre Taschen und Stiefel waren mit Kieseln vom Strand gefüllt. Dem Autopsiebefund zufolge ist sie auf der Stelle ertrunken.

Das ganze Dorf suchte die Nacht durch nach ihr. Man fand die Leiche am folgenden Morgen in der Schlammzone von Flat Point Bar – ironischerweise beinahe direkt unterhalb des kleinen weißen Hauses, in dem die Geliebte ihres Mannes am Tag zuvor einen Mord begangen hatte.

»Ich kann es kaum ertragen, an Rebecca zu denken«, sagt Julia Strout. Mrs. Strout hat auf ihren Antrag hin das vorübergehende Sorgerecht für Caroline, die kleine Tochter des Ehepaars English erhalten.

»Ich bin traurig, vor allem der Kinder wegen«, fügt sie hinzu. »John und Emily, Rebeccas Kinder, und jetzt dieses Kleine ... Es ist wirklich tragisch.«

Cotton hat während beider Prozesse nicht einen Moment die milde Freundlichkeit verloren, die sein Auftreten kennzeichnet. Cottons Vater war Fischer auf Beals Island – einer Insel südlich von St. Hilaire, die durch einen Damm mit Jonesport verbunden ist. Dort lebt der Anwalt auch heute noch mit seiner Frau und seinen drei Kindern. Er ist in dieser Gegend ein bekannter Mann, hat er doch schon des öfteren einheimische Fischer verteidigt, die Wilderer mit mehr oder weniger gutgezielten Schreckschüssen in die Flucht geschlagen hatten. Es wird gemunkelt, daß er möglicherweise dieses Jahr noch ins Richteramt berufen wird – da ist dieser Prozeß natürlich besonders wichtig für ihn.

Cotton hat zwei Vorteile auf seiner Seite. Einmal ist da die Tatsache, daß die Geschworenen sich nach Mrs. Englishs erstem Prozeß zwar nicht auf einen Spruch einigen konnten, daß aber die Mehrzahl von ihnen auf ihrer Seite standen. Eine der Geschworenen, eine Frau aus Petit Manan, schien für alle die zu sprechen, die für einen Freispruch gewesen waren, als sie am 23. Juni erklärte: »Man mußte dieser Frau einfach glauben.« Obwohl Mrs. English sich im Zeugenstand gelegentlich selbst im Weg stand, hat sie doch immer wieder auch Sympathie erweckt.

Der zweite Vorteil, den Cotton für sich buchen kann, ist die bereits erwähnte Neigung des Richters, Joseph Geary, Frauen gegenüber besondere Milde walten zu lassen. Zwar hat Geary bisher Mrs. English in keiner Weise begünstigt, doch in Shedds Gemischtwarenladen ist man sich allgemein darüber einig, daß Mary Amesbury bei Richter Geary »in guten Händen ist.«

Dennoch machen mehrere entscheidende Aspekte des Falls Cotton schwer zu schaffen, und der bedeutsamste unter ihnen betrifft das Fundament, auf dem die ganze Verteidigung aufbaut. Harrold English schlief, als Mrs. English ihn erschoß, sie kann daher nicht behaupten, ihr Leben sei in unmittelbarer Gefahr gewesen. Vielmehr hat sie ausgesagt, sie sei überzeugt gewesen, ihr Mann würde sie »früher oder später« an diesem Tag töten. Heikel ist auch die Tatsache, daß Mrs. English selbst bestätigt, ihr Mann habe sie zwar an diesem Morgen körperlich mißhandelt, jedoch mit keinem Wort gedroht, sie zu töten. Sie *glaubte* nur, er würde sie noch an diesem Tag mindestens schwer verletzen, wenn nicht gar töten.

Cotton hat aber noch ein weiteres Problem: Es ist ihm, wie schon erwähnt, bisher nicht gelungen, auch nur einen einzigen Zeugen beizubringen, der bestätigen kann, daß Harrold English seine Frau geschlagen hat. Immerhin jedoch konnte er einige Zeugen aus St. Hilaire präsentieren – Shedd, Julia Strout und Muriel Noyes, die Eigentümerin des Motels, in dem die Angeklagte die erste Nacht in Maine verbrachte –, die berichteten, daß Mrs. Englishs Gesicht bei ihrer Ankunft in St. Hilaire am 3. Dezember voller Blutergüsse und ihre Lippe aufgeplatzt und dick geschwollen war. Allerdings verloren diese Aussagen einiges an Wirkung, als später Beale und Mrs. Strout berichteten, Mrs. English habe ihnen selbst erzählt, diese Verletzungen seien die Folgen eines Autounfalls.

Schließlich scheint Cotton selbst einigermaßen verwirrt über die Liebesbeziehung zwischen seiner Mandantin und Strout. Bei der Verhandlung versuchte er ziemlich zaghaft, diese Klippe irgendwie zu umschiffen, aber das gelang ihm nicht. Cotton ist nicht bereit, sich über seine Verhandlungsstrategie zu äußern, aber aus der Verteidigung nahestehenden Kreisen wird angedeutet, daß er Mrs. English nur mit großem Widerstreben in den Zeugenstand rief, weil er den Schaden fürchtete, der ihr durch die Offenlegung ihrer Beziehung zu Strout erwachsen könnte. Erst als alle Bemühungen, Zeugen der Gewalt im Hause English zu finden, scheiterten, blieb ihm nichts andres übrig, als Mrs. English selbst sprechen zu lassen – und sie so Pickerings routiniertem Kreuzverhör auszusetzen.

Das tragische Ende Rebecca Strouts machte den Fall noch schwieriger für ihn. Es gab zu der Vermutung Anlaß, daß die Beziehung zwischen Mrs. English und Jack Strout nicht nur zur Ermordung Harrold Englishs, sondern auch unmittelbar zum Tod von Strouts Ehefrau führte.

Cotton weiß wahrscheinlich besser als jeder andere, wie kompliziert dieser Fall liegt. Bei einem kurzen telefonischen Interview sagte er lediglich, dies sei »ein äußerst ernster Fall«, es handle sich hier um einen für alle Frauen wichtigen Musterprozeß.

Der Verteidiger wird sich fragen, ob er nicht zuviel riskiert hat, als er Mrs. English riet, auf ihr Recht auf einen Geschworenenprozeß zu verzichten, und ob nicht ihr Auftreten als Zeugin ihm mehr geschadet als genützt hat. Ob sich Cottons gewagte Taktik nun auszahlen wird oder nicht – es gibt viele, die der Ansicht sind, daß es hier um größere Fragen geht, und auch wenn Richter Geary nächste Woche sein Urteil gesprochen hat, werden viele dieser Fragen bleiben:

Wie ist Gewalt in der Ehe zu definieren? Wo ist im Privatbereich des ehelichen Schlafzimmers, wo »Normalität« ein dehnbarer Begriff ist, die Grenze zwischen Sexspielen und Gewalt zu ziehen?

Inwieweit hat Mrs. English tatsächlich die sadomasochistischen Neigungen ihres Mannes gefördert, die sie zugegebenermaßen billigend in Kauf genommen hat? War sie unschuldiges Opfer oder unwillentliche Komplizin?

Wenn Mrs. English aus Notwehr gehandelt hat, wie sie behauptet, warum hat sie dann geschossen, *nachdem* Strout das Zimmer betreten hatte?

Und schließlich: Hatte sie nicht vielleicht ein ganz anderes Motiv? Trieb wirklich der Wille zu überleben sie zu den Schüssen? Handelte sie in einem Zustand seelischer Labilität? Oder war die Liebesbeziehung zu einem anderen Mann das Tatmotiv?

Cotton trat zu seinem Pontiac, aber bevor er einstieg, sah er noch einmal zum Haus hinauf. Seit Mrs. English am Morgen des 15. Januar abgeführt wurde, steht es leer. Einsam und verlassen steht es von wilden Strandrosen umgeben auf der kleinen Anhöhe. Auf einer Seite liegt ein verwittertes Hummerboot auf dem Sand. Das Wasser war ungewöhnlich glatt, über dem Dach mit den Gauben kreisten die Möwen. Cotton warf einen letzten Blick auf das Haus, als könnte es ihm die Antworten geben, die er suchte.

Aber die kann ihm jetzt nur Mrs. English oder »Mary Amesbury« geben.

Willis Beale hat es vielleicht am besten ausgedrückt: »Vor Mary Amesburys Ankunft war das hier ein friedliches kleines Dorf. Dann kam sie, und es war, als wäre ein Orkan durch den Ort gefegt. Ich sage nicht, daß sie absichtlich Ärger machen wollte, aber sie hat ihn gemacht.

Als sie wieder verschwunden ist, hatten wir hier einen Mord und einen Selbstmord. Und drei Kinder hatten keine Mutter mehr.

Die hat doch wohl einiges zu verantworten.«

Es war dunkel geworden, als ich ins Wohnheim zurückkehrte. Ich hatte mir ungefähr ausgerechnet, wie lange Caroline brauchen würde, um die Protokolle und Aufzeichnungen zu lesen. Jetzt würde ich mich ihr stellen müssen.

Auf den Korridoren war es stiller als am Nachmittag. Ich meldete mich nicht über die Sprechanlage bei ihr an. Ich klopfte einfach an ihre Tür.

»Ja, bitte«, sagte sie sofort.

Sie stand am Fenster, in den Händen eine kleine Puppe aus Wolle und Flicken. Sie blickte mir direkt in die Augen, als ich eintrat. Obwohl ich auf den ersten Blick sehen konnte, daß sie sehr erschüttert war, wandte sie sich nicht ab. Die Papiere lagen in einem sauberen Stapel auf ihrem Schreibtisch.

»Sie sind fertig«, sagte ich.

Sie nickte.

»Geht es Ihnen gut?« fragte ich.

Sie nickte wieder.

»Es war weniger der Artikel, der mich aus der Fassung gebracht hat«, erklärte sie und setzte die Puppe auf das Fensterbrett. »Den hatte ich mir schon so vorgestellt. Es war die Begegnung mit den Worten meiner Mutter. Genauso, in diesem Rhythmus, hat sie gesprochen. Wußten Sie das?«

Ich hatte ihre Mutter nicht gut gekannt, um diese Frage beantworten zu können.

»Haben Sie schon etwas gegessen?« fragte ich mit einer Geste zur Tür. »Wir könnten in ein Café oder ein Restaurant gehen.«

Sie schüttelte rasch den Kopf. »Nein«, antwortete sie. »Ich bin nicht hungrig.«

Ich trat weiter ins Zimmer. Mir war unbehaglich in Mantel und Schal. Obwohl ich nicht lange bleiben wollte – ich wollte dieses Gespräch nur so schnell wie möglich hinter mich bringen –, setzte ich mich, weil ich es irgendwie für angebracht hielt.

Sie blieb am Fenster stehen, mit dem Rücken an den Sims gelehnt.

»Ich verstehe eigentlich nicht, warum sie Ihnen das alles geschrieben hat«, sagte sie. »Warum hat sie Ihnen das alles erzählt? Warum hat sie ihrer Aussage bei Gericht widersprochen?«

Ich setzte mich etwas bequemer und nahm meinen Schal ab. Es war heiß im Zimmer.

»Die Frage habe ich mir auch oft gestellt«, antwortete ich. »Ich weiß nicht, welche Gründe Ihre Mutter dafür hatte, mir das Material zu schicken. Ich glaube, anfangs hat sie versucht, ein Gespräch im Sinne eines Interviews mit mir zu führen, aber unter Bedingungen, die sie nicht überforderten. Später wurde das Gespräch selbst eine Art Katharsis für sie und hat ihr vielleicht eine gewisse Erleichterung gebracht. Sie schrieb wohl deshalb mit solcher Ausführlichkeit, beinahe als schriebe sie einen Lebensbericht. Ich glaube, sie wollte ein für allemal ihre Geschichte erzählen und tat das für sich selbst. Und eben weil sie es für sich selbst tat, mußte es die Wahrheit sein.«

»Die Wahrheit? Aber Sie haben es nicht als die Wahrheit genommen! Was Sie getan haben, ist eine Gemeinheit!« schrie sie mich an. Mit einer heftigen Bewegung riß sie das Gummiband von ihrem Pferdeschwanz. »Eine Gemeinheit! Wie konnten Sie ihr das nur antun?«

Ich drehte den Kopf und starrte an die Wand. O doch, hätte ich gern gesagt, ich habe gewußt, daß es die Wahrheit ist. Trotz allem, was ich getan habe.

»Es tut mir leid«, sagte ich. »Ich weiß, das ist nicht viel, aber es tut mir wirklich leid.«

Sie schüttelte den Kopf, wie um eine Entschuldigung abzuwehren. Das Haar flog ihr ums Gesicht.

»Warum?« fragte sie, mit beiden Händen gestikulierend. »Warum haben Sie es getan?«

Ich holte tief Atem. Die Antwort war nicht einfach.

»Das ist eine schwierige Frage«, sagte ich und machte eine Pause, um zu überlegen. »Der ehrliche Grund war wahrscheinlich Ehrgeiz«, sagte ich dann. »Ich weiß, das ist unverzeihlich, aber es ist die Wahrheit. Ich war scharf auf eine Titelgeschichte und einen Vertrag für ein Buch. Ich wußte, ich würde den Vertrag für ein Buch nur bekommen, wenn ich in dem Artikel keine Lösung präsentierte, sondern eine Reihe von Fragen offenließ – aus der Geschichte ein großes Geheimnis machte. Und genauso klar war mir, daß ich durchblicken lassen mußte, ich hätte zusätzliches Material aus den Aufzeichnungen Ihrer Mutter – Material, das ich erst zu einem späteren Zeitpunkt enthüllen könne.«

Sie sah zu ihren Füßen hinunter. Ihre Lippen waren fest zusammengepreßt.

»Aber es gab noch andere Gründe, die Sie auch wissen sollten. Sie sollen keine Entschuldigung sein. Ich finde nur, Sie sollten sie wissen.«

Da sie nichts sagte, fuhr ich zu sprechen fort.

»Es stimmt, daß meine Darstellung nicht der Geschichte entsprach, die Ihre Mutter in Ihren Aufzeichnungen erzählt hatte. Aber ich glaube nicht, daß ich es beim Schreiben des Artikels absichtlich darauf anlegte, ihr zu schaden. Mir schien die Wahrheit der Geschichte damals in ihrer Komplexität zu liegen – den unterschiedlichen Meinungen und Blickwinkeln.«

Ich fand es jetzt unerträglich heiß im Zimmer und zog meinen Mantel aus.

»Und da wäre noch etwas«, fügte ich hinzu. »Ich meine den Prozeß des Auswertens des Materials. Es ist schwer zu erklären, aber wenn man einen Artikel schreibt, muß man ständig wählen. Man muß das, was einem jemand erzählt hat, genau durchsehen, sich entscheiden, welche Zitate man verwendet und welche nicht, vielleicht sogar Gesagtes in eine andere Fassung bringen, um die Bedeutung klarer herauszuarbeiten. Wenn man das tut, kann man fast nicht umhin, die Geschichte auf diese oder jene Weise zu verändern ...«

Draußen im Korridor konnte ich Reden und Lachen hören.

»Und es kommt noch etwas dazu«, fuhr ich fort. »Der Artikel war ein Produkt seiner Zeit. Er könnte heute nicht mehr geschrieben werden. Wir wußten damals kaum etwas über häusliche Gewalt. Besser gesagt, wir wußten überhaupt nichts über häusliche Gewalt. Geschlagene Frauen gab es 1971 nicht. Jedenfalls nicht in unserem Bewußtsein.«

Ich war versucht hinzuzufügen, daß die Wahrheit manchmal durch die Zeit bedingt ist, in der sie gilt, aber ich konnte mir nicht vorstellen, daß das für das junge Mädchen ein Trost sein würde.

»Sie hat zwölf Jahre da drinnen verbracht!« rief Caroline aufgebracht. »Das war meine Kindheit!«

Ich neigte den Kopf nach hinten und starrte zur Decke hinauf.

»Ich weiß«, sagte ich.

Mein Artikel hat weit mehr Beachtung gefunden, als irgend jemand vorausgesehen hatte. Er war von den Agenturen übernommen, im Fernsehen zitiert worden. Richter Geary hatte bei der Urteilsverkündung gesagt, jüngste Berichte in den Medien hätten ihn nicht beeinflußt. Aber ich hatte mir da so meine Gedanken gemacht. Von Richtern wird während eines schwebenden Verfahrens keine Klausur verlangt, weil man der Ansicht ist, daß sie professionell genug sind, den Medienberichten keine Beachtung zu schenken. Aber ich glaubte nicht daran, daß er unparteiisch geblieben war, als ich hörte, daß er Maureen English des vorsätzlichen Mordes für schuldig befunden und sie zu einer lebenslänglichen Gefängnisstrafe mit möglicher Bewährung nach zwanzig Jahren verurteilt hatte. Er hatte ihr die Höchststrafe gegeben.

Heute hätte sie allenfalls fünf Jahre wegen Totschlags bekommen.

Bei Erscheinen des Artikels hatte ich gefürchtet, Pickering würde meine Unterlagen beschlagnahmen. Aber das hatte er nicht getan. Wozu auch, nachdem Geary Maureen English des vorsätzlichen Mordes schuldig gesprochen hatte?

Nach zwölf Jahren Haft hatte der Gouverneur von Maine Maureen English Straferlaß gewährt. Ich wußte, daß verschiedene feministische Gruppen und mit ihnen Julia Strout sich für die Umwandlung der Strafe eingesetzt hatten. Ich hatte sogar daran gedacht, mich ihnen anzuschließen, tat es aber dann doch nicht.

Als ich das junge Mädchen mir gegenüber ansah, bemerkte ich, daß sie geweint hatte. Sie zog ein Papiertaschentuch aus ihrer Tasche und schneuzte sich. Erst jetzt fiel mir auf, daß sie auch vorher schon geweint hatte.

»Sie war doch nicht mitschuldig, nicht wahr?« fragte Caroline nach einer Weile leise.

»Nein«, antwortete ich so wahrheitsgetreu, wie mir das möglich war. »Aber das wußte ich damals nicht. Ihre Mutter hat sich in ihren Aufzeichnungen oft selbst als Mitschuldige oder Komplizin bezeichnet, aber 1971 wußte ich noch nicht, daß die meisten geschlagenen und mißhandelten Frauen sich so sehen. Ich wußte damals nicht, daß dieses Gefühl der Schuld und der Mittäterschaft Teil des zerstörerischen Prozesses ist, dem das Opfer ausgesetzt ist.«

Ich hielt inne.

»Woran ist Ihre Mutter gestorben?« fragte ich, das Thema wechselnd. »Es stand nicht in der Anzeige.«

Caroline antwortete mir nicht gleich. Dann ging sie zum Bett und setzte sich.

»An Lungenentzündung«, antwortete sie schließlich. »Sie hatte schon im Gefängnis mehrere Lungenentzündungen. Sie war anfällig für die Krankheit. Jack und ich waren immer sehr vorsichtig ...« Sie sprach nicht weiter.

Ihr Gesicht verzog sich, als wollte sie wieder zu weinen anfangen, aber dann faßte sie sich wieder.

»Das tut mir leid«, sagte ich.

Danach war es lange still.

Ich räusperte mich. »Es hat mich gefreut, als ich in der Anzeige sah, daß sie Jack schließlich doch noch geheiratet hat und vielleicht die letzten Jahre noch glücklich war.«

Caroline nickte teilnahmslos. »Ja, sie waren glücklich«, sagte sie.

»Ich hoffe, es stört Sie nicht, wenn ich frage, aber ich bin einfach neugierig, es würde mich interessieren, was aus einigen der anderen Menschen geworden ist.«

Sie hob den Kopf, ihr Blick war ein wenig verschwommen. »Wen meinen Sie?« fragte sie.

»Nun ja«, sagte ich stockend, »Julia, zum Beispiel.«

Sie antwortete mir, aber sie schien mit ihren Gedanken woanders zu sein.

»Ich habe bis zu meinem zwölften Lebensjahr bei Julia gelebt«, sagte sie. »Meine Großmutter wollte das Sorgerecht haben, aber meine Mutter wollte mich in Maine in ihrer Nähe haben. Und als meine Mutter dann entlassen wurde, bin ich mit ihr und Jack zusammen in sein Haus gezogen. Das war ... das war anfangs sehr schwierig für mich. Ich habe Julia geliebt. Sie war lange Zeit die Mutter für mich ... Emily war da schon fort. Sie ist Ingenieurin in Portland.«

»Und Sie?« fragte ich. »Wollen Sie auch schreiben wie Ihre Eltern?«

Sie schüttelte langsam den Kopf.

»Nein«, antwortete sie. »Nein, ich glaube nicht. Im Augenblick habe ich vor, Architektur zu studieren.«

»Jack ist bei der Fischerei geblieben?« fragte ich.

»O ja«, antwortete sie, als hätte ich eine dumme Frage gestellt.

»Aha. Und Willis?«

»Ich bin erzogen worden, Sie zu hassen«, sagte sie unvermittelt. Ihr Blick war zornig, beinahe drohend, aber mehr noch als Zorn lag Verwirrung in ihm.

Ich hatte so etwas erwartet, dennoch stieg mir die Hitze ins Gesicht. Ich machte eine kleine hilflose Handbewegung. Ich konnte mich nicht erinnern, wie ich darauf hatte reagieren wollen.

»Das heißt, ich bin nicht gerade dazu erzogen worden«, korrigierte sie sich, »aber es verstand sich von selbst.«

Ich nickte. Sagen konnte ich dazu nichts.

»Mich hat das alles immer bedrückt«, sagte ich. »Es bedrückt mich heute noch. Deshalb bin ich hergekommen.«

Sie wandte sich von mir ab.

»Warum tun Sie so was?« fragte sie.

Ich überlegte einen Moment. Hatte ich diese Frage nicht schon beantwortet?

Sie sah mein Unverständnis.

»Nein, ich meine«, erläuterte sie, »warum schreiben Sie über Gewalt und Verbrechen?«

Ich sah zu meinen Händen hinunter und drehte an dem goldnen Armband an meinem Handgelenk. Eben diese Frage hatte ich mir im Lauf der Jahre oft selbst gestellt – manchmal erschrocken, manchmal eher selbstgefällig. Was faszinierte mich so an Mord, Vergewaltigung und Selbstmord? Mir schien das eine Frage zu sein, die mitten in den Kern meines Wesens traf, die Arbeit, die mein Leben war.

Konnte ich diesem jungen Mädchen mein Interesse an der widernatürlichen Tat, zu der es auf natürliche Weise kommt, erklären? Konnte ich ihr sagen, wie sehr mich die Gewalt und die Leidenschaft unmittelbar unter der dünnen Decke von Ordnung und Maßhalten faszinierten? Konnte ich ihr gegenüber zugeben, daß gerade dieser Exzeß, diese Bereitschaft, den Exzeß zuzulassen, mich an der Geschichte ihrer Mutter so verlockt hatte? Konnte ich diesem Kind gestehen, wie meine Hände jedesmal gezittert hatten, wenn die Päckchen ihrer Mutter bei mir eingetroffen waren?

»Mich interessieren die Extreme, zu denen Menschen sich versteigen«, antwortete ich.

Es schien ihr zu genügen.

»Nachdem ich letzte Woche in der *Times* vom Tod Ihrer Mutter gelesen hatte«, sagte ich, »bin ich einen ganzen Nachmittag nur durch die Stadt gelaufen. Die Erinnerung an Ihre Mutter hat bei mir viele starke Assoziationen ausgelöst, viele Fragen, die ich jahrelang verdrängen wollte. Als ich schließlich nach Hause kam, habe ich diese Unterlagen herausgesucht und alles noch einmal gelesen. Als ich es vor zwanzig Jahren las, war ich vom Ehrgeiz getrieben, heute habe ich es ganz anders gelesen ... Und als ich fertig war, fand ich, daß Sie die Unterlagen haben sollten.«

Sie schüttelte langsam den Kopf hin und her.

»Es gibt auch ein Buch«, fügte ich hinzu.

Sie nickte. »Ich weiß. Aber ich habe es nie gelesen.«

»Ich habe es Ihnen mitgebracht, wenn Sie es haben möchten.« Ich griff in meinen Aktenkoffer. »Aber eigentlich ist es nur eine ausgewalzte Version des Artikels, die Themen und Fragen sind die gleichen.«

Als ich aufblickte, sah ich, daß sie wieder den Kopf schüttelte.

»Nein«, sagte sie. »Ich will es nicht haben.«

Ich steckte das Buch wieder ein.

»Durch die Geschichte Ihrer Mutter bin ich reich geworden«, sagte ich. Dann hielt ich inne und senkte den Blick.

»Sie hat Ihnen vertraut«, erwiderte Caroline. »Trotz ihrer Vorbehalte, trotz allem, was sie über die Branche wußte.«

Es war eine Verurteilung, die ich nicht anfechten konnte.

»Und der Titel Ihres Buches ...«, sagte sie.

»›Seltsame Ausbrüche von Leidenschaft‹.«

»Das ist Wordsworth«, sagte sie. »Wir haben das Gedicht letztes Jahr gelesen. Ich hab den Titel vor Jahren mal gehört, von Jack oder von Julia, und war verblüfft, als ich beim Studium auf ihn stieß.«

»Er hat die Worte anders gemeint, nicht im modernen Sinn. Er wollte den Schmerz damit beschreiben«, begann ich und brach ab, als ich die Mischung aus tiefem Ernst und Schmerz in ihrem Blick sah.

»Was ich jetzt noch tun möchte, ist nicht ganz einfach für mich«, sagte ich und griff in meine Handtasche. »Aber es ist Tatsache, daß ich mit der Geschichte Ihrer Mutter sehr viel Geld verdient habe. Dieser Erfolg hat es mir möglich gemacht, andere Bücher zu schreiben – neuen Erfolg zu haben. Im Lauf der Jahre habe ich immer wieder versucht, ihr einen Teil dieses Einkommens zukommen zu lassen, aber jedesmal, wenn ich ihr einen Scheck schickte, kam der Umschlag ungeöffnet zurück. Ich habe hier einen Scheck, der Ihnen helfen könnte, Ihre Ausbildung zu finanzieren. Ich hoffe, Sie werden ihn nicht ablehnen. Ich finde, Ihre Mutter hätte Anspruch auf einen Teil des Geldes gehabt, das ich mit dem Buch verdient habe.«

Ich hatte nicht die geringste Hoffnung, daß sie den Scheck annehmen würde. Ich kam mir töricht vor, als ich ihn ihr hinhielt. Ich sah mich so, wie sie mich sehen mußte – als eine Frau, die sie bestechen wollte.

Sie blieb lange an ihrem Schreibtisch stehen, länger als nötig gewesen wäre, um mich zu demütigen. Deshalb war ich zutiefst erstaunt, als sie den Scheck annahm.

Erstaunt und dann erleichtert.

»Ich brauche das Geld«, sagte sie einfach. »Vom Erbe meines Vaters ist nichts mehr da. Jack hat selbst nicht viel, und ich frage nicht gern.«

Sie dankte mir nicht. Sie war wohl der Meinung, das Geld habe ihrer Mutter zugestanden und daher jetzt ihr.

»Tja, dann gehe ich jetzt.« Ich stand auf und zog meinen Mantel über.

Daß sie den Scheck angenommen hatte, war ein unerwarteter Gewinn für mich. Fast wie ein Freispruch.

»Ich habe nur noch eine Frage«, sagte sie.

»Aber natürlich«, erwiderte ich, vielleicht ein wenig zu unbekümmert.

Ich dachte schon daran, jetzt irgendwo essen zu gehen und dann in das Motelzimmer zurückzukehren, das ich mir am Nachmittag besorgt hatte. Und morgen konnte ich dann in meine Wohnung und an meine Arbeit zurückkehren.

»Glauben Sie, daß meine Mutter die Wahrheit gesagt hat?« fragte sie.

Ich hielt mitten in der Bewegung inne, den Mantel halb übergezogen. Caroline hatte mir den Rücken zugekehrt und schaute zum Fenster hinaus. Aber draußen war es stockdunkel, das einzige, was man sehen konnte, waren unsere Spiegelbilder.

»Wie meinen Sie das?« fragte ich verwirrt. »Meinen Sie, ob Ihre Mutter in ihren Aufzeichnungen die Wahrheit geschrieben hat?«

»Ja.« Sie drehte sich zu mir herum. »Kann es nicht sein, daß sie ihre eigene Geschichte ein bißchen retuschiert hat, hier und dort ein Zitat geändert, dies oder jenes übertrieben oder verändert hat, um besser dazustehen?«

Die Frage lag wie ein bodenloser Abgrund zwischen uns. Ein Abgrund, in dem sich Geschichte und Erzähler in stetiger Verkleinerung endlos wiederholten, wie die Bilder in zwei gegenüberliegenden Spiegeln.

Wer kann je wissen, wo eine Geschichte angefangen hat, hätte ich gern gesagt. Wo in einer Geschichte wie der von Mary Amesbury die Wahrheit liegt.

Dann kam mir plötzlich der Gedanke, daß sie vielleicht an ihren Vater dachte, daß sie ihn vielleicht in einem besseren Licht sehen wollte.

»Ich weiß es nicht«, sagte ich.

Draußen läutete eine Glocke. Die Glocke der Kirche, die zum Campus gehörte, vermutete ich. Ich zählte elf Schläge.

Sie schien mit den Achseln zu zucken, nicht zufrieden mit meiner Antwort. Ich schob meinen anderen Arm in den Mantel.

»Ich bin im *Holiday Inn*, wenn Sie noch Fragen haben«, sagte ich. »Ich fahre erst morgen vormittag. Und Sie können mich jederzeit zu Hause erreichen. Meine Adresse und meine Telefonnummer stehen auf dem Scheck.«

»Ich habe keine Fragen mehr«, versetzte sie.

»Schön, dann wünsche ich Ihnen alles Gute«, sagte ich.

Ich wandte mich zum Gehen.

Ich hatte die Hand an der Tür.

»Vergessen Sie das hier nicht«, sagte sie hinter mir.

Als ich mich herumdrehte, sah ich, daß sie mir den Stapel Papiere hinhielt.

»Nein.« Ich schüttelte den Kopf. »Das ist für Sie. Ich habe es für Sie mitgebracht.«

Ich war mir bewußt, daß ich vor ihr zurückgewichen war. Zu meiner Verlegenheit hatte ich tatsächlich die Arme vor mir ausgestreckt, als wollte ich sie abwehren.

Sie kam einen Schritt näher. »Es gehört mir nicht«, sagte sie. »Es gehört Ihnen.«

Ich schüttelte wieder den Kopf, aber sie drückte mir den ordentlichen Stapel Papiere einfach in die Hände, wie zum Abschied.

»Julia ist vor einem Jahr gestorben«, sagte sie. »Und Everett führt immer noch seinen Laden.«

Ich ging durch den langen Korridor zur Treppe. Hinter manchen Türen hörte ich Stimmen und Musik. Draußen, auf der Steintreppe vor dem Wohnheim, sah ich, daß es wieder zu schneien begonnen hatte. Mit der freien Hand versuchte ich mir den Schal über den Kopf zu ziehen. Der Papierstapel fiel mir herunter. Die Blätter flatterten die nassen Stufen hinunter.

Vielleicht dachte ich in diesem Moment an die Worte meines Vaters, der mir einmal gesagt hatte, daß die Story immer schon da ist, bevor man von ihr gehört hat, und daß der Reporter einzig die Aufgabe hat, ihre Form zu finden. Aber als ich den Aktenkoffer absetzte und mich anschickte, die schon durchweichten Blätter einzusammeln, sah ich, daß sie heillos durcheinandergeraten waren.

In der Dunkelheit bestand keine Hoffnung, sie wieder zu ordnen.

SERIE PIPER

Anita Shreve

Die Frau des Piloten
Roman. Aus dem Amerikanischen von Christine Frick-Gerke.
277 Seiten. SP 3049

Für Kathryn war klar, daß sie zu niemandem auf der Welt ein so inniges, so vertrautes Verhältnis hatte wie zu ihrem Ehemann Jack. Bis zu seinem plötzlichen Unfalltod: denn nun tut sich für sie ein Abgrund an schrecklichen Vermutungen und Gewißheiten auf.
Eigentlich war ihre Ehe glücklich, ja sogar leidenschaftlich gewesen. Ihre Geschichte hatte begonnen in jenem Haus am Meer, mit seinen hohen Fenstern, durch die man den blaugrünen Atlantik sehen kann. Eines Tages hatte Jack ihr dieses Haus tatsächlich geschenkt – als Besiegelung ihrer großen Liebe.
Unfaßbar ist für Kathryn daher die Nachricht seines plötzlichen Todes – Jack, Pilot bei einer großen amerikanischen Fluggesellschaft, ist mit einer vollbesetzten Passagiermaschine vor der irischen Küste abgestürzt. Die Medien munkeln von Selbstmord – aber Kathryn will es einfach nicht glauben. Was könnte ihr Mann vor ihr verborgen haben? Eine rätselhafte Londoner Telefonnummer, die sie in einem seiner Kleidungsstücke findet, weckt einen furchtbaren Verdacht in ihr...

»Anita Shreve lenkt hin, wühlt auf, schöpft Leiden, Liebe und Passion. Auch diesmal mit Mut zum großen Gefühl – und Gefühl für gute Prosa.«
Hamburger Abendblatt

Anita Shreve

Das Gewicht des Wassers
Roman. Aus dem Amerikanischen von Mechtild Sandberg.
292 Seiten. SP 2840

»Anita Shreve ist eine clevere Mischung aus schaurigem Kriminalfall und psychologisch ausgefeiltem Beziehungsdrama gelungen.«
Der Spiegel

Gefesselt in Seide
Roman. Aus dem Amerikanischen von Mechtild Sandberg.
344 Seiten. SP 2855

Maureen, eine junge Journalistin, lebt mit ihrem Mann Harrold und ihrem kleinen Töchterchen Caroline in einer trügerischen Idylle. Denn niemand ahnt, wieviel Gewalt und Mißhandlung Maureen von ihrem Mann ertragen muß. Und sie schweigt, vertraut sich niemandem an, entschuldigt seine Handlungen vor sich selbst. Erst nach Jahren flieht sie vor ihm. Für eine kurze Zeit findet sie in einem kleinen Fischerdorf Unterstützung, Zuneigung und Liebe. Aber Harrold spürt sie auf, und die Tragödie nimmt ihren Lauf.

Eine gefangene Liebe
Roman. Aus dem Amerikanischen von Mechtild Sandberg.
253 Seiten. SP 2854

Durch Zufall stößt Charles Callahan in der Zeitung auf das Foto einer Frau, die ihm seltsam bekannt vorkommt. Es ist Siân Richards, die er vor einunddreißig Jahren als Vierzehnjähriger bei einem Sommercamp kennengelernt hatte und die seine große Sehnsucht blieb. Überwältigt von den Erinnerungen schreibt er ihr und bittet um ein Treffen. Auch für Siân war die Geschichte mit Charles nie beendet, sehr zart sind die Bilder der Vergangenheit, sehr heftig das Verlangen. Und aus der unerfüllten Liebe von einst wird eine leidenschaftliche Affäre. Aber beide sind inzwischen verheiratet, haben Kinder und leben in verschiedenen Welten. Sie geraten in einen Strudel von Ereignissen, die unaufhaltsam auf einen dramatischen Höhepunkt zusteuern.

Verschlossenes Paradies
Roman. Aus dem Amerikanischen von Heinz Nagel. 348 Seiten.
SP 2897

SERIE PIPER

SERIE PIPER

Ann-Marie MacDonald
Vernimm mein Flehen
Roman. Aus dem Englischen von Astrid Arz. 684 Seiten. SP 2728

Die preisgekrönte kanadische Dramatikerin und Schauspielerin hat mit ihrem ersten Roman ein mitreißendes, opulentes Familienepos geschaffen. Darin spielt die herbschöne mystische Landschaft der Nordostküste Kanadas eine ebenso bestimmende Rolle wie das ungewöhnliche Schicksal von vier Schwestern.

Anfang des Jahrhunderts in Low Point, einem gottverlassenen Bergwerksflecken an der Nordostküste Kanadas: Nicht gerade der ideale Ort, um als junger, ehrgeiziger Klavierstimmer zu Geld und Ansehen zu komen. Doch James Piper ist entschlossen, hier seine Träume Wirklichkeit werden zu lassen: ein großes Haus voller Musik und Literatur, elegante Möbel, eine Frau mit weichen Händen. Mit seiner Kindfrau Materia, einer dreizehnjährigen Libanesin, bekommt James vier außergewöhnliche Töchter, die seine Träume wahrmachen sollen: Kathleen, die grünäugige Schönheit mit der begnadeten Stimme, die wilde, unberechenbare Frances, Mercedes, die besessene Katholikin, und die behinderte Lily, die von allen vergöttert wird und die einem tödlichen Geheimnis auf die Spur kommt.

»Mit diesem Roman rückt Ann-Marie MacDonald in den ersten Rang literarischer Autoren. Die Handlung ist mitreißend, die Figuren tief berührend und der Stil atemberaubend.«
The Toronto Star

Francesca Stanfill

Das Labyrinth von Wakefield Hall
Roman. Aus dem Amerikanischen von Mechthild Sandberg.
446 Seiten. SP 2293

»Man stelle sich einen gemütlichen kalten Abend vor, an dem man im warmen Wohnzimmer sitzt und liest. Draußen heult der Wind, es regnet oder schneit. Man selbst aber fühlt sich geborgen in seinem Sessel. Und dazu einen Roman wie Francesca Stanfills ›Das Labyrinth von Wakefield Hall‹ – und der Abend ist gerettet. Dieses Buch ist nämlich genau die richtige Lektüre für jene Stunden daheim, wenn man mit einer spannenden Geschichte abschalten möchte. Im Mittelpunkt des 446 Seiten umfassenden Romans steht die junge Journalistin Elizabeth Rowan. Sie soll über die einstmals berühmte, unlängst verstorbene Schauspielerin Joanna Eakins, eine der besten Shakespeare-Interpretinnen des 20. Jahrhunderts, eine Biographie schreiben. Als sie das prächtige Anwesen der Verstorbenen besucht, spürt Elizabeth, daß das Leben der Frau, die lange Zeit in England lebte und in Amerika starb, von vielen Geheimnissen umgeben ist. Und einige dieser Geheimnisse involvieren Elizabeth, die erkennt, daß nicht nur die Karriere und das viel zu kurze Leben der Schauspielerin sie seltsam berühren und faszinieren, sondern daß sie die einzige ist, die die vielen Rätsel um Joanna lösen kann. Elizabeth stürzt sich mit solcher Energie auf die Biographie der mysteriösen Schauspielerin, daß ihr eigenes Privatleben darunter leidet und ihr Freund sie vor die Entscheidung stellt, entweder ihre Arbeit abzubrechen oder ihn zu verlieren. ›Das Labyrinth von Wakefield Hall‹ von Francesca Stanfill bietet alles, was ein guter Unterhaltungsroman haben sollte: Eine spannende Handlung, Figuren, deren Schicksal nicht kalt läßt, eine gehörige Portion Liebe und Leidenschaft und ein durch und durch befriedigendes Ende, obgleich nicht alle Rätsel um Joanna Eakins gelöst werden können. Aber gerade das läßt dem Leser die Möglichkeit, die eigene Phantasie ins Spiel zu bringen.«
Norddeutscher Rundfunk

SERIE PIPER

Francesca Gargallo

Schwestern
Roman. Aus dem Spanischen von Lisa Grüneisen. 166 Seiten.
SP 2380

Begonia läßt nichts unversucht, um neben ihrer bezaubernden Schwester Amalia zu bestehen. Doch so unterschiedlich die beiden Schwestern auch sind, eines haben sie gemeinsam: die Liebe zu demselben Mann, zu Roberto. Er ist wie ein Keil zwischen den Schwestern, aber er vertieft auch ihre Verbindung, denn Begonia ist nicht nur Amalias schärfste Konkurrentin, sondern auch ihre engste Verbündete. Sie wählt bewußt einen anderen Lebensweg, den der engagierten Kämpferin. Doch die tiefe geschwisterliche Verbundenheit endet selbst dann nicht, als Begonia ihre große Liebe Roberto an Amalia verliert. Mit Witz und Verve verfolgt Francesca Gargallo die amourösen und gesellschaftlichen Ver- und Entwicklungen dieser Schwestern über sechzig Jahre und drei Kontinente: magisch, verführerisch und wunderbar lateinamerikanisch.

Pina Mandolfo

Das Begehren
Roman. Aus dem Italienischen von Viktoria von Schirach. 119 Seiten.
SP 2626

Die eine Geschichte beginnt, als die andere Geschichte bereits zu Ende ist: Als von der Liebe nur noch das Gefühl des Verlustes geblieben ist, beginnt der Brief an die frühere Geliebte: »Ich will es wagen und die Wüsten der Erinnerung in Deinem Kopf durchqueren. Du hast Dich mit Gewalt losgerissen, mich ohne Erklärung zurückgelassen. Du hast mich stumm gemacht vor Wut und Schmerz.« Absenderin dieser Zeilen ist eine junge Literaturprofessorin aus Sizilien, Adressatin eine charismatische Künstlerin aus dem Piemont. Zwei Welten prallen aufeinander: die des Südens mit ihrem Duft nach Sonne und Staub und die des kühlen, grünen Nordens. Pina Mandolfo ist mit ihrem von der italienischen Presse gefeierten Erstlingsroman die meisterhafte Beschreibung dessen gelungen, wovon kein Liebender je verschont bleibt: der Schmerz des Verlustes und die widersprüchlichen Gefühle, die er auslöst.

Rosetta Loy

Winterträume
Roman. Aus dem Italienischen von Maja Pflug. 274 Seiten.
SP 2392

»Musterbeispiel eines Frauenromans – nicht, weil er von einer Frau geschrieben wurde, sondern weil er das Leben und die Welt aus einem unverwechselbar weiblichen Blickwinkel betrachtet... Rosetta Loy hat ein Buch geschrieben, das in die Literaturgeschichte eingehen wird.«
Frankfurter Allgemeine

Straßen aus Staub
Roman. Aus dem Italienischen von Maja Pflug. 304 Seiten.
SP 2564

Ein altes Haus im Piemont Ende des achtzehnten Jahrhunderts, zweistöckig, mit Nußbaum, Brunnen und Allee, mit Heuschober und Ställen. Hier spielt die Geschichte, die vom Leben, Lieben und Sterben einer Familie erzählt. Das Haus wird neu gestrichen, ist hell und voller Erwartung, als Giuseppe Maria ins Haus holt. Beklemmende Stille breitet sich aus, als Fantina, Marias Schwester, drei Jahre lang an Giuseppes Bett sitzt und ihn pflegt, bis er stirbt. Das große Familienepos nimmt seinen Lauf über drei Generationen – sinnenfroh und tragisch, skurril und mitreißend.

Schokolade bei Hanselmann
Roman. Aus dem Italienischen von Maja Pflug. 288 Seiten.
SP 2630

Hauptschauplatz von Rosetta Loys meisterhaftem Roman ist eine elegante Villa in den Engadiner Bergen, in der sich während des Zweiten Weltkriegs ein leidenschaftliches Familiendrama abspielt. Die schönen Halbschwestern Isabella und Margot lieben beide denselben Mann, den charismatischen jüdischen Wissenschaftler Arturo.

»In den Romanen und Erzählungen von Rosetta Loy dürfen die Ereignisse sich entfalten in dem weiten Raum, den die Autorin für sie erschafft. Ein Raum, der gleichermaßen Platz hat für Verfolgung und Tod wie für einen Blick, der zwei Menschen entzündet.«
Süddeutsche Zeitung

Im Ungewissen der Nacht
Erzählungen. Aus dem Italienischen von Maja Pflug. 236 Seiten. SP 2370

SERIE PIPER

PIPER

Anita Shreve
Olympia

Roman. Aus dem Amerikanischen von Mechtild Sandberg.
480 Seiten. Geb.

In ihrem neuen Roman erzählt Anita Shreve die auf authentischen Chroniken beruhende Liebesgeschichte zwischen einem 15jährigen Mädchen und einem 41jährigen verheirateten Arzt zu Beginn dieses Jahrhunderts.
Fortune's Rocks, 1899: Ein luxuriöses Sommerhaus an der herben Küste Neuenglands ist der Schauplatz dieses Dramas einer besessenen Leidenschaft. Olympia, behütete Tochter eines wohlhabenden Verlegers, ein Mädchen von ungewöhnlicher Intelligenz, Reife und Schönheit, erlebt die Liebe wie ein Naturereignis, als ein Freund ihres Vaters zu Besuch kommt. John Haskell ist nicht nur ein bekannter Arzt und engagierter Kämpfer gegen soziale Mißstände in den nahe gelegenen Textilfabriken – er ist auch verheiratet und Vater dreier Kinder. Doch das Wissen um ihr moralisches Unrecht hindert die beiden nicht daran, in einen Strudel großer Gefühle abzutauchen, deren Folgen unabsehbar werden.

»Niemals zuvor war Anita Shreve so auf der Höhe ihrer Kunst.«
Publishers Weekly